insel taschenbuch 4934
Marie Hermanson
Die Pestinsel

MARIE HERMANSON

DIE PEST-INSEL

Roman

Aus dem Schwedischen von Regine Elsässer

INSEL VERLAG

Die Originalausgabe erschien 2021 unter dem Titel
Pestön bei Albert Bonniers Förlag, Stockholm.

Erste Auflage 2022
insel taschenbuch 4934
© der deutschen Ausgabe Insel Verlag Anton Kippenberg GmbH
& Co. KG, Berlin, 2022
© 2021 Marie Hermanson
Alle Rechte vorbehalten. Wir behalten uns auch
eine Nutzung des Werks für Text und
Data Mining im Sinne von § 44b UrhG vor.
Umschlaggestaltung von Rothfos & Gabler, Hamburg,
unter Verwendung des Originalumschlags
von Sara Rapp Acedo, Stockholm
Satz: Satz-Offizin Hümmer GmbH, Waldbüttelbrunn
Druck: C. H. Beck, Nördlingen
Printed in Germany
ISBN 978-3-458-68234-9

www.insel-verlag.de

Die Pestinsel

I

Es war im August 1925. Fräulein Brickman saß auf ihrem Platz hinter dem Empfangstresen im Polizeirevier in der Spannmålsgatan, sie war in einen Kriminalroman mit flexiblem Umschlag und einem bunten, aufregenden Titelbild vertieft. Es war schon fast sieben Uhr abends, jedoch noch warm, die Bluse klebte ihr am Rücken, weil es im Polizeirevier so stickig war.

Mitten in einem Satz musste sie das Buch weglegen, sie nickte zwei Polizisten, deren Schicht zu Ende war, zum Abschied zu. Sobald die Tür hinter ihnen zuschlug, holte sie ihr Buch wieder hervor. Sie wurde immer tiefer in die Geschichte hineingezogen.

Auf einmal glaubte sie einen Geruch zu vernehmen, der überhaupt nicht zu der Handlung passte und der ihr Leseerlebnis empfindlich störte: einen kalten Gestank nach Fisch, Morast und trübem, stillstehendem Wasser.

Mit leicht geöffneten Nasenflügeln sah sie sich im Eingangsbereich des Polizeireviers um. Hier gab es nichts Besonderes zu sehen. Der Geruch stammte vermutlich aus dem sogenannten Affenkäfig, einem vergitterten Raum in der Rezeption, in dem Personen untergebracht wurden, die wegen einfacher Vergehen verhört werden sollten. Das waren oft Landstreicher und Betrunkene, der Gestank und der Lärm von dort war bisweilen unerträglich. Heute war es in diesem Teil des Polizeigebäudes allerdings ganz still, im Raum lag wohl ein Landstreicher und schlief seinen Rausch aus, dachte Fräulein Brickman und kehrte zu ihrem Roman zurück.

Im ersten Stock des Polizeireviers arbeitete Hauptkommissar Nils Gunnarsson an seinem Schreibtisch. Das Zimmer war klein, die Wände waren, wie im ganzen Polizeigebäude, braun gestrichen, wodurch es noch kleiner wirkte.

Nils war einunddreißig Jahre alt, groß und breitschultrig, er hatte strohblonde Haare, hellblaue Augen und eine große Nase. Seine Haut war vom Wetter gegerbt, ein Ergebnis der vielen Jahre als Streifenpolizist oder vielleicht auch das Erbe seiner Vorfahren aus dem windigen Bohuslän. Mit den Zeigefingern und in aller Ruhe tippte er die Berichte der Vorfälle des Tages in die Schreibmaschine: ein Fall von Landstreicherei, der Diebstahl von drei Leintüchern von einer Wäscheleine, ein entlaufener, vielleicht gestohlener Rassehund.

Plötzlich spürte er, dass etwas Fremdes im Raum war. Er schaute auf und zuckte vor Überraschung zusammen.

Der Junge stand mitten im Zimmer, mager und sehnig, er hatte ein lustiges Gesicht. Wie ein kleiner Frosch. Nils hatte ihn nicht kommen gehört. Warum hatte Fräulein Brickman ihn zu ihm hinaufgeschickt und nicht zu einem der Polizisten im Erdgeschoss?

Er räusperte sich und sagte streng:

»Hat man dir nicht beigebracht zu klopfen?«

Der Junge stand einfach nur da, die Schirmmütze hielt er wie einen Schild an die Brust gedrückt, und er schaute Gunnarsson geradewegs in die Augen. Die viel zu großen Hosen waren an den Knien abgeschnitten und wurden mit einer Schnur als Gürtel notdürftig hochgehalten, das Hemd war so schmutzig, dass die ehemalige Farbe nicht mehr zu erkennen war. Er war barfüßig. Der Junge machte eine Geste zur Tür.

»Komm!«, sagte er in fast befehlendem Ton.

Nils unterdrückte ein Lachen.

»Von wo bist du denn ausgerissen? Aus Gibraltar?«

In der Armenpflegeanstalt Gibraltar landeten Geisteskranke und Zurückgebliebene, deren Angehörige es sich nicht leisten konnten, sie an einem besseren Ort unterzubringen. Personal war kaum zu bekommen, deshalb fehlte es ständig an Leuten, und immer wieder gelang es einem der Verrückten, auszubrechen und in der Stadt umherzuirren.

Nils nahm den Hörer des Haustelefons ab und wollte den wachhabenden Polizisten fragen, ob sie eine Vermisstenmeldung bekommen hatten. Er konnte das Klingeln aus dem Erdgeschoss hören, es nahm jedoch niemand ab. Pettersson war wohl in der Küche und machte sich den Berg von belegten Broten, die er für die Nachtschicht brauchte.

Mit einem ärgerlichen Grunzen legte er wieder auf. Noch bevor er hochschauen konnte, war der Junge schnell und lautlos an seinem Stuhl angekommen. Zu seinem unglaublichen Erstaunen legte der Junge seine schmutzige Hand auf seine Schulter, beugte sich so weit vor, dass das froschähnliche Gesicht nur noch wenige Zentimeter von dem des Kommissars entfernt war, und sagte erneut:

»Komm, komm!«

Die Dreistigkeit des Jungen ließ Nils die Beherrschung verlieren. Er stand vom Stuhl auf brüllte:

»Jetzt reicht es aber! Raus, und zwar sofort!«

Der Junge ließ sich jedoch nicht erschrecken. Er stampfte immer schneller auf der Stelle.

»Komm, komm«, fuhr er atemlos fort und zeigte zur Tür, »musst kommen. Er ist tot. Ja.« Er nickte heftig mit dem Kopf »Musst kommen.«

»Wer ist tot?«

»Komm!«

Der Junge schien fast zu platzen vor Ungeduld, er stampfte mit den Fersen auf den Boden, als wäre Kommissar Gunnarsson eine sture Kuh, die man aus dem Stall treiben wollte.

Nils schaute ihn mit erwachtem Interesse an. Trotz aller Verrücktheit ahnte er etwas, was ernst genommen werden sollte. Er streckte sich nach dem Hörer, um einen erneuten Versuch mit dem Wachhabenden zu machen, entschied sich dann jedoch anders und nahm seinen Hut vom Haken an der Wand.

»Immer mit der Ruhe, du Narr«, sagte er. »Ich komme.«

Zusammen gingen sie ins Erdgeschoss, vorbei an einem erstaunten Fräulein Brickman, und traten ins Freie.

Der Junge lief am östlichen Hafenkanal entlang zu einer der Steintreppen, die von der Straße zum Wasser führten.

Ein kleines Ruderboot war an einem Eisenring in der Kanalmauer vertäut. Mit einem kühnen Sprung hüpfte der Junge von der obersten Treppenstufe ins Boot und wartete darauf, dass Nils hineinklettern würde.

»Wohin soll es gehen?«, fragte Nils.

Er bekam keine Antwort. Nach kurzem Zögern kletterte er ins Boot und setzte sich ins Heck. Der Junge machte das Boot los und begann, mit festen Schlägen zu rudern.

Er ruderte schnell und hielt Kurs, sogar unter den schmalen Brücken, ohne auch nur einen Blick über die Schulter zu werfen. Sie fuhren aus der blendenden Sonne in das feuchte, hallende Eisengewölbe der Brücke und wieder in die Sonne, bis sie die letzte Brücke passiert hatten und auf dem offenen Wasser des Flusses waren. Sie waren von allen möglichen Booten und Schiffen umgeben, vom Meer her wehte eine kühle Brise.

Nils vermutete, dass sie auf dem Weg zu einem der Hafenkais waren, die Polizei hatte dort oft zu tun. Vielleicht ging es um eine Schlägerei, die aus dem Ruder gelaufen war, oder ein Betrunkener war ins Wasser gefallen und ertrunken.

Aber der Junge ruderte stattdessen ostwärts, vorbei an der Kläranlage, dem Gaswerk und den Kokshalden.

Wieder fragte Nils, wohin die Reise gehen sollte. Der Junge schaute geradeaus, als würde er nichts hören. Er ruderte immer noch im gleichen Tempo und hatte, seit sie losgefahren waren, nicht einmal eine Pause gemacht. Nils erbot sich, auch ein Stück zu rudern, aber er bekam keine Antwort. Der Junge ist vielleicht taub, dachte Nils, das würde erklären, warum er so abgehackt sprach. Stark war er ohne Zweifel. Nils fragte sich, ob es wirklich gescheit war, mitzukommen.

An einer Landzunge teilte sich der Fluss, Treibholz hatte sich dort wie zu einem riesigen Mikado angesammelt. Als sie sich der Landzunge näherten, verlangsamte der Junge zum ersten Mal das Tempo, sein Blick wanderte nach rechts zu dem Berg von Treibholz, er studierte ihn genau.

Nils ahnte jetzt, wohin sie unterwegs waren.

Wie zur Bestätigung verließ der Junge nun den Fluss und steuerte durch Berge von Seerosenblättern in den Nebenfluss Säve.

»Du bist also Treibgutsammler?«, sagte Nils.

Der Junge warf ihm unter dem Schirm seiner Mütze einen Blick zu. Er war vielleicht doch nicht taub.

Dass ein Treibgutsammler freiwillig die Polizei rief, das allein war schon bemerkenswert. Nils konnte sich nicht erinnern, jemals davon gehört zu haben.

Sie ruderten den Fluss hinauf, vorbei an Magazingebäuden, Bootswerften, unter der Eisenbahnbrücke hindurch und an der Kugellagerfabrik vorbei. Erlen und Weiden wuchsen an den Ufern. Der Junge ruderte jetzt langsamer, als ob er es nicht mehr eilig hätte, nach jedem Ruderzug ließ er das Boot gleiten, bis es fast zum Stillstand kam.

Es war schon früher Abend, aber immer noch sehr heiß. Nils warf einen Blick auf seine Taschenuhr. Eigentlich wäre seine Schicht schon zu Ende. Aber nun saß er im Heck eines Ruderboots, die Flussufer glitten gemächlich an seinen Augen vorbei. Die Wurzeln der Erlen waren ineinander verschlungen wie in einem Mangrovensumpf. Das Wasser war braun und trübe.

Er versuchte, sich ins Gedächtnis zu rufen, was er über die Treibgutsammler wusste:

Sie lebten besitzlos, aber stolz von dem, was andere weggeworfen oder verloren hatten. Alles, was im Wasser schwamm, im Hafen, in den Flüssen oder Bächen, all das betrachteten sie als ihr Eigentum. Und das war nicht wenig. Ein großer Hafen wie der von Göteborg produzierte eine unglaubliche Menge von Abfall. Das meiste war wertloser Müll, aber ein geschultes Auge fand schnell die Dinge, die noch brauchbar waren.

Eines war jedenfalls sicher: Kein Bewohner von Göteborg, der bei Verstand war, würde auf die Idee kommen, etwas von dem, was hier umherschwamm, zu bergen. Stillschweigend akzeptierte man die ungeschriebene Regel, wonach alles, was einmal ins Wasser gefallen war, den Treibgutsammlern gehörte.

Manchmal kam es vor, dass jemand der Versuchung nicht widerstehen konnte, spät am Abend hinauszurudern, um ein paar frisch gesägte, einwandfreie Bretter zu bergen, die ein Holzfrachter verloren hatte. Aber hier gab es überall Augen, und statt der Bretter war das Resultat der gefährlichen Unternehmung eine blutige Nase und aufgeplatzte Lippen. Wenn man Glück hatte. Es ging das Gerücht, die Treibgutsammler besäßen übernatürliche Fähigkeiten und könnten mit einem Blick oder einem Fluch ewiges Unglück über denjenigen bringen, der ihre Rechte nicht respektierte.

Es hieß auch, sie könnten in die Zukunft sehen und sie hätten eine Haut zwischen den Fingern. Angeblich stammten sie von einem Sumpfvolk ab, das hier im Flussdelta gelebt hatte, als dieses noch voller Leben war – hier gab es Fische, Vögel, Frösche, Nager. Ein Volk von Leuten, die sich in schmalen kanuähnlichen Booten durch den Sumpf bewegten und die ebenso gut wie ihre Beutetiere schwimmen und waten konnten. Dann wurden die Sümpfe trockengelegt, die wachsende Stadt beraubte sie ihrer Jagdgebiete, und sie zogen sich immer weiter hinauf in die Wasserläufe zurück.

Diese Geschichte war selbstverständlich nur Unsinn, dachte Nils. Die Treibgutsammler waren ganz einfach nur arme Leute, die aus irgendwelchen Gründen aus der städtischen Gemeinschaft ausgestoßen worden waren. Aber die Mythen über das uralte Sumpfvolk hielten sich, nicht zuletzt durch die Treibgutsammler selbst. Und nun, wie er so in der feuchten Wärme saß und langsam von diesem schweigenden, eigenartigen Jungen den Fluss hinaufgerudert wurde, war er fast bereit, an sie zu glauben.

Der Bewuchs wurde immer dichter. Wenn es Spuren von menschlicher Tätigkeit gab, dann waren es zurückgelassene, kaputte Dinge: das halb versunkene Wrack eines Ruderboots, eine rostige Kette am Ufer, eine Steintreppe, die auf geheimnisvolle Weise aus einem undurchdringlichen Weidendickicht direkt in das braunschwarze Wasser führte. Reste aus einer Zeit, als dieser Fluss noch ein wichtiger Verkehrsweg war. Man hörte nur das Knirschen der Ruderdollen und das leise Plätschern, wenn die Ruder ins Wasser tauchten. Die Stadt schien sehr weit entfernt zu sein. Nils versuchte, sich anhand der Windungen des Flusses und der Zeit, die vergangenen war, seit sie den Fluss verlassen hatten, zu orientieren. Aber er hatte keine Ahnung, wo sie waren.

In der Dämmerung kamen sie in einen Abschnitt mit Weiden, deren lange Zweige sie umgaben wie ein grüner Tunnel. Es musste ein magischer Tunnel gewesen sein, denn als sie ihn verließen, waren sie in Afrika. Oder vielleicht in Südamerika oder Südostasien. Nils wusste nicht so recht, wo er den Anblick jenseits des Weidenvorhangs verorten sollte, aber er meinte ihn von den Skioptikonbildern zu kennen, die Forschungsreisende und Missionare bei ihren Vorträgen zeigten.

Auf Pfählen im Wasser erhob sich ein ganzes Dorf aus merkwürdigen kleinen Hütten, auch am Abhang oberhalb des Ufers standen solche Behausungen. Eine Frau hängte Wäsche auf, am Wasser spielten ein paar Kinder, ein räudiger Hund lief auf dem Steg hin und her bellte wie wild.

Der Junge machte einen letzten Schlag mit dem rechten Ruder, holte die Ruder ein und ließ das Boot an den Steg gleiten. Hinter einer Hütte tauchte ein Mann auf, genau im rechten Moment, um das Tau zum Festmachen entgegenzunehmen. Der Hund hörte auf zu bellen, und auf ein Zeichen des Mannes lief er davon. Der Junge hielt das Boot fest, damit Nils an Land gehen konnte, blieb jedoch selbst im Boot sitzen.

Nils betrachtete den Mann, der mit den Händen in den Taschen vor ihm auf dem Steg stand. Irgendwie glich er einer listigen alten Streunerkatze. Das Gesicht war flach und dreieckig, die Augen hellgrau mit kleinen stechenden Pupillen. Das eine Augenlid hing ein wenig herab. Ein rundlicher Hut saß schräg und kühn auf einer Augenbraue, in einem Ohr trug er einen Ring aus einem gelben Metall. Nils wollte sich vorstellen, aber der Mann kam ihm zuvor und streckte seine Hand hin, blitzschnell, als hätte er eine Waffe gezogen.

»Bengtsson«, sagte er und drückte sehr fest Nils' Hand, es war mehr eine Demonstration von Stärke als eine Begrüßung. Nils konnte seinerseits problemlos fest zudrücken, aber er wunderte sich doch über die Kraft in der Hand des Mannes, die erheblich kleiner und schmaler als seine eigene war.

»Sehr schön, dass Sie kommen konnten, Hauptkommissar Gunnarsson.«

Er weiß, wie ich heiße, dachte Nils.

Der Mann lächelte amüsiert über Nils' Erstaunen, ließ die Hand los und zeigte ihm den Weg zwischen den merkwürdigen kleinen Gebäuden an der Uferböschung.

Nils schaute fasziniert um sich. Auf den ersten Blick erinnerten die Schuppen an die einfachen, aber fantasievollen Hütten, die Kinder manchmal zusammenhämmern. Als er jedoch näherkam, bemerkte er, dass sie mit großem handwerklichem Geschick gebaut waren. Das Baumaterial war ungewöhnlich und hatte dem Zimmermann unkonventionelle Lösungen abverlangt. In dem Durcheinander aus Holzbrettern und verrostetem Blech konnte Nils das Steuerhäuschen eines Fischerboots erkennen, eine geschwungene Treppe aus Mahagoni, Teile von Masten, Pfählen und Details aus Messing. Als hätte ein betrunkener Riese einen ganzen Hafen zusammengeschlagen und die Einzelteile in einem misslungenen Versuch wieder zusammengefügt.

Bengtsson verschwand in einem der Schuppen, Nils folgte ihm. Im Innern konnte er kaum aufrecht stehen. Im flackernden Schein einer Lampe erkannte er hohläugige Schattengestalten, vermutlich eine Familie, die auf zusammengerollten Rosshaarmatratzen an den Wänden saß. In einer Ecke stand ein rostiger Eisenofen. Der Boden war mit Kuhhäuten (von einer schlecht vertäuten Schiffslast, vermutete Nils) ausgelegt. Es roch nach Schimmel und Fäulnis.

Haben diese Menschen nicht einmal Bänke oder Hocker zum Draufsitzen?, dachte er; es war wohl eine Frage des Platzes. Das fensterlose kleine Zimmer, aus dem das ganze Haus bestand, war eben auch ein Schlafzimmer. Nachts nahmen die Schlafstätten vermutlich den ganzen Platz ein, tagsüber rollte man die Matratzen zusammen, benutzte sie als Sitzplätze und hatte so etwas freien Platz in der Mitte.

Jetzt jedoch wurde dieser Platz von einem etwa 30-jährigen Mann eingenommen. Er lag ohne Matratze auf dem Rücken. Das zurückgekämmte Haar war braun und lockig, die Augen geschlossen, der Mund weit offen, die Zunge geschwollen, die Haut grauweiß wie Fischfleisch. Um ihn herum waren die Kuhhäute dunkel von Nässe.

»Wir haben ihn im Fluss gefunden«, erklärte Bengtsson ruhig. »Er war in den Zweigen hängen geblieben. Bei den Weiden da unten, an denen Sie vorbeigekommen sind«, fügte er hinzu und machte eine Geste mit dem Kopf in Richtung des Flusses.

»Da bleibt so alles Mögliche hängen, in den niedrigen Zweigen. War wohl betrunken und ist irgendwo ins Wasser gefallen. Es erschien mir ratsam, die Polizei zu rufen.«

Nils nahm die Lampe vom Boden und hielt sie über den Toten. Bengtsson stand dicht neben ihm, breitbeinig und mit gekreuzten Armen.

»Wann haben Sie ihn gefunden?«, fragte Nils.

»Heute Morgen.«

»Wissen Sie, wer es ist?«

»Keine Ahnung«, schnaubte Bengtsson, »es ist keiner der unsrigen.«

Das war eine überflüssige Bemerkung. Der Mann war sehr gut angezogen, hellgraues Jackett, zweireihige Weste und ein fliederfarbenes Halstuch anstelle einer Krawatte. Die Kleidung war nass, aber unversehrt. Er hatte nicht sehr lange im Wasser gelegen.

»So, jetzt haben wir Bescheid gegeben. Sie können ihn mitnehmen«, sagte Bengtsson.

Auf einmal stakste ein Huhn mit erhobenen Füßen um den Toten. Wie war es nur hereingekommen? Niemand nahm Notiz von dem Huhn, und dann war es ebenso unerklärlich, wie es gekommen war, auch wieder verschwunden.

»Gibt es eine Autostraße in der Nähe?«, fragte Nils.

»Eineinhalb Kilometer weit weg.«

»Dann schicken wir besser ein Boot. Die Hafenpolizei wird ihn morgen früh holen«, entschied Nils.

»*Morgen?*« Bengtssons Arm machte eine heftige Geste, die Schattenwesen entlang der Wand duckten sich instinktiv. »Können Sie ihn nicht jetzt mitnehmen? Wir legen ihn in den Bug. Der Junge ist stark. Er kann Ihnen helfen, wenn ihr wieder in der Stadt seid.«

Nils schüttelte den Kopf. In ungefähr einer Stunde würde es dunkel sein, und der Gedanke, mit einer Leiche im Boot und dem komischen Jungen an den Rudern auf dem Fluss unterwegs zu sein, ließ ihn schaudern.

»Die Hafenpolizei holt ihn morgen früh«, wiederholte er.

Er spürte die Blicke von der Familie an den Wänden und fügte hinzu:

»Gibt es hier keinen kühlen Ort, wo man ihn hinlegen kann? Einen Vorratskeller oder so?«

»Nein«, sagte Bengtsson.

In der Hütte hörte man jetzt ein leises Jammern, das bald darauf in lautes Schreien überging. Unter einem Schultertuch strampelte es, und die Mutter (die Nils im Licht der dunklen Laternen für ein kleines Mädchen gehalten hatte) schaute nach unten und legte das Kind an die Brust. Die Wand hinter ihr war mit einer festgenagelten Persenning isoliert, auf der die Schimmelflecken sich ausbreiteten wie die Länder auf einer Karte.

Wohnten diese Menschen wohl auch im Winter hier?, dachte Nils verwundert. Wie konnte man hier überleben? Im Stadtteil, in dem er wohnte, gab es Menschen, die in Kellerwohnungen lebten. Aber das hier war erheblich schlimmer.

Er wandte sich wieder an Bengtsson.

»Nun ja. Wie gesagt. Die Hafenpolizei kommt morgen früh.«

Er verließ rasch die Hütte und ging den Abhang hinunter. Es dämmerte nun, zwischen den Hütten bewegten sich undeutliche Gestalten im Schein von Laternen.

Der Junge saß immer noch im Ruderboot und wartete. Kaum bemerkte er Nils, zog er das Boot zum Steg und ließ ihn einsteigen.

Die Heimfahrt war wie ein Traum. Sie glitten durch das dschungelartige Grün, das Wasser des Flusses glitzerte im Mondschein. Der Junge ruderte mit ruhigen Schlägen. Er hatte kein Wort gesprochen, seit sie das Polizeirevier verlassen hatten. Wie lang mochte das her sein? Es kam ihm vor wie ein Jahr!

Am Ufer flatterte ein Reiher auf. Er flog geradewegs durch das Mondlicht, direkt vor dem Boot, das Wasser tropfte wie geschmolzenes Messing von seinen Federn.

Das hier ist nicht wirklich. Ich schlafe, dachte Nils erstaunt.

Und so war es auch. Er schlief ein und wachte erst wieder auf, als ein frischer Wind vom Fluss ihm ins Gesicht blies und die Schiffe ihre Gegenwart durch lautes Tuten und blinkende Laternen markierten.

Kurz darauf waren sie wieder an der Steintreppe im östlichen Hafenkanal. Der Junge griff nach dem Eisenring in der Mauer, um das Boot festzuhalten, während Nils durchgefroren und müde an Land stieg.

Er kletterte über die Reling und stand auf der Treppe. Die Hand des Jungen war für einen Moment direkt neben seinem Gesicht. Die Finger hielten ausgestreckt den Eisenring fest. Eine Straßenlaterne leuchtete direkt über ihnen, in ihrem Schein konnte Nils deutlich die dünne, halb durchsichtige Haut erkennen, die zwischen Zeigefinger und Mittelfinger bis zum ersten Fingerglied wuchs.

2

»Doktor Hedman hat aus dem Leichenschauhaus angerufen. Es geht um diesen Mann, der in den Säveflusss gefallen ist. Sie, Gunnarsson, haben offenbar die Anzeige entgegengenommen?«, sagte Hauptkommissar Nordfeldt und schaute rasch in den Bericht, der vor ihm auf dem Schreibtisch lag.

»Ganz richtig, Herr Kommissar.«

»*Ich wurde mit einem Ruderboot in das sogenannte Treibgutsammlerdorf gebracht*«, zitierte Nordfeldt aus Nils' Bericht.

»Ganz genau, Herr Kommissar. Ein eigenartiges Erlebnis, das muss ich schon sagen. Ein merkwürdiger Ort. Die Lebensverhältnisse dieser Menschen sind erbärmlich. Man möchte fast nicht glauben, dass es heute noch Leute gibt, die so leben.«

Nordfeldt verzog ärgerlich das Gesicht.

»Die Armenfürsorge hat ihnen Hilfe angeboten, aber sie wollen keine. Sie hetzen die Hunde auf jeden, der versucht, an Land zu gehen. Es wundert mich, dass man Sie hat kommen lassen.«

»Lassen?« Nils lachte trocken. »Ich wurde mehr oder weniger gezwungen, in das Ruderboot zu steigen. Ein ausgesprochen entschlossener junger Mann hat mich geholt. Er ist ein wenig zurückgeblieben, würde ich meinen. Im Dorf wurde ich von einem Mann empfangen. Elegant, mit Hut und einem Goldring im Ohr, wie ein Seeräuber. Keinen heilen Zahn im Mund, aber kräftige Hände. Und er wusste, wie ich heiße.«

»Das war Panama-Bengtsson. Er ist ihr Anführer. Es war bestimmt das erste Mal, dass er von sich aus die Polizei gerufen hat. Ich würde gerne wissen, warum.«

»Eine Leiche war gewissermaßen vor ihre Haustür geschwemmt worden. Sie wollten wohl keinerlei Verdacht auf sich ziehen.«

»Ja, es gibt ja immer Gründe, die Treibgutsammler zu verdächtigen. Haben Sie die Taschen des Toten durchsucht?«

»Nein«, gab Nils zu.

»Macht nichts. Sie hätten sowieso nichts gefunden. Alles, was schwimmt, gehört ihnen, so sehen sie das. Und dann liegt da ein feiner Herr im Wasser, mit einer dicken Brieftasche. Da braucht man den Fang nur noch zu bergen.«

Nils dachte an die Weidenzweige, die bis ins Wasser hingen und alles auffingen, was der Fluss mit sich brachte.

»Wenn sie dann die Brieftasche und die goldene Uhr an sich genommen haben, soll die Polizei sich um die Leiche kümmern«, fuhr Nordfeldt fort. »Schon ziemlich frech. Und wenn etwas nicht schwimmt, dann kann man es leicht schwimmend machen, nicht wahr? Hier ein kleiner Schubs, dort ein kleiner Stoß. Hoppla, wieder eine Ladung im Wasser gelandet. Das machen sie doch so im Hafen, oder? Schleichen sich an Bord und werfen Sachen ins Wasser, die sie dann bergen können.«

»Sie meinen also, dass der Tote vielleicht in den Fluss geschubst wurde?« Nils überlegt einen Moment. »Das wäre möglich. Aber schwer zu beweisen. Vermutlich war der Kerl einfach betrunken und ist irgendwo weiter oben am Fluss ins Wasser gefallen. Ein alkoholisierter Mann, der ertrinkt. Das passiert doch ständig. Nichts Besonderes.«

Nordfeldt nickte zustimmend.

»Ganz genau, Gunnarsson. Nichts Besonderes.« Er kratzte sich am kurz geschorenen Kopf. »Nur, er ist nicht ertrunken.«

»Was? Er ist nicht ertrunken?«

Der Kommissar schüttelte langsam den Kopf.

»Nein. Deshalb hat Doktor Hedman angerufen.«

Die nagelneue Leichenhalle des Sahlgren'schen Krankenhauses war in einem freistehenden Gebäude mit Obduktionsräumen und einer Kapelle untergebracht. Die Toten wurden hygienisch in gekühlten Fächern aufbewahrt, die Räume waren so frisch und modern, es war fast schade, dass die Bewohner keinen Sinneseindrücken mehr zugänglich waren.

Der Mann aus dem Treibgutdorf lag auf dem Rücken auf einem Metalltisch. Ein Laken bedeckte seinen nackten Körper bis zur Taille. Das starke Licht der Lampe zeigte Einzelheiten, die Nils im Dunkel der Hütte nicht hatte erkennen können. Dunkle, dichte Wimpern und ein Grübchen im kantigen Kinn. Die Zunge war schwärzer und geschwollener als in seiner Erinnerung.

Aber das Auffälligste war unter seinem Gesicht zu sehen: Um den ganzen Hals des Mannes herum verlief eine Furche geronnenen Bluts.

Kommissar Nordfeldt murmelte etwas zwischen den Zähnen, das wie ein Fluch klang. Nils vermutete, es galt ihm. Und auch wenn die Frage nicht ausgesprochen wurde, hörte er sie so deutlich, als hätte Nordfeldt sie ihm ins Ohr gebrüllt: Wie zum Teufel konnten Sie das übersehen, als Sie die Leiche am Fundplatz inspizierten!

»Er hatte einen Schal um den Hals, als ich ihn sah«, entschuldigte sich Nils. Er hörte selbst, wie dumm das klang.

Nordfeldt sagte nichts. Seine breiten Kiefer waren angespannt. Er ist vermutlich wütend, dachte Nils. Und das zu Recht, ausnahmsweise. Nils konnte selbst nicht verstehen, wie er sich eines solchen Versäumnisses hatte schuldig machen können.

Doktor Hedman hob das eine Augenlid des Mannes an. Der Augapfel trat hervor, dass Weiße war rot gesprenkelt von geplatzten Äderchen. Nils versuchte, sich zu erinnern, was er in der Ausbildung gelernt hatte.

»Erhängt?«, fragte er. Er warf dem Gerichtsmediziner einen Blick zu, es war ein älterer Mann mit langen, knochigen Fingern und farbloser Haut, als habe er sich zu lange in der Nähe des Todes aufgehalten.

»Eher erwürgt«, sagte Doktor Hedman und ließ das Augenlid los.

Nils beugte sich vor und untersuchte die Wunde um den Hals. Dann trat er ein paar Schritte zurück. Von weitem sah es aus wie ein Hundehalsband. Er hatte so etwas noch nie gesehen, da war er sich ganz sicher. Und doch kam es ihm bekannt vor, als hätte er darüber gelesen oder gehört.

»Das sind keine normalen Würgemale«, bemerkte er. »Haben Sie so etwas schon einmal gesehen, Herr Doktor?«

»Ja. Aber das ist lange her. Zehn oder zwölf Jahre. Als ich noch in Stockholm gearbeitet habe.«

Doktor Hedman tauschte einen Blick mit Kommissar Nordfeldt, der biss sich in die Unterlippe und sah sehr merkwürdig aus.

»Aber wenn er weder erhängt noch erwürgt wurde, was ist es dann?«, fragte Nils.

Der Gerichtsmediziner zog das Laken über den Kopf des Toten.

»Garottiert«, sagte er.

»Das war vor Ihrer Zeit in der Kriminalabteilung, Gunnarsson. Es gab vier Fälle. Drei in Stockholm und einen hier in Göteborg. Genau die gleiche Vorgehensweise.«

»Ich glaube, ich habe in der Zeitung davon gelesen«, sagte Nils.

Sie waren auf dem Rückweg zum Polizeirevier und gerade am Schlosspark aus der Straßenbahnlinie sechs gestiegen, um in die Eins oder Zwei zum Brunnsparken umzusteigen. Um sie herum drängelten sich Kinder, die mit der Badebahn zur Askimbucht fahren wollten, wo sie gratis Schwimmunterricht und eine Milchmahlzeit bekamen. Zwei junge Frauen in hellen Sommerkleidern dirigierten sie zur Haltestelle der Söröbahn. Der grüne Park und die aufgeregten Kinder bildeten einen scharfen Kontrast zu den gekachelten Räumen, aus denen sie gerade kamen.

»Sie haben ganz bestimmt nicht darüber in der Zeitung gelesen«, sagte Nordfeldt und zündete sich eine Zigarre an. Zu seiner Verwunderung bemerkte Nils, dass die Hand des Kommissars ein klein wenig zitterte. »Die Polizei hat keinen Mucks an die Presse weitergegeben. Die Ermordeten waren allesamt Schurken schlimmster Sorte. Abrechnungen in der Unterwelt. Ehrlich gesagt, die Polizei war erleichtert, diese Typen loszuwerden. Und der Täter kein Mörder, den normale Leute fürchten mussten. Es war unnötig, Panik zu verursachen. Allerdings war seine Methode fürchterlich. Er hatte ein speziell angefertigtes Gerät mit Klaviersaiten. Sehr ungewöhnlich in unserem Land.«

»Aber Sie haben ihn doch gefasst?«

»Ja«, sagte Nordfeldt. »Wir haben ihn schließlich gefasst. Ein kleiner Kreis hat sich diesem Fall gewidmet. Göteborg und Stockholm haben gut zusammengearbeitet. Das Ganze klappte ausgezeichnet.«

»Was war das für ein Typ?«

»Eine richtige Bestie. Zwei Meter groß, stark wie ein Ochse. Er hatte ein paar Jahre drüben in Chicago gelebt. Da hatte er das mit den Klaviersaiten gelernt. Während des Prozesses schrie er und machte ständig Ärger. Man musste ihm Handschellen anlegen, vier Wachen mussten im Gerichtssaal auf ihn aufpassen. Das war ein richtiges Spektakel. Ein gefundenes Fressen für die Presse.«

»Aber die war nicht dabei?«

»Nein. Der Prozess wurde unter Ausschluss der Öffentlichkeit abgehalten. Man war der Meinung, es würde aufgrund der Brutalität der Verbrechen gegen die Regeln des Anstands verstoßen. Psychisch labile Individuen könnten Schaden nehmen usw. Er bekam natürlich lebenslänglich.«

»Aber wenn es schon zehn Jahre her ist, seit er verurteilt wurde, besteht doch eine Möglichkeit, dass er wieder draußen ist, oder? Wenn er sich im Gefängnis gut geführt hat, könnte er doch begnadigt worden sein.«

Nordfeldt schüttelte nachdrücklich den Kopf.

»Auf keinen Fall. Das hätte in den Polizei-Nachrichten gestanden. Wenn ein Gefangener dieses Kalibers freigelassen wird, werden wir immer gewarnt. Und ihn werden sie nicht rauslassen. Ich habe auch nichts von einem Ausbruch gehört. Aber wir müssen natürlich eruieren, wo er sich befindet. Er wurde in Stockholm verurteilt, und ich glaube, er ist auf Långholmen inhaftiert, aber er kann natürlich verlegt worden sein. Ich weiß nicht einmal, ob er noch lebt.«

Nordfeldt paffte an seiner Zigarre und betrachtete nachdenklich die Turmspitze des Naturhistorischen Museums. Vom Vogelteich im Schlosspark wehte ein modriger Dunst herüber.

»Sie sagten, seine Mordopfer waren Schurken. Aber unser Opfer sah nicht aus wie ein Schurke. Er war sauber und ordentlich angezogen«, bemerkte Nils.

»Es gibt doch auch solche Schurken. Man sollte einen Hund nicht nach dem Fell beurteilen.«

»Das ist wahr. Ich frage mich, wo man ihn in den Fluss geworfen hat.«

»Er kann unmöglich das Kraftwerk der Fabrik in Jonsered passiert haben. Er muss irgendwo hinter Jonsered und vor dem Treibgutdorf, wo er gefunden wurde, hineingeworfen worden sein«, sagte Nordfeldt. »Aber der Mordplatz kann natürlich ganz woanders liegen. Da kommt unsere Straßenbahn!«

Laut quietschend bremste die Bahn vor ihnen, noch mehr Kinder purzelten heraus und wurden rasch von den Badefräuleins eingefangen. Nils und Nordfeldt warteten, bis alle heraus waren, und stiegen dann ganz hinten ein.

»Ich würde mich gerne noch einmal mit diesen Treibgutsammlern unterhalten«, sagte Nils, nachdem sie sich hingesetzt hatten. »Ich habe sie allzu leicht davonkommen lassen, als ich dort war. Aber da wusste ich ja auch noch nicht, dass sie ein Mordopfer aus dem Wasser gefischt hatten.«

In Wahrheit hatte er dieses stinkende Rattenloch so schnell

wie möglich verlassen wollen. Die Leiche auf dem Boden hatte ihn nicht weiter berührt, so etwas gehörte zum Alltag seines Berufs. Aber die Lebenden! Die starren, dunklen Blicke dieser elenden Gestalten, undeutbar wie die von Tieren. Blicke, denen man nicht den Rücken zuwenden wollte. Aber wie er sich da drinnen auch drehte und wendete, er war von ihnen umgeben gewesen.

»Aber dieses Mal fahre ich nicht allein hin«, fügte er hinzu.

»Natürlich nicht«, sagte Nordfeldt. »Sie können ein paar Leute von der Hafenpolizei mitnehmen. Die sind den Umgang mit den Treibgutsammlern gewohnt.«

3

Früh am nächsten Morgen erreichte Nils in einem Patrouillenboot und zusammen mit zwei starken Hafenpolizisten das Dorf der Treibgutsammler. Schon von weitem hörten sie Hundegebell. Als sie so langsam wie möglich durch die Weidenvorhänge glitten, sah Nils, dass dieses Mal nicht nur ein Hund, sondern ein ganzes Rudel auf einem Steg stand und bellte. Menschen sah er keine.

Sie steuerten auf einen leeren Steg zu. Als die Hunde bemerkten, welchen Anlegeplatz sie wählten, rannten sie alle dorthin. Einige weitere kamen hinzu, angelockt vom Bellen der anderen.

Die Polizisten blieben eine Weile im Boot sitzen und warteten darauf, dass einer der Treibgutsammler kommen würde. Aber es kam niemand.

»Das sind keine Frühaufsteher«, sagte einer der Hafenpolizisten und spuckte ins Wasser. Sein langer, blonder Schnurrbart ging wie zwei Strohbüschel über die Oberlippe.

»Die können bei diesem Lärm doch nicht mehr schlafen«, sagte Nils.

Er stellte sich im Boot auf, formte die Hände zu einem Trichter und versuchte, das Hundegebell zu übertönen:

»Bengtsson! Wir wollen mit Ihnen reden! Bengtsson!«

Die Hafenpolizisten schauten sich an und grinsten.

»Wenn wir schon mal hier sind, können wir auch gleich eine Hausdurchsuchung machen«, sagte der jüngere. »Am Gulbergskai wurde gestern Koks von einem Schlepper gestohlen. Vier Säcke.«

»Dafür habe ich keinen Auftrag«, sagte Nils. »Bengtsson!«, rief er erneut.

Nichts passierte.

»Wenn du glaubst, dass Bengtsson kommt, wenn man ihn ruft, dann irrst du dich«, sagte der ältere Hafenpolizist.

»Tja, dann müssen wir wohl hingehen und anklopfen«, sagte Nils.

Er klang mutiger, als er sich fühlte.

Er zog das Boot zum Steg, um an Land gehen zu können. Die Hunde verstanden sofort, was er vorhatte. Sie drängten sich zusammen und beugten sich über den Rand des Stegs. Als er aufblickte, schaute er in hochgezogene Lefzen und scharfe Reißzähne. Er dachte an seine Dienstwaffe, die er auf Nordfeldts Anraten mitgenommen hatte und die er in der Innentasche seines Jacketts trug.

Plötzlich verstummten die Hunde und schauten mit gespitzten Ohren zum Fluss. Kurz darauf hörte Nils das Geräusch eines Bootsmotors. Die Hunde rannten verwirrt hin und her, bellten mal in Richtung des Boots und mal in Richtung von Nils und der Hafenpolizei, als wüssten sie nicht, worauf sie sich konzentrieren sollten.

Das Motorengeräusch wurde immer lauter. Langsam glitt ein Spitzkahn aus dem Laubvorhang. Im Heck stand eine große, schlanke Frau. Mit der einen Hand hielt sie das Ruder und mit der anderen schob sie die Weidenzweige aus dem Weg, dabei blinzelte sie in die Morgensonne. Der Anblick war so unerwartet und schön, dass sogar die Hunde für einen Moment verstummten.

In einem weiten Bogen steuerte das Boot auf das Dorf zu. Blubbernde Wirbel rührten das stille Flusswasser auf und sie legte schließlich neben dem Boot der Hafenpolizei an. Die Hunde begannen wieder zu bellen.

Die Frau machte den Motor aus, beugte sich über die Reling und rief:

»Ist etwas Besonderes passiert?«

Nils stellt sich mit lauter Stimme vor:

»Kommissar Gunnarsson, Kriminalpolizei. Und das hier«, er

macht eine Geste zum Heck, »sind meine Kollegen von der Hafenpolizei.«

Die Hafenpolizisten tippten an ihre Schirmmützen. Der Jüngere gähnte laut.

Nils konnte es nicht ausstehen, wenn Polizisten sich nicht korrekt benahmen. Allerdings waren Hafenpolizisten auch keine richtigen Polizisten, fand er, sie waren eher eine Art uniformierte Wachen.

»Wir sind hier, weil wir Bengtsson ein paar Fragen stellen wollen«, fuhr er fort. »Und wer sind Sie?«

Die Frau lächelte und streckte die Hand über die Reling.

»Schwester Klara«, sagte sie und schüttelte Nils die Hand. »Ein wunderbarer Morgen, nicht wahr?«

»Schwester? Sind Sie eine Slum-Schwester?«

Er konnte auch Frauen nicht ausstehen, die sich der Wohltätigkeit widmeten, sowohl die Vermögenden, die Essenskörbe ausgaben, als auch die Religiösen, die Broschüren mit altklugen Bibelzitaten verteilten.

»Wenn Sie wollen, können Sie mich so nennen«, rief die Frau und warf ein paar Fender über die Backbordseite. »Ich bin auch ausgebildete Krankenschwester. Ich schaue ab und zu mal nach den Leuten im Treibgutsammlerdorf. Vor allem nach den Frauen und Kindern. Ich versuche, meine Besuche früh am Morgen zu machen, wenn die Männer sich nach den nächtlichen Eskapaden ausschlafen.«

»Aber heute scheint niemand zu Hause zu sein«, sagte Nils und nickte Richtung Dorf, von wo aus die Hunde sie misstrauisch beobachteten. Sie hatten aufgehört zu bellen, aber sie folgten jeder Bewegung mit den Augen.

»Ach, das kommt darauf an, mit welchem Anliegen man kommt.« Schwester Klara bückte sich und hob eine große Segeltuchtasche hoch. »Ich möchte nach einem Kleinen schauen, der Probleme mit dem Magen hat. Als ich das letzte Mal hier war, war er blass und mager wie ein kleines Gespenst. Er hatte vier Tage lang Durchfall gehabt. Mal sehen, ob die Medizin, die ich ihm gegeben habe, gewirkt hat. Und dann möchte ich die Wunde einer alten Frau neu verbinden.«

»Die Magenmedizin wird wohl nicht viel helfen, wenn man sie mit dem Flusswasser hinunterschluckt«, sagte der jüngere Hafenpolizist. »Dieses Pack hier isst und trinkt doch alles. Sie können sich nicht vorstellen, was die unten im Hafen alles aufheben. Verdorbene Apfelsinen. Kartoffelschalen. Fischabfälle, die nicht einmal die Möwen haben wollen. Kein Wunder, dass die Kinder Durchfall bekommen. Aber mit der Zeit gewöhnen sie sich daran. Die älteren scheinen es ausgezeichnet zu vertragen. Die haben Mägen wie der Vogel Strauß.«

»Ja, ganz genau«, sagte Schwester Klara sanft. Und fuhr in etwas schärferem Ton fort: »Und sie haben Schwimmhäute zwischen den Fingern wie die Frösche, stehlen wie die Raben und können im Dunkeln sehen wie die Katzen. Nicht wahr? So redet man doch über die Treibgutsammler, oder? Aber es sind Menschen, keine Tiere. Menschen!«, zischte sie und schaute dem verblüfften Hafenpolizisten in die Augen.

»Aber sie *haben* Schwimmhäute zwischen den Fingern«, protestierte er. »Das stimmt wirklich, Fräulein.«

»Ja«, bestätigte Nils. »Ich habe es neulich selbst bei einem Jungen gesehen. Zwischen dem Zeigefinger und dem Mittelfinger.«

Schwester Klara nickte.

»Syndaktylie«, sagte sie. »Eine angeborene Fehlbildung. Ein oder zwei Finger oder Zehen sind durch eine dünne Haut miteinander verbunden. Die meisten Treibgutsammler haben es. Sie scheinen nicht darunter zu leiden. Und es bedeutet *nicht*, dass sie mit Ottern oder Fröschen verwandt sind. Oder gut schwimmen können. Die meisten Treibgutsammler können überhaupt nicht schwimmen, obwohl sie ihr ganzes Leben am Wasser verbringen. Unfälle, bei denen jemand ertrinkt, kommen hier häufig vor. Ob Sie es glauben oder nicht.«

»Ich glaube es Ihnen, Schwester Klara«, sagte Nils.

Allmählich gefiel ihm diese Slum-Schwester richtig gut. Sie schien weder Kaufmannsgattin noch von der Heilsarmee zu sein.

Schwester Klara stellte die Tasche auf dem Bootssteg ab und folgte mit dem Haltetau. Die Hunde versammelten sich bellend um sie herum. Sobald sie das Boot festgemacht hatte, ging sie in die Hocke und schüttelte etwas aus einer Tüte, die sie aus der Tasche geholt hatte. Es sah aus wie Schlachtabfall.

Nils ergriff die Gelegenheit und ging auch an Land. Die Hunde waren mit Fressen beschäftigt und kümmerten sich nicht um ihn. Die Hafenpolizisten folgten rasch seinem Beispiel, und alle drei gingen sie zur Hütte von Panama-Bengtsson.

Nils klopfte an die Tür.

»Bengtsson! Hier ist die Polizei. Wir wollen mit Ihnen reden.«

Er bekam keine Antwort. Ein Huhn betrachtete ihn mit schräggelegtem Kopf.

»Bengtsson!«, versuchte er erneut.

Er versuchte, die Tür zu öffnen, aber die Tür schien von innen mit einem Haken verschlossen zu sein.

»Dieses Schloss sollte kein Problem für uns sein«, sagte der ältere Polizist und wedelte mit einem Brecheisen, das er aus dem Boot mitgenommen hatte.

Ein leichtes Aufhebeln genügte, um die Tür zu überwinden.

In der Hütte fanden sie die junge Mutter mit dem Kleinkind, die Nils auch schon beim letzten Mal gesehen hatte. Das Kind lag nackt auf einer Matratze auf dem Boden, die Frau, die es offenbar gerade wickelte, nahm es rasch auf den Arm. Sie starrte die drei Polizisten erschrocken an und drückte das Kind an sich. Sonst war niemand in der Hütte.

»Sie brauchen keine Angst zu haben«, sagte Nils. »Wir suchen Bengtsson. Wissen Sie, wo er ist?«

Sie schüttelte heftig den Kopf.

Sie verließen die Hütte. Keiner der Treibgutsammler war zu sehen. Das ganze Dorf schien geschlossen und verrammelt.

Unten am Bootssteg fütterte Schwester Klara immer noch die Hunde. Nils hatte noch nie eine Slum-Schwester getroffen, die Hundefutter dabeihatte. Aber es war offensichtlich effektiv. Die Hunde schienen satt und träge zu sein. Sie schüttelte die leere Tüte aus und steckte sie in die Tasche zurück.

»Kommen Sie öfter hierher ins Dorf?«, fragte Nils.

»Hin und wieder.«

Einer der Hunde leckte ihre Hand. Schwester Klara lachte und kraulte ihn hinter dem Ohr.

»Haben Sie hier schon mal einen gut angezogenen Herrn gesehen? In einem hellen Anzug und mit einem Seidenschal? Um die dreißig. Braune, lockige Haare, glattrasiert.«

Sie wandte sich vom Hund ab und schaute Nils an.

»Das klingt nach dem Mann im Rennboot.«

»Wer ist das?«

»Ich weiß nicht, wer er ist. Er kam mit wahnsinniger Geschwindigkeit. Beinahe hätte er meinen Kahn gerammt, als er anlegte. Hier bist du aber gründlich am falschen Ort, mein Guter, habe ich gedacht. Bengtsson kam mit dem Gewehr über der Schulter aus der Hütte und ich dachte, er würde ihm eine Ladung Schrot verpassen. Aber er schien erwartet zu werden. Ich ging zu einer der Frauen in die Hütte, und als ich etwas später wieder herauskam, waren der Mann und das Boot verschwunden. Es scheint ein kurzer Besuch gewesen zu sein.«

»Wann war das?«

Schwester Klara überlegte.

»Irgendwann im Frühjahr. Ich hatte gerade den Kahn ins Wasser gebracht. Die Bäume hatten noch nicht ausgeschlagen.«

»April?«

»Ende April, Anfang Mai. Aber jetzt muss ich mich um meine Angelegenheiten kümmern, solange die Hunde satt und dankbar sind und mich liebhaben. Wenn Sie also hier fertig sind, wäre es mir recht, wenn Sie gehen würden. Ich werde nicht reingelassen, wenn ich drei Polizisten im Schlepptau habe, verstehen Sie. Und ich würde wirklich gerne nach dem kranken kleinen Jungen schauen.«

»Wir wollten gerade gehen«, sagte Nils und kletterte an Bord. »Es freut mich, Sie getroffen zu haben, Schwester Klara. Ich hoffe, dem Kind geht es besser.«

Er hob die Hand zum Abschied. Aber sie hatte sich bereits umgedreht und war mit der Segeltuchtasche über der Schulter unterwegs zu den Hütten.

4

»Bengtsson hat also gelogen«, sagte Nordfeldt. »Ich würde zu gern wissen, was unser gut angezogener Herr im Treibgutsammlerdorf zu erledigen hatte. Wie gesagt, man soll den Hund nicht nach dem Fell beurteilen, aber hier ist das Fell das Einzige, wovon wir ausgehen können.«

Nordfeldt wickelte ein großes Paket in dickem Papier, das auf seinem Schreibtisch lag, auf. Er holte das Jackett des Toten hervor, das jetzt ganz trocken, aber verschmutzt vom braunen Schlamm des Flusses war, er hielt es hoch, damit Nils es richtig sehen konnte.

»Gute Qualität«, sagte er.

Er faltete das Jackett zusammen, legte es auf den Schreibtisch und holte nacheinander eine doppelreihige Weste aus dem gleichen Stoff wie das Jackett, eine kleinkarierte Hose, ein Hemd, den mit getrocknetem Blut befleckten fliederfarbenen Seidenschal und schließlich einen einzelnen Schuh hervor, weinrot, mit einem Lochmuster auf der Vorderkappe.

»Sehr feine Sachen. So etwas können wir beide uns nicht leisten.«

»Und in den Taschen war nichts, was einen Hinweis geben könnte, wer es ist?«, fragte Nils.

»Alle Taschen waren leer. Kein Kleingeld, Kinokarten oder Ähnliches. Das ist ziemlich ungewöhnlich.«

Nordfeldt packte die Kleider wieder in das Packpapier, band eine Schnur darum und überreichte Nils das Paket.

»Gehen Sie damit zu einem Schneider und fragen Sie, ob ihm die Kleider etwas sagen. Wo sie gekauft worden sein könnten, ob es eine Maßanfertigung oder Fabrikware ist und so weiter. Ich könnte natürlich einen Wachtmeister schicken, aber ich meine, es ist besser, wenn Sie das machen, Gunnarsson. Ich habe das Gefühl, wir haben es hier mit einem speziellen Fall zu tun, und ich möchte noch nicht allzu viele einbeziehen.«

»Ich verstehe. Haben Sie inzwischen herausgefunden, wo der Klaviersaitenmörder sich aufhält?«

»Noch nicht genau. Arnold Hoffman, so heißt der Mann, ist offenbar ein richtiges Monster. Man kann ihn nicht mit anderen Gefangenen unterbringen, die Wächter haben alle schreckliche Angst vor ihm. Er ist im Lauf der Jahre zwischen allen möglichen Gefängnissen und Nervenkliniken hin und her geschickt worden. Die Gefängnisleiter sagen, er ist verrückt und muss ins Irrenhaus. Und die Chefs im Irrenhaus sagen, er ist klar in der Birne und muss ins Gefängnis. Wo er im Moment ist, habe ich noch nicht herausbekommen. Aber wenn er ausgebrochen wäre, dann hätten wir das erfahren, ganz sicher.«

Nils machte sich mit dem großen Paket auf dem Gepäckträger des Fahrrads auf den Weg. Er begann mit den einfacheren Herrenausstattern, die fast alle nur noch Konfektionsware verkauften, und machte dann weiter bei den Maßschneidern. Beim siebten Versuch – einem alteingesessenen Familienunternehmen, das seit einem halben Jahrhundert die Kundschaft aus der Großhändler- und Reedergesellschaft bediente – wurden seine Bemühungen mit Erfolg belohnt.

Als er das Paket auf dem Tresen auspackte, wich der zierliche Schneidermeister vor Schreck einen Schritt zurück, die Frisur mit dem schnurgeraden Seitenscheitel geriet ein wenig in Unordnung.

»Aber ... die sind ja ganz ruiniert!«, rief er aus.

»Die Kleider gehören zu einem toten Mann, der im Sävefluss gefunden wurde«, erklärte Nils. »Wir versuchen herauszubekommen, wer es war. Vielleicht können Sie uns einen Hinweis geben.«

»Hat man ihn im *Sävefluss* gefunden? Das ist ja fürchterlich!«

Nils nickte ernst.

»Ich würde nicht mal ein Taschentuch in den Sävefluss tunken«, sagte der Schneider und verzog das Gesicht vor Ekel. »Das Wasser ist unglaublich schmutzig. Die Fabriken leiten alles Mögliche hinein. Die reinste Schmutzbrühe.«

»Es geschah ein Stück flussaufwärts. Nicht in der Nähe der Fabriken.«

»Aha? Nun ja, vielleicht ist es da ein bisschen sauberer. Aber trotzdem.« Er betrachtete das Jackett und schüttelte den Kopf. »Was für ein Jammer. Diesen Cheviotstoff bekommt man nur, wenn man die richtigen Beziehungen hat. Ich bestelle den Stoff in London.« Er senkte die Stimme und fügte, gleichsam in Vertrauen, hinzu: »Kontakte meines Vaters aus seiner Zeit bei Savile Row.«

»Wollen Sie damit sagen, dass Sie dieses Jackett genäht haben?«, fragte Nils.

Der Schneider schaute ihn an, verwirrt und verletzt.

»Wer sonst könnte es gewesen sein? Mein Vater lebt nicht mehr. Meinen Sie, irgendwer in dieser Stadt außer mir wäre zu diesem Handwerk fähig? Natürlich habe ich das genäht.«

»Erinnern Sie sich, wer es bestellt hat?«

»Wenn ich mich nicht täusche, dann war es Direktor Viktorsson.«

Mit so wenig Hautkontakt wie möglich durchsuchte der Schneider die schmutzigen Kleidungsstücke. Er hob den fliederfarbenen Seidenschal in einem Pinzettengriff an und betrachtete ihn gründlich, ehe er ihn mit einem bedauernden Seufzer wieder auf den Kleiderberg segeln ließ.

»Ja, das war er ganz bestimmt.«

»Viktorsson?«, sagte Nils interessiert. »Wissen Sie auch den Vornamen?«

»Wir sprechen unsere Kunden nicht mit Vornamen an. Wir verwenden Titel und Nachnamen.«

»Oder haben Sie vielleicht eine Adresse oder Telefonnummer?«

»Das war nicht nötig. Direktor Viktorsson kam immer her und holte seine Kleidung selbst ab.«

»Wissen Sie sonst etwas über ihn? Zum Beispiel, in welcher Firma er Direktor war? In welcher Branche?«, versuchte Nils.

Der Schneider dachte ein paar Sekunden nach und schüttelte dann den Kopf.

»Nein, das weiß ich tatsächlich nicht. Er war Geschäftsmann, mehr weiß ich nicht. Ein Selfmademan. Offenbar erfolgreich. Er ist also verstorben? Im Sävefluss? Sehr traurig. Es war ihm sehr wichtig, proper auszusehen. Wollte immer das Allerbeste haben. Seine Hemden brachte er zu Nimbus. Auf meine Empfehlung. Die einzige Wäscherei, der man vertrauen kann, wenn es um Hemden dieser Qualität geht. Allerdings«, fügte er mit einem bedauernden Blick auf das Hemd des Toten hinzu, »*das hier* wird man nie wieder sauber bekommen.«

»Vielen Dank für Ihre Hilfe«, sagte Nils und schlug die Kleidung wieder in das Packpapier ein.

»Ach, ich konnte Ihnen ja keine große Hilfe sein«, sagte der Schneider betrübt. »Aber das Jackett, das Sie tragen.« Seine Augen blitzten plötzlich auf. »Mit *dem* könnte ich Ihnen vermutlich helfen. Wir haben wunderbare Gabardinejacketts dieses Typs hereinbekommen. Ich könnte Ihnen einige zeigen.«

»Sehr freundlich«, sagte Nils lächelnd. »Ich glaube jedoch nicht, dass die etwas für meine Brieftasche sind.«

»Verstehe, verstehe«, sagte der Schneider. »Nun ja, mit diesem schicken Fedora«, er machte eine graziöse Bewegung in Richtung von Nils' Hut, »da fällt gar nicht auf, dass das Jackett ein wenig abgetragen ist. Braun steht Ihnen wirklich.«

Auf dem Schild der Wäscherei Nimbus prangte ein weißer struppiger Hund mit einem gefalteten Hemd im Maul und der witzigen Zeile: *HUNDerte, ja tausende sind zufrieden mit unserer Wäscherei und Bügelei. Nimbus – für ein überragendes Ergebnis!*

Das Unternehmen hatte sich offenbar einer Werbefirma anvertraut.

Und das Ergebnis war tatsächlich überragend.

Kaum hatte Nils seine Frage gestellt, da hatte die effiziente Dame am Tresen schon das Kundenverzeichnis der Firma durchgeblättert, gleichzeitig rief sie laute Befehle in die dampfenden Hinterräume und nahm per Telefon eine Kundenbestellung entgegen. Mit dem Telefonhörer an die Schulter gedrückt schrieb sie schnell etwas auf einen Zettel und reichte ihn Nils.

Kurz darauf radelte er zu der Adresse, an die Direktor Viktorsson sich seine Hemden liefern ließ. Eine recht bescheidene Adresse für einen Direktor.

Niemand öffnete, als Nils an die Wohnungstür klopfte.

»Wollen Sie das abgeben?«, fragte eine Frau in Strickjacke und Pantoffeln, die hinter ihm im Treppenhaus auftauchte. Sie deutete auf das Kleiderpaket, das Nils auf dem Arm hatte, er hatte es nicht auf dem Gepäckträger lassen wollen.

»Direktor Viktorsson ist auf Geschäftsreise«, verkündete sie, ehe er antworten konnte. »Ich kann es so lange aufbewahren, ich bin seine Vermieterin.«

»Sehr freundlich von Ihnen«, sagte Nils. »Noch besser wäre es, wenn Sie mir die Tür aufschließen könnten. Ich bin von der Polizei. Wir haben Grund zur Vermutung, dass Direktor Viktorsson etwas zugestoßen ist, und ich muss in seine Wohnung.«

Die Vermieterin betrachtete bestürzt seine Polizeimarke. Sie nickte, ging schnell den Schlüssel holen und ließ ihn in die Wohnung.

Viktorssons Geschmack, »nur das Allerbeste«, galt offenbar nicht für die Wohnungseinrichtung. Außer den notwendigsten Möbeln gab es nichts. Zusammen mit der Vermieterin als neugieriger Zuschauerin verschaffte Nils sich rasch einen Überblick.

Im Schrank hingen mehrere gut geschnittene Anzüge und Hemden. Aber die Unterwäsche in der Kommode war abgetragen und hatte Löcher. Im Vorratsschrank gab es eine Tüte Haferflocken, eine Dose Hering und etwas Knäckebrot.

»Er isst meistens im Restaurant«, erklärte die Vermieterin, sie stand mit verschränkten Armen am Türpfosten und folgte Nils mit den Augen.

»Sie sprachen von einer Geschäftsreise«, sagte er und schloss die Tür des Vorratsschranks. »Wissen Sie, wohin er reisen wollte?«

»Keine Ahnung. Er fuhr in alle möglichen Städte. Er ist ein viel beschäftigter Mann.«

»Hat er ein eigenes Auto?«

»Ja, sicher. Ein sehr elegantes Auto. Normalerweise parkt er es auf dem Hof. Aber jetzt ist es nicht da. Deshalb nehme ich an, dass er auf Geschäftsreise ist.«

Ihr kam ein Gedanke. »Hatte er einen Autounfall?«

»Nein, es handelt sich um einen anderen Unfall«, sagte Nils.

»Ach ja, es passieren so viele schreckliche Dinge«, seufzte sie. »Daran sind die Maschinen schuld. Autounfälle, Eisenbahnunfälle, Unfälle mit der Elektrizität. Früher war es ruhiger.«

Nils antwortete nicht. Er durchsuchte die Schubladen. Es gab so gut wie keine Küchenutensilien. Er verließ den Raum und ging wieder ins Schlafzimmer, gefolgt von der Vermieterin.

In der Schublade des Nachttischs fand er einen Eintrittspass für die Jubiläumsausstellung von 1923. Wie viele andere hatte Viktorsson ihn als Souvenir aufgehoben. Nils erinnerte sich, wie aufregend dieser Jubiläumssommer für ihn selbst gewesen war. Die Eintrittskarte war als Pass gestaltet – die Ausstellung war wie ein fremdes Land, und der Aufenthalt dort kam einem vor, als wäre man im Ausland. Jetzt war alles wieder verschwunden.

Der Pass war ausgestellt auf Edvard Viktorsson. Das Foto zeigte einen jungen Mann mit zielbewusstem Blick, kantigem

Kinn und wilden Locken unter der Hutkrempe. Nils war ziemlich sicher, dies war der Mann, den er im Treibgutsammlerdorf und im Leichenschauhaus gesehen hatte.

»Ein gutaussehender junger Mann, nicht wahr?«, sagte die Vermieterin über seine Schulter.

Nils steckte den Pass in die Tasche.

»Ja, dann möchte ich Sie nicht länger aufhalten. Vielen Dank, dass Sie mich eingelassen haben«, sagte er und ging zur Haustür.

»Haben Sie gefunden, wonach Sie suchten?«

»Ja, für den Moment reicht es. Ich werde vielleicht später noch einmal wiederkommen.«

»Und der Herr Direktor? Glauben Sie, dass er wiederkommt?«

»Nein, das glaube ich nicht.«

Er nahm das Paket, das er auf einen Stuhl neben der Tür gelegt hatte. Die Vermieterin sah aus, als würde sie ihre rechte Hand dafür geben, zu erfahren, was in dem braunen Packpapier war.

Mit dem Ausstellungspass in der Tasche und den eingeschlagenen Kleidern auf dem Gepäckträger radelte Nils zurück zum Polizeirevier und erstattete Kommissar Nordfeldt Bericht. Der rief sofort beim Zentralregister in der Köpmansgatan an, wo über die Einwohner der Stadt nach einem ausgeklügelten Kartensystem Buch geführt wurde. Es war ein Gespräch mit mehreren Pausen, am anderen Ende der Leitung wurde in Regalen gesucht, auf Leitern geklettert und in Karteikästen geblättert. Schließlich bekam er die Informationen, die er brauchte, und legte auf.

»Edvard Viktorsson wurde 1897 auf Bronsholmen geboren«, sagte er.

»Auf der Pestinsel?«, fragte Nils erstaunt. »Wo die Quarantänestation ist?«

»Die Quarantänestation ist geschlossen. Da draußen gibt es nicht mehr viel, wovon man leben kann. Viktorsson zog schon 1913 in die Stadt, also als Sechzehnjähriger. Er hat als Abwäscher, Lagerarbeiter und Chauffeur gearbeitet. Er hat für das letzte Jahr so gut wie kein Einkommen angegeben und fast keine Steuern bezahlt. Besitzt einen Hillman-Wagen von 1923. Interessant, nicht wahr? Einfacher Junge aus den Schären, der sich von Hering und Knäckebrot ernährt und allerlei schlecht bezahlte Gelegenheitsarbeiten macht. Und: Direktor, der ein Luxusauto und ein Rennboot besitzt und sich die Anzüge in der snobbigsten Schneiderei der Stadt nähen lässt. Das klingt fast nach zwei Personen.«

»Oder nach einer Person, die gerade dabei ist, den Sprung von einem Leben in ein anderes zu machen«, sagte Nils. »Und mitten im Sprung getötet wird.«

5

Nils' Schicht war zu Ende, er blieb jedoch noch eine Weile im Büro. Er setzte sich in die Ecke im Obergeschoss, in der sich die bescheidene Bibliothek des Polizeireviers befand. Es kam immer öfter vor, dass er sich nach dem Ende des Arbeitstages hier auf dem unbequemen Holzstuhl in ein Buch über ein berühmtes Verbrechen vertiefte. So konnte er die Rückkehr nach Hause um ein paar Stunden hinauszögern.

Früher war er gern nach Hause gekommen. Stolz und zufrieden stellte er sein Fahrrad vor dem alten Holzhaus im Stadtteil Masthugget ab, ging in den ersten Stock und schloss die Tür zu seiner Wohnung, ein Zimmer mit Küche, auf. Seit dem letzten Jahr jedoch betrat er die Wohnung, die Stille und die Einsamkeit mit einem Gefühl von Schwere auf der Brust. Er war einunddreißig Jahre alt. Eine Frau hätte ihn mit dem Abendessen und einem Kuss begrüßen sollen. Einige der Kinder, die auf dem Hof vor dem Fenster spielten, hätten seine sein sollen.

Die Ehefrau, die er wollte, hätte vermutlich nicht mit dem Abendessen auf ihn gewartet. Und sie hätten natürlich nicht mehr in diesem Arbeiterviertel gewohnt. Wie würde sein Leben aussehen, wenn Ellen seine Frau geworden wäre? Wäre das je eine Möglichkeit gewesen?

Er hatte sie im Sommer 1923 kennengelernt, im Sommer der Ausstellung, als Göteborg sich so verändert hatte und so viel Eigenartiges passiert war. Sie hatten sich nach dem Sommer weiterhin getroffen, in Cafés und zu Hause in seiner Wohnung. *Die Krone und der Löwe*, die Zeitung, für die Ellen geschrieben hatte, war eine spezielle Zeitung für die Jubiläumsausstellung gewesen, und sie war eingestellt worden, als die Ausstellung ihre Pforten schloss. Ellen hatte versucht, bei einer anderen Zeitung eine Anstellung zu bekommen. Sie war mit ihrer Mappe voller Artikel zu verschiedenen Redaktionen gegangen, aber das Ergebnis ihrer Suche war nur ein Auftrag gewesen: eine Reportage über den Abbau der Jubiläumsausstellung. Zusammen mit einem Fotografen hatte sie das verlassene Areal besucht und eine melancholische Betrachtung über die Vergänglichkeit der Dinge geschrieben. Es war eine ganze Seite geworden. Nils hatte den Artikel aufgehoben.

Um ihre Chancen zu verbessern, hatte Ellen einen Abendkurs in Stenografie besucht. Der Unterricht fand an den Montag- und Donnerstagabenden statt, aber bald ging sie nur noch an den Montagen hin, denn donnerstags hatte Nils abends frei, und da war sie stattdessen bei ihm. Später brachte er sie dann zum Zug. Ihre Eltern wussten nichts von ihrem Verhältnis.

Für eine kurze Zeit waren sie auch körperlich ein Liebespaar gewesen. Sie hatte es so gewollt. Sie wollte Erfahrungen sammeln. Nils war der Meinung gewesen, dass sie zuerst heiraten sollten. Ellen hatte ihn ausgelacht und gesagt, er sei altmodisch. Sie hatte ihn überredet. Nun ja, er ließ sich nur zu gern überreden. Es hatte keine Folgen gehabt, und als sie ihre Erfahrungen gemacht hatte, war sie zufrieden und wollte kein Risiko mehr eingehen. Es schien sogar so, als habe sie das Interesse an ihm verloren. Vielleicht war er ja nur ein Schritt auf dem Weg in ihrem Streben, eine Neue Frau zu werden, über die so viel in den Zeitungen geschrieben wurde. Modern, unabhängig und befreit.

Eines Abends Ende Januar wollte er sie zum Zug bringen. Sie kamen gemeinsam aus seinem Haus. Es war kalt, und er hatte den Arm um ihre Schultern gelegt. Vor dem Haus stand eine Gruppe Herren. Einer von ihnen deutete mit seinem Spazierstock auf die Hausfassade und redete. Die dicken Bäuche der Herren und die eleganten Wintermäntel verrieten, dass sie keine gewöhnlichen Besucher dieses Viertels waren. Vermutlich kamen sie von der Stadtverwaltung. Es gab das Gerückt, einige dieser alten Holzhäuser sollten abgerissen und neue gebaut werden.

Als Nils und Ellen aus dem Haus kamen, machten die Herren ihnen Platz, eng umschlungen gingen sie den steilen Hügel hinunter. Einer der dickbäuchigen Herren war, wie sich herausstellte, ein guter Freund von Ellens Vater, und er hatte Ellen erkannt.

Am nächsten Tag erfuhr Ingenieur Grönblad, dass seine 19-jährige Tochter aus einem der Häuser gekommen war, die in der Presse als »Rattenlöcher« bezeichnet wurden, im Arm eines zehn Jahre älteren Mannes. Er handelte sofort. Schon eine Woche später wurde Ellen in die Haushaltsschule Bratteborg in der Nähe von Svenljunga geschickt. Laut Prospekt bot man sorgfältige Unterweisung in der Herstellung von einfachen und feinen Speisen, im Backen, Tischdecken, in Konservierung, Haushaltsführung. Die Schule befand sich auf dem platten Land, unangemeldete Herrenbesuche waren nicht gestattet.

Ellen schrieb viele und lange Briefe an Nils. Heitere Betrachtungen über die altmodischen Lehrerinnen, die prächtigen Mitschülerinnen, die albernen Regeln. Sinnliche Beschreibungen vom Einkochen und Brotbacken. Poetische Schilderungen von der Natur und vom Wetter. Nils hatte ihr, so gut er konnte, in seiner kurz gefassten Polizeiberichtsprosa geantwortet. Nach ein paar Monaten kamen Ellens Briefe seltener. Als es Sommer wurde, kamen überhaupt keine mehr.

Kurz vor Weihnachten traf er sie in der Stadt. Es war mitten im Weihnachtsrummel. Sie standen beide vor einem Schaufenster, er sah ihr Spiegelbild zwischen den festlich gekleideten Schaufensterpuppen, erkannte sie jedoch nicht. Dann hörte er ihre wohlbekannte Stimme neben seiner Schulter.

»Frohe Weihnachten, Nils.«

Er drehte den Kopf.

Sie hatte sich verändert. Sie war schlanker. Eleganter. Und da war noch etwas.

»Du überlegst dir, was anders ist, nicht wahr?«, fragte sie. »Ich will dir helfen: Ich habe mir die Haare schneiden lassen.«

Genau! Sie hatte keinen Dutt mehr. Die braunen Haare waren kurz unter den Ohren abgeschnitten und lagen in zwei Spitzen auf den Wangenknochen.

»Das ist hübsch«, sagte er. »Es steht dir.«

Sie hatte oft davon gesprochen, sich die Haare abschneiden zu lassen. Aber Nils hatte es nicht gewollt. Es hatte ihm gefallen, die Haarnadeln aus dem Knoten zu ziehen, sodass die langen Haare wie ein Schal über ihren Rücken und die Arme fielen.

Sie standen sich eine Weile schweigend gegenüber, die Leute um sie herum drängten sich vor dem Schaufenster. Vom Platz vor dem Dom hörte man einen Kinderchor.

»Gehst du immer noch in die Haushaltsschule?«, fragte er schließlich.

»Nein. Der Kurs war an Mittsommer zu Ende.«

»Dann bist du jetzt also eine fertig ausgebildete Hausfrau?«

Sie verzog das Gesicht zu einer Grimasse. Nils verspürte große Lust, dieses kleine, Grimassen schneidende Gesicht zu küssen, aber er beherrschte sich.

»Ja, irgendwie«, sagte sie bitter. »Ich hatte nach dem Grundkurs genug. Meine Mitschülerinnen machten im Herbst weiter. Da konnte man einen Schlachtkurs machen, man lernt, ein ganzes Schwein zu verarbeiten. Die Mädchen hatten enorme Erwartungen. Gar nicht zu reden vom Kurs in Jagdhaushalten, da muss man einen ganzen Elch zerteilen.« Sie verdrehte die Augen.

»Woher bekommen sie den Elch?«, fragte Nils.

»Von einer Jagdgesellschaft in der Gegend. Sie liefern der Haushaltsschule im Herbst einen Elch, das ist eine Tradition. Die Männer schleppen ihn auf den Hof und legen ihn der Vorsteherin wie in einem heidnischen Brauch vor die Füße. Doch, es ist wahr, Nils! Und die Mädchen stehen drum herum und schauen zu, wie die Männer den Elch in Stücke schneiden und das Fleisch in Körben in die Küche bringen.«

Nils lachte.

»Da hast du etwas verpasst, Ellen.«

Sie traten ein paar Schritte zurück, um die Leute vor die Schaufenster zu lassen.

»Ich hätte es keine Minute länger in dieser Schule ausgehalten«, fuhr sie fort. »Ich habe mich dort schrecklich unwohl gefühlt.«

»In deinen Briefen klang es aber anders.«

Sie seufzte. »Am Anfang hat es Spaß gemacht. Eine neue Welt. Diese braven Mädchen vom Land, die zu Bauersfrauen ausgebildet werden sollten und den Jungen vom Nachbarhof heiraten würden. Küchenarbeit. Ich konnte wirklich nichts, ich habe zu Hause nie geholfen. Das war alles neu für mich. Ich beobachtete und hörte zu und schrieb jede Menge Texte darüber, die ich nie irgendwo veröffentlichen kann.«

»Du hast sie stattdessen an mich geschickt. Sie waren sehr unterhaltsam zu lesen.«

»Findest du?«

»Ja, auf jeden Fall.«

Sie lachte ein wenig, der Atem kam wie in kleinen Rauchwölkchen aus ihrem Mund.

»Es ist kalt«, sagte er und rieb sich die Hände. »Sollen wir in eine Konditorei gehen und eine Tasse Kaffee trinken? Oder eine Tasse Schokolade? Ich lade dich ein.«

Sie schaute verlegen drein.

»Nein. Tut mir leid. Ich warte auf meinen Verlobten. Er ist in dem Geschäft hier und kauft ein Weihnachtsgeschenk für mich.« Sie nickte zum Schaufenster.

»Aha. Ich verstehe«, sagte er und lächelte, obwohl die Welt um ihn herum zusammenbrach. »Ja, dann will ich dich nicht länger stören. Es war nett, dich zu treffen, Ellen. Und die Frisur steht dir wirklich gut.«

Sie lächelte höflich zurück. Er verabschiedete sich rasch und verschwand im Gedränge der Straße. Nach zwanzig Metern stellte er sich hinter einen Lastwagen, in dessen Schutz blieb er stehen und betrachtete Ellen. Der Kinderchor vor dem Dom sang ein Weihnachtslied. Er konnte kaum atmen, so fest schlug sein Herz.

Der Verlobte kam mit einem Paket unter dem Arm aus dem Geschäft. Er sah gut aus, irgendwie ausländisch. Er trug einen maßgeschneiderten Mantel mit Persianerkragen und erinnerte an einen russischen Adligen, der während der Revolution auf den Kontinent geflohen war. Er küsste Ellen auf die Wange und sagte etwas, das sie zum Lachen brachte. Dann gingen sie in die Richtung von Nils, er beeilte sich, wegzukommen. Er zitterte immer noch vor Schock.

Seither hatte er sie nie mehr gesehen.

Warum war er so schockiert? Hatte er wirklich geglaubt, dass Ellen ihn jemals heiraten wollte? Hatte er, trotz des abgebrochenen Briefwechsels und eines halben Jahres von totalem Schweigen, immer noch eine winzig kleine Hoffnung genährt? Wie dumm. Das war jetzt auf jeden Fall vorbei.

Nils klappte das Buch, in dem er gelesen hatte, zu – es war ein illustriertes Jiu-Jitsu-Lehrbuch – und stellte es wieder ins Regal. Er holte seinen Hut und seinen Mantel aus dem Arbeitszimmer. Es war höchste Zeit, nach Hause zu gehen.

Als er sich dem Tresen am Eingang näherte, sah er, wie Fräulein Brickman eine Handbewegung machte, die sie oft machte, wenn man ein wenig zu schnell oder zu leise auftauchte: Sie legte etwas unter dem Tresen auf den Schoß. Sie versteckte entweder eine Wochenzeitung oder ein Buch.

»Sie und ich, Fräulein Brickman, wir haben etwas gemeinsam.«

Sie schaute ihn erschrocken an. Vielleicht glaubte sie, er würde mit ihr flirten.

»Wie meinen Sie das, Herr Hauptkommissar?«

»Wir lesen beide gern. Was haben Sie denn heute unter dem Tisch? Romantik oder Spannung?«

Widerwillig holte sie das Buch hervor und reichte es Nils. Er betrachtete den theatralischen Umschlag: eine Frau in einem Negligé, sie lag auf einem Bett, hatte den Kopf zur Seite gedreht, sie starrte ins Leere, war offenbar tot. Ein Vollmond im Fenster beleuchtete Szene mit einem schwachen, bläulichen Schein.

»Aha. *Die Mondscheinmorde* von Leo Brander. Sie lesen also Kriminalromane?«

»Ja. Wenn ich schon in einem Kriminalkommissariat arbeite«, sagte Fräulein Brickman trocken.

»Ja, das ist klar. Und Leo Brander ist gar nicht so schlecht. Ich habe selbst ein paar Bücher von ihm gelesen. Aber sind die nicht ein bisschen zu gewalttätig für Sie?«

Fräulein Brickman schnaubte.

»Pah! Das ist doch nur erfunden.«

Nils lächelte und wollte gerade das Buch zurückgeben, tat es jedoch nicht.

Diese merkwürdige Wunde am Hals von Edvard Viktorsson! Jetzt wusste er plötzlich wieder, wo er über einen solchen Fall gelesen hatte. In Leo Branders Roman *Die rote Halskette* wurden mehrere Frauen ermordet aufgefunden, alle mit einer tiefen Wunde um den Hals. Die Beschreibung des Autors war so detailliert gewesen, dass Nils, ohne zu verstehen warum, im Leichenhaus mit einem Gefühl des Wiedererkennens reagiert hatte.

»Wollen Sie das Buch ausleihen?«, fragte Fräulein Brickman. »Sie können es nehmen, wenn Sie wollen. Ich habe schon erraten, wer der Mörder ist.«

»Wirklich? Sie sollten vielleicht Kriminalpolizistin werden.«

»Darüber habe ich auch schon einmal nachgedacht«, sagte Fräulein Brickman.

6

Der Jensen Verlag bestand nur aus seinem Besitzer Hans Jensen. Er veröffentlichte Heimatliteratur, Gebrauchsanweisungen, Weihnachtszeitungen und Jubiläumsschriften. In den letzten Jahren hatte er es gewagt, auf das neue und sehr beliebte Genre des Kriminalromans zu setzen. In rascher Folge hatte er sieben Bücher von Leo Brander veröffentlicht, die sich als sehr erfolgreich erwiesen hatten.

Nils suchte den Jensen Verlag auf, nachdem er einen ermüdenden Vormittag an den Ufern des Säveflusses verbracht hatte. Zusammen mit einem Polizisten des Lorenzbergreviers war er auf unebenen Straßen umhergefahren und hatte mit potentiellen Zeugen gesprochen. Niemand hatte etwas gehört oder gesehen. Keine Schlägereien, keine Schreie, keine unbekannten Autos oder Boote. Etwas anderes hatten sie auch nicht erwartet. Die Werkstätten und Fabriken an der Mündung des Flusses waren ja nachts geschlossen, weiter oben waren die Ufer zugewachsen und unbewohnt.

Während er im Auto umherfuhr, hatte er die ganze Zeit an Leo Branders Roman *Die rote Halskette* denken müssen. Er sah das Titelbild vor sich: eine dunkle Gasse, eine Straßenlaterne, der Schatten einer männlichen Gestalt an der Hauswand. Und im Vordergrund – selbstverständlich – ein erschrockenes Frauengesicht. Auf allen Büchern von Leo Brander waren erschrockene oder tote Frauen abgebildet.

Am Abend zuvor hatte er das Buch aus seinem Regal geholt und es durchgeblättert, um seine Erinnerung zu verifizieren. Ganz richtig: Der Mörder im Buch hatte ein speziell hergestelltes Mordwerkzeug mit einer Klaviersaite verwendet, genau wie Arnold Hoffman.

Der Autor konnte sich kaum von Hoffmans Morden inspirieren lassen, die Einzelheiten waren der Öffentlichkeit nicht bekannt.

Aber was, wenn Leo Brander den Fall kannte? Wenn er zum Beispiel Polizist war?

Und wenn sich jemand von Branders Buch hatte inspirieren lassen und Edvard Viktorsson auf die mit solchem gruseligen Realismus beschriebene Art getötet hatte? Sodass aus der Wirklichkeit Literatur und dann wieder Wirklichkeit geworden war?

Diese Art von wilden Spekulationen konnte er Kommissar Nordfeldt natürlich nicht präsentieren. Der hätte ihn ausgelacht. Aber der Gedanke ließ ihn nicht los.

Nach der trostlosen Fahndung am Sävefluss hatte Nils sich am Kriminalkommissariat absetzen lassen, der andere Polizist war zur Garage beim Lorenzbergrevier weitergefahren.

Es wäre natürlich praktischer, wenn das Kriminalkommissariat ein eigenes Auto in der Spannmålsgatan stationiert hätte. Das hätte vorausgesetzt, dass die Kommissare es hätten fahren können. Die meisten Polizisten hatten, genau wie Nils, keinen Führerschein, was hin und wieder Anlass zu peinlichen Situationen gab. Zum Beispiel, wenn betrunkene Fahrer Schlangenlinien gefahren waren und dann, mit dem Polizisten auf dem Beifahrersitz, im betrunkenen Zustand das Auto zum Polizeirevier fahren mussten. Die Fahrausbildung der Polizei sollte noch dauern, bis dahin mussten sie sich an den Fuhrpark von Lorenzberg und seine Polizisten mit Führerschein wenden.

Nils war jedoch nicht ins Polizeirevier gegangen, sondern ein paar Straßen weiter zu der Adresse, die er im Telefonbuch gefunden hatte. Und jetzt war er also in dem verräucherten Büro von Verleger Jensen, das über der Druckerei lag.

»Bitte nehmen Sie doch Platz«, sagte Hans Jensen freundlich. Er war ein kleiner Mann mit wachen Augen und aufgekrempelten Hemdsärmeln.

Nils schaute verwirrt um sich. Alles in dem kleinen Zimmer

war mit Papierstapeln, Broschüren und Büchern belegt. An den Wänden türmten sich Stapel mit Pappkartons. Auf den Kartons stand mit Kreide geschrieben *Brander* und das erste Wort des Buchtitels.

»Oh, verzeihen Sie«, sagte Jensen.

Er ging eilig um den Schreibtisch herum und wühlte energisch in einem enormen Papierhaufen. Ein bisher nicht sichtbarer Stuhl mit einem lederbezogenen Sitz kam zum Vorschein. Nils nahm Platz. Unter ihnen war der laute Lärm von den Druckerpressen zu hören.

»Sie hatten sicher einen größeren Verlag erwartet, nehme ich an?«, fuhr Jensen fort.

»Ja, ich hatte tatsächlich gedacht, ein Verlag aus Stockholm würde die Romane von Leo Brander veröffentlichen«, gab Nils zu. »Und dann habe ich festgestellt, dass Sie ganz in der Nähe sind. Gratulation. Die Bücher scheinen ein Verkaufserfolg zu sein.«

»Das kann man wohl sagen«, erwiderte Jensen mit einem zufriedenen Lächeln. »Möchten Sie etwas zu trinken? Ein Glas Bier vielleicht?«

»Danke, da hätte ich nichts dagegen.« Vom Straßenstaub war er ganz trocken im Mund geworden.

Der Verleger nahm den Telefonhörer ab und sagte: »Könnte jemand zu Greta laufen und zwei Pils holen? Mit Gläsern.« Er legte auf und wandte sich an Nils. »Ja, ich werde mir wohl bald neue Räume suchen müssen. Aber ich war schon immer hier. Es wäre ein komisches Gefühl, woanders zu sein. Der Lärm würde mir fehlen.«

Er machte eine Geste in Richtung des Bodens und des Dröhnens der Druckmaschinen.

Sie plauderten über die Buchbranche im Allgemeinen, bis ein Druckerlehrling in einem schmutzigen Arbeitskittel hereinkam. Er brachte zwei Flaschen Bier, auf die jeweils ein Glas gestülpt war. Jensen schenkte ihnen ein. Nils trank ein paar große Schlucke. Das Bier war kalt und schmeckte wunderbar. Er stellte das Glas ab und wischte ein wenig Schaum von der Oberlippe.

»Branders Bücher sind sehr spannend«, sagte Nils. »Aber sind sie nicht etwas zu brutal für die breite Leserschaft?«

Jensen lachte und schüttelte den Kopf.

»Das habe ich auch gedacht. ›So etwas wollen die Leute doch nicht lesen‹, aber ich habe mich geirrt. Sie lieben es. Natürlich nicht alle. Aber erstaunlich viele. Sowohl Frauen als auch Männer. Aus allen gesellschaftlichen Schichten.«

»Sie sind wirklich gut geschrieben«, gab Nils zu. »Und sehr kenntnisreich. Die meisten Kriminalschriftsteller wissen nicht, wovon sie schreiben. Aber Leo Brander hat imponierend detaillierte Kenntnisse über die Welt des Kriminellen. Hat er vielleicht selbst einmal der Polizei angehört?«

»Das ist möglich«, sagte Jensen. »Ich weiß tatsächlich wenig über seinen Hintergrund. Um ehrlich zu sein, ich weiß überhaupt nichts über Leo Brander.«

»Ich nehme an, bei dem Namen handelt sich um ein Pseudonym?«

»Ja, das stimmt.«

»Und wie heißt er wirklich?«

»Ich habe keine Ahnung.«

Nils hob erstaunt die Augenbrauen.

»Aber *das* sollten Sie doch wenigstens wissen? Sie sind schließlich sein Verleger. Wie bezahlen Sie seine Tantiemen?«

Jensens Blick flackerte unruhig.

»Brander hat einen Vertreter, der sich um alle Kontakte kümmert. Ein Jurist hat den Vertrag ausgearbeitet. Es ist alles rechtens«, versicherte er rasch.

An dieser Seite der Angelegenheit war Nils überhaupt nicht interessiert, aber das konnte der Verleger gerne glauben. Er war dann vielleicht eher bereit, über andere Dinge zu sprechen.

»Und wie heißt dieser Vertreter?«, fragte er.

»Es ist eine höchst respektable Person, Doktor Kronborg. Er hat seine Praxis in der Linnégatan. Wir kennen uns über die Odd Fellows. Er hat mir Branders Manuskript gezeigt. Ich wäre sonst nie auf den Gedanken gekommen, Kriminalromane zu verlegen. Aber Doktor Kronborg glaubte an das Buch, und weil wir Ordensbrüder sind, wollte er mir die Gelegenheit geben, bevor er sich an die großen Verlage in Stockholm wandte. Ich war, wie gesagt, zögerlich. Aber Kriminalromane sind ja jetzt modern, und Kronborg hat eine gute Nase für Geschäfte. Ich beschloss also, einen Versuch zu wagen.«

»Ohne zu wissen, wer der Autor ist?«

»Ja. Das war seine Bedingung. Und wie Sie vielleicht verstehen können, habe ich es keine Sekunde bereut. Leo Brander liefert zwei Bücher im Jahr, eines zu Weihnachten und eines zum Sommer. Saubere Manuskripte. Gutes Schwedisch. Es ist fast keine Bearbeitung nötig. Und was für eine Handschrift!«

Jensen stand auf und ging zu einem Metallschrank, schloss ihn auf und holte einen Stapel Manuskripte heraus, den er Nils reichte.

»Schauen Sie mal!«

Nils blätterte durch die obersten Seiten. Die Handschrift war gut zu lesen und ästhetisch ansprechend, ohne Tintenkleckse. Die Zeilen waren tadellos gerade, obwohl das Papier nicht liniert war.

»Der Traum jeder Lehrerin«, konstatierte er.

»Und jedes Verlegers«, sagte Jensen mit einem Lächeln. »Leo Brander verlangt keinen Vorschuss. Er beschwert sich nie über schlechte Werbung. Verkauft sich wie geschnitten Brot. Und man braucht ihn nicht zu treffen. Wenn alle Schriftsteller wie Brander wären, dann wäre das Verlegen eine reine Freude.«

»Wenn ich es als recht verstehe, haben Sie keinerlei Kontakt mit Leo Brander? Weder persönlich noch schriftlich?«

»Nein. Wenn Sie mit ihm in Kontakt kommen wollen, müssen Sie sich an Doktor Kronborg wenden. Aber ich fürchte, das nützt nichts. Jede Menge Journalisten haben es schon versucht, ohne Erfolg.«

»Haben Sie schon einmal darüber nachgedacht, ob vielleicht Doktor Kronborg selbst diese Bücher schreibt?«, fragte Nils.

Jensen lachte.

»Doktor Kronborg hat viele Talente, aber die Kunst des Schreibens gehört nicht dazu. Er ist eher praktisch begabt.«

»Nun, dann möchte ich Ihnen danken, dass Sie sich die Zeit genommen haben«, sagte Nils. Er trank sein Glas aus und stand auf. »Und danke für das Bier.«

Das Wartezimmer von Doktor Kronborg war eingerichtet wie ein Salon in einem hochherrschaftlichen Haus, mit Rokokomöbeln und Brokatvorhängen. Es war leer.

Nils nahm den Hut ab, klopfte rötliche Lehmreste vom Fluss ab, die an seinem Hosenbein eingetrocknet waren, und setzte sich vorsichtig auf einen der zierlichen Stühle. Von der Linnégatan hörte man den Lärm einer vorbeifahrenden Straßenbahn.

Kurz darauf öffnete sich die Doppeltür zum Behandlungszimmer, eine Schwester mit gestärkter Haube trat herein.

»Oh, es ist ja noch jemand da!«, sagte sie und schaute Nils erstaunt an. »Es ist fast fünf, der Doktor empfängt heute keine Patienten mehr. Aber wenn Sie schon mal da sind, werde ich mich erkundigen.«

Sie verschwand durch die Doppeltür und kam nach wenigen Sekunden wieder, gnädig nickend.

»Es geht in Ordnung. Der Doktor empfängt Sie.«

Doktor Kronborg saß hinter einem Schreibtisch und schrieb etwas, vielleicht in ein Journal. Hin und wieder warf er rasche Blicke durch seine Goldrandbrille auf einen Notizblock. Hektische Wangenröte blühte oberhalb seines grauen, gepflegten Bartes. Er war um die fünfzig, vermutete Nils. Körperlich gut beieinander. Hinter ihm hing ein Ölgemälde in einem Goldrahmen, es stellte einen Fuchs und eine Tanne dar. Wenn der weiße Kittel nicht gewesen wäre, hätte man ihn für einen Großhändler halten können, eifrig mit Rechnungen beschäftigt.

»Doktor Kronborg«, sagte Nils.

Der Doktor brummte etwas, er schrieb ohne hochzuschauen noch eine Weile weiter, bis er mit einer entschiedenen Bewegung einen Punkt setzte und sich Nils zuwandte.

»So«, sagte er in einem Tonfall, der besagte, dass er nun bereit war, seine ganze Aufmerksamkeit seinem Patienten zu widmen. »Wie geht es Ihnen?« Und noch ehe Nils antworten konnte, griff er nach seinem Stethoskop und fügte routinemäßig hinzu: »Ziehen Sie das Hemd aus.«

»Mir geht es ausgezeichnet, danke«, sagte Nils. »Und ich möchte mein Hemd lieber anlassen.« Er holte die Polizeimarke aus der Innentasche.

»Hauptkommissar Gunnarsson, Kriminalpolizei. Ich bin nicht als Patient hier.«

»Aha«, sagte der Doktor. Er nahm das Stethoskop aus den Ohren und zeigte auf den Besucherstuhl. »Womit kann ich Ihnen helfen?«

Nils setzte sich.

»Ich ermittle in einem Mordfall, und ich möchte gerne in Kontakt mit dem Schriftsteller Leo Brander kommen.«

Eine Wanduhr schlug fünf spröde Schläge, sie blieben wie ein Klingeln in der Luft hängen. Der Doktor schaute ihn abwartend über den Brillenrand an.

»Aha?«

»Soweit ich verstanden habe, sind Sie die Vertretungsperson für Leo Brander. Ich wäre Ihnen sehr dankbar, wenn Sie mir seinen richtigen Namen und seine Adresse mitteilen könnten.«

»Das verstehe ich nicht ganz. Wissen Sie, welche Art von Büchern Brander schreibt? Kriminalromane. Fiktion. Was könnte das mit einem Kriminalfall zu tun haben?«

»Vermutlich nichts. Aber ich möchte ihn treffen.«

Kronborg verzog kummervoll das Gesicht.

»Ja, da bekommen wir Probleme«. Er klopfte leicht mit dem Stift auf den Schreibtisch und dachte nach. »Verstehen Sie, Leo Brander ist mein Patient. Und die Schweigepflicht gebietet es mir, die Identität meiner Patienten für mich zu behalten.«

»Aber Sie sehen ihn hin und wieder?«

»Ja. Soll ich ihm vielleicht etwas von Ihnen übermitteln?«

»Ich würde ihn lieber persönlich treffen«, sagte Nils.

»Hm.« Der Doktor nahm die Brille ab, rieb sich die Augen und verzog gequält das Gesicht. »Sie stellen mich wirklich vor ein Dilemma. Ich würde Ihnen gerne helfen. Aber Leo Brander ist seit einigen Jahren krank. Sehr krank. Selbst wenn ich seine Identität preisgeben würde, könnte er keine Besucher empfangen.«

»Aber er arbeitet. Er schreibt zwei Bücher pro Jahr«, bemerkte Nils.

Der Doktor nickte.

»Ja, gewiss, er ist fleißig. Verstehen Sie, es handelt sich nicht um eine körperliche Krankheit. Sondern um Nervenschwäche. Er hat keinerlei Probleme zu schreiben. Es geht ihm dadurch sogar besser. Ich habe sein Talent rein zufällig entdeckt. Er kritzelte ständig auf Papier, das Pflegepersonal glaubte natürlich, alles sei nur Unsinn. Ich habe mir jedoch angeschaut, was er schrieb, und festgestellt, es waren äußerst lesenswerte Geschichten. Sehr spannend. Ich konnte fast nicht aufhören zu lesen. Man konnte kaum glauben, dass sie von einem Amateur geschrieben waren. Während seiner Krankheit hat mein Patient jede Menge Kriminalromane gelesen, sowohl auf Englisch als auch auf Schwedisch. Er hat also gelernt, wie sie aufgebaut sind. Ich habe ihn ermuntert weiterzuschreiben und versprochen, einen Verleger für ihn zu finden.«

»Ihren guten Freund Jensen«, sagte Nils.

»Ganz genau. Als mein Patient sein Buch gedruckt in der Hand hielt, blühte er geradezu auf, es war ganz fantastisch. Für ihn war das ein großer Fortschritt. Seither hat er immer weitergeschrieben. Es gibt seinem Leben einen Sinn. Abgesehen davon ist es recht inhaltslos und tragisch. Aber er kann keine Besucher empfangen. Er ist sehr gebrechlich.«

»Wenn man seine Bücher liest, kann man sich kaum vorstellen, dass Leo Brander *gebrechlich* ist.«

Doktor Kronborg drohte leicht mit dem Finger.

»Na, na. Nun machen Sie den häufigen Fehler, den Autor mit seinem Werk zu verwechseln. Stagnelius war krank und abstoßend hässlich, aber er schrieb wunderbare Gedichte über Liebesbegegnungen, die er nie erlebt hat.«

»Interessieren Sie sich für Literatur, Herr Doktor?«

»Ein wenig«, sagte Kronborg mit einem leichten Schulterzucken. »Mein großes Interesse gilt vor allem der Kunst.«

»Das sehe ich. Ich sitze hier, betrachte das Bild hinter ihnen und frage mich die ganze Zeit: Ist das wirklich ein *echter* Liljefors?«

Der Doktor lächelte verschmitzt, senkte die Stimme und sagte: »Wenn man bedenkt, was ich dafür bezahlt habe, dann hoffe ich *wirklich nicht*, dass es eine Fälschung ist. Gefällt es Ihnen?«

Nils legte den Kopf ein wenig schief und betrachtete das Bild.

»Es hat etwas«, gab er zu. »Füchse sind faszinierende Tiere. Das Fell ist sehr gut wiedergegeben. Aber Sie sehen es ja nie, wenn Sie mit dem Rücken zum Bild sitzen. Es sind vor allem Ihre Patienten, die das Bild genießen können.«

»Das können die gerne tun«, gluckste der Doktor. »Ich habe zu Hause noch mehrere Werke von Liljefors. Er ist mein Lieblingsmaler«, erklärte er stolz.

»Was mögen Sie besonders an ihm?«

»Die Ehrlichkeit«, sagte der Doktor resolut. »Die unbestechliche Ehrlichkeit. Im Unterschied zu diesem Lügenbold Carl Larsson. Wohlgeratene Kinder, Sonnenschein und Geranien.« Er verzog den Mund zu einer Grimasse. »Widerliche, süßliche Heuchelei. Bei Liljefors gibt es nichts Einschmeichelndes. Er bildet die Welt so ab, wie sie ist, bis ins kleinste Detail. Welke, tote Pflanzen. Einen regenschweren Himmel. Raubtiere, die ihre Beute fressen. Er schreckt nicht vor der Wahrheit zurück, und das verleiht den Werken ihre Schönheit. Ich habe mir ein kleines Landhaus zugelegt, in das ich mich nach meiner Pensionierung zurückziehen möchte, um mich dem Fischen und der Jagd zu widmen. Meine Sammlung an Liljeforsgemälden passt dort sehr gut hin.«

»Ganz bestimmt«, sagte Nils. »Nun ja.« Er stand auf. »Dann möchte ich Sie nicht länger stören, Herr Doktor. Vielen Dank.«

»Ach, das war doch nicht der Rede wert. Aber bevor Sie gehen, muss ich Sie fragen: In was für einem Verbrechen ermitteln Sie?«

»Tut mir leid, Herr Doktor. Auch wir Polizisten haben Schweigepflicht.«

»Eins möchte ich nur noch hinzufügen, falls mein Patient unter Verdacht stehen sollte, so hat er ein wasserdichtes Alibi«, sagte Doktor Kronborg. »Er steht Tag und Nacht unter Bewachung.«

7

Am nächsten Morgen hatte Nils kaum sein Arbeitszimmer betreten, als Kommissar Nordfeldt in Hemd und Hosenträgern in der Tür stand. Er brummte etwas Ähnliches wie »Guten Morgen«, deutete auf sein eigenes Zimmer und fügte sehr deutlich hinzu:
»Jetzt!«
Nils folgte seinem Chef in dessen Zimmer, das Wand an Wand mit seinem eigenen lag, jedoch viermal so groß war.
Als Nils vor zwei Jahren zum stellvertretenden Hauptkommissar ernannt worden war, bekam er auch ein eigenes Arbeitszimmer. Die Ernennung und das eigene Zimmer waren eine Art Belohnung dafür, dass er Kommissar Nordfeldt das Leben gerettet hatte. Ein Betrüger, der verhört werden sollte, hatte versucht zu fliehen, indem er sich den Weg frei schoss. Im Tumult war Wachtmeister Olander, ein guter Freund von Nils, getötet worden, Nordfeldt überlebte dank Nils' Einschreiten.
Seit diesem Tag herrschte zwischen Nils und seinem Chef ein merkwürdiges, angespanntes Verhältnis. Ein Knäuel unausgesprochener und widersprüchlicher Gefühle, die keiner von beiden richtig erklären konnte.
Der Umzug von Nils aus dem Zimmer der Wachtmeister in ein eigenes neben dem Chef wurde nicht von allen Kollegen begrüßt. Es war klein, nicht viel mehr als eine Kammer, und es hatte eine Direktverbindung mit dem des Kommissars, was den Eindruck verstärkte, dass er der Diener des Chefs war.
Er hatte geglaubt, die Ausbildung auf der Polizeischule würde eine Veränderung mit sich bringen. Eine Bestätigung, den Platz wirklich verdient zu haben. Auf die Stelle als Kriminalkommissar hatte er sich ganz normal beworben und sie auch bekommen, das war keine Belohnung für irgendeinen alber-

nen Heldenmut, und er war auch niemandem zu Dank verpflichtet. Und doch gab es eine Reibung, sowohl im Verhältnis zu Nordfeldt als auch zu Kollegen, die Nils untergeordnet waren.

»Was haben die Nachforschungen gestern erbracht?«, fragte der Kommissar, als sie sich einander gegenüber an seinem Schreibtisch niedergelassen hatten.

»Niemand am Fluss hatte etwas gehört oder gesehen«, sagte Nils.

»Das habe ich in Ihrem Bericht gelesen. Er ist um zehn nach zwei erstellt worden. Was haben Sie den Rest des Tages gemacht?«

»Mir ist etwas eingefallen, dem wollte ich nachgehen. Einen kleinen Moment, Herr Kommissar.«

Er ging zurück in sein Zimmer und holte seine Aktenmappe.

»Lesen Sie Kriminalromane, Herr Kommissar?«, fragte er und öffnete die Mappe.

Er holte sein Exemplar des Buchs *Die rote Halskette* heraus und legte es auf den Schreibtisch vor Nordfeldt.

»Bestimmt nicht«, sagte der Kommissar und verzog angeekelt das Gesicht. »Diese Schriftsteller haben noch nie einen Detektiv gesehen, nicht einmal auf einer Postkarte. Die stolpern ständig über Spuren und Hinweise. Dann sitzen sie mit tiefen Falten auf der Stirn in einem Sessel, und Simsalabim wissen sie, wer der Mörder war. Meistens ein Graf oder ein Professor oder sonst ein feiner Herr. Dabei war es in Wirklichkeit irgendein Betrunkener, er seine Alte oder einen Saufkumpan erschlagen hat. Motiv: ein paar lächerliche Münzen, ein Liter Branntwein oder einfach nur schlechte Laune.«

»Ich weiß«, sagte Nils. »Aber den, finde ich, sollten Sie lesen.«

»Und warum?«

»Weil die Opfer auf genau die gleiche Art ermordet wurden wie Edvard Viktorsson. Garottieren ist wahrlich keine gewöhnliche Mordmethode in Schweden.«

Nordfeldt warf einen flüchtigen Blick auf das Buch, nahm es aber nicht auf.

»Ich lese solche Bücher nicht.«

Nils wusste, dass Nordfeldt überhaupt keine Bücher las.

»Der Name des Autors ist ein Pseudonym. Nicht einmal der Verleger weiß, wer er ist. Der Kontakt läuft über einen Arzt mit einer Praxis in der Linnégatan.«

»Wo Sie natürlich waren und ihre Nachforschungen betrieben haben?«, bemerkte Nordfeldt scharf. »Sie sollten sich vielleicht selbstständig machen? Gunnarssons Detektivbüro?«

»Ich bitte um Verzeihung, Herr Kommissar. Natürlich hätte ich zuerst mit Ihnen reden müssen. Ich kenne ja Ihre Einstellung zu Büchern, besonders zu Kriminalromanen. Aber hier hatte ich das Gefühl, dem müsste nachgegangen werden, also …« Nils suchte nach einer passenden Formulierung.

»Sie beschlossen also, mir nichts zu sagen, weil Sie wussten, ich würde nein sagen. Und gingen dennoch hin. Nun, was haben Sie erfahren? Etwas Wichtiges, nehme ich an, Sie werden mich großzügig an Ihrer kleinen Nachforschung teilhaben lassen.«

Nils berichtete von seinen Besuchen beim Verleger Jensen und bei Doktor Kronborg. Nordfeldt schaute aus dem Fenster und betrachtete die Häuser auf der anderen Seite des Kanals. Er gähnte, kratzte sich im Nacken, gähnte noch einmal. Plötzlich zuckte er zusammen und wandte sich an Nils.

»Wie hat dieser Doktor gleich noch mal geheißen?«

»Kronborg.«

»Interessant!«

Nils versuchte, den Tonfall zu deuten, fand jedoch dieses Mal keinerlei Ironie.

»Nun, jetzt bin ich an der Reihe«, fuhr Nordfeldt fort. »Während Sie gestern draußen unterwegs waren, habe ich versucht, etwas mehr über den Hintergrund von Edvard Viktorsson herauszubekommen. Er ist also auf Bronsholmen geboren und aufgewachsen. Seine Eltern haben auf der Quarantänestation gearbeitet, die jetzt geschlossen ist. Wer etwas mehr aus sich machen wollte, wie Viktorsson, verließ die Insel, aber ein großer Teil des Personals lebt dort immer noch. Viele von ihnen haben ihr ganzes Leben dort verbracht und kennen nichts anderes. Sie hätten vermutlich Schwierigkeiten, in der Stadt Arbeit zu finden.«

»Wovon leben sie? Von der Fischerei?«

Nordfeldt schüttelte den Kopf.

»Es sind keine Fischer. Als diese Station gegen Ende des 18. Jahrhunderts eingerichtet wurde, rekrutierte man Personal aus dem Landesinnern. Die Bevölkerung der anderen Inseln hatten nie dort arbeiten wollen. Die Regeln der Isolierung und das Risiko, sich anzustecken, waren abschreckend. Wie Sie wissen, wird Bronsholmen auch die Pestinsel genannt. Die Marine möchte die Anlage übernehmen. Die Insel liegt strategisch günstig, ganz weit draußen in den Schären. Aber noch ist nichts entschieden. Ich habe versucht herauszubekommen, wofür die Quarantänestation jetzt verwendet wird. Und wissen Sie, was ich erfahren habe?«

»Nein.«

»Sie dient als Gefängnis. Eigentlich ein idealer Ort für diesen Zweck. Abgelegen, isoliert, und vom Aussichtsturm hat man freie Sicht in alle Richtungen.«

»Und ich habe gedacht, ich kenne alle Gefängnisse in der Gegend«, sagte Nils erstaunt.

»Das ist nur vorübergehend. Und es gibt auch nur einen Gefangenen. Arnold Hoffman.«

»Der Mann, der seine Opfer mit einer Klaviersaite erwürgt?«

»Genau der. Drei Jahre lang war er der Schwarze Peter der Anstalten, niemand wollte ihn haben. Sowohl das Personal als auch die anderen Gefangenen hatten schreckliche Angst vor ihm. Dann kam man auf diese geniale Lösung. Es ist darüber diskutiert worden, ob Hoffman in ein Krankenhaus oder ein

Gefängnis gehört, und die Idee einer Quarantänestation ist ja, beides zu sein. Versorgen der Angesteckten und einsperren, um Ansteckung zu verhindern.«

»Das Personal in der Station hat also eine neue Aufgabe bekommen. Einen einzigen Gefangenen zu bewachen?«

»Ganz genau. Und wenn der Gefangene Arnold Hoffman ist, bedeutet das vermutlich Vollbeschäftigung für das gesamte Personal.«

»Du liebe Güte«, murmelte Nils.

»Ich bin noch nicht fertig. Der ehemalige Quarantänearzt hat auch eine neue Aufgabe. Er wohnt zwar nicht mehr auf der Insel, aber er macht dort regelmäßige Besuche. Was glauben Sie, wie er heißt?«

»Kronborg?«, sagte Nils zögernd.

»Ganz genau. Doktor Sivert Kronborg.«

»Du liebe Güte«, sagte Nils erneut. »Der gebrechliche Leo Brander ist also der Mörder Arnold Hoffman.«

»So sieht es aus.«

»Und die Nervenklinik, von der Doktor Kronborg sprach, ist ein ausbruchsicheres Gefängnis auf einer Insel! Kein Wunder, dass Leo Brander einen Vertreter für seine Verlagskontakte braucht.«

»Ja, gelinde gesagt überraschend. Es erstaunt mich, dass ein Arzt mit diesem Ansehen sich für so eine Zusammenarbeit hergibt.«

»Geld«, sagte Nils trocken. »Sie werden es vielleicht nicht glauben, Herr Kommissar, aber Kriminalromane können sehr einträglich sein. Leo Brander schreibt zwei im Jahr. Ich wüsste zu gerne, wie diese Vereinbarung mit dem Verlag aussieht.«

»Da, wo Hoffman jetzt ist, hat er nicht viel Verwendung für sein Geld.«

»Nein. Aber Doktor Kronborg hat einen Bruno Liljefors in seiner Praxis. Und zu Hause auch noch einige, behauptet er. Er kann kaum Interesse an einer näheren Untersuchung dieses

Geschäfts haben. Er sagte, sein Patient sei sehr krank, und man könne ihn nicht besuchen.«

»Er ist krank, daran besteht kein Zweifel«, sagte Nordfeldt mit einem kalten Lachen. »Aber besuchen kann man ihn. Ganz gleich, in welchem Zustand er ist. Wir müssen uns vergewissern, dass Hoffman wirklich auf Bronsholmen und dort sicher untergebracht ist. Es wäre auch interessant zu erfahren, ob er Kontakt mit jemandem hatte – dort oder in einer früheren Einrichtung –, den er die Kunst des Garottierens hätte lehren können.«

»Wenn Sie *Die rote Halskette* lesen würden«, sagte Nils mit einem Nicken in Richtung des Buchs auf dem Schreibtisch, »dann würden Sie erkennen, was für eine perfekte Anweisung man hier bekommt. Viktorssons Mörder muss Hoffman nie getroffen haben. Das Buch könnte genügt haben.«

»Sie haben großes Vertrauen in die Macht der Literatur, Gunnarsson.«

Nils zuckte mit den Schultern.

»Die Übereinstimmungen könnten reiner Zufall sein«, fuhr Nordfeldt fort.

»Möglich. Aber dass das Opfer ausgerechnet auf der Insel aufgewachsen ist, auf der Hoffman jetzt einsitzt, das scheint doch ein bisschen mehr als Zufall zu sein, nicht wahr?«

Der Kommissar schaute ihn aus zusammengekniffenen Augen an.

»Wollen Sie hinfahren, Gunnarsson? Oder soll ich jemand anderes schicken?«

»Ich werde hinfahren«, sagte Nils bestimmt.

»Gut. Ich möchte diese Informationen noch nicht allzu weit streuen. Auf der Insel gelten immer noch die Quarantänebestimmungen. Das heißt, man kann nicht einfach so an Land gehen. Man muss das Boot nehmen, das zur Station gehört, und Kronborg muss eine Erlaubnis geben.«

»Ich werde mit ihm reden«, sagte Nils.

»Was haben Sie ihm über die Ermittlungen erzählt?«

»Nichts. Nur dass es Ermittlungen gibt.«

»Gut. Das genügt vorerst. Sollte er mehr Informationen verlangen, um seine Erlaubnis zu geben, dann müssen Sie ihm vielleicht sagen, wir ermitteln in einen Mordfall. Aber nichts zur Identität des Toten. So wenig Information wie möglich.«

Nils lehnte sein Fahrrad an das verschnörkelte Eisengitter. Er trat ein und ging die mit einem roten Teppich belegte Marmortreppe bis in den dritten Stock, wo Doktor Kronborg seine Praxis hatte.

Dieses Mal war er nicht allein im Wartezimmer. Einige gut gekleidete Damen saßen auf Stühlen und blätterten zerstreut in Illustrierten. Nils setzte sich ebenfalls und wartete brav, bis er an der Reihe war.

»Was für eine schreckliche Hitze, nicht wahr?«, sagte die nach Lavendel duftende Frau neben ihm. »Meine Kopfschmerzen werden hundertmal schlimmer in dieser Hitze. Wie glühende Nägel. Doktor Kronborg empfahl eine Luftveränderung, mein Mann und ich waren den ganzen Juni in Zell am See. Ein wunderbarer Ort, kennen Sie es? Das sollten Sie wirklich einmal versuchen. Alpenluft ist die beste Medizin. Meine Kopfschmerzen waren wie weggeblasen, während wir dort waren. Aber irgendwann muss man ja wieder nach Hause.« Sie seufzte und schaute Nils traurig an. »Ich werde den Doktor bitten, mir ein solches Pulver zu verschreiben. Damit man nachts wenigstens schlafen kann. Doktor Kronborg ist der beste Arzt der Stadt, nicht wahr? Ich empfehle allen meinen Freundinnen, hierherzukommen.«

Nils nickte zustimmend, dann war glücklicherweise er an der Reihe.

»Sie schon wieder!«, rief Doktor Kronborg ärgerlich aus, als die Krankenschwester ihn einließ. »Wenn es um Leo Brander geht, kann ich nur wiederholen, was ich gestern gesagt habe: Ich gebe *keine* Informationen über meine Patienten preis. Ich unterliege der Schweigepflicht, das müssen Sie freundlicherweise respektieren. Jetzt können Sie wieder gehen.« Er wedelte abwehrend mit der Hand. »Mein Wartezimmer ist voll mit kranken Menschen. Ich habe keine Zeit für Sie.«

Nils ging ruhig zum Schreibtisch.

»Ich werde mich kurzfassen, Herr Doktor. Sie brauchen Ihre Schweigepflicht nicht zu brechen. Wir wissen bereits, wer Leo Brander ist. Und auch, wo er ist. Ich möchte Sie also nur darum bitten, mich nach Bronsholmen mitzunehmen.«

Der Doktor schaute ihn kühl an.

»Was wollen Sie dort?«

»Ich möchte Arnold Hoffman sehen. Erfahren, wie alles da draußen funktioniert. Mein Chef möchte sicher sein, dass er ordentlich eingesperrt ist.«

Der Doktor lehnte sich mit verschränkten Armen zurück. Er schien zu überlegen, wie er sich zu dieser Situation verhalten sollte.

»Nun denn«, sagte er schließlich. »Es ist wohl das Einfachste, wenn Sie mitkommen, dann ist die Sache aus der Welt. Sie könne nicht ohne mich auf Bronsholmen an Land gehen. Ich bin immer noch der Quarantänearzt, die Bestimmungen sind sehr streng. Ich besuche Bronsholmen immer am Mittwoch. Also übermorgen. Da können Sie mitkommen. Seien Sie am Morgen um sieben Uhr am Holzkai. Sind Sie jetzt zufrieden?«

Nils konnte nicht einschlafen. Die vielen Jahre mit unregelmäßigen Arbeitszeiten hatten sein Gehirn verwirrt, es kannte den Unterschied zwischen Tag und Nacht nicht mehr und befand sich immer in einem Zustand von unruhiger Wachsamkeit.

Todmüde und hellwach zugleich drehte er sich im Bett hin und her, die Gedanken wurden immer merkwürdiger und dunkler, typisch für die Schlaflosigkeit. Schließlich tat er das, was er immer in solchen Nächten tat: Er stand auf, machte das Licht an und holte den Schuhkarton hervor, in dem er die Briefe von Ellen verwahrte. Er hatte sie so viele Male gelesen, er konnte sie fast auswendig.

Obenauf lag der gefaltete Zeitungsartikel mit Ellens Reportage über den Abriss der Jubiläumsausstellung. Der Artikel war kurz vor ihrer Abreise zur Haushaltsschule veröffentlicht worden.

Er setzte sich an den Küchentisch, faltete die Zeitungsseite auseinander und las, was sie über das winterliche, verlassene Ausstellungsgelände schrieb, die Kuppeln, die von der unbarmherzigen Eisenkugel des Abrisskrans zerschlagen wurden, die Türme, die in einer Schneewolke zur Erde stürzten.

Man kann es kaum glauben, dass diese Märchenstadt mit all ihren zierlichen Gebäuden jetzt in Trümmern liegt: als sie im Frühjahr eröffnet wurde, war es wie ein Traum. Dann begann man, an den Traum zu glauben, ja, er wurde bald so wirklich, er wurde wie selbstverständlich. Und jetzt muss man einsehen, dass es trotz allem nur ein Traum war. Es war nie die Absicht gewesen, etwas Bleibendes zu schaffen. Einen Sommer lang durften wir alle diese fantastischen Dinge erleben. Jetzt ist es vorbei und wir müssen zur grauen Wirklichkeit zurückkehren.

Aber wir sind nicht mehr die, die wir einmal waren. Der Traum hat uns verändert. Vielleicht ist genau das der Sinn von Träumen?

Es war mitten in der Nacht. Die Nachbarn auf der anderen Seite der Wand schliefen wahrscheinlich tief. Und sollten sie zufällig aufwachen und ein schwaches, trauriges Jammern hören, dann würden sie vermuten, der Wind pfeife in den undichten Fenstern, oder an den Todeskampf einer Ratte in einer Falle denken. Niemand hätte sich in seinen wildesten Fantasien vorstellen können, dass Hauptkommissar Gunnarsson weinte.

8

Es versprach ein schöner Tag zu werden. Der Himmel war klar, bis auf einen winzigen Wolkenfetzen. Völlig allein hing er im blauen All, wie ein kleines Gespenst aus einer anderen Welt, das sich verirrt hatte.

Draußen auf dem Fluss herrschte schon lebhafter Betrieb. Doktor Kronborg stand am Kai, er trug einen hellen Leinenanzug und einen Strohhut.

»Guten Morgen, Herr Hauptkommissar«, grüßte er. »Das perfekte Wetter für einen Bootsausflug, nicht wahr?«

Er führte Nils zu einem länglichen Motorboot aus rotbraunem Mahagoniholz, das zwischen den weißen Schärenbooten vertäut lag. Im Cockpit stand ein junger Mann mit Schiffermütze und blinzelte in die Sonne.

»Ich habe heute einen Gast dabei, Artur«, rief der Doktor. »Hauptkommissar Gunnarsson von der Kriminalpolizei. Er will schauen, ob wir uns gut benehmen und die Regeln einhalten.«

Der junge Mann grinste breit. Man merkte, dass er das oft tat. Die Lachfältchen um seine Augen zeichneten sich in seiner sonnengebräunten Haut ab wie helle Strahlen.

»Willkommen an Bord der Eira«, rief er Nils zu. »Geben Sie acht, das Deck kann rutschig sein.«

»Was für ein Morgen!«, rief Doktor Kronborg begeistert aus, als sie durch den Hafeneingang fuhren. »Ist die See da draußen genauso brav, Artur?«

»Wie ein Spiegel, Herr Doktor«, versicherte der Bootsführer von seinem Platz am Ruder.

»Damit sind wir wahrlich nicht verwöhnt«, sagte der Doktor.

Artur erhöhte die Geschwindigkeit, und das Boot schoss davon wie ein geworfener Speer. Es zog vorbei an Schärenbooten und Freizeitseglern. Die Leute winkten ihnen zu, der Doktor winkte fröhlich mit seinem Strohhut zurück. Als seien sie auf dem Weg zu einem Picknick an einem Badestrand und nicht zu einem ausbruchsicheren Gefängnis mit dem gefährlichsten Mörder des Landes.

»Ein fantastisches Boot!«, rief Nils dem Bootsführer zu. »Wie schnell fährt es?«

Artur drehte sich von seinem Platz am Ruder um und lachte stolz.

»Sie macht leicht bis zu 20 Knoten!«

Sie ließen die größeren Inseln hinter sich, das Meer öffnete sich zum Horizont. Weiter draußen im Sonnenglitzern konnten sie Bronsholmen erahnen, wie einen unansehnlichen, flachen Streifen. Als sie näherkamen, schien die Insel sich zu erheben und bekam Konturen. Bald konnte man Felsen, Bewuchs und Gebäude erkennen.

Zwei identische Krankenhausgebäude lagen nebeneinander in der Bucht. Die verwitterten Fassaden ragten aus dem Wasser. Links davon war ein Magazingebäude mit einem gemauerten Kai, an dem ein altes Fischerboot lag. Ein großes Schild mit dem Text: *Quarantänestation. Unbefugten ist das Betreten verboten* erhob sich aus einem Felsvorsprung am Eingang der Bucht.

Der Bootsführer ignorierte den Kai und fuhr mit langsamer Geschwindigkeit direkt auf das eine Krankenhausgebäude zu. Nils wollte gerade fragen, was er da machte, als er einen niedrigen Gewölbebogen im steinernen Fundament bemerkte. Ganz langsam glitt das Boot in die Öffnung, als würde es von einem großen Maul verschluckt. Für einen Moment lang wurde es kühl und dunkel um sie herum, dann waren sie in einem größeren Raum, einer Art Bootshaus unter dem Krankenhausgebäude.

»Diese Durchfahrt verlangt seinen Kapitän«, sagte Nils beeindruckt, als sie auf der schmalen steinernen Plattform, die das Bassin des Bootshauses einfasste, an Land gegangen waren.

»Kein Problem bei Niedrigwasser«, sagte Artur. »Schlimmer ist es bei Hochwasser und Sturm.«

»Ein eigenartiger Ort«, murmelte Nils und sah sich um.

Das Sonnenlicht kam durch schmale Öffnungen in den steinernen Wänden und durch das Gewölbe, das sie gerade passiert hatten. Außer dem Motorboot waren hier noch einige Ruderboote vertäut. Das Glucksen des Wassers hallte wie die Stimmen unseliger Geister. Nils hatte das Gefühl, in einer Höhle zu sein.

Er schaute hinauf zu den Balken und Holzbrettern, aus denen das Dach des Bootshauses und der Fußboden des Krankenhausgebäudes bestand. Im Dunkeln glaubte er ein ausgeschnittenes Viereck zu erkennen.

»Irre ich mich, oder ist da oben eine Luke?«, fragte er.

Der Doktor folgte seinem Blick.

»Das stimmt. Sie haben scharfe Augen.«

Während Artur Kisten mit Lebensmitteln auslud, erzählte der Doktor weiter:

»Früher wurden die Kranken auf diesem Wege aufgenommen. Wer sich angesteckt hatte, wurde direkt vom Schiff hierhergebracht. Dann zog man ihn in einer Wiege aus Segeltuch hinauf in das Aufnahmezimmer. Dort legte man ihn in eine Badewanne und kleidete ihn mit speziellen Greif- und Schneidewerkzeugen an langen Stielen aus. Die Kranken durften nicht berührt werden, verstehen Sie. Die Krankenhausangestellten trugen Wachstuchuniformen und wuschen sich mit Essigwasser. Die Hygieneregeln waren ausgesprochen streng. Das Personal folgt ihnen immer noch bis zu einem gewissen Grad, das werden Sie merken. Sie sind sehr konservativ, das sitzt ihnen in den Knochen. Ich habe nichts dagegen. Im Gegenteil. Wachsamkeit, feste Abläufe und ein gut trainiertes Sicherheitsdenken sind ideal in der gegenwärtigen Situation, da werden Sie mir sicher zustimmen.«

Der Doktor ging am Ende der Plattform eine Treppe hinauf,

und Nils folgte ihm. Sie kamen an der anderen Seite des Krankenhauses heraus. Der Sonnenschein blendete sie nach dem Dunkel im Bootshaus, Nils hielt sich eine Hand über die Augen.

»Und wo befindet sich Hoffman?«, fragte er.

»Im Observationskrankenhaus«, sagte der Doktor und zeigte auf das Zwillingsgebäude nebenan. »Das ist sicherer.«

Er sprach weiter, während sie an der Bucht entlanggingen:

»Das hängt mit der früheren Funktion der Quarantänestation zusammen. Die Patienten im Pestkrankenhaus – wo wir gerade angekommen sind – waren wirklich krank und hatten weder Kraft noch Lust zu fliehen. Im Observationsgebäude hingegen waren die untergebracht, die keinerlei Krankheitssymptome hatten, aber doch in Quarantäne gehalten werden mussten. Die meisten waren völlig gesunde und starke Seeleute, sie wollten nach einer langen Seereise so schnell wie möglich in den Hafen kommen. Wenn man sie nicht ordentlich eingesperrt hielt, dann flohen sie. Wussten Sie übrigens, das Wort Quarantäne stammt vom italienischen Wort *quarantena* ab, was so viel bedeutet wie eine Periode von vierzig Tagen. Im 15. Jahrhundert hielt man Schiffe, die in Venedig ankamen, so lange vor der Stadt in Isolation, um sicher zu sein, dass an Bord niemand mit der Pest angesteckt war.«

»Das wusste ich tatsächlich nicht. Aber jetzt gehen wir doch weg vom Observationsgebäude«, bemerkte Nils. »Wollten Sie mir nicht Arnold Hoffmans Zelle zeigen?«

»Wir werden Hoffman gleich besuchen«, versicherte Doktor Kronborg. »Ich möchte Ihnen zunächst noch die Insel zeigen, wenn wir schon mal hier sind. Es dauert nicht lange. Das Wetter ist ganz wunderbar. Dann nehmen wir im Haupthaus einen kleinen Imbiss ein. Das mache ich immer, wenn ich hierherkomme. Ich habe Artur gebeten, der Küche auszurichten, dass ich einen Gast mitbringe.«

Sie verließen die Quarantäneanlage an der Bucht und folgten einem gut ausgetretenen Pfad zwischen Felsbrocken und einem kleinen Wäldchen mit niedrigen, dicht gewachsenen Bäumen und Büschen. Nils war erstaunt, wie viel Grün so weit draußen im Meer wuchs.

»Aber richtige Bäume sind es ja wirklich nicht«, sagte der Doktor. »Das Feuerholz müssen wir aus der Stadt mitbringen, genauso wie einen Großteil des Trinkwassers. Und natürlich Lebensmittel. Heutzutage fahren wir so oft wie möglich mit der Eira, dem Motorboot. Das ist wirklich ein Segen. Für größere Transporte verwenden wir die Bellona, den alten Fischkutter, den wir in der Einfahrt gesehen haben.«

Der Doktor schien sehr vertraut mit der Felslandschaft zu sein. Er ging mit leichten, raschen Schritten, die Wangen über dem hellgrauen Bart glänzten rosig, er wirkte zehn Jahre jünger als gestern, als Nils ihn in seiner Praxis besucht hatte. Die gespielte Überlegenheit war verschwunden. Er fühlte sich ganz offensichtlich wohl auf der Insel.

Nils notierte, dass er die ganze Zeit *wir* sagte, als rechne er sich immer noch zu den Bewohnern der Insel, obwohl er jetzt in der Stadt wohnte und seiner hauptsächlichen Tätigkeit in der Linnégatan nachging.

Die Unterkünfte der Angestellten lagen weiter im Innern der Insel, nette, aber schlecht unterhaltene Häuschen, umgeben von Apfelbäumen, kleinen Gärten und einer alten Scheune mit eingebrochenem Dach.

Ein Mann, der Kartoffeln ausgrub, schaute Nils misstrauisch an.

»Wir haben heute Besuch von Hauptkommissar Gunnarsson«, sagte der Doktor.

Der Mann ließ den Spaten fallen. Eilig nahm er seine Mütze ab, verbeugte sich übertrieben tief, ohne ein Wort zu sagen, und fuhr dann in rasender Geschwindigkeit mit dem Graben fort, als sei er auf der Suche nach dem Mittelpunkt der Erde und nicht nach Kartoffeln.

»Sie sind Besucher nicht gewöhnt«, erklärte der Doktor, als

sie sich ein Stück entfernt hatten. »Für sie sind Fremde eine potenzielle Ansteckungsgefahr. Sie müssen entschuldigen, wenn sie Abstand halten.«

»Wie viele Angestellte wohnen auf der Insel?«, fragte Nils.

»Im Moment etwas über zwanzig. Früher waren es erheblich mehr.«

»Kennen Sie eine Familie mit Namen Viktorsson?«

Der Doktor blieb stehen und schaute Nils an.

»Warum in aller Welt fragen Sie das?«, fragte er.

»Ich stelle hier die Fragen, Herr Doktor.«

Doktor Kronborg lachte.

»Und ich werde Ihnen gerne antworten. Es gibt auf der Insel keine Viktorssons mehr. Aber ich kenne die Familie. Der Mann war Quarantäneknecht, wie man früher sagte. Er ist vor langer Zeit gestorben, bevor ich herkam. Bis vor ein paar Jahren lebte seine Witwe noch. Sie gehörte zu denen, die ihr ganzes Leben hier verbracht haben, ohne je die Insel zu verlassen. Sie liegt neben ihrem Mann auf dem hiesigen Friedhof begraben. Wir sind gleich da.«

Der kleine Friedhof lag in einer grünen Senke und wurde beschattet von den größten Laubbäumen, die Nils bisher auf der Insel gesehen hatte. Er versuchte, sich ein Leben vorzustellen, in dem die ganze Welt aus der Insel Bronsholmen bestand. Die Androhung, hier wegziehen zu müssen, würde einem vorkommen, wie geradewegs ins schwarze All gestoßen zu werden.

»Hatten sie Kinder?«, fragte er, als sie vor dem mit grünem Moos bewachsenen Grabstein der Eheleute Viktorsson standen. Der Name des Mannes war fast überwachsen, der der Frau jedoch deutlich lesbar.

»Einen Sohn und eine Tochter«, sagte der Doktor ruhig und betrachtete den Grabstein. »Beide zogen in die Stadt, sobald sie erwachsen waren. Bronsholmen hat Jugendlichen nicht viel zu bieten.«

Er wandte sich an Nils. Grüne Laubschatten schaukelten über sein Gesicht.

»Ihre Fragen erstaunen mich, Herr Kommissar. Hat das etwas mit Ihren Ermittlungen zu tun?«

»Vielleicht. Vielleicht auch nicht. Noch kann ich darüber keine Aussage machen«, antwortete Nils.

Sie setzten ihre Wanderung über die Insel fort, kamen an kleinen Schilfbuchten vorbei, bis sie schließlich zur felsigen Außenseite gelangten, wo der Pfad aufhörte und sie über Felsbrocken steigen mussten. Von hier aus konnten sie nun den kleinen Aussichtsturm auf dem höchsten Punkt der Insel sehen. Vor ihnen lag das Meer, glitzernd und unendlich.

»Ja, größer ist die Insel nicht«, sagte der Doktor, als sie wieder an der Ostseite der Insel angelangt waren. »Und jetzt lassen wir uns den Imbiss schmecken, nicht wahr?«

Nils spürte plötzlich, dass er tatsächlich sehr großen Hunger hatte.

Das Haupthaus war ein weißes Holzgebäude, die Architektur hatte etwas unbestimmt Militärisches. Es hatte früher sicher einmal schön und Respekt einflößend ausgesehen, aber jetzt blätterte die Farbe ab, die Fahnenstange stand schief und auf dem moosbewachsenen Dach fehlten mehrere Ziegel.

Im Inneren herrschte ein unangenehmer Kellergeruch. Das Haus hatte offenbar gravierende Schäden durch Feuchtigkeit. Die Holzverkleidung der Eingangshalle war aus dem gleichen dunklen Holz wie die Treppe und das verzierte Treppengeländer. Nils war sich nicht sicher, ob es ein exotisches Holz war oder ob es von Feuchtigkeit und Alter so dunkel war.

Im Speisesaal hingen Porträts von ernsthaften Herren, manche in Uniform, manche im Anzug. Bedeutende Personen aus der Vergangenheit der Quarantänestation, vermutete Nils. Mitten im Raum stand ein Dienstmädchen in weißer Schürze und knickste mit niedergeschlagenen Augen.

»Guten Tag, Märta«, sagte der Doktor. »Ja, da sind wir also, der Hauptkommissar und ich. Würdest du bitte dem Quarantänemeister sagen, dass wir jetzt essen können.«

Sie setzten sich an den gedeckten Tisch, kurz darauf erschien ein magerer älterer Mann, er trug eine doppelreihige Uniform mit Tressen, ungefähr wie ein Kapitän. Die Jacke war fleckig, ein Messingknopf fehlte. Der Doktor stellte sie einander vor:

»Kapitän Rapp, unser Quarantänemeister. Hauptkommissar Gunnarsson.«

Der Quarantänemeister murmelte etwas Unverständliches und setzte sich.

In der Türöffnung zur Küche stand eine ältere Frau mit einer Suppenschüssel. Die Hände des Dienstmädchens, das sie bediente, waren rot und rau. Als sie die Teller füllte, spürte Nils einen stechenden Geruch. Der Doktor bemerkte seine Reaktion.

»Das Personal wäscht sich immer noch mit Essig«, erklärte er, als das Mädchen in der Küche verschwunden war. »Hilft natürlich nicht im mindesten gegen Bakterien, aber alte Gewohnheiten lassen sich nicht so leicht ändern.«

Die Suppe bestand aus Gemüse und war sehr gut, jedoch überraschend stark gewürzt.

»Das mit den Gewürzen kommt auch noch von früher«, fuhr der Doktor fort. »Am Anfang hatte ich Probleme, aber ich habe mich schnell daran gewöhnt. Und Tatsache ist, ich war nie erkältet, als ich draußen wohnte, obwohl es oft feucht, kalt und windig ist.«

»Wie lange haben Sie als Quarantänearzt gearbeitet?«

»Ich bin vor achtzehn Jahren hierhergekommen. Die letzten Jahre hatte ich meine Wohnung und meine Praxis in der Stadt. Aber Bronsholmen steht immer noch unter meinem Schutz.«

»Und Sie, Kapitän Rapp?«

Der Quarantänemeister zuckte zusammen, der Suppenlöffel in seiner Hand zitterte. Es schien ihn zu überraschen, dass er angesprochen wurde.

»Wie lange haben Sie hier gearbeitet?«, fragte Nils freundlich.

Der alte Mann schaute ihn aus wässrigen Augen an, ohne etwas zu sagen. Der Doktor antwortete an seiner Stelle.

»Kapitän Rapp ist schon sehr lange auf der Insel. Er war schon Quarantänemeister, als ich hierherkam. Nicht wahr, Rapp?«

Der Mann brummte nur. Sein Blick hatte etwas Verlorenes, fand Nils. Eigentlich war er zu alt für einen solchen Dienst. Aber da die Station mehr oder weniger aufgegeben war, hatte man sich keine Mühe gegeben, ihn zu ersetzen. Soweit Nils es verstanden hatte, war das Haupthaus sein Zuhause.

Während das Dienstmädchen die Suppenteller abdeckte und eine Platte mit Schweinekoteletts hereintrug, erzählte der Doktor begeistert von den Glanzzeiten der Station, als ausländische Schiffe in der Bucht vor Anker lagen und sowohl das Pestkrankenhaus als auch die Observationsgebäude voll belegt waren.

»Und jetzt müssen Sie sich nur noch um Arnold Hoffman kümmern«, sagte Nils und lächelte dem Dienstmädchen zu, das ihm Sauce auftat.

Als er den Namen Hoffman aussprach, zitterte ihre schrundige Hand so sehr, dass die Sauce wie Regentropfen auf den Teller fiel.

»Hoffman?«, wiederholte der Quarantänemeister und schaute verwirrt von seinem Teller auf. Das war das erste Wort, das Nils ihn sagen hörte.

Es wurde einen Moment lang still.

»Nun ja. *Nur* ist vielleicht nicht ganz der richtige Ausdruck«, sagte der Doktor trocken und fuhr fort mit seinen Schilderungen der ruhmvollen Vergangenheit der Quarantänestation.

Kapitän Rapp aß sein Schweinekotelett mit leerem Blick.

Nach einer Weile unterbrach Nils den Bericht des Doktors:

»Haben Sie jemals einen Fall von Pest behandelt?«

Doktor Kronborg lächelte, als würde diese Frage ihn amüsieren.

»Sie denken, weil das eine Krankenhaus Pestkrankenhaus und die Insel Pestinsel genannt wird? Nein. Gottlob nicht. Die Seeleute haben ja allerlei unbehagliche Dinge mitgebracht. Flecktyphus. Masern. Die Spanische Grippe. Cholera. Ja, diese Station hatte wirklich eine wichtige Funktion. Aber die Pest? Nein.« Er schüttelte nachdrücklich mit dem Kopf. »Obwohl«, fügte er mit einem schelmischen Blinzeln hinzu, »ich besitze immer noch ein kleines Lager mit Pestserum, auf das ich sehr gut aufpasse. Man weiß ja nie, was noch alles passiert. Die Abwicklung der Quarantänestation ist ein großer Fehler, wenn Sie mich fragen.«

»Sie glauben also nicht, dass sie ausgedient hat?«

»Oh nein«, sagte der Doktor, ohne näher darauf einzugehen.

Nach Abschluss der Mahlzeit schlurfte der Quarantänemeister murmelnd aus dem Speisesaal. Nils bemerkte, dass er Pantoffeln trug. Das sah zu seiner Uniform merkwürdig aus.

»Sie müssen ihn entschuldigen«, sagte der Doktor und stand auf. »Er ist vierundsiebzig Jahre alt.«

»Und jetzt gehen wir zu Hoffman? Nicht wahr?«, sagte Nils.

»Selbstverständlich«, antwortete der Doktor und stand auf. »Jetzt gehen wir zu Hoffman.«

Von außen sah das Observationsgebäude genauso aus wie das Pestkrankenhaus daneben, nur dass alle Fenster vergittert waren.

Drinnen saßen ein paar Wachleute um einen Tisch, sie trugen die gleichen altmodischen Uniformen wie der Quarantänemeister, jedoch erheblich einfacher, sackartig und schlecht sitzend, mit ausgefransten Ärmeln. Eine schäbige Uniform ist ein Widerspruch in sich, dachte Nils. Eine Uniform sollte in bestem Zustand sein, um Respekt einzuflößen. Ansonsten wäre keine Uniform besser.

Einer der Wärter versteckte etwas unter dem Tisch, und aus ihren schuldbewussten Blicken schloss Nils, dass sie gerade eine Partie Karten gespielt hatten.

»Das ist Hauptkommissar Gunnarsson von der Kriminalpolizei«, sagte der Doktor mit gebieterischer Stimme. »Er begleitet mich heute zu unserem Patienten. Ich hoffe, das ist in Ordnung?«

»Selbstverständlich, Herr Doktor«, antworteten die Wärter im Chor.

Zwei von ihnen kamen auf die Beine und verbeugten sich rasch vor Nils. Die Schlüsselbunde schepperten gegen ihre Schlagstöcke am Gürtel.

»Dann wollen wir mal«, sagte Doktor Kronborg.

Geführt von den Wärtern passierten Nils und der Doktor eine schwere Eichentür mit mehreren Schlössern und gingen dann zwei Treppen nach oben. Auf jedem Stockwerk konnten sie in die Schlafsäle schauen, die Sonne schien auf den kahlen Holzfußboden und die leeren Eisenbetten.

Ganz oben im dritten Stockwerk passierten sie erneut eine Tür und standen schließlich in einem engen Gang.

Der Doktor wandte sich an einen der Wärter. »Bitte zeigen Sie dem Hauptkommissar unseren Patienten.«

Der Wärter schloss auf und schob in der linken Wand eine Luke zur Seite. Tageslicht strömte in den Gang und man sah ein Gitter. Der Doktor ging einen Schritt zur Seite und bedeutete Nils mit einer Geste, zum Gitter zu treten.

Nils schaute in einen großen kahlen Raum mit weiß gekachelten Wänden, die weit oben angebrachten Fenster waren vergittert. Vermutlich war das früher ein Saal für mehrere Patienten gewesen. In dem Raum gab es nur ein einziges Möbel, eine an der Wand angebrachte Pritsche, die an zwei Eisenketten hing. Auf der Pritsche saß ein Bär von einem Kerl. Sicher fast zwei Meter groß, mit breiten Schultern, einem Stiernacken, massivem Kopf und einem wilden, rotbraunen Bart. Den Blick hatte er auf einen Punkt vor sich auf dem Boden gerichtet.

»Früher hatte er mehr Möbel. Aber er hat alles zusammengeschlagen«, sagte der Doktor mit leiser Stimme. »Dort hinten«, er zeigte auf eine Abtrennung in der hinteren Ecke des Raumes, »gibt es einen Abtritteimer. Vier Männer müssen den Patienten in Schach halten, der fünfte trägt den Eimer hinaus.«

Nils musste an das Nashorn denken, das er einmal in einem Käfig im Zoo von Kopenhagen gesehen hatte, apathisch und doch mit einem schlummernden Zorn in seinem gepanzerten Riesenkörper.

»Aber wo schreibt er denn seine Bücher?«, fragte er.

»Da, wo er jetzt sitzt. Auf der Pritsche. Er bekommt eine Schreibplatte. So.«

Der Doktor nickte einem der Wärter zu, der wiederum ein Schloss öffnete und eine Schublade unter dem Gitter hervorzog.

»Man legt das, was er will – Essen, Medizin, Schreibplatte, Buch – in die Schublade und schiebt sie hinein zum Patienten. Wenn er etwas zurückgeben will, schiebt er die Schublade nach hinten.«

Nils betrachtete die Schublade und den Gefangenen jenseits des Gitters.

»Wollen Sie mir wirklich weismachen, dass er seine Bücher *hier* schreibt?«, rief er erstaunt aus.

»Selbstverständlich.«

Der Doktor drehte sich zu einem Regal an der Wand um und nahm eine Schreibplatte mit einer Klemme, einem Stapel Papier und einem Bleistift herunter.

»Die Wärter schieben die Schreibutensilien am Morgen hinein und holen sie am Abend wieder ab. Die fertig geschriebenen Blätter bewahren sie bei sich im Wachzimmer auf, ich hole sie dann bei meinen Besuchen ab.«

»So hat er also *Die rote Halskette* geschrieben?«

»*Die rote Halskette, Die Mondscheinmorde* und alle anderen Erfolgsbücher«, bestätigte der Doktor. »Er reagiert seine Aggressionen ab, wenn er schreibt. Je mehr er schreibt, desto ruhiger wird er. In den letzten Jahren sind die Ausbrüche seltener geworden.«

Nils betrachtete noch einmal die Bestie, die auf der Pritsche saß, offensichtlich unberührt durch den Beobachter jenseits des Gitters. Sein Blick fixierte immer noch den gleichen Punkt auf dem Fußboden. War das wirklich Leo Brander, der Autor der erfolgreichen Kriminalromane? Schwer zu glauben. Nils erinnerte sich an die Worte des Doktors: »Sie machen den Fehler, den Autor mit seinem Werk zu verwechseln.«

Er drehte sich um und fragte:

»Hat Arnold Hoffman außer Ihnen noch andere Besucher, Herr Doktor?«

»Nein, er darf keine Besucher empfangen. Und ich habe auch noch nie gehört, dass jemand ihn besuchen wollte.«

»Gehen Sie auch einmal zu ihm hinein, oder erfolgt jeglicher Kontakt durch das Gitter?«

»Ja, natürlich gehe ich zu ihm hinein, zusammen mit den Wärtern, um ihn zu untersuchen und zu behandeln. Ich bin schließlich sein Arzt, und früher hat er sich oft selbst Verwundungen zugefügt. Aber ich kann es nicht empfehlen, zu ihm hineinzugehen. Ein fremder Mensch würde ihn sehr nervös machen. Ich habe das Gefühl, er wird jetzt schon ein wenig unruhig.«

Dafür sah Nils keinerlei Anzeichen. Hoffman schien völlig abwesend zu sein. Aber der Doktor sah offenbar etwas anderes.

»Wenn Sie gesehen haben, was Sie sehen wollten, könnten wir jetzt gehen.«

»Gewiss.«

Es war eine große Erleichterung, wieder in den Sonnenschein und die frische, salzige Luft zu kommen. Es wehte jetzt ein wenig Wind, die Leinen der Flaggenstangen schlugen unruhig gegen die Masten.

»Bevor wir wieder in die Stadt fahren, möchte ich eine vollständige Liste mit Namen und Geburtsdatum von allen Wärtern, die Kontakt mit Hoffman haben«, sagte Nils.

»Dafür kann ich sorgen«, sagte der Doktor. »Einen Moment.«

Er ging zum Haupthaus und kam kurze Zeit später mit einem Papier zurück, das er Nils reichte.

»Allesamt tüchtige Fachleute«, sagte er. »Isolieren und kontrollieren, das ist eine Kunst, die niemand besser beherrscht als das Personal einer Quarantänestation.«

Nils faltete das Papier und steckte es in die Innentasche seiner Jacke.

Der Doktor wandte sich an den Bootsführer, der auf der Wiese vor dem Haupthaus stand und eine Zigarette rauchte.

»Der Herr Kommissar und ich sind jetzt fertig.«

»Ich bin jederzeit zur Abfahrt bereit, wann immer Sie wünschen, Herr Doktor.« Artur warf die Zigarette auf den Boden und drückte sie mit einem breiten Lächeln unter der Fußsohle aus.

Kurz darauf gingen der Doktor und Nils durch den Hintereingang des Pestkrankenhauses die Treppe hinunter zum Bootshaus, wo Artur bereits den Motor startete.

Gerade als sie an Bord gehen wollten, hörten sie schnelle Schritte auf der Treppe. Nils drehte sich um. Eine junge Frau mit einem Tuch um die Schultern kam angelaufen.

»Warten Sie, Herr Doktor!«, rief sie außer Atem.

Der Doktor machte keinerlei Anstalten, sie anzuhören. Im Gegenteil, er wandte sich an Artur und ermahnte ihn, sich zu beeilen.

»Bitte, nehmen Sie mich mit in die Stadt!«, bat das Mädchen mit lauter Stimme, um den Motorenlärm zu übertönen. »Ich habe meinen freien Nachmittag.«

»Nach Hause mit dir, Märta!«, rief der Doktor ärgerlich und zeigte zur Treppe. »Du hast nichts in der Stadt verloren.«

»Aber ich habe heute meinen freien Nachmittag«, wiederholte das Mädchen. »Ich habe ein paar Dinge zu erledigen, und dann fahre ich mit Artur wieder zurück.«

Nils erkannte sie. Es war das Dienstmädchen, das ihnen den Imbiss im Haupthaus serviert hatte.

Der Bootsmotor lief jetzt gleichmäßig und ruhig, Artur war bereit zum Ablegen.

»Sie kann doch mitkommen«, sagte Nils zum Doktor. »Es ist Platz genug im Boot.«

Das Mädchen warf ihm einen dankbaren Blick zu und trat einen Schritt näher zu ihm heran, wie ein herrenloser Hund, der ein Herrchen sucht.

»Na, dann komm halt mit«, sagte der Doktor ärgerlich. »Los jetzt, bevor wir hier drin ersticken.«

Sie stiegen alle drei an Bord und setzten sich auf die Bänke im Cockpit, der Doktor und Nils einander gegenüber, das Mädchen neben Nils.

Das Boot tuckerte langsam durch den Gewölbebogen im Felsen und hinaus in die Bucht. Artur erhöhte das Tempo, und sie schossen über das Wasser.

Das Mädchen saß mit dem Gesicht nach vorne. Sie hatte die Augen geschlossen und schien den Fahrtwind und die Spritzer von Salzwasser zu genießen. Nils bemerkte den stechenden Essiggeruch, der von ihr ausging.

Der Doktor saß schweigend auf der Bank, mit einer unzufriedenen Falte in der Stirn. Sonnenreflexe blitzten auf seiner goldgerahmten Brille.

Nils beugte sich zu dem Mädchen und versuchte, sie anzusprechen, aber sie drehte sich heftig von ihm weg und tat so, als würde sie nichts hören. Gerade als sie sich abwandte, erfasste der Wind ihr Schultertuch, es wehte hoch, man konnte die Stelle um ihr Schlüsselbein sehen. Sofort ergriff sie das Tuch und zog es wieder um sich. Die wenigen Sekunden hatten genügt, er konnte die dunklen, fast schwarzen Blutergüsse sehen, die das Tuch verborgen hatte.

Während der ganzen Fahrt saß sie in der gleichen Stellung, mit dem Gesicht im Wind, wie eine Galionsfigur. Als das Boot am Holzkai im Hafen von Göteborg anlegte, kletterte sie rasch aufs Deck. Artur hatte das Boot noch nicht richtig festmachen können, da war sie schon an Land gesprungen, die Mole entlanggelaufen und zwischen Autos und Lastenkarren verschwunden. Der Doktor rief ihr etwas nach, aber sie war schon um die Ecke auf der anderen Straßenseite gelaufen und nicht mehr zu sehen.

»Sie hat es aber sehr eilig«, sagte Nils.

Der Doktor schüttelte besorgt den Kopf.

»Ich hoffe, dass sie wiederkommt. Die Jungen wollen lieber in die Stadt. Aber sie haben auf der Insel sehr beschützt gelebt, sie wissen nichts über das Leben hier. Für ein unerfahrenes Mädchen lauern in der Stadt viele Gefahren.«

Artur hielt das Boot fest, und sie gingen an Land.

»Nun«, fuhr der Doktor fort, als sie auf dem Kai standen, »ich hoffe, Sie sind zufrieden mit Ihrem Besuch auf Bronsholmen.«

»Ich fand es sehr interessant. Es war wirklich nett von Ihnen, mich mitzunehmen.«

»Keine Ursache«, sagte der Doktor herzlich und nahm Nils' ausgestreckte Hand. »Ich wünsche Ihnen Glück bei Ihren Ermittlungen. Hoffentlich finden Sie eine bessere Spur.«

Dann wurde er plötzlich ernst, trat einen Schritt näher an Nils heran und fügte mit gesenkter Stimme hinzu:

»Sie sind der Einzige außer mir, der Leo Branders wirkliche Identität kennt. Ich hoffe, Sie können diese Information für sich behalten.«

»Ich habe keinerlei Grund, etwas zu offenbaren, was nichts mit den Ermittlungen zu tun hat«, sagte Nils.

Der Doktor machte ein Gesicht, als wolle er noch etwas sagen. Er erblickte ein Taxi, winkte es zu sich und verabschiedete sich schnell.

Nils ging zu seinem Fahrrad, das er etwas weiter weg am Kai abgestellt hatte. Er stellte sich aufs Pedal, schwang das Bein über den Sattel und radelte am großen Hafenkanal entlang.

9

An der Kreuzung am Brunnsparken stand ein uniformierter Polizist und regelte den Verkehr mit großen, deutlichen Armbewegungen. Nils konnte schon von weitem sehen, dass es Wachtmeister Mollgren war, ein ehrgeiziger Polizist, der an einer Studienreise nach London teilgenommen hatte.

Die Anzahl der Autos in Göteborg war in den letzten Jahren stark gestiegen, die Polizei hatte jedoch keinerlei Schulung in Verkehrsregelung bekommen. Die Polizisten wurden einfach in die belebtesten Kreuzungen gestellt, da mussten sie sehen, wie sie zurechtkamen, und Ordnung in das Chaos aus Autos, Pferdekarren und Straßenbahnen bringen. Es gab keine einheitlichen Gesten für die Verkehrsregelung, jeder Polizist verwendete seine eigene, persönliche Körpersprache, was oft zu Missverständnissen und Unfällen führte. Die Polizeiführung zeigte keinerlei Interesse für die Situation, deshalb hatte der Sprachclub der Polizisten auf eigene Initiative eine Studienreise nach London organisiert, das Mekka der Verkehrspolizisten. Die Reise fand während der Ferien der Polizisten statt und wurde auch von ihnen selbst bezahlt, die Polizeiführung hatte keinen Pfennig dazugeben wollen. Hinterher heftete sich der Polizeimeister die Ehre an und prahlte in der Presse damit, seine Polizisten hätten eine exklusive Verkehrsausbildung in London erhalten.

Wachtmeister Mollgren stand gerade da, er dirigierte den Verkehr aus der Östra Hamngatan mit der rechten Hand, den linken Arm hielt er horizontal ausgestreckt und stoppte so den Verkehr aus der Gegenrichtung. Ein blank geputzter Studebaker, der von einem Privatchauffeur gefahren wurde, musste anhalten, während Mollgren die Karre eines Lumpensammlers vorbeiwinkte. Der Chauffeur hupte wegen des langsamen Pferdes, der Besitzer des Autos lehnte sich durch die hintere Scheibe heraus und schrie Wachtmeister Mollgren wütend an. Er gehörte offenbar zu denen, die der Meinung waren, die neuen Verkehrspolizisten seien überflüssig, und die alte Regel, nach der das teuerste Fahrzeug immer Vorfahrt hatte, habe ausgezeichnet funktioniert.

Nils schmunzelte angesichts des Auftritts auf der Kreuzung und bewunderte Mollgrens gelassene Würde.

Im gleichen Augenblick trat eine junge Frau mit einer Bobfrisur um die Ecke und in sein Blickfeld. Ellen!

Im Bruchteil einer Sekunde musste er eine Entscheidung treffen. Wie sollte er sich als ehemaliger Verlobter verhalten? Sollte er stehen bleiben, vom Fahrrad springen und mit ihr plaudern? Sollte er weiterfahren, ihrem Blick begegnen und höflich, aber unbeteiligt im Vorbeifahren die Hand an die Hutkrempe legen? Oder sollte er einfach geradeaus schauen und so tun, als hätte er sie nicht gesehen?

Kurze Zeit später war ihm klar, er hätte Letzteres wählen sollen. Geradeaus schauen. Noch bevor er sich entscheiden konnte, war er plötzlich mitten auf der Kreuzung umringt von hupenden Autos, klingelnden Straßenbahnen und Mollgren, der ihn ärgerlich über die linke Schulter anschaute. Er konnte gerade noch vor dem Kühler eines Busses bremsen und um Haaresbreite eine Kollision verhindern, aber er verlor das Gleichgewicht und stürzte. Hauptkommissar Gunnarsson lag also auf dem Pflaster, das Fahrrad über sich, erstaunt betrachtet von seinem Kollegen, seiner ehemaligen Verlobten und jeder Menge Verkehrsteilnehmern.

Mollgren reagierte professionell auf die Situation und stoppte den Verkehr in alle Richtungen. Nils kam auf die Füße, richtete das Fahrrad auf und schob es zur Seite. Da hörte er das Klappern von Damenschuhen. Er drehte sich um und stand Auge in Auge mit Ellen.

»Ist alles in Ordnung, Nils?«, fragte sie.

»Nichts passiert«, murmelte er zwischen den Zähnen. Mit der einen Hand hielt er das Fahrrad und mit der anderen bürstete er sich die Hose ab.

»Was für ein Glück«, sagte Ellen. »Ich finde, wir sollten jetzt die Tasse Schokolade trinken, die wir im Winter verpasst haben.«

Er schüttelte, ohne hochzusehen, mit dem Kopf.

»Ich muss aufs Revier und meinen Bericht schreiben.«

»Bist du im Dienst?«

»Ja.«

»Kannst du den nicht morgen schreiben? Und zunächst diesen Vorfall ermitteln. Du musst die Zeugin vernehmen.« Sie zeigte auf sich selbst.

»Nein.«

»Aber stell dir vor, die Zeitung bekommt Wind davon!« Sie beugte sich vor und zischte dramatisch: »*Schwerwiegender Verkehrsunfall am Brunnsparken. Hauptkommissar missachtete Handzeichen der Polizei. Lebensgefahr für andere Verkehrsteilnehmer.* Das könnte meiner eingeschlafenen Karriere als Journalistin wirklich Auftrieb verleihen.«

Er schaute sie an.

»Versuchst du, mich zu erpressen, Ellen?«

»Ja, unbedingt. Mit einer heißen Schokolade kannst du mich zum Schweigen bringen.«

»Nun ja«, sagte er in gleichgültigem Ton. »Der Bericht kann vielleicht bis morgen warten.«

»Das klingt gut.«

»Und was ist mit deinem Verlobten?«, murmelte er unsicher.

»Ich bin keine Sklavin, Nils. Ich darf mich immer noch frei in der Stadt bewegen und Schokolade trinken, mit wem ich will. Wir gehen jetzt ins Terrassencafé der Gartengesellschaft.«

»Gibt es da auch belegte Brote?«

»Hast du Hunger? Wir können dort auch etwas zu uns nehmen. Sie haben gutes Essen.«

»Nein, ein belegtes Brot genügt«, sagte er und versuchte, sich zu erinnern, wie viel Geld er in der Brieftasche hatte.

Kurze Zeit später saßen sie unter einem Sonnenschirm auf der Terrasse des Restaurants und schauten in den Park. Eine kleine Musikkapelle spielte, vor ihnen plätscherte ein Springbrunnen, umgeben von Blumenbeeten, die rot und gelb in der Abendsonne glühten. Die heiße Schokolade hatte ihre Rolle als Kontaktmittel ausgespielt, sie bestellten stattdessen Bier und Limonade zu ihren belegten Broten.

Die eigenartige Gespaltenheit und Verwirrung, die zu dem Sturz auf der Kreuzung geführt hatte, war noch nicht verschwunden. Wie sollte er sich Ellen gegenüber verhalten? Worüber sollten sie reden?

Zu seinem Erstaunen entwickelte sich das Gespräch ganz natürlich, ihm wurde klar, er musste sich nicht irgendwie besonders benehmen. Vielleicht war das Ganze wirklich vorbei, auch für ihn? Vielleicht war genau das nötig, sie einfach zu treffen, von Angesicht zu Angesicht.

Er vermied es, ihren Ring anzuschauen, er war aus verziertem Silber mit einem winzigen violetten Stein. Nichts Besonderes, aber vielleicht war er antik.

Ellen erzählte von ihrer Zeit in der Haushaltsschule und wie sie den Sommer darauf mit ihren Eltern in einem gemieteten Haus in Fiskebäckskil verbracht hatte.

Nils erfuhr jetzt, wie sie ihren neuen Verlobten kennengelernt hatte. Sie gab die Geschichte sachlich und kurz gefasst wieder: Ihr Bruder Axel war von zwei Freunden besucht worden, zusammen waren sie mit einem weiteren jungen Mann, den weder Axel noch Ellen kannten, nach Fiskebäckskil gesegelt. Die drei jungen Männer blieben ein paar Wochen, Ellen begleitete sie auf Segeltouren und Badeausflügen. Während dieser Wochen waren Georg und sie ein Paar geworden, im Herbst hatten sie sich verlobt.

Er betrieb eine Importfirma in Göteborg und Nils vermutete, dass er ein gutes Einkommen hatte. Er erinnerte sich an Ellens Antwort, als er einmal etwas zögerlich mit ihr übers Heiraten gesprochen hatte: Die Ehe sei nichts für sie, sie sei eine moderne Frau, die nicht »im Käfig« sitzen wollte. Wenn der Käfig nur elegant genug eingerichtet war, gab es offenbar kein Problem.

Nachdem sie die zusammenfassenden Informationen über Georg hinter sich gebracht hatten, ging Ellen zu angenehmeren Gesprächsthemen über, sein Gefühl von Wut und Bitterkeit verflog ein wenig. Es war unterhaltsam, ihr zuzuhören, sie brachte ihn oft zum Lachen. Wenn sie eifrig wurde, lehnte sie sich über den Tisch und berührte leicht seine Hand. Nils kannte sie gut genug, um zu wissen, dies war kein Flirt. Sie machte das immer, wenn sie etwas Wichtiges zu erzählen hatte, sie machte das ganz unbewusst und es war nichts Besonderes. Aber die Nerven in seiner Hand hatten ihr eigenes Gedächtnis, bei jeder Berührung bekam er Gänsehaut.

»Und du, Nils? Was machst du so?«, fragte sie plötzlich.

Die Kapelle hatte aufgehört zu spielen, die Musiker packten ihre Instrumente zusammen. Eine einzelne Amsel sorgte jetzt für die Musik, weiche, wehmütige Triller, die gut zu seinem Gemütszustand passten.

Er erzählte, dass er im letzten Herbst einen Kurs für den höheren Polizeidienst in Uppsala besucht hatte, er wollte vorbereitet sein, wenn die nächste Stelle als Hauptkommissar frei wurde. Seit Februar war er nicht mehr nur stellvertretender, sondern ordentlicher Hauptkommissar.

Ellen strahlte.

»Wie toll, Nils! Du wirst es noch weit bringen, das habe ich immer gesagt.«

Es war lächerlich, aber er freute sich. Er hatte plötzlich das dringende Bedürfnis, ihr Gesicht wieder so aufscheinen zu sehen, und als sie ihn fragte, ob er an einem spannenden Fall arbeite, fing er an zu erzählen. Zunächst ganz allgemein, aber damit begnügte Ellen sich nicht, sie wollte Einzelheiten hören. Als das Restaurant schloss und sie sich zum Gehen wandten, hatte er ihr die ganze Geschichte erzählt, von dem Toten im Sävefluss, Doktor Kronborg, Leo Branders Kriminalromanen, Arnold Hoffman und dem merkwürdigen Besuch auf Bronsholmen. Ellen hatte wie gebannt dagesessen und jedes Wort in sich aufgesogen.

Sie gingen durch den dunklen Park, bunte Lämpchen hingen als Girlanden in den Bäumen. Nils hatte sich eines Dienstvergehens schuldig gemacht, indem er einer Außenstehenden von dem Fall erzählte, dessen war er sich bewusst. Nordfeldt könnte ihn feuern, wenn er davon erfuhr. Aber genau in diesem Moment hatte er das Gefühl, dass es das wert war.

Ellen wollte wissen, wie er über den Fall dachte, ob er auf der Insel Spuren gefunden hatte. Er schüttelte den Kopf.

»Ich weiß nicht. Ich hatte da draußen ein komisches Gefühl.«

Bevor sie sich an den Eisentoren des Parks trennten, nahm er ihr das Versprechen ab, niemandem von dem Fall zu erzählen.

»Gib mir darauf deine Hand«, sagte er ernsthaft.

Und so durfte er für einen Augenblick Ellens Hand in seiner halten. Klein, warm und weich, genau wie in seiner Erinnerung.

»Kein Wort zu niemandem«, sagte er. »Nicht einmal zu Georg.«

»Natürlich nicht. Versprochen.«

Sie schaute ein wenig unruhig drein, als sie das sagte, und er verstand auch, warum. Jetzt hatten sie ein gemeinsames Geheimnis. Vielleicht sah sie das als eine Art Untreue.

»Nun wissen wir es also, Hoffman ist auf Bronsholmen ordentlich eingesperrt«, sagte Kommissar Nordfeldt, als er am nächsten Morgen von dem Bericht aufsah, den Nils gerade zusammengeschrieben hatte. »Wie war Ihr Eindruck ansonsten?«

Nils dachte einen Augenblick nach. »Ein merkwürdiger Ort«, sagte er schließlich.

»Inwiefern?«

»Dieser ganze Ort. Die großen Gebäude. Die Krankenhaussäle. Und dann ein einziger Patient.«

»Die Quarantänestation ist eher für große Epidemien ausgelegt. Ich kann mir vorstellen, dass es dort etwas einsam ist. Wofür wir vielleicht dankbar sein sollten. Wer hat alles Kontakt zu Hoffman?«

»Doktor Kronborg und ein Trupp Wärter.«

»Woher kommen die Wärter? Aus der Stadt?«

»Nein, das sind Quarantänewärter von der Insel. Die meisten haben bereits ihr ganzes Leben dort verbracht. Am Ende des Berichts finden Sie eine Namensliste.«

Der Kommissar warf einen Blick auf die letzte Seite.

»Starke Kerle?«

»Wie Wärter eben sind. Groß und kräftig.«

»Haben Sie mit dem Quarantänemeister gesprochen?«

»Mit dem kann man nicht rechnen. Vierundsiebzig Jahre alt, wahrscheinlich verkalkt. Es hat den Anschein, als würde Doktor Kronborg alles auf der Insel entscheiden.«

»Und die Angestellten? Haben Sie mit denen gesprochen?«

»Die waren nicht sehr gesprächig. Es wäre vielleicht leichter gegangen, wenn ich mit ihnen allein hätte sprechen können, aber der Doktor war wie eine Klette immer dabei.«

»Was seine Schuldigkeit als Verantwortlicher ist. Auf der Station dürfen sich keine Fremden ohne Aufsicht aufhalten. Das gilt auch für Polizisten«, bemerkte Nordfeldt.

Er warf noch einmal einen Blick in den Bericht und fuhr fort: »Jedenfalls wissen wir jetzt: Edvard Viktorsson hat keine Angehörigen auf der Insel.«

»Ja, beide Eltern sind tot, die Schwester ist vor langer Zeit fortgezogen. Sie muss natürlich von Edvards Tod unterrichtet werden. Und ihn identifizieren.«

»Ja, genau. Wir müssen sie ausfindig machen.« Nordfeldt machte sich eine Notiz.

»Und noch etwas: Ich bin ziemlich sicher, dass nicht Hoffman diese Kriminalromane schreibt.«

Nordfeldt schaute ihn interessiert an.

»Aha? Und warum nicht?«

»Er sieht aus wie ein Neandertaler. Ich kann mir gar nicht vorstellen, dass er überhaupt schreiben kann.«

»Machte er einen gewalttätigen Eindruck?«

»Nicht, als ich dort war. Er wirkte eher gedämpft. Saß nur da und starrte vor sich hin.«

»Unter Drogen?«

»Vermutlich.«

»Opium?«

»Vielleicht. Oder etwas Ähnliches. Ich kenne die Behandlungsmethoden von Doktor Kronborg nicht. Aber Hoffman kann offenbar ziemlich wild werden. Früher hat er wohl Möbel zertrümmert, deshalb hat er keinen Schreibtisch mehr in seiner Zelle.«

»In Ihrem Bericht steht, er bekomme eine Schreibplatte mit Papier und Bleistift. Er ist also in der Lage zu schreiben?«

Nils schnaubte. »Ich habe das Manuskript von Leo Brander gesehen, als ich den Verleger besucht habe. Das was sauber mit Tinte geschrieben. Nicht mit Bleistift.«

»Vielleicht lässt der Doktor es von einer Sekretärin ins Reine schreiben«, merkte Nordfeldt an.

»Dann wäre es doch mit Maschine getippt?«

»Da haben Sie wohl recht. Glauben Sie, dass der Doktor die Bücher selbst schreibt?«

»Ja«, sagte Nils. »Und er bekommt das Material für seine Geschichten durch die Gespräche mit Hoffman. Daher stammen die widerwärtigen Einzelheiten.«

»Aber warum ist er dann so verdammt geheimnisvoll… Nicht einmal der Verleger weiß ja, wer Leo Brander ist.«

»Das würden Sie vielleicht verstehen, wenn Sie die Bücher gelesen hätten. Sie sind gruselig, auf eine sehr … *konkrete* Art und Weise.«

Nordfeldt schaute ihn erstaunt an.

Nils fuhr fort: »Das wichtigste Kapital eines Arztes ist das Vertrauen seiner Patienten. Ganz im Ernst, Herr Kommissar: Würden Sie Ihren verwundbaren Körper jemandem anvertrauen, der sich in seiner Freizeit ausgesprochen realistischen Schilderungen von sadistischer Gewalt widmet? Würden Sie sich von so jemandem eine Spritze setzen oder ein Geschwür an einer empfindlichen Stelle wegschneiden lassen?«

Nordfeldt grinste. »Wenn diese Wahrheit herauskäme, wäre Kronborg wohl kaum der Lieblingsarzt der Damen der besseren Gesellschaft, meinen Sie? Und Kronborg ist ein Gierhals. Er will sowohl seine empfindsamen Patientinnen aus der Oberschicht als auch seine blutdurstigen Leser behalten. Nun ja. Unsere Aufgabe ist es nicht, herauszufinden, wer hinter einem Schriftstellerpseudonym steckt. Wir müssen herausfinden, wer Edvard Viktorsson getötet hat. Hoffman sitzt hinter Schloss und Riegel, ihn können wir von der Liste der Verdächtigen streichen.«

»Aber ist es nicht merkwürdig, dass sowohl das Mordopfer als auch Hoffman eine Verbindung zu Bronsholmen haben?«, wandte Nils ein.

»Nein, warum? Viele Göteborger stammen von den Inseln, Edvard ist da nichts Besonderes. Er hat die Insel als 16-Jähriger verlassen. Schon 1914 erscheint er im Kirchenbuch der Gemeinde Annedal. Hoffman ist erst seit 1918 auf Bronsholmen, also vier Jahre nachdem Edvard die Insel verlassen hat.«

Nils dachte einen Augenblick nach, es fiel ihm aber nichts dazu ein.

Er hatte auf der Insel ein merkwürdiges Gefühl gehabt, das er Nordfeldt nicht erklären konnte, und der würde ihn auslachen, wenn er es versuchte.

Aber Ellen hatte ihn verstanden.

10

Wie sich herausstellte, wohnte Viola Viktorsson im Stadtteil Gårda und sie arbeitete als Polierin in der Neusilberfabrik. Sie war groß und mager, ihre krausen Haare hatten schon graue Fäden, obwohl sie kaum über dreißig war.

Nils holte sie an ihrem Arbeitsplatz ab und fuhr mit ihr im Polizeiauto zur Leichenhalle, wo sie sachlich und unsentimental ihren Bruder identifizierte. Das Laken war nur so weit heruntergezogen, dass man das Gesicht sah. Das gruselige Mal am Hals musste sie nicht sehen.

»Ja, ja, das ist er«, sagte sie. »Hatte er einen Autounfall?«

»Nein, er wurde im Sävefluss gefunden«, sagte Nils.

»Also ein Unfall mit dem Schnellboot? Wundert mich überhaupt nicht. Er ist gefahren wie ein Idiot.«

»Wir wissen nicht genau, was ihm zugestoßen ist.«

Nils nickte der Mitarbeiterin des Leichenschauhauses zu, sie zog das Laken wieder über das Gesicht des Toten.

»Vielen Dank, Fräulein Viktorsson.«

»Sind wir schon fertig?«, fragte die Schwester enttäuscht, als hätte sie gehofft, den Rest des Tages im Leichenschauhaus verbringen zu können.

»Ja«, sagte Nils. »Das Auto wartet hier draußen. Ich bringe Sie natürlich wieder zur Fabrik.«

Er ging zur Tür, aber Viola folgte ihm nicht gleich. Als die Mitarbeiterin die zugedeckte Bahre wegschob, blieb sie noch ein paar Sekunden mitten im Raum stehen. Mit beinahe fasziniertem Blick betrachtete sie die blendend weißen Kacheln und den glänzenden Stahl, als wolle sie sich alles genau einprägen.

»Ganz neu hier, was?«

»Ja«, sagte Nils. »Die Räumlichkeiten wurden vor einem Monat eingeweiht.«

Sie lächelte anerkennend. Und dann gingen sie hinaus zum Polizeiauto.

Nils setzte sich neben sie auf den Rücksitz. Auf dem Weg zur Silberfabrik fragte er vorsichtig:

»Wissen Sie, ob Ihr Bruder Feinde hatte?«

»Keine Ahnung, wir hatten kaum Kontakt«, sagte Viola.

Sie schaute aus dem Fenster und betrachtete jede Kreuzung und jedes Gebäude, an dem sie vorbeikamen, als sei die Stadt neu und unbekannt. Vielleicht war sie ja die Perspektive aus einem fahrenden Auto nicht gewohnt. Nils hatte das schon öfter bei unerfahrenen Autopassagieren beobachtet.

»Dass er Feinde hatte, kann ich mir sehr gut vorstellen«, fuhr sie fort. »Edvard war, ehrlich gesagt, kein sehr netter Mensch. Ein selbstsüchtiger Schnösel. Das Einzige, was ihn interessiert hat, war Geld. Und er wollte keine Öre abgeben, obwohl er mehr als genug hatte. Nicht einmal, als seine einzige Schwester Probleme hatte. Flottes Auto, flottes Boot, flotte Kleider. Aber als ich die Miete nicht bezahlen konnte, hat er sich geweigert, mir zu helfen. Solche Menschen machen sich oft Feinde, nicht wahr?«

»Was hat er gearbeitet?«

»Eine Zeitlang hat er in einer Restaurantküche gearbeitet. Aber das ist lange her. Er war wohl eine Art Verkäufer, glaube ich. Ich weiß es nicht genau. Wie gesagt, wir hatten kaum Kontakt.«

An der Kreuzung Vasagatan-Viktoriagatan bremste der Chauffeur an einem elektrischen Leuchtfeuer, das erst vor kurzem auf die Initiative des Automobilclubs aufgestellt worden war. *Links fahren* stand auf beiden Seiten, ganz oben in dem kleinen Leuchtturm blinkte eine Warnlampe.

»Ist das nicht verrückt? Ein Leuchtturm mitten in der Stadt«, sagte Viola lachend, als sie vorbeifuhren.

»Das ist schon eine gute Idee«, sagte Nils. »Der Verkehr muss geregelt werden. Unsere Verkehrspolizisten sind fantastisch, aber wir können nicht auf jede Kreuzung einen Polizisten stellen.«

»Aber einen Leuchtturm! Man hat ja fast das Gefühl, wieder auf der Insel zu sein.«

»Haben Sie Sehnsucht nach da draußen? Nach Bronsholmen?«

»Nach der Pestinsel, meinen Sie? Oh nein, wirklich nicht. Ich bin froh, dass ich da weg bin, das kann ich Ihnen sagen. Dort gab es nichts zu tun, außer arbeiten. Kein Kino, keine Geschäfte, nichts. Nur Meer und Felsen und schneidender Wind. Die Fabrik macht zwar auch keinen Spaß. Aber wenn man freihat, dann kann man etwas unternehmen. Wenn man kein Geld hat, um ins Kino zu gehen, kann man sich die Bilder in den Schaukästen anschauen und raten, wovon der Film handelt. Und wenn man sich teure Kleider nicht leisten kann, dann kann man sich die Schaufenster der Geschäfte ansehen. Schauen kostet nichts, und in einer Stadt gibt es viel zu schauen.«

»Ihr Bruder wollte auch weg von der Insel?«

»Ja, da waren wir gleich. Dort draußen gibt es zwei Sorten Menschen: diejenigen, die alles machen würden, um wegzukommen, und diejenigen, die alles machen, um zu bleiben.«

Der Chauffeur hielt vor der Silberfabrik an. Er stieg aus und hielt Viola die Tür auf.

»Tja, jetzt bin ich wieder hier«, stellte sie mit einem Seufzer fest. »Wenn ich bloß eine andere Arbeit finden könnte. Aber mit solchen Händen ist es nicht leicht.«

Sie hielt Nils ihre Hände hin. Die Finger und die Nägel waren schwarz.

»Das Putzmittel lässt sich nicht abwaschen«, sagte sie. »Man sieht immer schmutzig aus, ganz gleich wie sehr man schrubbt. Wir haben Handschuhe, aber die sind zu grob zum Arbeiten, außerdem schwitzt man. Ich habe in Geschäften, Cafés und bei Familien nach Arbeit gesucht. ›Nein danke, wir wollen ein sauberes, hübsches Mädchen‹, sagen sie da. Schon lustig, dass ausgerechnet ich das zu hören bekomme. Ich werde hierbleiben müssen.«

Widerwillig stieg sie aus dem Auto. Als sie draußen war, fiel ihr offenbar etwas ein. Sie dreht sich um, bevor der Chauffeur sie Tür schließen konnte.

»Wie sieht es denn mit dem Erbe aus? Edvard hatte außer mir keine Verwandten. Das Auto und das Boot müssen doch ziemlich viel wert sein?«

»Tut mir leid, Fräulein Viktorsson«, antwortete Nils vom Rücksitz. »Er hat beides auf Kredit gekauft, und Ihr Bruder hatte noch nicht sehr viele Raten bezahlt. Es gibt ein wenig Geld auf einem Bankkonto, aber das reicht kaum für die Beerdigung.«

Viola zog eine müde Grimasse, als ob sie nichts anderes von ihrem Bruder erwartet hatte.

»Ja, auf Wiedersehen. Es hat auf jeden Fall Spaß gemacht, mit einem Polizeiauto zu fahren«, sagte sie und ging auf den Eingang der Fabrik zu.

Den Samstagabend verbrachte Nils mit seinem Nachbarn, Sigge Karlström. Sie waren zusammen beim Bohus-Regiment gewesen. Jetzt arbeitete Sigge bei der Eriksberg Werft, er hatte eine kleine Einzimmerwohnung auf der anderen Seite des Hofs. Sie trafen sich manchmal in Sigges Küche, tranken Pilsener und sprachen über alte Zeiten.

»Du schaust düster drein«, sagte Sigge. »Denkst du immer noch über das Mädel nach? Es wird langsam Zeit, dass du drüber wegkommst. Und das nächste Mal guckst du dir ein richtiges Mädchen aus deiner eigenen Klasse aus, nicht so ein Oberschichtenfräulein, das dich nur als Spielzeug haben will.«

»Ellen ist kein Oberschichtenfräulein«, sagte Nils.

»Ich habe gesehen, was für eine sie war«, sagte Sigge bestimmt. »Sie war nichts für dich. Hier. Nimm einen Schluck, dann fühlst du dich besser.«

Er zog den Korken aus einer Flasche und hielt sie ihm hin. Nils hob abwehrend die Hand.

»Nein danke. Mir genügt das Pilsener. Ich mag eigentlich keinen Schnaps. Und schon gar nicht diese Sorte.«

»Was denn für eine Sorte? Der ist bestimmt nicht schlecht, das kann ich dir versichern.«

Sigge schenkte sich einen Schnaps ein und trank ihn in einem Zug.

»Die Sorte ohne Etikett auf der Flasche«, sagte Nils. »Wo hast du den her?«

»Das geht dich überhaupt nichts an, du Scheißbulle«, sagte Sigge. Er schlug den Korken in die Flasche und stellte sie in den Küchenschrank. »Du hast dich sehr verändert, seit du bei der Kriminalpolizei bist. Ich kann mich nicht erinnern, dass du so pingelig warst, als du noch Streife gelaufen bist. Da hast du gerne mal ein Glas getrunken, ohne zu fragen, woher es kommt.«

Es stimmte, Nils hatte nach einem langen Tag auf Streife ab und zu einen Schnaps in Sigges Küche getrunken. Branntwein war das Einzige, was die schmerzhafte Kälte vertreiben konnte, die tief in den Knochen saß. Aber mehr als einen hatte er nie getrunken.

»Mit dem Lohn als Hauptkommissar kannst du es dir leisten, in die Kneipe zu gehen und feinere Sachen zu trinken?«, fragte Sigge sarkastisch. »Aber da ist auch nur das Glas vornehmer. Der Inhalt ist der gleiche wie das, was ich dir anbiete.«

»Das kann schon sein«, gab Nils zu. »Den Schmuggelschnaps gibt es überall.«

»Dieses verdammte Restriktionssystem ist nur dazu da, um die Unterklasse zu kontrollieren. Die Direktoren und die Oberklasse, die können saufen, so viel sie wollen, aber ein arbeitsloser armer Kerl soll keinen Tropfen kaufen dürfen, um sich zu wärmen. Nein, da wäre es besser gewesen, wenn sie die ganze Scheiße verboten hätten, wie die Abstinenzler es wollten. Das wäre wenigstens gerecht gewesen.«

»Und das Land wäre vom Schmuggelschnaps überschwemmt worden«, sagte Nils.

Sigge lachte. Er holte die Flasche wieder aus dem Schrank und schenkte sich ein Glas ein.

»Wenn du es wirklich wissen willst, ich habe die Flasche von einem Kerl am Järntorget gekauft. Ich habe keine Ahnung, wer das ist und woher er ihn hat. Aber es ist guter Stoff. Willst du nicht doch einen?«

Nils schüttelte den Kopf.

»Prost, mein Bullenschwein«, sagte Sigge und kippte den Schnaps. Er blinzelte ein paar Mal. Dann hob er die Augenbrauen und rief begeistert aus: »Weißt du was, ich hätte gute Lust, nach Krokäng rüberzufahren! Da ist heute Abend Tanz. Kommst du mit?«

Krokäng war der Vergnügungspark der Arbeiter auf der anderen Seite des Flusses. Hier versammelten sich politische Agitatoren und Kabarettkünstler, es gab Glücksräder und Karussells. Wenn dort Tanz war, dann war die Fähre über den Fluss immer rammelvoll.

»Erinnerst du dich noch, wenn im Thronsaal des Regiments Tanz war?«, sagte Sigge lachend. »Du warst ein richtiger Charmeur, Nils. Die Bauernmädels waren verrückt nach dir.«

Das war keine bloße Schmeichelei. Wenn man den großen, schwergliedrigen und ein wenig trägen Polizisten sah, wäre man nie auf den Gedanken gekommen, dass er ein guter Tänzer war. Auf den Weihnachtsfeiern des Polizistenvereins hatte Nils die Ehefrauen der Kollegen mit seinem eleganten Bostonwalzer und einem weich gleitenden Foxtrott überrascht.

»Ja, das waren noch Zeiten«, sagte er und schüttelte lächelnd den Kopf.

»Was ist denn los? Du trinkst nicht und du tanzt nicht. Bist du gläubig geworden?«, fragte Sigge besorgt.

»Ganz bestimmt nicht.«

»Dann komm doch mit! In Krokäng ist immer was los. Dort gibt es jede Menge niedliche Mädchen, die sich nichts mehr wünschen, als einen Hauptkommissar zu heiraten.«

»Nicht heute, Sigge.«

»Oder sind die Arbeitermädels nicht mehr gut genug?«

Nils hatte keine Lust, mit ihm zu diskutieren. Er sagte, er sei zu müde, bedankte sich für das Pilsener und ging über den Hof in seine eigene Wohnung im zweiten Stock.

Ein paar Tage später machte er noch einmal einen Besuch im Dorf der Treibgutsammler.

Er hatte ein paar Fotos dabei, die man bei einer neuerlichen Durchsuchung der Wohnung von Edvard Viktorsson gefunden hatte. Ganz hinten in einem Schrank verwahrte Edvard einen Karton voller Fotografien, alle mit dem gleichen Motiv: er selbst. Es waren meist Atelierfotos, von professionellen Fotografen aufgenommen, sie zeigten einen gut gekleideten, gut frisierten Edvard, der in einer Reiche-Leute-Umgebung mit Samtsesseln und verzierten Säulen alle möglichen Posen eingenommen hatte. Einige Fotografien waren im Freien aufgenommen und zeigten Edvard auf einem Bootssteg, nur mit Badehosen bekleidet, mit herausgedrücktem Brustkorb und eingezogenem Bauch, Edvard in einer Sportjacke, an den Kühler eines Autos gelehnt, und Edvard am Steuer eines Rennboots. Seine Schwester hatte recht, Edvard war ein selbstgefälliger Schnösel.

In der Wohnung fand man auch einen Mietvertrag für einen Bootsplatz im Rosenlundkanal. Bei einer Kontrolle stellte man fest, dass dort ein Rennboot lag, das mit dem auf Edvards Foto übereinstimmte.

Das Auto hatte man bisher noch nicht finden können.

Dieses Mal ging Nils allein hinauf zu der Hütte von Panama-Bengtsson, die Hafenpolizei ließ er im Boot warten.

Bengtsson stand vor seiner Hütte und spaltete Holz. Ohne Schwester Klara beim Namen zu nennen, konfrontierte Nils ihn mit der Zeugenaussage, Bengtsson habe irgendwann im April oder Mai einen gut angezogenen Mann in einem Rennboot getroffen.

Aber Bengtsson konnte sich nicht an ein solches Treffen erinnern. Er beantwortete alle Fragen mit Nein und hackte weiter Holz.

»Es könnte der gleiche Mann gewesen sein, den Sie tot im Fluss gefunden haben«, fuhr Nils fort.

Bengtsson hielt inne. Er wandte sich an Nils und zischte: »Ich habe den Toten noch nie gesehen, das habe ich doch gesagt. Wenn ich gewusst hätte, dass Sie ständig herkommen und mich und meine Familie schikanieren, dann hätte ich ihn liegen lassen, wo er lag und wo die Wühlmäuse ihn gefressen hätten.«

»Der Tod verändert das Aussehen eines Menschen. So hat er ausgesehen, als er noch lebte«, sagte Nils und hielt ein Foto von Edvard im Rennboot in die Höhe.

Ohne auch nur einen Blick auf das Foto zu werfen, hob Bengtsson die Axt mit beiden Händen an und hielt sie hoch in der Luft. Seine nackten, muskulösen Arme zitterten vor Wut. Mit einem Brüllen ließ er die Axt in Richtung von Nils' Kopf fallen. Kurz bevor sie ihr Ziel erreichte, drehte er den Oberkörper, sodass sie den Hackklotz traf und bis zur Hälfte eindrang. Da ließ er sie stecken, drehte sich um und ging in seine Hütte.

Nils blieb nach dem Schock mit klopfendem Herzen stehen. Die Tür der Hütte war immer noch aufgebrochen. Er wartete einen Augenblick. Dann ging er hinunter zum Boot der Hafenpolizei und verließ das Dorf der Treibgutsammler ein weiteres Mal unverrichteter Dinge.

Vielleicht hatte Bengtsson recht. Vielleicht hatte nicht Edvard, sondern jemand anders ihn im letzten Frühjahr besucht. Er würde die Fotos gerne Schwester Klara zeigen, um bestätigt zu bekommen, dass sie ihn im Dorf gesehen hatte. Aber bisher hatte er ihre Adresse noch nicht herausgefunden. Er wusste ja nicht einmal, wie sie mit Nachnamen hieß.

»Der Herr Hauptkommissar hat Besuch«, begrüßte ihn Fräulein Brickman, als er das Revier betrat.

Nils schaute sich um.

»Sie wartet oben.«

Nils ging hinauf in sein Zimmer. Auf dem Besucherstuhl vor seinem Schreibtisch saß Ellen, sie hatte das Bein übergeschlagen und blätterte in der neuesten Ausgabe der Polizeinachrichten.

»Was zum Teufel machst du denn hier?«, rief er aus.

Sie warf ihm einen beleidigten Blick unter dem Pony hervor zu.

»Was für eine freundliche Begrüßung.«

»Das sind Informationen, die nur für Polizisten gedacht sind.« Er riss ihr das Nachrichtenblatt aus der Hand, legte es in seine Schreibtischschublade und schob sie mit einem Knall zu. »Wer hat dich in mein Zimmer gelassen?«

»Fräulein Brickman. Eine vortreffliche Frau. Die müsst ihr euch warmhalten. Willst du dich nicht setzen, Nils? Du siehst müde aus. Und … tja, vielleicht ein bisschen ärgerlich.«

Er seufzte und ließ sich auf seinen Stuhl fallen.

»Entschuldige, Ellen«, sagte er. »Ich fühle mich etwas überrumpelt.«

»Das darf einem Polizisten nicht passieren. Wie läuft es mit den Ermittlungen?«

»Nicht besonders. Wir treten auf der Stelle.«

Sie nickte nachdenklich. »Das habe ich befürchtet. Ich habe mir gedacht, dass du vielleicht ein wenig Hilfe brauchst.«

»Von dir?« Er lächelte schief.

»Ja. Doch, ich weiß, du hast Kurse in der Polizeischule absolviert. Aber hast du eine Ausbildung in Kochen, Backen, Servieren und sonstigen Haushaltstätigkeiten? Nein. Im Gegensatz zu mir.«

Er fuhr sich mit der Hand durch die Haare und holte tief Luft.

»Ellen. Ich habe einen langen Arbeitstag hinter mir. Wenn du Frauenrechtsfragen mit mir diskutieren möchtest, dann ist das hier der falsche Ort und der falsche Zeitpunkt.«

Ohne zu antworten, öffnete sie ihre Handtasche und holte einen kleinen Zeitungsausschnitt heraus, den sie vor ihn auf den Schreibtisch legte. Er schaute sie fragend an.

»Was ist das? Eine Stellenanzeige?«

Sie sagte nichts, überkreuzte die Arme und wartete.

Er nahm den Zeitungsausschnitt und las laut vor:

»Arbeitswilliges, sehr reinliches Mädchen, das in Kochen, Backen, Servieren und sonstigen Haushaltstätigkeiten bewandert ist, wird mit sofortiger Wirkung als Küchenhilfe für die Quarantänestation auf Bronsholmen gesucht.«

»Was war denn mit dem Mädchen, das mit euch im Boot von der Insel in die Stadt gefahren ist? Ist sie zurückgekommen?«, fragte Ellen.

»Keine Ahnung.«

»Die brauchen auf jeden Fall ein neues Mädchen. Und ich habe beschlossen, mich zu bewerben.«

»Machst du Scherze?«

»Es ist mein voller Ernst. Du hattest das Gefühl, dass da draußen etwas nicht stimmt. Niemand wollte mit dir reden, weil du Polizist bist. Eine Küchenhilfe erfährt so manches, wenn sie Augen und Ohren offenhält.«

»Aber Ellen, diese Arbeit ist absolut nichts für dich.«

»Meinst du, ich schaffe das nicht?« Sie wühlte wieder in ihrer Tasche und holte ein Heft hervor, mit dem sie triumphierend wedelte. »Mein Zeugnis von der Haushaltsschule. Schau mal.«

Sie schlug das Heft auf und hielt es vor ihn. »Bestnoten im Zubereiten von einfachen und besseren Gerichten, ebenso im Servieren und Bügeln.«

Nils schüttelte lächelnd den Kopf. »Du bist überqualifiziert, Ellen. Die können froh sein, wenn sich überhaupt jemand auf diese Stelle bewirbt. Weißt du, was das bedeutet? Totale Isolation. Keinerlei moderne Bequemlichkeiten. Harte körperliche Arbeit. Keine Freizeit. Du würdest in einer zugigen Hütte wohnen und das Zimmer mit anderen Dienstmädchen teilen müssen. Du kannst nicht nach Hause fahren, wann du willst. Was würden deine Eltern sagen? Und ...« Er konnte Georgs Namen nicht in den Mund nehmen. »... dein Verlobter?«

Ellen hielt wieder ihr Zeugnis hoch und klopfte mit dem Fingernagel auf eine Zeile.

»Bestnoten in allem«, wiederholte sie. »Außer in einem Fach. Im Nähen.«

Nils beugte sich vor und schaute auf die Zeile, auf die sie zeigte.

»Strich«, sagte er. »Was bedeutet das?«

»Dass ich meine Arbeiten nicht eingereicht habe. Ich habe es einfach nicht geschafft. Ich war die Zweitschlechteste in der Klasse im Nähen.«

»Wer war die Schlechteste?«

»Gerda. Sie konnte kaum eine Nadel halten, so ungeschickt war sie. Sie hat Hände wie Holzscheite. Ich habe ihr bei anderen Aufgaben geholfen, aber beim Nähen konnte ich ihr nicht helfen, da war ich selbst so schlecht. Jetzt muss sie einen sechs Wochen dauernden Nähkurs in der Volkshochschule von Vinslöv besuchen, den bezahlt ihre Schwiegermutter. Sie hat mir Broschüren geschickt, sie will, dass wir zusammen hingehen. Das habe ich selbstverständlich nicht vor. Aber dieser Nähkurs kommt mir sehr gelegen. Ich habe zu meinen Eltern und zu Georg gesagt, ich möchte hinfahren, und sie finden, das sei eine wunderbare Idee. Georg muss auf eine Geschäftsreise nach Südamerika, er hat ein schrecklich schlechtes Gewissen, mich so lange allein zu lassen. Er findet es ganz ausgezeichnet, wenn ich mich beschäftige.«

»Damit hast du ganz bestimmt keine Probleme. Aber was, wenn deine Eltern in der Volkshochschule anrufen? Oder hinfahren und dich besuchen?«

»Das machen sie nicht. Gerda muss mich beschützen. Ich schreibe ein paar Postkarten mit allgemeinen Phrasen an meine Eltern, die muss sie einmal pro Woche mit dem örtlichen Poststempel abschicken. Das ist das Mindeste, was sie für mich tun kann, nachdem ich ihr so viel in der Haushaltsschule geholfen habe. Ohne mich hätte sie in jedem Fach einen Strich.«

»Ellen, du bist eine verschlagene Dame.«

Sie zuckte unberührt mit den Schultern.

Beide schwiegen einen Moment.

»Aha«, sagte Nils schließlich. »Du lässt dich also in der Küche von Bronsholmen anstellen. Und dann?«

Sie schaute ihn sehr ernst an und sagte ruhig:

»Dann bin ich deine Spionin.«

»Und wie können wir uns einander mitteilen? Auf der Insel gibt es weder Telefon noch eine Telegrafenstation.«

»Aber sie haben doch Postdienst?« Sie nahm die ausgeschnittene Stellenanzeige und las: »Antworten an die Quarantänestation Bronsholmen, poste restante Hauptpostamt Göteborg.«

»Und wenn du mir schreiben willst? Du kannst doch nicht an das Polizeirevier schreiben. Und auch nicht an meine Privatadresse. Der Bootsführer besorgt die Post und er wird ganz bestimmt die Umschläge lesen.«

Sie verzog missmutig das Gesicht.

»Stimmt. Wir müssen uns etwas anderes ausdenken. Poste restante an ein anderes Postamt? Unter erfundenen Namen?«

»Nein«, sagte Nils. »Du schickst die Briefe in einem weiteren Umschlag an Sigvard Karlström. Das ist mein Nachbar. Wir wohnen im gleichen Hof, aber sein Hauseingang geht auf eine andere Straße. Es ist also nicht die gleiche Adresse wie zu meinem Haus. Er kann mir die Briefe geben, sobald er sie bekommt. Ich werde ihn instruieren.«

Sie nickte eifrig.

»Sehr gut! Dann sind wir uns also einig?«

Nils machte eine hilflose Geste mit den Händen.

»Ich habe keine Ahnung, wie das geschehen konnte, Ellen. Aber du scheinst mich überredet zu haben.«

Natürlich wusste er ganz genau, wie es geschehen konnte, obwohl er es sich nicht eingestehen wollte. Ellens strahlende Augen, ihre Entschlossenheit, die Art, wie sie sich vorbeugte, die Art zu gestikulieren. Das alles war unwiderstehlich und wunderbar. Ihr gegenüberzusitzen und sie anzuschauen. Wieder einen Briefumschlag mit ihrer Handschrift öffnen zu dürfen und ihre Briefe zu lesen.

Es ist nur wegen der Ermittlungen, redete er sich ein. Natürlich ist es für die Ermittlungen. Es wird sie nicht besonders voranbringen, aber einen Versuch war es wert. Ellen hatte einen wachen Blick und konnte schnell denken. Wenn es da draußen etwas Interessantes gab, dann würde sie es herausfinden.

11

Die kann es nicht sein, dachte Ellen. Ein kaum sichtbarer Streifen, vielleicht nur dichter Nebel über der Wasserfläche.

Sie näherten sich in rascher Fahrt der Insel, die sich vor ihren Augen verwandelte. Die Felsen schienen zu wachsen und sich zu strecken, die Insel bekam Tiefe und Leben, als wäre sie gerade aus dem Schlaf erwacht.

Der Bootsführer steuerte in die Bucht und auf die großen Krankenhausgebäude zu. Die Luft war herbstlich und klar wie Glas. Als sie unter das Gewölbe des Steinfundaments glitten, schauderte sie. Obwohl Nils ihr von dieser Merkwürdigkeit erzählt hatte, wurde sie überrascht. Die plötzliche Dunkelheit. Die Kälte. Das Glucksen der eingesperrten Wellen, eigenartig verstärkt und verfälscht, wie in einer Grotte.

Der Bootsführer lächelte ihr freundlich zu. Er half ihr an Land, und er trug ihren Koffer die Treppe hinauf zum Ausgang des Bootshauses, dann über einen Platz mit trocknem, niedergetretenem Gras und noch ein Stück einen Pfad entlang. Vor einem einstöckigen Gebäudekomplex setzte er den Koffer ab und sagte: »Ich werde Frau Lange Bescheid sagen, dass Sie da sind. Ich hoffe, Sie fühlen sich auf Bronsholmen wohl.«

Auf der Pestinsel, dachte Ellen. So wird sie doch genannt. Aber vielleicht kann man nicht sagen: »Ich hoffe, Sie fühlen sich wohl auf der Pestinsel.« Bei dem Gedanken musste sie laut lachen.

»Was ist denn so lustig?«

Eine Frau um die fünfzig stand vor ihr in der Tür. Das Haar über der breiten Stirn war schwarz mit Strähnen von Stahlgrau und zu einem Knoten frisiert. Der Mund war wohlgeformt, mit herabgezogenen Mundwinkeln.

»Entschuldigung«, murmelte Ellen. »Sie sind sicher Frau Lange, die Haushälterin, nicht wahr? Ich bin Ellen Grönblad.«

Sie streckte ihre Hand hin. Die Frau nahm sie nicht.

»Kommen Sie herein«, sagte sie kurz.

Sie gingen durch einen leeren Speisesaal mit langen Tischen und Holzbänken und weiter in eine große Küche mit glänzend sauberen Arbeitsflächen, blankgeputzten Kochtöpfen und dem stechenden Geruch von Essig. Die Haushälterin setzte sich an einen kleinen Tisch am Fenster. Mit einem Nicken forderte sie Ellen auf, sich ihr gegenüberzusetzen.

»Sie haben sich auf die Stelle als Küchenhilfe beworben«, stellte Frau Lange fest.

»Ja, ganz genau«, sagte Ellen.

Sie hatte ihre Bewerbung abgeschickt und eine kurze Antwort bekommen, mit der Aufforderung, sich um acht Uhr morgens am Holzkai einzufinden. »Wenn ich der Meinung bin, dass Sie passen, können Sie bleiben«, hatte Frau Lange abschließend in ihrem Brief geschrieben.

Ellen hatte sich einfach angezogen. Den Verlobungsring hatte sie in ihrem Mädchenzimmer gelassen, gut versteckt, damit ihre Mutter ihn nicht fand und sich vielleicht wunderte. Sie hatte behauptet, der Zug nach Vinslöv würde sehr früh am Morgen abfahren, und schon am Abend zuvor den Eltern auf Wiedersehen gesagt und das Haus verlassen, bevor sie aufgestanden waren. Von Georg hatte sie sich schon die Woche zuvor verabschiedet, als er für seine Geschäftsreise nach Südamerika abgereist war.

»Wir nehmen hier nur sehr ungern Personal von außen«, sagte Frau Lange. »Aber in den letzten Jahren hatten wir keine andere Wahl. Wenn Sie bisher in der Stadt gewohnt haben, werden Sie es hier sehr anders finden.«

»Ich mag Dinge, die anders sind«, sagte Ellen fröhlich und merkte sofort, dass dies die falsche Antwort war. Frau Langes Blick war voller Verachtung.

»Sind Sie die Arbeit im Haushalt gewohnt?«

»Ich bin auf die Haushaltsschule gegangen«, sagte Ellen und

suchte eifrig in ihrem Koffer. »Wollen Sie mein Zeugnis sehen?«

Sie streckte ihr das kleine Heft hin.

»Nein, ich will Ihr Zeugnisheft nicht sehen. Ich will Ihre Hände sehen.«

»Meine Hände?«

Frau Lange nickte kurz. Ellen verstaute das Zeugnisheft und streckte ihre Hände über den Tisch. Die Haushälterin nahm sie und untersuchte sie ziemlich grob. Sie schmatzte teilnahmsvoll.

»Oh je, was für feine Pfötchen. Zart wie Seidenhandschuhe. Die waren noch nie in der Nähe einer Scheuerbürste, soweit ich sehen kann.«

»Ich habe gerade erst mein Examen gemacht«, verteidigte Ellen sich. »Es ist die erste Stelle, auf die ich mich bewerbe.«

»Und einen Ring haben Sie auch getragen.« Frau Lange strich mit dem Daumen über Ellens linken Ringfinger. »Aber den haben Sie aus irgendeinem Grund nicht mehr an.«

Sie schaute Ellen forschend ins Gesicht. Ihre Augen waren groß und sehr dunkel. Sie ließ die Hände los und Ellen zog sie rasch zu sich.

»Ich …«, begann sie, aber Frau Lange unterbrach sie.

»Sie können sich Ihre Lügen sparen. Es ist mir völlig gleichgültig, was Sie bisher getan haben. Sowohl was die Arbeit angeht als auch Ihr Privatleben. Sie stecken in der Klemme, das ist ganz offensichtlich, sonst würden Sie sich nicht hierher, ans Ende der Welt, bewerben. Ein kleines Fräulein aus der Stadt, das noch nie ehrbare Arbeit ausgeführt hat. Aber machen Sie sich keine Sorgen. Solange Sie hier draußen tun, was Sie sollen, stelle ich keine Fragen. Das ist doch oft am klügsten, nicht wahr? Keine Fragen stellen.«

Ellen fiel keine gute Antwort ein. Der schmale blasse Streifen vom Ring war fast nicht zu sehen. Wie hatte Frau Lange ihn nur bemerken können? Sie musste sehr gute Augen haben.

Dann nahm Ellen ihren Mut zusammen und sagte: »Ich lerne sehr schnell. Ich glaube, Frau Lange wird mit mir zufrieden sein. Aber ich war doch etwas erstaunt, als ich die Anzeige las. Ich hatte gedacht, die Quarantänestation sei geschlossen.«

Frau Lange hob ihre dunklen Augenbrauen.

»Warum in aller Welt haben Sie das geglaubt?«

»Das hat so in der Zeitung gestanden.«

»Das stimmt nicht, was die geschrieben haben«, sagte Frau Lange scharf. »Wie Sie selbst sehen, ist die Quarantänestation voll in Betrieb, es arbeiten viele Leute hier.«

Ellen hatte bisher keinerlei Zeichen von Tätigkeiten gesehen, und sie hatte auch nur den Bootsführer und Frau Lange getroffen.

»Die Station ist nicht geschlossen, und sie wird auch nicht geschlossen werden«, sagte die Haushälterin abschließend.

»Sie haben also immer noch Patienten hier?«, fragte Ellen vorsichtig.

»Selbstverständlich, auch wenn es nicht mehr so viele sind wie früher. Aber wir haben deswegen nicht weniger zu tun. Wir haben neue Arbeitsaufgaben. Wir sind gut ausgelastet, das werden Sie schon noch merken.«

»Was werde ich tun?«

»Sie helfen in erster Linie in der Personalküche. Sie kochen, spülen, putzen. Vielleicht noch anderes. Wir werden sehen, wozu Sie zu gebrauchen sind.«

Der Geruch nach Essig stach und kitzelte in der Nase. Ellen hielt die Luft an, konnte jedoch ein explosives Niesen nicht unterdrücken.

Frau Lange runzelte die Stirn.

»Sie sind doch wohl nicht krank?«

»Nein, nein. Es ist nur der Geruch …« Ellen musste noch einmal niesen. »Entschuldigung.« Sie wischte sich ein paar Tränen am Blusenärmel ab.

Die Haushälterin schien sich zu beruhigen.

»Da gewöhnt man sich schnell dran. Dank des Essigs sind wir hier draußen immer alle gesund. Sie wollen bestimmt sehen, wo Sie wohnen? Nehmen Sie Ihren Koffer.«

Beim Gebäudekomplex mit dem Speisesaal gingen sie zwischen Felsen einen steilen Pfad hinauf. Nach ein paar hundert Metern wurde es wieder eben. Kleine Hütten lagen verteilt, manche waren in einem sehr schlechten Zustand. Frau Lange blieb bei einer der besseren Behausungen stehen und öffnete die Tür.

»Hier ist es. Ellen wohnt bei mir und meinem Sohn.«

Im Innern sah es wie in einer typischen Landhütte aus, mit einem eisernen Herd, Flickenteppichen und Petroleumlampen. Die Küche war so aufgeräumt wie die Personalküche und roch genauso nach Essig.

»Ellen schläft hier auf dem Küchensofa«, erklärte Frau Lange. »John, mein Sohn, in der Dachkammer. Außer im Winter, wenn es zu kalt wird. Dann nimmt er das Küchensofa und Ellen kommt zu mir in die Kammer.«

Ellen warf einen Blick in die Kammer und fragte sich, ob sie das Ausziehbett mit Frau Lange würde teilen müssen, oder ob irgendwo noch ein Extrabett versteckt war. Aber zum Glück würde sie ja im Winter nicht mehr hier sein. Das größte Problem war jetzt, wie sie in diesem Essigdunst schlafen sollte.

Frau Lange bemerkte ihr Zögern und fügte hinzu: »Wenn es für Märta gut genug war, dann ist es auch für Ellen gut genug.«

»Ganz bestimmt«, sagte Ellen. »Das wird schon passen.«

»Ich erwarte selbstverständlich, dass Ellen auch die Hütte sauber hält. Nicht jedoch die Dachkammer. John möchte niemanden zum Saubermachen in seine Kammer lassen. Nicht, weil es nicht nötig wäre. Aber er duldet niemanden da oben. Ja, dann gehen wir hinunter in die Küche und beginnen mit der Arbeit.«

12

Bronsholmen, den 28. August 1925

Lieber Herr Hauptkommissar,
 hier kommt der erste Bericht von der Pestinsel.

Ich bin nun schon seit einer Woche hier, und ich hätte auch schon früher schreiben sollen, aber ich war abends immer so schrecklich müde, dass ich nicht einmal einen Stift halten konnte. Ich verstehe jetzt, warum es heutzutage so schwer ist, Dienstboten zu bekommen, und warum junge Frauen lieber in schmutzigen, lauten Fabriken arbeiten als sich in einem Haushalt anstellen zu lassen.

Um sechs Uhr klettere ich aus Frau Langes Ausziehsofa und koche Kaffee für Frau Lange und ihren Sohn. (Offenbar hat Märta das gemacht, als sie bei ihnen wohnte, und ich bin ja als ihr Ersatz hier.) Ich trinke selbst schnell eine Tasse, gehe dann hinunter in die Personalküche und koche Brei für die Quarantänewärter. Dann muss ich abwaschen, den großen Tisch mit einer speziellen Wurzelbürste und Essig scheuern, alle Böden mit Schmierseife und einer anderen Bürste scheuern, Kartoffeln schälen, die Hühner füttern, die Quarantänewärter bedienen, ihre Spucknäpfe leeren und säubern ... Ich will dich nicht länger langweilen, denn das interessiert dich ja überhaupt nicht.

Du möchtest wissen, wer hier arbeitet.

In der Personalküche arbeitet eine rothaarige Frau, die Katrin heißt. Sie wohnt in der Kate neben uns mit einem Mann namens Ruben, ein schroffer und übellauniger Kerl. Wenn wir arbeiten, ist sie ziemlich schweigsam. Aber zusammen mit ihrem Mann ist sie laut. Sie streiten über alles und jedes in höchster Lautstärke. Sie haben zwei kleine Buben, Zwillinge, die einzigen Kinder auf der Insel, sehr lebhaft.

In der Küche arbeitet auch eine alte Frau, sie heißt Sabina. Sie erzählt ununterbrochen von der guten alten Zeit, als das Pestkrankenhaus voller Cholerapatienten war und die ausländischen Schiffe in der Bucht vor Anker lagen, und das Observationskrankenhaus voller Matrosen war, die sangen und Rum tranken und auf den Boden stampften. Da war vielleicht etwas los auf der Pestinsel. Tagein, tagaus Begräbnisse und Feste. Wenn sie nicht mit ihrem Lappen herumwischt, sitzt sie am Tisch der Personalküche und liest die Zeitung mit einem Vergrößerungsglas. Immer wenn sie von einem Choleraausbruch oder der Beulenpest irgendwo in der Welt liest, bekommt sie etwas Lüsternes im Blick.

Ja, und dann ist da natürlich noch Frau Lange, die Haushälterin. Bei ihr wohne ich, das habe ich wohl schon erwähnt. Sie kommt am Morgen in die Personalküche und sagt, was man tun soll, und dann taucht sie auf, wenn man es am wenigsten ahnt, und kontrolliert, ob man es wirklich tut. Und vor allem: dass man es richtig tut. Es geht um die verschiedenen Reinigungsmethoden und Techniken des Bürstens, alles ist schrecklich zeitraubend und erinnert eher an Bestrafungen in einem Gefangenenlager als an effektives Putzen.

Ansonsten ist Frau Lange meistens im Haupthaus und führt den Haushalt für den Chef, also den alten Quarantänemeister. Mittwochs ist es besonders anstrengend, denn da kommt Doktor Kronborg und nimmt dort seine Mahlzeiten ein. Der Doktor hat in einem Zimmer im Pestkrankenhaus Sprechstunde, dort können wir vom Personal hingehen, wenn wir ärztliche Hilfe brauchen.

Den Quarantänemeister Rapp hast du ja selbst kennengelernt. Ich habe ihn nur von weitem gesehen, er schlurft meistens in seinen Pantoffeln auf dem Hof herum und brummt vor sich hin. Eines Abends hat er sich zu den Magazingebäuden verirrt, er lief auf dem Kai hin und her und rief laute Befehle über Schiffe und Lasten. »Luken auf! Last ist auf dem Weg!«, schrie er. Die Quarantänewärter haben sich über ihn lustig gemacht und lachten beim Essen laut über das Ereignis. Soweit ich es mitbekommen habe, trinkt er ziemlich viel, und er ist vermutlich auch senil. Der Doktor gibt ihm Medikamente, damit er ruhig bleibt, und an den meisten Tagen verlässt er das Haus nicht.

Obwohl man über Kapitän Rapp lacht, achtet man ihn auch. Ich höre oft, dass man in respektvollem Ton auf den Chef verweist, und wie er etwas haben will. Vermutlich war er in der aktiven Zeit der Quarantänestation ein richtiger Kraftkerl, bevor das Alter und der Alkohol ihn gebrochen haben.

Du möchtest Informationen über die Quarantänewärter, hast du gesagt. Leider kann ich dir da nicht viel bieten. Ich serviere ihnen die Mahlzeiten und sehe sie essen. Es sind ziemlich ungeschlachte Kerle, ihre Tischmanieren lassen einiges zu wünschen übrig. Du bist ja selbst beim Militär gewesen, ihren Jargon brauche ich dir also nicht zu beschreiben. Ich glaube nicht, dass er sich von dem beim Bohus-Regiment unterscheidet. Ich bin das neue Mädchen auf der Insel, das weckt, wie du dir denken kannst, ein gewisses Interesse. Es sind wahrlich keine Gentlemen. Aber als kaltblütige Mörder kann ich sie mir nicht vorstellen.

Von meinem Platz in der Personalküche kann ich nur schwer überblicken, was sie eigentlich machen. Einige gehen hinunter zum Krankenhausgebäude, wenn sie fertig gegessen haben. Andere arbeiten im Gemüsegarten oder im Stall, dort gibt es drei Schweine und Hühner. Manche schlagen einfach nur die Zeit tot, soweit ich es beurteilen kann. Kartenspielen ist sehr beliebt.

Frau Langes Sohn John beschäftigt sich mit kleineren Arbeiten. Manchmal ist er bei uns in der Personalküche. Meistens jedoch treibt er sich auf der Insel herum und tut nichts. Er hinkt stark, schwere körperliche Arbeit kann er also nicht ausführen.

Obwohl wir unter dem gleichen Dach wohnen, spricht er kaum ein Wort mit mir. Wenn er in der Hütte ist, hält er sich fast immer in seiner Dachkammer auf. Er scheint mich nicht leiden zu können, ich weiß nicht warum. Oder vielleicht ist er einfach nur so. Er redet auch kaum mit Frau Lange.

Ja, und dann gibt es ein paar Frauen und Männer mittleren Alters, über die ich nicht sehr viel weiß, außer, dass auch sie mich nicht gut leiden können, ihre Gespräche verstummen, sobald ich mich nähere.

Viel mehr als das habe ich dir bisher nicht mitzuteilen. Ich halte beim Scheuern und Schrubben wirklich die Augen und die Ohren offen. Was ich gehört und gesehen habe, ist völlig uninteressant. Niemand hat ein Wort über Hoffman gesagt.

Aber ist nicht genau das unglaublich interessant? Niemand verliert ein

Wort über den einzigen Patienten der Quarantänestation? Der einzige Grund, dass es ihren Arbeitsplatz noch gibt?

Jetzt kommt Frau Lange und sagt, ich solle die Petroleumlampe löschen. Eines ist auf jeden Fall gut mit schwerer körperlicher Arbeit: man schläft wie ein erschlagener Seehund, sogar in einem schmalen steinharten Küchensofa.

Gute Nacht,
deine Abgesandte auf der Pestinsel

13

Das war also das Krähennest.

Nils blieb neben seinem Fahrrad stehen und betrachtete das merkwürdige Haus, das in einem Hinterhof lag, ohne Kontakt zu den umliegenden Gebäuden und von der Straße aus nicht zu sehen. Die Proportionen waren eigenartig. Jedes der vier Stockwerke konnte höchstens drei oder vier normal große Zimmer beherbergen. Die Ziegelfassade war fast schwarz von Ruß und Alter.

Er stellte sein Fahrrad ab, ging die halbrunde Treppe hinauf und klingelte an der Tür, so wie man es ihm gesagt hatte: zwei kurze Signale und zwei lange, mit einer deutlichen Pause dazwischen. Er wartete. Nichts passierte. Er holte seine Taschenuhr hervor und kontrollierte die Zeit: Punkt zehn. Das wurde auch kurz darauf von der dröhnenden Turmuhr der Oskar-Fredriks-Kirche bestätigt. Dann hörte er Schritte und jemand schob die Riegel auf. Die Tür wurde geöffnet, und da stand Schwester Klara in einer hemdartigen Bluse und einem wadenlangen Rock.

Ohne ein Wort zu sagen, ließ sie ihn ein. Sie schloss die Riegel wieder hinter ihm, Nils schaute sich derweil in der Halle um. Ein Spiegel mit einem vergoldeten Rahmen reichte bis fast zur Decke, auf dem Boden lag ein chinesischer Seidenteppich.

Schwester Klara führte ihn in ein Zimmer, das offensichtlich ihr Büro war.

»Bitte nehmen Sie doch Platz, Herr Hauptkommissar«, sagte sie.

Nils setzte sich in den Besucherstuhl vor dem Schreibtisch und legte den Hut auf den Schoß.

»Sie sind nicht leicht zu finden, Schwester Klara. Ich suche Sie seit über einer Woche.«

»Oh je. Arbeitet die Polizei so langsam«, sagte Schwester Klara bedauernd und setzte sich auf die andere Seite des Schreibtisches. »Kein Wunder, dass es so aussieht in unserer Gesellschaft. Sie haben vielleicht nicht die richtigen Kontakte?«

»Offensichtlich nicht. Aber schließlich bekam ich Ihre Telefonnummer von der Besitzerin eines Bierlokals.«

»Und weil Sie Polizist sind, konnte ich Ihnen einen Besuch nicht abschlagen. Eigentlich sind Männer nicht erlaubt hier. Außer meinem Vater und ein paar Handwerkern sind Sie der einzige Mann, der das Krähennest betreten hat.«

»Ich fühle mich sehr geehrt.«

»Das hat nichts mit Ehre zu tun. Ich habe Angst um unsere Tür. Wenn ich Sie nicht hereingelassen hätte, dann hätten Sie sie vermutlich aufgebrochen. Wie Sie es bei der Familie Bengtsson gemacht haben.«

Nils schaute sie fragend an.

»Sie haben ihre Tür mit einem Brecheisen aufgemacht«, erinnerte ihn Schwester Klara.

»Aha, Sie denken an Panama-Bengtsson? Im Treibgutsammlerdorf?«

Er hatte Probleme, an die starrenden, gespenstischen Gestalten in der Hütte als »Familie Bengtsson« zu denken.

»Ganz genau. Einbruch, Zerstörung und Hausfriedensbruch. Bei einer Frau, die mit einem Säugling allein war.«

»Es war eine Hütte«, sagte Nils. »Und wir wussten nicht, dass die Frau allein war.«

Schwester Klara schaute ihn scharf an.

»Das ist ihr *Zuhause*.«

»Es tut mir leid. Es war unnötig«, gab Nils zu.

Er ertappte sich dabei, dass er die ganze Zeit seinen Hut auf dem Schoß drehte, wie ein nervöser Schuljunge beim Rektor. Der Besuch hatte nicht gut begonnen. Er räusperte sich und fing noch einmal an.

»Aha. Das ist also das Krähennest«, sagte er und ließ den

Blick über die Lederbände in den Bücherregalen und die Kupferstiche an den Wänden schweifen. »Es ist von innen schöner als von außen, das muss ich schon sagen.«

»Das ist so bei Krähennestern«, sagte Schwester Klara. »Sie sehen nur von außen aus wie Reisighaufen. Innen sind sie sehr ordentlich gebaut.«

»Wird das Haus deshalb so genannt?«

»Nein. Ein Mann hat einmal mich und meine Freundin als zwei alte Krähen bezeichnet. Wir fanden es passend.«

Nils lächelte.

»Das war nicht sehr freundlich gesagt.«

»Wir haben es nicht übelgenommen. Die Krähe ist ein schöner Vogel. Und klug. Man zählt die Krähe zu den intelligentesten Vogelarten. Außerdem sind sie treu. Wussten Sie, dass ein Krähenpaar ein Leben lang zusammenbleibt? Das wollen Bisse und ich auch machen.«

»Bisse?«

»Schwester Beate. Meine Freundin. Wir haben uns in der Schwesternschule kennengelernt. Wir betreiben das Krähennest seit acht Jahren zusammen.«

»Ja, genau«, nickte Nils. »Bei meiner Suche nach Ihnen habe ich viel über Ihre Tätigkeiten erfahren. Sie haben vielen Frauen geholfen, denen es schlecht geht. Und Sie haben offenbar überhaupt keine Angst. Ich habe gehört, Sie bewegen sich spät in der Nacht in der Hafengegend.«

»Ja, wie sollten wir sonst diese Frauen finden? Dort halten sie sich auf. Wir bieten ihnen an, eine Zeitlang im Krähennest zu wohnen, und wir geben ihnen die Möglichkeit, ihr Leben zu ändern. Wir helfen ihnen bei der Suche nach Anstellungen als Haushaltshilfen in guten Häusern. Am besten weit weg von Göteborg. Mein Vater und meine Schwestern halten immer die Augen nach solchen Plätzen offen. Wir kontrollieren sehr genau, wo wir sie unterbringen. Sie sollen nicht noch einmal ausgenutzt werden. Mein Vater hat uns viel geholfen. Die ganze Einrichtung des Krähennests stammt aus meinem Elternhaus.«

»Dann ist es jetzt bestimmt ziemlich leer in Ihrem Elternhaus«, sagte Nils.

Er schaute sich noch einmal im Zimmer um, sein Blick fiel auf einen Stapel ungeöffneter Post auf dem Schreibtisch. Der Name auf dem obersten Brief ließ ihn zusammenzucken. Klara von Kirschlow. War sie vielleicht eine Tochter von Rutger von Kirschlow? Dem freisinnigen Baron, der seine drei Töchter studieren ließ, während der einzige Sohn ein Schlamper blieb. Eine der Töchter war wohl eine berühmte Forscherin in Chemie oder Physik oder so etwas.

»Leer? Oh nein«, sagte Schwester Klara lachend. »Da gibt es noch viel. Auf Roxhamra haben wir Erbstücke, die würden für mehrere Krähennester reichen. Mein Vater findet es sehr schön, in den Sälen ist jetzt etwas Platz und Licht, er unterstützt uns gerne. Er hat zum Beispiel den Kahn gekauft, mit dem ich zu den Frauen im Treibgutsammlerdorf fahren kann.«

»Ihr Vater scheint ein richtiger Ehrenmann zu sein. Es ist ein Glück, dass es in der männlichen Bevölkerung wenigstens noch ein *paar* solche gibt«, sagte Nils. Er befürchtete, die gute Stimmung zerstört zu haben, und fügte deshalb rasch hinzu: »Ihr Besuch im Treibgutsammlerdorf, ja. Darüber wollte ich mit Ihnen sprechen. Ich habe ein paar Fotos dabei, ich möchte Sie bitten, sie anzuschauen.«

Er öffnete seine Aktentasche. Während er suchte, ging die Tür auf und ein junges Mädchen streckte den Kopf herein.

»Oh, Entschuldigung«, murmelte sie, als sie Nils sah.

Sie zog sich rasch zurück und schloss die Tür. Nils hatte nur einen kurzen Blick auf sie werfen können: blonde, hochgesteckte Haare und die gleiche Art von hochgeschlossener Bluse wie Schwester Klara. Er hatte das vage Gefühl, sie schon einmal gesehen zu haben.

»Die Mädchen sind es nicht gewohnt, hier drinnen einen Mann zu sehen«, erklärte Schwester Klara.

»Ich verstehe.«

Nils fand das Kuvert mit den Fotografien und reihte sie auf dem Schreibtisch auf.

»Sie haben berichtet, dass Sie irgendwann im Frühjahr einen Herrn mit einem Boot im Dorf gesehen haben. Könnten Sie sagen, ob das der gleiche Herr wie auf diesen Bildern war?«

Schwester Klara schaute die Bilder eins nach dem anderen an. Bei einem Foto von Edvard im Motorboot hielt sie inne.

»Ich glaube, es war dieser Mann. Und dieses Boot«, sagte sie. »Es hatte so eine geteilte Windschutzscheibe.«

»Sind Sie sicher?«

»Zu neunzig Prozent.«

Sie schaute das Foto mit dem Boot noch einmal an.

»Fünfundneunzig«, korrigierte sie.

»Danke«, sagte Nils.

Er sammelte die Fotos ein und steckte sie in die Aktentasche.

»Das war alles, Schwester Klara. Und jetzt werde ich mich entfernen, damit das Krähennest wieder männerfrei ist.«

Im Hof holte er sein Fahrrad und schob es zum Tor. Er drehte sich um und warf einen letzten Blick auf das eigenartige Haus. Er fragte sich, ob es wohl im Hof gebaut worden war. Oder ob es hier schon gestanden hatte und stehen bleiben durfte, als man Gebäude rundherum baute.

Am Fenster im zweiten Stock bewegte sich etwas. Er blieb stehen. Ein Mädchengesicht schaute durch die Scheibe. Die Gardine verbarg sie zur Hälfte wie ein Schleier. Oder ein Schal.

Natürlich! Jetzt erkannte er sie. Als sie in Schwester Klaras Büro geschaut hatte, sah sie aus wie eine Sekretärin, mit der ordentlichen Bluse und der eleganten Frisur. Aber es war ja Märta, das Dienstmädchen, das mit dem Schiff von Bronsholmen mitgefahren war und das verschwunden war, ehe er mit ihr hatte sprechen können.

Er stellte sein Fahrrad wieder an die Hauswand, ging erneut die halbrunde Treppe hinauf und klingelte an der Haustür des Krähennests. Zweimal kurz und zweimal lang, mit einer Pause dazwischen.

Niemand öffnete. Er wartete und klingelte noch einmal. Und noch einmal. Ohne Ergebnis. Die Audienz im Krähennest war unwiderruflich vorbei.

»Nun ja«, dachte er. »Irgendwann müssen diese störrischen Frauenzimmer das Haus verlassen.«

Und sie waren nicht die Einzigen, die störrisch waren. Nils Gunnarsson stammte aus einer zähen Familie aus dem nördlichen Bohuslän. Ausdauer und Geduld waren seine hervorstechenden Tugenden.

Er ging über die Straße und stellte sich mit dem Fahrrad in den Hauseingang gegenüber. Dann wartete er. Nach einundhalb Stunden macht er einen kurzen Besuch auf der Toilette im Hof. Gerade als er zurück auf seinen Posten kam, sah er, wie Schwester Klara in Gesellschaft einer Frau in Kostüm und Jägerhut auf die Straße trat.

Sie gingen die Dritte Langgatan in Richtung der Linnégatan. Er ließ ihnen einen großen Vorsprung, bevor er auf sein Fahrrad stieg und ihnen hinterherradelte.

»Verzeihen Sie, meine Damen«, sagte er und fuhr langsam neben den beiden Frauen.

Sie hielten ihr rasches Tempo, die Absätze knallten gegen die Pflastersteine, aber sie nahmen keinerlei Notiz von ihm.

»Bitte, Schwester Klara«, versuchte er.

Die Frau im Jägerhut warf ihm einen mörderischen Blick zu.

»Ich bin Polizist«, erklärte er ihr und balancierte mit dem Lenker, um das Gleichgewicht zu halten.

»Wir wollen nichts mit der Sittlichkeitspolizei zu tun haben«, zischte sie.

»Er ist nicht von der Sitte. Er ist Detektiv«, sagte Klara müde.

Und weil sie ein wohlerzogenes adeliges Fräulein war, stellte sie sie einander vor: »Schwester Beata. Hauptkommissar Gunnarsson.« Sie wandte sich an Nils: »Was wollen Sie von uns? Ich habe Ihre Fragen bereits beantwortet.«

»Es geht um das Mädchen, das in Ihr Zimmer schaute. Sie heißt Märta, nicht wahr? Ich würde gern mit ihr reden. Sie steht in keinerlei Verdacht. Ich würde ihr nur gerne ein paar Fragen zu ihrem vorherigen Arbeitsplatz stellen.«

Schwester Beata lachte höhnisch.

Aber Schwester Klara blieb endlich stehen. Nils stieg vom Fahrrad.

»Geh schon mal vor, Bisse«, sagte Klara zu ihrer Freundin. »Ich möchte ein paar Dinge mit dem Hauptkommissar klären. Sonst werden wir ihn nie los.«

Beata zuckte mit den Schultern und ging weiter.

»Hören Sie zu«, sagte Schwester Klara. »Ich werde Ihnen erzählen, was ich weiß, dann würde ich Sie bitten, uns in Ruhe zu lassen. Ich gehe abends oft durch die Kneipen am Hafen, um zu schauen, ob es da Mädchen gibt, die einen sicheren Platz zum Schlafen brauchen. Ich traf dieses Mädchen an einem ziemlich finsteren Ort. Sie kam und fragte nach einer Arbeit in der Küche, wurde jedoch abgewiesen. Es war spät und sie war verzweifelt. Sie machte einen ängstlichen und verwirrten Eindruck, als wäre sie gerade erst in die Stadt gekommen, ich kenne diesen Blick. Ich fragte sie, ob sie einen Ort zum Übernachten habe, und da fing sie an zu weinen. Ich nahm sie mit ins Krähennest, sie wohnt seitdem bei uns. Ein sehr liebes und tüchtiges Mädchen. Ich weiß nichts über ihren Hintergrund und würde im Traum nicht daran denken, sie danach zu fragen. Aber wir werden keine Probleme haben, einen guten Platz für sie zu finden.«

»Wann kann ich sie treffen?«, fragte Nils.

»Gar nicht. Die Frauen im Krähennest haben schlechte Erfahrungen mit Männern. Manche sind von ihren Ehemännern misshandelt worden, Sie bei der Polizei nennen das eheliche

Auseinandersetzungen und zucken mit den Schultern. Andere sind Prostituierte und wurden von ihren Kunden oder Zuhältern misshandelt. Was euch ja noch weniger interessiert. Ein paar sind sogar von euch Polizisten misshandelt worden. Bei uns sind sie in Sicherheit. Dieses Versprechen geben wir ihnen.«

Nils holte eine Visitenkarte aus einer Innentasche und reichte sie Schwester Klara.

»Können Sie Märta wenigstens grüßen und ihr sagen, ich würde gerne mit ihr sprechen. Ich bin hier zu finden.«

Schwester Klara steckte die Karte in ihrer Jackentasche, ohne sie anzuschauen.

»Ich werde sie von Ihnen grüßen«, sagte sie. »Aber erwarten Sie nicht zu viel.«

»Danke. Eine letzte Frage, bevor ich Sie in Ruhe lasse: Warum haben Sie nicht geöffnet, als ich an Ihrer Tür klingelte? Ich habe den Code verwendet, den Sie mir am Telefon gaben: zweimal kurz, zweimal lang, mit einer Pause dazwischen.«

Schwester Klara lächelte still.

»Das war ein einmaliger Code. Der galt für heute Morgen um zehn Uhr. Sie glauben doch wohl nicht, dass er mehrfach funktioniert?«

14

Nils schob sein Fahrrad die gewundenen Wege auf den Masthuggsberg hinauf. Für ihn war das nicht schlimm, er war jung und stark, aber für die älteren Menschen, die hier oben wohnten, waren die steilen Wege anstrengend, ganz besonders im Winter oder wenn man schwer zu tragen hatte. In der Zeitung hatte er gelesen, dass es Pläne gab, eine Rolltreppe hier hinauf zu bauen. Er schob das Fahrrad, über den Lenker gebeugt, und eine surrealistische Vision flimmerte vorbei: Werftarbeiter mit Schirmkappen und Schiffermützen glitten auf einer Rolltreppe den Berg nach oben, wie Götter, die ihre Akropolis bestiegen. Ja, warum nicht? In Stockholm gab es einen Aufzug nach Södermalm hinauf. Und auf der Jubiläumsausstellung war er mit der Seilbahn zusammen mit Ellen nach Liseberg gefahren. Heute war nichts mehr unmöglich.

Dann war er oben. Er blieb wie immer einen Augenblick stehen, drehte sich um und genoss die Belohnung: eine fantastische Aussicht über den Fluss. Tagsüber wimmelte es hier von Schiffen, Schleppern, Kähnen, schnellen kleinen Fähren und sich drehenden Kränen. Jetzt am Abend war es ruhiger. Der schwarze Rauch aus den Schornsteinen der Dampfschiffe hatte sich verzogen, die Luft über dem Wasser war herbstlich klar. Hinter den schlafenden Werften auf der Seite des Stadtteils Hissingen erhob sich die Wand des Rambergs blaulila in der Dämmerung.

Er öffnete das Tor, schob das Fahrrad in den Hof warf einen Blick auf Sigges Wohnung im unteren Stock des Hofgebäudes. Ein flackerndes gelbes Licht brannte im Fenster.

Der Briefkasten für Ellens Berichte bei Sigge Karlström funktionierte besser, als er zu hoffen gewagt hatte. Wenn man bedachte, wie sehr sein Nachbar seine Arbeit als »Kriminalschnüffler« verachtete, hatte Nils mit Widerstand gerechnet. Aber Sigge war mächtig stolz auf seinen Auftrag. Er hatte geschworen, niemandem auch nur eine Silbe über ihre geheime Übereinkunft zu verraten, er hatte sogar eigene Ideen beigetragen. Er besaß eine alte Schiffslaterne, mit der er abends zum Klo im Hof ging, und wenn Nils sie in Sigges Fenster leuchten sah, wusste er, dass es Post für ihn gab.

Er klopfte an der Tür des Nachbarn, der Brief wurde mit einem konspiratorischen Zwinkern übergeben, und als er in seiner eigenen Wohnung war, öffnete er ihn und las.

Pestinsel, den 4. September 1925

In Eile an meinen Lieblingskommissar,

ich will rasch versuchen ein paar Zeilen zu schreiben, solange die Personalküche leer ist und Artur seine Zigarette im Hof raucht. Das ist das Zeichen, dass er bald mit dem Motorboot losfahren wird. Wenn man ihm einen Brief in die Stadt mitgeben will, muss man sich beeilen und den Brief in die Posttasche im Bootshaus legen.

Artur ist wirklich sehr nett. Immer fröhlich und freundlich zu allen. Gestern hat er mir eine Zigarette angeboten, ich habe mich nicht getraut sie anzunehmen, ich hatte Angst, Frau Lange würde es merken, wenn ich nach Rauch rieche. (Sie hat fast übernatürliche Fähigkeiten.)

Ich wünschte, ich könnte dir etwas Spannendes berichten. Aber es gibt tatsächlich nichts zu sagen. Nur schuften und schleppen. Das ist hier die Hauptsache. Oft völlig sinnlos. Die Quarantänewärter haben zum Beispiel ein größeres Projekt begonnen, den Kai vor den Magazingebäuden zu reparieren. Da wird sich das Militär freuen, wenn sie die Insel übernehmen. Sie haben auch die alten Laternen hervorgeholt und sie an die Eisenarme außen an den Magazinen aufgehängt. Sie sind sehr schön, aber natürlich schrecklich unmodern, wie alles hier.

Die Insel ist ein Überrest aus einer anderen Zeit. Sie verfällt Stück für Stück, die strengen Regeln und Sitten sind nur ein verzweifelter Versuch, sie noch eine kleine Weile zu erhalten.

Oh, ich habe all diesen Wahnsinn so satt! Die Laken müssen zum Beispiel auf eine ganz bestimmte Art und Weise zum Trocknen aufgehängt werden. Und sie müssen so umständlich und zeitraubend zusammengefaltet werden, es ist geradezu lächerlich.

Wenn ich versuche, meine Arbeit zu vereinfachen und effektiver zu machen, werde ich zurechtgewiesen. »Märta hat immer ...«, bekomme ich ständig zu hören. Es besteht kein Zweifel, dass ich an ihre Stelle getreten bin. Die Quarantänewärter versuchen, es auf ihre Weise auszunützen. »Märta hat immer eine Weile auf meinem Schoß gesessen, bevor sie den Tisch scheuerte.« Oder: »Märta hat mir immer einen Kuss auf den Mund gegeben. Hahahaha.«

Wenn ich nicht so müde wäre, würde ich ihnen die Essigflasche auf den Kopf hauen.

Jetzt drückt Artur seine Zigarette aus. Ich muss schließen für dieses Mal. Ich melde mich, wenn es etwas zu berichten gibt.

Au revoir!

Deine Lieblingsmagd

Mit einem Lächeln steckte er den Brief in die Tasche. Er würde morgen vom Revier aus eine Antwort schreiben. Jetzt würde er etwas essen und früh ins Bett gehen.

15

Ellen stand zusammen mit einigen Quarantänewärtern vor dem Pestkrankenhaus, um die Lieferungen aus der Stadt entgegenzunehmen. Artur kam die Treppe vom Bootshaus hoch, er trug eine Holzkiste.

»Für die Küche«, sagte er.

»Die nehme ich«, antwortete Ellen und streckte sich nach der Kiste.

»Schaffst du das? Die ist schwer.«

Sie sank ein wenig in sich zusammen, als sie die Kiste entgegennahm, packte dann fester zu. Ein Wärter kam eilig zu ihr.

»Ich kann dir helfen, Kleine.«

»Nein danke. Ich schaff das schon«, sagte Ellen und ging zum Wirtschaftsgebäude hinauf.

Artur holte sie ein.

»Warte«, rief er hinter ihr. »Ich habe noch etwas für dich.«

Sie blieb stehen, balancierte die Kiste auf den Armen, er steckte die Hand in die Posttasche.

»Hier. Liebesbrief.« Mit einem Augenzwinkern steckte er einen Umschlag in ihre Schürzentasche.

Sie war dankbar, dass er den Brief so diskret übergeben hatte, die Quarantänewärter hatten nichts bemerkt.

Sie ging weiter mit ihrer schweren Kiste, machte kleine, vorsichtige Schritte, weil sie nicht sehen konnte, wohin sie die Füße setzte.

Ein langgezogener Vogelruf war direkt neben ihr zu hören. Oaaa, oaaa, rief es. Sie blieb stehen und lauschte. Eine Eiderente? Nein, zwei. Um diese Jahreszeit?

Im nächsten Moment gingen die Entenrufe in blubberndes Lachen über. Zwei rote Schöpfe tauchten aus dem Heidekraut auf und verschwanden wieder. Katrins Zwillinge.

»Ich habe euch gesehen, ihr Lausbuben!«, rief Ellen.

Wie alt mochten sie sein? Vier Jahre? Fünf? Sie liefen überall auf der Insel umher, schmutzig und verwildert. Niemand schien sich besonders um sie zu kümmern. Wenn sie zu viel Unfug anstellten, bekamen sie von Katrin eine Ohrfeige. Falls sie die Burschen zu packen bekam. Sie waren erstaunlich schnell und kletterten wie Alpengemsen in den steilen Felsen unten an der Bucht umher. Manchmal schlichen sie in die Küche und stahlen Speckwürfel von einem Schneidebrett oder Brote, die zum Abkühlen auf einem Blech lagen. Wenn Sabina sie erwischte, schlug sie mit dem Besen nach ihnen, als wären es Ratten. Darüber lachten sie nur. Ruben behandelte sie wie Luft. Ellen hatte schon öfter versucht, mit ihnen zu reden, jedoch nie eine Antwort bekommen. Zuerst dachte sie, sie könnten nicht reden. Dass sie vielleicht ein bisschen zurückgeblieben waren. Aber sie hatten ein schlaues Blitzen in den Augen, und wenn es darum ging, in der Küche an etwas Leckeres zu kommen, zeigten sie großen Einfallsreichtum.

Und sie konnten sprechen. Das hatte Ellen bald herausgefunden. Aber es war eine merkwürdige Sprache. Da niemand mit ihnen redete, mussten sie ihre Sprache auf die gleiche Art und Weise stehlen wie das Essen in der Küche. Mal hier ein Wort und mal da eines. Hinter einer Tür abgelauscht oder auf einem Hügel. Sie schnatterten Sätze heraus wie Papageien und schienen selbst nicht zu verstehen, was sie sagten.

Jetzt standen sie plötzlich auf dem Felsen neben dem Pfad und schauten auf sie herab, wie sie sich mit ihrer Last vorwärtskämpfte.

»Verdammte Sau«, rief der eine. »Lern zu gehorchen. Steck dich in den Sack. Ertränk dich.«

Ellen blieb stehen und schaute zu ihm hinüber.

»Sprichst du mit mir?«, fragte sie verblüfft.

Die Jungen kicherten.

»Im Leben nicht. Nicht noch einmal. Hau ein Messer in den Teufel«, plapperte der andere begeistert.

Dann fingen sie laut an zu lachen und verschwanden hinter den Felsen. Ellen schaute ihnen nach und schüttelte den Kopf.

Sie ging nicht direkt zum Küchenhaus, sondern machte einen Abstecher zu der alten Backstube, die nicht mehr verwendet wurde, stellte die Kiste ab und setzte sich in das hohe Gras neben den Felsen. Sie nahm den Brief aus der Schürzentasche, riss das Kuvert auf und las:

Danke für den Bericht. Du machst das wunderbar. Weiter so. Nils

Wütend knüllte sie das Papier zusammen und steckte es wieder in die Tasche. Eine einzige Zeile! Das war die Antwort auf ihre beiden Briefe. Als wäre es ein Telegramm und er hätte für jedes Wort bezahlen müssen. Sie erinnerte sich an die Kurzmitteilungen, die er ihr in die Haushaltsschule geschickt hatte. Nils hatte immer noch nicht begriffen, dass Wörter in Briefen umsonst waren. Man konnte verschwenderisch mit ihnen sein.

Dabei hatte er sich die Mühe gemacht und mit der Maschine geschrieben! Sie sah vor sich, wie er den dünnen Bogen Papier, den die Polizisten für ihre Berichte verwendeten, in die Maschine spannte und nach jeder Taste für seine armseligen Buchstaben suchte. Und ihn dann herausdrehte und von Hand unterschrieb. Sie musste lachen.

Da war Georg ein sehr viel besserer Briefeschreiber. Er schrieb ihr immer, wenn er auf Geschäftsreise war, lustige Briefe mit kleinen Zeichnungen von sich als Strichmännchen in allen möglichen Situationen.

Ob wohl ein Brief von ihm zu Hause auf sie wartete? Er hatte sie darauf vorbereitet, dass die Post aus Südamerika langsam und unzuverlässig war. Und sie würde seine Briefe nicht beantworten können, weil er die ganze Zeit unterwegs sein würde und keine feste Adresse hätte. Aber er würde ihr schreiben, sooft er konnte, das hatte er versprochen.

Ja, Georg war wirklich das genaue Gegenteil von Nils. Es war kein plötzliches Verliebtsein gewesen, überhaupt nicht. Er war einfach ein junger Mann, irgendein junger Mann, ein Freund eines Freundes von einem ihrer Brüder.

Ellen hatte zwei Brüder, aber keine Schwester. Sie war an Jungen gewöhnt, und an ihre unkomplizierte Art des Umgangs, und sie war nicht darauf vorbereitet gewesen, wie sehr sie das in der Haushaltsschule nur für Mädchen vermissen würde. Während des Sommers hatte sie die Segeltörns mit den jungen Männern genossen. Sie fühlte sich wohl in ihrer Gesellschaft und war stolz, als vollwertiges Mitglied ihrer Gemeinschaft angesehen zu werden.

Georg war groß und schlank, er sah gut aus, hatte dunkles, nach hinten gekämmtes Haar. Er war ein guter Schwimmer, und er konnte auf dem Banjo den Limehouse Blues spielen, dass seine Haare nur so flogen. Einmal waren sie in einer kleinen, verlassenen Bucht vor Anker gegangen. Sie hatten ein wenig geplaudert, und dann hatte er sie geküsst. Erst leicht, wie zum Spaß. Er hatte ihr in die Augen geschaut, und als sie nicht protestierte, hatte er sie wieder geküsst. Langsam und forschend, mit weichen Lippen und einer suchenden Zunge, seine leicht gewölbte Hand hielt ihren Nacken. Der Kuss sandte Wellen in ihren Schoß, machte sie schwer und warm. Dann zog er sich auf einmal zurück.

»Nein, nein«, murmelte er beschämt. »Was habe ich nur gemacht. Verzeih mir, Ellen.«

Aber als er sich zurücklehnte, hatte Ellen sich vorgebeugt. Es war eine ganz unwillkürliche Bewegung. Als hätte sein Kuss einen kleinen Haken in ihrem Mund hinterlassen, und sie musste folgen, wenn die Leine angezogen wurde. Ihr Verhalten überraschte sie selbst. Ihn jedoch nicht. In seinen Augen war ein Ausdruck, den sie erst im Nachhinein hatte deuten können.

Amüsiert, ein wenig überlegen. Er hatte ganz genau gewusst, wie sie reagieren würde.

Er hatte noch einen Moment gewartet, den Kopf geschüttelt, etwas Entschuldigendes gemurmelt, wie unpassend er sich benommen habe. Bis sie sich ihm fast aufgezwungen hatte und ihn auf den Mund küsste, der ein paar schreckliche Sekunden lang völlig passiv war. Als er den Kuss endlich erwiderte, war ihr vorherrschendes Gefühl Erleichterung.

Zu jener Zeit wusste sie eigentlich nichts über ihn. Außer dass er gut schwimmen und Banjo spielen konnte. Und küssen. Den Rest würde sie so allmählich erfahren. Er war älter, als sie geglaubt hatte, siebenundzwanzig Jahre alt. Sein Vater war Offizier. Er war in England auf die Handelsschule gegangen. Er war Teilhaber einer Importfirma, die hauptsächlich Kaffee importierte. Er hatte eine Wohnung mit einer Haushälterin in der Stora Nygatan.

Das alles machte Eindruck auf ihre Eltern. Auf sie jedoch nicht. Der Kuss im Segelboot hatte sie gepackt. So einfach war es.

Zu mehr als Küssen war es zwischen ihnen noch nicht gekommen. Für Georg war es selbstverständlich, mit dem Rest zu warten, bis sie verheiratet waren.

Ellen steckte den Brief von Nils wieder in die Schürzentasche. Sie hob die schwere Kiste an und lief auf das Wirtschaftsgebäude zu. Sie hatte Georg jetzt seit drei Wochen nicht mehr gesehen, und zu ihrem Erstaunen bemerkte sie, dass sie auch kaum an ihn gedacht hatte. Wenn sie sich trafen, war er intensiv präsent, aber wenn er weg war ... ja, dann war er weg. Aus den Augen, aus dem Sinn, so sagte man doch? Vielleicht war sie eine schrecklich oberflächliche Person.

Das Küchenfenster war zum Lüften geöffnet, und als sie an der Hauswand entlangging, hörte sie drinnen Stimmen. Sie blieb dicht an der Wand stehen und horchte. Es waren Frau Lange und die alte Sabina, sie saßen am Fenster und tranken

Kaffee. Das machten sie immer, wenn sie mit dem Abwasch fertig war.

Ellen hatte von Anfang an das Gefühl gehabt, dass Sabina etwas Unangenehmes an sich hatte. Ein alter Lappen war wie festgewachsen in ihrer klauenartigen Hand, sie wankte ständig umher und wischte und putzte in allen Ecken, dabei hatte sie alles und jedes im Blick. Mit ihren runden, schwarzen Augen und ihren schnellen Kopfbewegungen glich sie einer Eule. Wie eine Eule konnte sie auch völlig still dasitzen, als ob sie schlief, mit regelmäßigen Atemzügen und geschlossenen Augen. Um einen im nächsten Moment mit einem geöffneten Auge und hellwach anzuschauen. Man erzählte sich, in der Quarantänezeit habe sie Patienten mit allen möglichen Krankheiten pflegen können, ohne selbst angesteckt zu werden, und sie habe in ihrem ganzen Leben noch nicht einmal eine Erkältung gehabt.

Jetzt hörte Ellen ihre heisere, unzufriedene Stimme durch das offene Fenster.

»Kurze Haare! Warum hast du sie genommen?«

Ellen hielt die Luft an und drückte sich gegen die Wand. Die Kiste war schwer.

»Irgendjemand musste doch Märta ersetzen«, hörte sie Frau Langes ruhige Stimme. »Sie wird wohl nicht wiederkommen.«

»Ich verstehe nicht, warum der Doktor sie hat fahren lassen«, fuhr Sabina fort.

Sie sprach undeutlich, sie hatte ein Stück Zucker im Mund. Sie trank den Kaffee vom Unterteller, Ellen konnte das Schlürfen hören.

»Sie hat die Gelegenheit ergriffen, als der Polizist mit im Boot war. Der Doktor hätte sie nicht hindern können.«

Sabina räusperte sich dumpf und heiser, es klang fast, als würde sie knurren.

»So so, aha. Bei der Neuen müssen wir besser aufpassen.«

Dann hörte man nur noch das Schlürfen und Schmatzen der

aufgeweichten Zuckerwürfel. Als die Frauen wieder sprachen, ging es um ganz andere Dinge, die Ellen nicht interessierten. Sie traute sich nicht, am Fenster vorbeizugehen, sie ging den Weg, den sie gekommen war, zurück und um das ganze Haus herum.

»Stell die Kiste dahin«, sagte Frau Lange, als sie in die Küche kam.

Sabinas Kohleaugen beobachteten sie über den Unterteller.

»Ellen kann nach Hause gehen und den Küchenboden und die Speichertreppe scheuern«, fuhr Frau Lange fort, als sie die Kiste abgestellt hatte.

Die beiden Frauen wollten offenbar ihre Ruhe haben, Ellen hatte nichts dagegen. Sie wollte auch ihre Ruhe haben.

Das war fast das Schlimmste am Dienstbotendasein: dass man keine eigene Ecke hatte. Zu Hause bei ihren Eltern hatte sie ein eigenes Zimmer mit einem eigenen Schreibtisch. Hier schlief sie im Küchensofa einer fremden Familie, ihre Kleider und sonstigen Dinge hatte sie in einem Koffer im Windfang. Ihre Körperhygiene musste sie stehend in einer Zinkwanne in der Küche erledigen. Sie wusch jedes Körperteil mit Schmierseife, und dann die Haare separat in einer Schüssel. Frau Lange hatte ihr gesagt, zu welchen Zeiten das möglich war, wann sie sicher sein konnte, allein in der Küche zu sein. Aber John ging ja ein und aus, wie er wollte, sie war sich nie ganz sicher. Sie beeilte sich, so gut sie konnte. Hinterher fühlte sie sich nicht so sauber, wie wenn sie in aller Ruhe in einer Badewanne gebadet hätte.

Es gab ein Badehaus mit alten Holzwannen, das wurde verwendet, solange die Quarantänestation in Betrieb war. Aber jetzt war es verschlossen. Trotz all dem Gerede über Hygiene schien es unmöglich zu sein, auf der Insel ein richtiges Bad zu nehmen. Oh, wie sie sich nach einer Badewanne und einer Badezimmertür, die man verschließen konnte, sehnte!

Nicht einmal nachts konnte sie sicher sein, in Ruhe gelassen zu werden. Wenn Frau Lange nicht schlafen konnte, kam sie in die Küche, machte den Herd an und wärmte sich Milch. Der einzige Ort, den man abschließen konnte, war das Plumpsklo.

Ellen ließ sich Zeit mit dem Putzen und genoss das Alleinsein in der Hütte.

Als sie mit der Küche und im Windfang fertig war, holte sie frisches Wasser und begann, die Treppe zu scheuern. Sie fing oben an und arbeitete sich rückwärts nach unten, dann brauchte sie nicht auf die nassen Stufen treten, wenn sie fertig war. Sie war ungefähr bis zur Hälfte gekommen, als die Tür zur Dachkammer geöffnet wurde und sie die schweren, unregelmäßigen Schritte hörte, mit denen John die dunkle Treppe herunterkam. Sie war erstaunt, sie hatte geglaubt, allein in der Hütte zu sein.

»Pass auf, es kann glatt sein«, rief sie.

Aber es war zu spät. Man hörte hartes Poltern und laute Flüche, als John ausrutschte und die schmale steile Treppe herunterglitt. Er stieß sogar den Putzeimer um, das Wasser schwappte über ihn und Ellen.

»Mein Gott, was ist passiert?«, fragte sie erschrocken. »Du hast dich doch nicht verletzt?«

Er setzte sich auf die Treppe, beugte sich über etwas, was er in der Hand hielt. Es war ein Fernglas. Er trug es an einem Riemen um den Hals, und es hatte auch das harte Poltern verursacht, als er die Treppe herunterfiel.

»Ich bin wohl nicht viel verletzter als sonst auch«, murmelte er. »Die Frage ist, wie es dem ergangen ist.«

Er untersuchte das Fernglas, schüttelte es leicht, um zu hören, ob etwas zerbrochen war. Dann packte er das Geländer, zog sich hoch und humpelte die letzten Schritte hinunter. Da wäre er fast wieder in dem verschütteten Seifenwasser ausgerutscht. Ellen packte ihn am Arm und bekam einen Schlag ab vom Fernglas, das am Riemen baumelte.

»Verflucht!«, schrie John in einem kurzen Wutausbruch.

Sie standen im Windfang, beide nass vom Putzwasser. Ellen

rieb sich den Arm, wo das Fernglas sie getroffen hatte. John schaute unglücklich drein.

»Ich setze Kaffee auf. Möchtest du auch?«, fragte sie.

Er nickte schweigend. Ellen sah jetzt, wie ähnlich er seiner Mutter war. Dicke schwarze Haare, niedriger Haaransatz, breite Stirn, wohlgeformter Mund. Aber seine Augen waren nicht braun wie die seiner Mutter, sondern strahlend grau.

»Setz dich so lange in die Küche«, sagte sie. »Ich will erst noch die Treppe aufwischen.«

Als sie kurze Zeit später in die Küche kam, standen zwei Tassen und ein Teller mit Keksen auf dem Tisch mit der Wachstuchdecke. John schenkte ihnen Kaffee ein.

»Oh«, sagte Ellen überrascht.

»Doch, ich kann tatsächlich Kaffee kochen«, sagte er und stellte den Kessel wieder auf den Herd. »Obwohl ich nicht auf eine Haushaltsschule gegangen bin.«

Auf der Insel schienen alle zu wissen, dass Ellen auf eine Haushaltsschule gegangen war. Und es gereichte ihr hier nicht zum Vorteil, das hatte sie auch verstanden.

»Sogar sehr guten Kaffee kannst du kochen«, sagte sie, nachdem sie einen Schluck getrunken hatte.

Er schob ihr den Teller mit den Keksen hin.

»Wie gefällt es dir hier? Sind sie nett zu dir?«

»Doch, schon«, sagte Ellen.

»Du hast Risse in den Händen«, bemerkte er, als sie die Hand ausstreckte, um einen Keks zu nehmen.

»Sag bloß nicht, ich soll sie mit Essig behandeln«, sagte sie mit einer Grimasse.

Er lächelte.

»Du hast schon viel gelernt, höre ich. Aber du solltest sie mit Salbe behandeln. Sag Sabina Bescheid, sie kann dir helfen.«

»Hm. Ich glaube nicht, dass Sabina mich gut leiden kann. Ehrlich gesagt, ich habe ein bisschen Angst vor ihr.«

»Da bist du nicht die Einzige«, sagte er und tunkte seinen

Keks in den Kaffee. »Sie hat schon großen starken Seeleuten Angst eingejagt. Hat Mutter dir erzählt, wie ein paar in einer Jolle abhauen wollten?«

»Nein.«

»Es gab immer Probleme, die Seeleute wochenlang eingesperrt zu halten, wenn sie in Quarantäne waren. Man traf sie überall auf der Insel, weiter kamen sie ja nicht. Aber eines Morgens, es war noch in der Dämmerung, hatten zwei englische Seeleute es geschafft, eine Jolle zu organisieren. Sie ruderten hinaus zu den Fischerbooten, die ein Stück weiter draußen angelten. Sie winkten mit Whiskyflaschen und durften an Bord kommen. Sabina hatte gesehen, wie sie davonruderten. Gott weiß wie, es war noch gar nicht richtig hell und alle anderen schliefen, auch derjenige, der Nachtwache hatte. Sabina holte sich den Schlüssel zum Bootshaus, ruderte hinaus zu den Fischern und schrie, dass die Seeleute von der Pestinsel waren und die Masern hatten. Die Fischer bekamen natürlich Angst, sie drohten den Seeleuten mit Rudern und Bootshaken, sie mussten also schnell das Fischerboot verlassen und in die Quarantänestation zurückkehren. Nein, Sabina sollte man nicht unterschätzen. Aber sie kann sehr gut Wunden und kleinere Krankheiten behandeln. Wenn du nicht mit ihr reden willst, glaube ich, dass meine Mutter ein wenig von ihrer Salbe für dich besorgen kann. Solche rissigen Hände werden hundertmal schlimmer, wenn sie sich entzünden.«

»Aber mittwochs kommt auch Doktor Kronborg her? Ich könnte doch in seine Sprechstunde gehen.«

John zuckte mit den Schultern.

»Das könntest du machen. Aber hier gibt es nicht viele, die zu ihm gehen. Auf jeden Fall nicht für so was.«

Er nickte in Richtung von Ellens Händen.

»Ja, dann muss ich wohl Sabinas Salbe probieren. Kannst du mir nicht ein bisschen mehr von den anderen hier auf der Insel erzählen?«

Sein Gesicht verdunkelte sich sofort.

»Oh, du wirst sie mit der Zeit schon kennenlernen«, sagte er in gleichgültigem Ton.

Ich hätte ihn nicht fragen sollen, dachte Ellen. Das ist so einer, der sofort zumacht, wenn man neugierig ist.

John nahm das Fernglas, das auf dem Tisch lag, und untersuchte es schweigend. Dann hob er es zu den Augen und schaute aus dem Fenster.

»Alles in Ordnung?«, fragte Ellen vorsichtig.

»Ich glaube schon.«

16

Dass Nils ein eigenes Dienstzimmer hatte, war nur die halbe Wahrheit. Manchmal hatte er das Gefühl, der kleine Raum sei nur das Vorzimmer zu Hauptkommissar Nordfeldt. Der konnte jederzeit die Tür zwischen ihnen aufmachen und hereinmarschieren. Natürlich konnte Nils keine so spontanen Besuche beim Kommissar machen, er musste klopfen und auf Antwort warten. Manchmal war das ein fröhliches »Komm herein«, manchmal aber auch ein ärgerliches »Nicht jetzt, Gunnarsson!«. Und manchmal ein unartikuliertes Gemurmel, das alles Mögliche bedeuten konnte.

Wenn der Kommissar gut gelaunt war, ließ er die Tür zwischen den Zimmern offenstehen und sprach Nils hin und wieder von seinem Schreibtisch aus an. Wenn er nervös war oder sich über etwas ärgerte, stand er von seinem Schreibtisch auf und ging hin und her. Manchmal erstreckten seine Spaziergänge sich auch auf das Zimmer von Nils.

Die Tür war den ganzen Vormittag geschlossen gewesen, aber jetzt wurde sie weit aufgerissen.

»Gunnarsson! Komm kurz her!«

Nordfeldt stand auf der Schwelle, winkte Nils herein und verschwand dann wieder hinter seinem Schreibtisch. Nils stand auf und folgte ihm. Nordfeldt zeigte auf den Stuhl.

»Ich bin die Liste mit den Quarantänewärtern durchgegangen«, sagte der Kommissar und klopfte auf das Papier, das vor ihm auf dem Schreibtisch lag. »Es sind zwölf Leute, davon sind drei pensioniert und der Rest im aktiven Dienst. Einer von ihnen, Oskar Modin, hat acht Monate im Gefängnis gesessen, wegen schwerem Raub. Wurde vor drei Jahren freigelassen. Die anderen scheinen keine Vorstrafen zu haben. Aber da ist ein Vilhelm Karlsson, den habe ich bisher in keinem Register gefunden. Es gibt im ganzen Land keinen Vilhelm Karlsson mit diesem Geburtsdatum. Könnte ein falscher Name sein.«

Er legte das Papier beiseite und fuhr fort: »Es gibt eine erfreuliche Nachricht, das Auto von Edvard Viktorsson ist aufgetaucht.«

»Wurde es gefunden? Am Sävefluss?«

»Nein, ganz woanders. Es steht vor dem Restaurant Långedrag. Eine Frau Lövgren, die Oberkellnerin, hat heute angerufen. Sie berichtet, dass es seit dem 4. August dort steht, also dem Tag, bevor Edvard im Fluss gefunden wurde. Du solltest hinfahren und mit ihr reden. In einer halben Stunde kommt ein Auto mit zwei Polizisten von der Lorensbergwache und holt dich ab.«

»Ist es vielleicht das?«, sagte der Polizist, der auf dem Beifahrersitz saß, als sie langsam an der Reihe von Autos vor dem Restaurant Långedrag vorbeifuhren.

»Es ist auf jeden Fall der einzige Hillmann, den ich hier sehen kann«, sagte der Polizist am Steuer.

Das Auto war schwarz oder vielleicht dunkelblau, jedoch mit einer weißen Schicht Salz überzogen.

Direkt neben der Treppe des Restaurants fanden sie einen freien Platz und parkten. In der Stadt war es so gut wie windstill gewesen, aber hier draußen wehte ein frischer Wind, die Segelboote schienen über das graugrüne Meer zu fliegen.

Auf der Veranda saßen ein paar Gäste und genossen die Septembersonne mit dem felsigen Strand und dem Meer davor.

Nils und die uniformierten Polizisten waren kaum aus dem Polizeiauto ausgestiegen, als Frau Lövgren die Treppe heruntergelaufen kam.

»Sie scheint es eilig zu haben, uns zu treffen«, sagte Nils.

Frau Lövgren war eine große, schlanke Frau Anfang vierzig, die Haare waren in steife, gleichmäßige Wellen gelegt, wie Wellblech.

»Würden Sie bitte so freundlich sein und auf der Rückseite des Restaurants parken«, sagte sie und zeigte in die entsprechende Richtung. Sie sprach atemlos und sah sehr ärgerlich aus.

Die Polizisten ließen ihren Blick über all die anderen Autos schweifen, die entlang der Kaimauer geparkt waren. Das war ein beliebter Ort, um sein Auto abzustellen, entweder, weil man das Restaurant besuchte oder auch im Auto sitzen blieb. Das machten besonders Liebespaare bei Sonnenuntergang. Man konnte an stürmischen Tagen hier herausfahren und die Brandung genießen, die in Kaskaden über die Mauer spritzte und die Scheiben der Autos benetzte.

»Warum können wir nicht hier parken? Wie alle anderen«, fragte der eine Polizist.

Ein paar vorbeispazierende Damen drehten sich um.

»Ich muss schon bitten«, zischte Frau Lövgren zwischen den Zähnen. »Warum muss das Polizeiauto überhaupt hier geparkt werden? Das sieht so dramatisch aus. Ich habe doch nur angerufen, weil ein Auto hier stehen gelassen wurde! Können Sie es nicht einfach wegfahren und von hier verschwinden?«

»Sicher, Frau Lövgren. Aber ich würde zuerst gern ein paar Worte mit Ihnen reden«, sagte Nils.

An der Schmalseite der Veranda stand ein junger Mann mit einer Seglermütze. Er stützte sich auf das Geländer und schaute neugierig zu ihnen herab. Kurz darauf stellten sich andere Gäste neben ihn, um zu sehen, was er beobachtete. Frau Lövgren wurde hochrot im Gesicht.

»Parken Sie auf der Rückseite. Ich erwarte Sie dort«, sagte sie kurz und lief die Treppe hinauf.

Sie stiegen wieder ins Polizeiauto, fuhren um das Gebäude herum und parkten neben einem Lastwagen. Ein paar Möwen kreisten schreiend über den Mülltonnen. Die Polizisten stellten sich mit dem Rücken in den Wind und zündeten sich eine Zigarette an.

Die Tür zur Laderampe war angelehnt, Nils konnte Frau Lövgren in der Türöffnung sehen. Sie streckte eine schmale Hand heraus und winkte ihn zu sich.

»So, ja«, sagte sie schnaubend, als sie die Tür hinter ihm geschlossen hatte. »Hier lang, Herr Kommissar.«

Sie führte ihn in ein kleines Büro. »Ich möchte also dieses Auto loswerden«, sagte sie und richtete das Blechdach auf ihrem Kopf. »Das steht seit einem Monat hier, niemand scheint es abzuholen. Ich habe die Polizei angerufen, weil jemand meinte, es könnte gestohlen sein. Aber das glaube ich nicht.«

»Warum glauben Sie nicht, dass es gestohlen sein könnte?«

»Die sahen nicht aus wie Autodiebe.«

»Wer?«

»Die es hergefahren haben.«

»Sie haben also gesehen, wer mit dem Auto hier angekommen ist? Wie sahen sie aus?«

»Das waren ein jüngerer und ein älterer Herr. Beide sehr gut gekleidet. Auf jeden Fall der ältere. Der jüngere sah ein wenig ... stutzerhaft aus.«

»Stutzerhaft?«

»Ja, aber es waren sicher teure Kleider. Er trug ein violettes Seidenhalstuch, wenn ich mich recht erinnere.«

»Und der Ältere? Können Sie ihn beschreiben?«

Frau Lövgren dachte nach.

»Anfang, Mitte fünfzig. Graue Haare. Kurzer Bart und Goldrandbrille. Arzt, glaube ich.«

»Wie kommen Sie darauf, dass er Arzt war?«

»Der Jüngere sprach ihn mit ›Herr Doktor‹ an.«

»Sie haben ein gutes Gedächtnis. Erinnern Sie sich, wie er gekleidet war?«

»Heller Anzug. Und Strohhut. Aber den hat er natürlich abgenommen, als sie hereinkamen.«

»Sie kamen also ins Restaurant?«

»Ja, sie haben zusammen zu Abend gegessen.«

»Und es geschah am 4. August, da sind Sie sich sicher?«

Sie nickte bestimmt.

»Um welche Uhrzeit?«

»Es war immer noch hell und sonnig. Vielleicht gegen sechs Uhr.«

Nils machte sich eine Notiz in sein kleines Heft.

»Sie kamen also zusammen im Auto an. Wie sind sie wieder von hier weggefahren?«

Frau Lövgren schlug die Hände zusammen.

»Ich habe keine Ahnung. Vielleicht mit anderen Leuten. Oder sie haben ein Taxi genommen. Oder die Straßenbahn.«

»Haben Sie beobachtet, in welche Richtung sie gingen?«

»Nein, auf so etwas achte ich nicht. Wenn die Gäste die Rechnung bezahlt haben, dann sieht man sie nicht mehr. Wenn Sie verstehen, was ich meine«, fügte sie entschuldigend hinzu.

»Ja, ich verstehe. Wer von den beiden hat die Rechnung bezahlt?«

»Der ältere Herr. Er hat fast kein Trinkgeld gegeben.«

»Und nachdem sie bezahlt hatten, erinnern Sie sich an nichts mehr?«

»Nein. Aber ich habe mich an sie erinnert, als am nächsten Morgen das Auto noch dastand. Ich dachte, sie kommen sicher bald und holen es. Und jetzt hat es also einen ganzen Monat hier gestanden.«

»Vielen Dank, Frau Lövgren«, sagte Nils und stand auf. »Ich habe keine weiteren Fragen.«

»Und das Auto?«

»Wir werden dafür sorgen, dass es wegkommt.«

Sie sah erleichtert aus.

Um fünf vor fünf traten Nils und Kommissar Nordfeldt in das Wartezimmer von Doktor Kronborg. Sie warteten ein paar Minuten, bis der letzte Patient des Tages, ein sehr übergewichtiger Herr, aus dem Sprechzimmer wankte und ungeschickt die Knöpfe seines Hemdes zumachte. Nordfeldt ergriff die Tür, bevor der Mann sie schließen konnte, und marschierte, Nils im Schlepptau, hinein.

Der Doktor schaute von seinem Schreibtisch auf.

»Hauptkommissar Gunnarsson!«, rief er erstaunt aus. »Ich dachte, wir sind fertig miteinander. Und wer sind Sie?«, fuhr er fort und betrachtete Kommissar Nordfeldt.

Der Kommissar stellte sich vor.

»Ich werde mich kurzfassen. Unser Besuch gilt dem Mord an einem jungen Mann. Sie scheinen der Letzte gewesen zu sein, der ihn lebend gesehen hat. Vielleicht der Letzte überhaupt.«

Das war ein Versuch gewesen, aber sie merkten sofort, dass sie richtig geraten hatten.

Doktor Kronborg machte ein Gesicht, als hätte ihn ein Giftpfeil getroffen. Einen Moment lang schien er die Kontrolle über seine Gesichtsmuskeln verloren zu haben. Das Kinn fiel herab, die Augen starrten ins Leere. Dann schüttelte er heftig den Kopf, als versuche er, ihn wieder zu wecken.

»Wie soll ich das verstehen? Ein Patient soll also ermordet worden sein, kurz nachdem er hier bei mir in der Praxis war?«

»Ich weiß nicht, ob er Ihr Patient war«, sagte Nordfeldt. »Aber es gibt Zeugen, die Sie zusammen im Restaurant Långedrag gesehen haben.«

Der Doktor runzelte die Stirn und suchte in seiner Erinnerung. Dann hellte sich sein Gesicht auf.

»Aha, Sie meinen *diesen* jungen Mann? Ich erinnere mich nicht genau, wie er hieß. Wir waren nicht näher bekannt.«

»Er hieß Edvard Viktorsson. Sie kamen in seinem Auto nach Långedrag und haben zusammen zu Abend gegessen«, erinnerte Nils ihn.

Der Doktor nickte.

»Ja, ja, ich weiß. Setzen Sie sich, ich werde es erklären.«

Nordfeldt zog den Besucherstuhl so nahe an den Schreibtisch, wie es nur ging, und setzte sich. Nils holte einen kleinen Rokokostuhl, der an der Wand stand. Er sah nicht sehr stabil aus, Nils nahm vorsichtig Platz.

»Ich habe ihn bei einer größeren Veranstaltung kennengelernt«, sagte Doktor Kronborg. »Er kam auf mich zu, stellte sich vor und erzählte, er sei an Aktiengeschäften interessiert, aber noch Anfänger. Er habe gehört, ich würde etwas davon verstehen und Freunden und Bekannten Ratschläge geben. Es stimmt, ich habe einige gute Geschäfte gemacht und gebe meine Erfahrungen gerne weiter an Leute, die ich kenne. Aber er war ja ein Fremder, ich habe also freundlich abgelehnt. Er war jedoch sehr insistierend und wollte mich zum Essen ins Restaurant Långedrag einladen. Ich habe schließlich eingewilligt, damit Ruhe war. Er holte mich am nächsten Tag mit seinem Auto ab und wir fuhren hinaus.«

»Er hat Sie nicht eingeladen. Sie haben bezahlt«, erinnerte Nordfeldt.

»Ja, ich wollte nicht in seiner Schuld stehen. Und ich habe auch betont, dass meine Tipps nur Tipps waren, keine Garantien.«

»Einen Moment, Herr Doktor«, sagte Nils. »Edvard Viktorsson kann kein völlig Fremder für Sie gewesen sein.«

Der Doktor, der sich bisher nur an Kommissar Nordfeldt gewandt hatte, warf Nils einen ärgerlichen Blick zu. »Wie meinen Sie das?«

»Sie haben mir doch von der Familie Viktorsson erzählt, als ich die Insel besuchte. Sie müssen Edvard da draußen getroffen haben, bevor er in die Stadt zog.«

Doktor Kronborg hob die Augenbrauen.

»Er stammt also aus *dieser* Familie Viktorsson? Sind Sie sicher? Ja, er hatte etwas Bekanntes. Aber ich kann mich nicht richtig an die Kinder von Viktorsson erinnern. Sie haben die Insel in jungen Jahren verlassen.«

»Hat er keine Bemerkung gemacht, dass er Sie kannte?«

»Nein, hat er nicht«, sagte der Doktor bestimmt.

»Wie ist er denn während des Restaurantbesuchs aufgetreten? Wirkte er unruhig, hatte er Angst vor etwas?«, fragte Nordfeldt.

»Überhaupt nicht. Er war redselig, ziemlich oberflächlich. Ein wenig prahlerisch. Beschrieb sich als Geschäftsmann, aber ich verstand nicht, was er eigentlich machte.«

»Und nach dem Essen? Was geschah dann?« Nordfeldt beugte sich vor und schaute den Doktor neugierig an.

»Nichts Besonderes. Wir trennten uns und ich fuhr nach Hause.«

»Sie trennten sich?«

»Ja. Eigentlich hatten wir verabredet, dass er mich in seinem Auto nach Hause fährt. Aber als wir herauskamen, bemerkte er ein paar Leute, die auf der Mole spazieren gingen. Fröhliche, festlich angezogene und ziemlich betrunkene Leute, sie kannten sich von früher. Er sprach mit ihnen, sie forderten ihn auf, mit auf ein Fest zu kommen, das offensichtlich in einer Villa in der Nähe stattfand. Ich bekam auch eine Einladung, lehnte jedoch dankend ab. Er verschwand mit diesen Leuten und ich fuhr mit der Straßenbahn nach Hause. Das war alles.« Er schwieg und schaute betrübt drein. »Ist Viktorsson Schlimmes widerfahren?«

»Sie haben also keine Ahnung, wer diese Menschen waren?«, fuhr Nordfeldt fort, ohne auf die rhetorische Frage des Doktors einzugehen. »Oder wo diese Villa liegt? Haben Sie irgendwelche Namen gehört?«

Der Doktor schüttelte den Kopf.

»Wie viele Leute waren es? Männer oder Frauen?«

»Vielleicht sieben oder acht. Männer und Frauen, hauptsächlich Männer, glaube ich. Ich habe ihnen nicht viel Aufmerksamkeit geschenkt. Betrunkene Leute eben. Der Mann ging mit ihnen davon, ich war, ehrlich gesagt, erleichtert, ich hatte genug von ihm. Ich habe seitdem auch keinen Gedanken an ihn verschwendet.«

»Glauben Sie ihm?«, fragte Nils, als sie wieder auf der Straße standen.

»Falls er lügt, lügt er gut«, sagte Nordfeldt.

Sie gingen zusammen auf dem Bürgersteig. Nils schob sein Fahrrad. Nach dem trockenen Sommer bekamen die Linden schon gelbe Blätter.

»Doktor Kronborg ist doch auch der Arzt des Personals auf der Insel? Er müsste Edvard doch erkannt haben?«, bemerkte Nils.

»Das ist gar nicht sicher. Edvard war sechzehn, als er die Insel verließ. Ein junger Bursche, der vermutlich nicht viel mit dem Doktor zu tun hatte, sofern er gesund war. Als sie sich bei dieser Veranstaltung trafen, war er achtundzwanzig und tat alles, um als weltgewandter Geschäftsmann zu erscheinen.«

»Aber Edvard müsste den Doktor erkannt haben, nicht wahr?«

Nordfeldt blieb stehen, um eine Zigarre anzuzünden.

»Ja«, sagte er kurz. Er macht ein paar Züge, bis er mit der Glut zufrieden war, und blies dann den Rauch aus. »Er hätte ihn erkennen müssen.«

Sie gingen weiter.

»Die nächste Spur ist also eine Villa in Långedrag?«, fuhr Nils fort.

»Ja.«

»Aber wir wissen nicht, welche?«

»Nein. Aber es war offenbar ein lebhaftes Fest. Jemand muss etwas gehört oder gesehen haben.«

17

Bronsholmen, den 7. September 1925

Verehrter Herr Hauptkommissar,

ich kenne dich gut genug, um zu wissen, dass du wortkarg bist. Aber eine einzige Zeile als Antwort auf zwei mittellange Briefe, das grenzt dann schon an Unverschämtheit. Eigentlich hast du keine weiteren Berichte von mir verdient. Hier kommt auf jeden Fall einer.

Ich habe allmählich ein recht gutes Verhältnis zu John, dem Sohn von Frau Lange. Erst hätte ich ihn fast umgebracht, er rutschte in meinem Putzwasser auf der Dachbodentreppe aus. Nach einem Unfall kann er sowieso nicht gut gehen, ich hatte also Angst, er würde nach diesem Sturz völlig lahm sein und ich nach Hause geschickt werden. Er machte sich jedoch hauptsächlich Sorgen um seinen Feldstecher. Aber beide, er und der Feldstecher, kamen ohne Blessuren davon, und am Ende tranken wir zusammen Kaffee in der Küche.

Ich habe verstanden, warum er ständig draußen ist und auf der Insel umherläuft und warum er einen Feldstecher um den Hals hat. Er ist Vogelbeobachter. Es ist bestimmt nicht leicht für ihn, mit seinem verletzten Bein auf der Insel umherzugehen. Du weißt ja selbst, wie es hier aussieht. Felsen, Klüfte, Büschel mit Heidekraut und sumpfige Strandwiesen. Nur wenige Trampelpfade, und ich nehme an, die Vögel halten sich nicht an diese.

Habe ich jetzt das Interesse des Kommissars geweckt? Ein Mann mit einem Feldstecher! Beobachtet er wirklich nur Vögel?, denkst du sicher. Als Detektivassistentin denke ich selbstverständlich in die gleiche Richtung. Ich tat so, als sei ich am Vogelleben der Insel interessiert. Das war offenbar das richtige Thema, denn auf einmal wurde er gesprächig und bekam ein Leuchten in die Augen und schaute nicht mehr so verdrießlich drein. Und ja, er interessiert sich wirklich für Vögel und weiß sehr viel über sie. Welche Arten es gibt, wann sie im Frühjahr ankommen, wo sie Eier legen und so weiter. Außerdem hat er eine ornithologische Zeitschrift abonniert, das weiß ich, weil Artur sie ihm aus seiner Posttasche übergeben hat.

Außer den Vögeln kann noch etwas seine Augen zum Leuchten bringen: Märta. Aber bei diesem Thema muss man sehr vorsichtig sein. Er vermisst sie sehr, so viel habe ich verstanden. Und vielleicht lehnt er mich ab, weil ich ihren Platz eingenommen habe. Ich habe gefragt, ob sie befreundet waren, bekam jedoch keine Antwort. Könnte mir vorstellen, er war auf Abstand in sie verliebt.

Ich bin auf jeden Fall froh, dass ich John ein wenig nähergekommen bin und wir heute dieses Gespräch über Vögel hatten. Es ist tatsächlich das einzige richtige Gespräch, das ich mit jemandem hatte, seit ich hergekommen bin. Ich habe versucht, mit Katrin zu reden, der Frau im Nachbarhaus, aber sie ist nicht besonders gesellig. Als ich gestern versucht habe, mit ihren Zwillingen zu sprechen, hat sie die beiden ins Haus gerufen und die Tür zugeknallt.

Ich habe das Gefühl, nicht besonders beliebt zu sein. Grund dafür kann sein: 1. Ich bin nicht Märta. 2. Ich bin nicht auf der Insel geboren. 3. Da ich freiwillig entschieden habe, hierherzuziehen, muss ich etwas so Fürchterliches getan haben, dass ich nicht mehr auf dem Festland bleiben kann.

Ach ja, genau. Du hast mich gebeten, herauszufinden, ob jemand vom Personal von außerhalb kommt. Außer mir gibt es noch einen. Einen Quarantänewärter, der Oskar Modin heißt und Modde genannt wird. Es heißt, er habe im Gefängnis gesessen, und er sei hergekommen, weil niemand in der Stadt ihn anstellen wollte. Es könnte also eine interessante Person sein. Ich werde ihn im Auge behalten. Er sieht recht harmlos aus, nicht wie ein richtiger Schurke, aber man weiß ja nie.

Das ist alles für dieses Mal. Und ich erwarte einen anständigen Antwortbrief von dir!

Deine arbeitende, essigsaure Assistentin

18

Frau Lange war sehr überrascht, als John sie bat, Ellen zum Vogelbeobachten mitnehmen zu dürfen. Ellen glaubte zu sehen, wie widerstreitende Gefühle in ihr kämpften:

Sie wollte einer Untergebenen nicht freigegeben, damit die sich vergnügte.

Sie schämte sich für ihren Sohn, der solchen Vergnügungen nachging, anstatt zu arbeiten.

Sie freute sich, dass dieser untaugliche und einsame Sohn offenbar eine Freundin gefunden hatte.

Schließlich gab sie mit einem stummen Nicken ihr Einverständnis.

Sie wanderten über die Felsen an der Südseite der Insel, Ellen im Mantel und Glockenhut, John in einem dicken, gestrickten Wollpullover.

Sie bewunderte seine Ausdauer, wie er sich mit seinem kranken linken Bein vorwärtsschleppte. Durch sein wiegendes Gehen pendelte der Feldstecher auf seinem Bauch hin und her, wenn es bergauf ging, atmete er schwer. Sie konnte gerade noch den Impuls unterdrücken, ihn am Arm zu nehmen.

John zeigte auf eine Gruppe mit Schwarzenten, die in der Dünung schaukelten, alles Erpel. Er reichte ihr das Fernglas, damit sie diese eleganten, samtschwarzen Vögel mit dem weißen Kleopatra-Make-up um die Augen besser sehen konnte. Es war windig und kühl, sie schienen jedoch das Wetter zu genießen, in sicherer Gemeinschaft ließen sie sich in der riesigen Hängematte des Meeres schaukeln, der Wind zupfte an ihren Daunen.

»Wie schön sie sind«, sagte sie.

»Und schlau«, sagte John. »Die Weibchen legen die Eier nicht hier draußen, wie die Möwen und Eiderenten. Die Nester von Möwen und Eiderenten werden dauernd geplündert. Es ist ein

Wunder, dass es überhaupt noch Möwen und Eiderenten gibt, wenn die Leute ihnen direkt die Eier wegnehmen. Das ist wirklich eine Schweinerei, wie man sie behandelt.«

Wie als Bestätigung für das, was er gesagt hatte, ließ sich eine Möwe auf einem Felsen direkt über ihnen nieder, warf den Kopf zurück und schrie klagend in den grauen Himmel.

»Dieb, Dieb!, schreit sie. Hörst du es?«

Ellen lachte, hielt jedoch inne, als sie Johns Gesichtsausdruck sah. Er machte keine Scherze, er war wütend.

»Eine Schweinerei«, zischte er. »Schweinerei!« Er drehte sich um und ging über die Felsen zurück.

Ellen folgte ihm. Sie versuchte noch einmal, ihm noch etwas über das Vogelleben auf der Insel zu entlocken, aber er gab nur einsilbige Antworten. Sie richtete den Feldstecher auf eine kleine Insel, wo ein paar Eiderenten saßen und sich putzten.

»Du hast ein tolles Fernglas«, sagte sie. »Das muss teuer gewesen sein.«

Das machte ihn noch wütender. Mit einem Schnauben nahm er das Fernglas wieder an sich und setzte die Wanderung schweigend fort. In den Felsspalten wuchsen Leimkraut und Strandnelken, die sich im Wind duckten. Ellen versuchte, das Gespräch von den Vögeln auf Pflanzen zu lenken. Das besänftigte ihn ein wenig. Er wusste offenbar die Namen von allem, was sie sahen. Plötzlich blieb er stehen, blinzelte geheimnisvoll und sagte:

»Willst du meinen Garten sehen?«

»Sehr gerne«, sagte Ellen überrascht.

Sie hatte erwartet, er würde zu den begrünten Teilen der Insel zurückgehen, wo die Hütten des Personals lagen, aber er ging immer weiter in den hügeligen, kargen Teil der Insel. Er bewegte sich immer schneller und eifriger, atmete keuchend. Man merkte, dass er diesen Weg schon oft gegangen war. Er wählte immer den ebenen Weg, wich Spalten und Höhenunterschieden aus.

»Bleib hier stehen«, sagte er plötzlich. »Komm erst, wenn ich dich rufe.«

Sie standen auf der nördlichen Seite der Insel, die Felsen fielen steil ins Meer ab.

»Warum denn?«, fragte Ellen.

Aber er war schon auf ein vom Wind zerzaustes Weißdorngebüsch zugegangen. Er schien direkt in die stacheligen Büsche zu gehen. Dann war er verschwunden. Ellen wartete.

»John?«, rief sie vorsichtig.

Aber außer dem Wind war nichts zu hören.

Ein Gefühl der Angst erfasste sie. John benahm sich wirklich eigenartig.

»John!«, rief sie wieder.

»Jetzt kannst du kommen.«

Seine Stimme klang merkwürdig gedämpft, nahe und zugleich weit weg.

Sie ging auf das Weißdorngebüsch zu. Die armen Bäume hatten keine Chance gehabt, in die Höhe zu wachsen und ihre Zweige auszubreiten. Zusammengeduckt gegen den Wind hatten sie nach innen wachsen müssen, ihre Zweige bildeten ein Gewebe, so kompakt wie eine Mauer. Als sie näherkam, entdeckte sie eine schmale Öffnung. Wenn sie nicht gesehen hätte, wie John gerade da hineingegangen war, hätte sie sie nicht bemerkt.

»Sei vorsichtig«, hörte sie ihn rufen.

Sie ging durch die Passage und stand in einer Felsspalte, ungefähr drei Meter tief und genauso breit. Sie erstreckte sich vielleicht zehn Meter, bis zu einem Haufen mit großen Steinen. Auf der Insel gab es mehrere solcher Felsspalten, aber diese hier war anders. Auf dem Grund wuchsen Löwenmäulchen und Malven in ordentlichen Beeten, die von rundgeschliffenen Steinen begrenzt wurden. An den Wänden der Felsspalte wuchsen Kletterrosen, verschlungen mit Geißblatt. Keine Wildrosen, sondern Gartenrosen, weiß und rubinrot.

Mitten in dieser Felsspalte saß John auf einer umgedrehten Holzkiste, er hatte die Arme verschränkt und schaute stolz zu ihr auf. Das Weißdorngebüsch hing über den Rand des Felsens über ihm, wie eine schützende Markise.

»Wie findest du meinen Garten?«, fragte er.

Sie kletterte schnell zu ihm hinunter, an den Steinen entlang.

»John, das ist ja ein Wunder!«, rief sie aus und bewunderte die Rosen aus der Nähe. »Woher hast du die Rosen? Wie können sie hier wachsen?«

Er lächelte zufrieden.

»Ich habe hinter Sabinas Hütte welche ausgegraben. Die waren so elend, ich glaube, sie vermisst sie nicht. Hier gefällt es ihnen besser. Die anderen Blumen habe ich aus Samen gezogen, die ich über Postorder bestellt habe. Die Erde nehme ich vom Kartoffelacker. Hin und wieder einen Sack voll. Niemand merkt etwas.«

»Hast du Säcke mit Erde hierhergeschleppt?«

»Keine vollen. Ich nehme so viel, wie ich schaffe. Und es dauert eben, so lange es dauert«, sagte er und suchte etwas unter einer Persenning am Ende der Felsspalte. »Und ich dünge mit verrottetem Tang.« Er holte noch eine Holzkiste hervor, auf der konnte Ellen sitzen. »Gießen muss man nicht. Hier ist es so feucht, sowohl in der Erde als auch in der Luft. Im Frühjahr gibt es hier einen kleinen Wasserfall.« Er zeigte auf die Steine an der Schmalseite.

»Aber der Wind«, wandte Ellen ein.

»*Spürst* du Wind?«

Er hatte recht. Über ihnen war es recht windig, aber hier unten in der Felsspalte war es völlig windstill. Das Weißdorngebüsch war eine effektive Barriere.

»Du hast dir ein eigenes kleines Paradies geschaffen«, konstatierte Ellen.

»Ja, das hier ist vielleicht der einzige Ort auf der Insel, wo man ganz für sich sein kann. Man findet nicht hierher, wenn man es nicht weiß. Du erzählst doch wohl niemandem davon? Du und Märta, ihr seid die Einzigen, die ich mit hierhergenommen habe.«

»Natürlich nicht, John. Ich weiß es sehr zu schätzen, dass du es mir gezeigt hast.«

Sie saßen schweigend in dem kleinen Garten. Hier unten herrschte eine eigenartige Wärme, als ob ein Stückchen Sommer in der Felsspalte eingeschlossen worden wäre. Über ihnen hörten sie den Wind pfeifen und wehen, Wolkenfetzen jagten über den Himmel.

Das hier ist also Johns Rückzugsort, dachte Ellen. Er hatte es bestimmt nicht leicht hier auf der Insel. Wegen seines körperlichen Gebrechens war er kein Teil der Arbeitsgemeinschaft. Und die grobschlächtigen Quarantänewärter teilten bestimmt nicht sein Interesse für Vögel und Pflanzen. Kein Wunder, dass er immer kurz angebunden und verdrießlich war.

Aber Märta war offensichtlich seine Freundin gewesen. Vielleicht mehr als das. Ellen hätte ihn gerne nach Märta gefragt. Warum sie so verzweifelt die Insel hatte verlassen wollen. Aber das war eine zu delikate Frage. Sie durfte das Vertrauen, das er ihr zeigte, nicht verlieren. Vielleicht konnte sie ihn etwas zu Hoffman fragen? Sie überlegte, wie sie es formulieren sollte. Während sie noch nachdachte, brach John das Schweigen mit einer Frage.

»Warum hast du dich eigentlich hierher beworben? Ist es wirklich so schwer, in der Stadt eine Arbeit zu finden?«

Obwohl sie schon lange auf diese Frage vorbereitet war, wurde sie jetzt doch ein wenig überrumpelt.

»Ach, ich wollte einfach weg«, sagte sie mit einem Achselzucken. »So weit weg wie möglich. Am liebsten nach Amerika.«

»Ja, Bronsholmen liegt immerhin auf dem Weg. Die Amerikaschiffe fahren hier vorbei. Da würde man gerne mitfahren.«

Sie schwiegen wieder eine Weile. Eine Hummel surrte zwischen den Löwenmäulchen.

»Aber warum wolltest du weg?«, fragte er. »Hattest du es nicht gut, wo du warst?«

»Liebeskummer«, murmelte Ellen mit gesenktem Blick.

Sie hatte sich überlegt, dass sie so antworten würde, wenn jemand fragte. Liebeskummer wurde meistens mit Respekt und Sensibilität akzeptiert, nähere Erklärungen wurden nicht erwartet. Und von John, der offenbar Erfahrungen auf diesem Gebiet hatte, erhoffte sie besonderes Verständnis.

Aber die Information schien seine Neugier nur anzuspornen. Er wandte sich ihr interessiert zu, als würde er auf mehr warten, und als das nicht kam, fragte er:

»War er gemein zu dir?«

»Wer?«

»Dein Verlobter. Wolltest du deswegen weg?«

»Nein, nein.« Ellen machte eine abwehrende Handbewegung. »Es war … ach, ich möchte nicht darüber reden.«

Er nickte mitfühlend.

»Hast du ein Kind bekommen?«, fragte er leise.

»Nein!«, rief Ellen entsetzt.

Er strich sich verlegen mit der Hand durch die Haare. Dann räusperte er sich und sagte mit einer ganz anderen Stimme:

»Meine Mutter glaubt, dass du etwas Kriminelles getan hast.«

Sie schnaubte.

»Nein, auch nicht. Ich möchte nicht darüber reden, das habe ich doch gesagt.«

Was war das denn? *Sie* wollte doch Informationen aus *ihm* herauslocken.

»Modde hat im Gefängnis gesessen«, fuhr John fort, ohne ihre Irritation zu bemerken. »Und Ville hat einen Mann mit einem Messer erstochen. Er ist dafür nie gefasst worden, er hat sich versteckt, bis er hierherkommen konnte und eine Arbeit als Quarantänewärter bekam.«

»Ich habe nichts dergleichen getan«, sagte Ellen in beleidigtem Ton und versuchte, seine Informationen im Gedächtnis zu behalten. Wer war Ville noch mal? War es dieser magere, bucklige Mann mit den schlechten Zähnen und dem widerlichen Mundgeruch?

»Ich war einfach unglücklich in meinem alten Leben und wollte woanders neu anfangen«, erklärte sie.

Er lachte kurz und hart.

»Ein verdammter Ort, um neu anzufangen. Warum ausgerechnet hier?«

»Ich habe in den Stellenanzeigen in der Zeitung gesucht und gelesen, dass hier draußen ein Dienstmädchen gesucht wurde. Ich habe auf die Karte geschaut und gesehen, wie weit draußen die Insel liegt. Das hat mir zugesagt.«

»Hast du gewusst, was für ein Ort es ist?«

»Ja, ungefähr. Aber ich war doch erstaunt, denn ich hatte gedacht, die Quarantänestation wurde aufgegeben. Ich wusste nicht, dass es hier noch Patienten gab. Aber es gibt sie offensichtlich?«

Sie schaute ihn abwartend an.

John hob ein Stöckchen auf und stocherte damit im Tang, der um die Pflanzen lag.

»Die Station wird aufgegeben«, sagte er ruhig. »Aber noch nicht so bald. 1916 sah es finster aus. Da hatten wir keinen einzigen Patienten. Die Schiffe fuhren direkt in die Häfen auf dem Festland, ohne bei uns anzulegen. Seeleute wurden nicht mehr beobachtet, keine Last wurde kontrolliert. Das war nicht mehr nötig, sagte Doktor Kronborg. Quarantänestationen waren nicht mehr modern. Wir alle sollten entlassen werden. Wärter, Küchenpersonal, Ärzte und Krankenschwestern. Ja, die Krankenschwestern waren schon gegangen. Alle bereiteten sich darauf vor, aufs Festland zu ziehen.«

»Hattest du Angst vor dem Umziehen?«

»Angst?« Er schüttelte den Kopf. »Nein ich fand es wunderbar. Meine Mutter hatte auch nichts dagegen. Sie war da schon Witwe, aber eine tüchtige Haushälterin. Sie wollte sich eine

Stelle in einem besseren Haus suchen. Ich selbst hätte jede Arbeit angenommen. Ja, ich war damals noch ganz gesund«, fügte er mit einem raschen Blick auf sein Bein hinzu. »Wir hätten es gut hinbekommen, glaube ich. Ich wollte die Insel sowieso so schnell wie möglich verlassen. Für die Älteren war es schlimm. Ihre umfassenden Kenntnisse, wie man Patienten isoliert und Schiffslasten saniert, waren außerhalb der Station wertlos. Für die wäre die Aufgabe der Station eine Katastrophe gewesen. Und dann, ganz plötzlich, war alles anders.«

»Was ist denn passiert?«

Er lächelte ironisch. »Wir bekamen ein Geschenk. Einen neuen Patienten. Er war nicht krank wie die Patienten davor, sagte man uns. Er war verrückt. Er sollte in einem umgebauten Saal im Observationskrankenhaus eingesperrt gehalten werden. Der Doktor würde hin und wieder nach ihm schauen. Unsere Aufgabe war, ihn zu bewachen. Eine leichte Aufgabe, dachten wir zuerst. Ein einziger Patient für das ganze Quarantänepersonal. Wir hatten ja noch nie so einen Patienten wie Hoffman getroffen.«

Dies war das erste Mal, dass Ellen den Namen Hoffman hörte.

»Wie war er denn?«, fragte sie vorsichtig. »Gewalttätig?«

John zupfte eine verwelkte Rose von einem Busch. Er riss die Kronblätter eins nach dem anderen aus und ließ sie auf den Boden fallen.

»Ja«, sagte er kurz.

»Hast du ihn getroffen?«

»Gewiss. Er hat mich schließlich so gemacht«, sagte er und zeigt auf sein Bein. »Jetzt kann ich keine Arbeit mehr auf dem Festland finden. Ich bin völlig untauglich. Ich muss bis zum Ende meines Lebens hierbleiben und von meiner Mutter versorgt werden.«

»Du bist nicht untauglich«, protestierte Ellen. »Du weißt so viel über Vögel. Dieser Garten ist ein Meisterwerk! Du könntest Gärtner werden.«

Er verzog das Gesicht und stand auf.

»Ich glaube, wir gehen jetzt besser zurück. Mutter will bestimmt nicht, dass du zu lange von der Arbeit fernbleibst.«

Er stellte die Kiste wieder unter die Persenning, legte Steine auf den Rand, damit sie nicht wegfliegen konnte, und kletterte dann an der Schmalseite der Felsspalte hinauf, ein mühsames und ungeschicktes Manöver, Ellen musste wegschauen, damit er sich nicht genierte.

19

Als Ellen zwölf Tage später nach der Arbeit zu Frau Langes Hütte hinaufging, sah sie sehr viele kleine Vögel, die hoch oben im Himmel dahinzogen, wirbelnd wie Insektenschwärme, zielsicher und verwirrt zugleich.

Beim Geschirrspülen nach dem Abendbrot nahm John ein Küchenhandtuch und half ihr beim Abtrocknen. Frau Lange warf ihm einen tadelnden Blick zu.

»Die einzige Arbeit, zu der ich noch tauge«, erklärte er.

Ellen erzählte ihm von dem Vogelschwarm, den sie gesehen hatte, und fragte, ob er mit ihr hinausgehen wolle, zum Vogelbeobachten, wie sie es schon einmal getan hatten.

Aber John hatte einen seiner düsteren Tage.

»Heute Abend nicht, Ellen«, sagte er. »Geh alleine, du kannst das Fernglas ausleihen, wenn du willst.«

»Danke, das ist nett. Aber es macht mehr Spaß, wenn du dabei bist. Du kannst mir erklären, was wir sehen.«

Er schüttelte den Kopf.

»Ein anderes Mal vielleicht.«

Kurze Zeit später war Ellen draußen zwischen den Felsen.

Sie hatte sich an die schwere Arbeit gewöhnt und war nach dem Ende des Arbeitstages nicht mehr so erschöpft. Anfangs war sie nach dem Abendbrot so müde, dass sie fast ohnmächtig wurde und nur noch auf das Küchensofa kriechen wollte und schlafen. Aber jetzt hatte sie noch Kräfte und genoss es, zwischen den Felsen umherzuwandern und den Wind im Gesicht zu spüren.

Nachdem John und sie dieses Gespräch in der als Garten angelegten Felsspalte gehabt hatten, war er wieder verschlossen, er hatte kaum ein Wort zu ihr gesagt. An dem geschützten Ort fühlte er sich offenbar sicher und frei. Sie hatte gehofft, er würde sie noch einmal dorthin mitnehmen, aber das hatte er nicht getan.

Sie vermutete, John hatte sich verplappert, als er ihr von Hoffman erzählte. Niemand anders sprach seinen Namen aus, wenn sie in der Nähe war. Einmal, als sie und Katrin vor den Krankenhausgebäuden standen, hatte sie auf die vergitterten Fenster das Observationskrankenhaus gezeigt und mit einem angemessen uninteressierten Tonfall gefragt, ob dort oben der Patient saß. Katrin hatte sie nur angestarrt, geschockt und stumm, und Ellen verstand, man ging nicht davon aus, dass sie von seiner Existenz wusste.

Wenn sie den Wärtern im Speisesaal das Frühstück und das Abendessen servierte, hielt sie die Ohren auf. Aber die Gespräche über ihre Arbeit handelten meistens von kleineren Reparaturen, die sie an den Gebäuden der Quarantänestation ausführten. Alles hier draußen war kaputt, repariert und ausgebessert.

Modde und Ville, die beiden Wärter mit einer kriminellen Vergangenheit, beobachtete sie besonders genau. Modde war ein polternder, gesprächiger Kerl mit Kugelbauch. Er machte kein Geheimnis aus seiner Vergangenheit, und im Speisesaal unterhielt er seine Kollegen gerne mit Geschichten aus dem Gefängnis.

Der Messermörder Ville war schweigsam und blieb meistens für sich – vielleicht aus dem einfachen Grund, dass sein Atem jeglichen Umgang mit anderen Menschen unmöglich machte. Er hatte einen unangenehmen, flackernden Blick, die Art, wie er die Schultern zusammenzog und das Kinn auf die Brust drückte, hatte etwas Schuldbewusstes. Ellen hatte keinerlei Probleme, sich ihn als Mörder vorzustellen, aber sie verstand nicht, warum er die Sache mit einem Messer verkompliziert hatte, wenn er doch das gleiche Ergebnis hätte erreichen können, indem er das Opfer anhauchte. Ein paar wohlgerichtete Puster aus der Nähe hätten sicher gereicht.

Sie ging am Meer entlang, wegen des Windes hielt sie den

Mantelkragen fest zusammen. Es war sonnig und kühl, die Luft schmeckte salzig.

Die Schwarzenten lagen auf ihrem Lieblingsplatz und schaukelten im Takt, sie putzten ihre Samtanzüge, völlig unbeeindruckt vom harten Seegang. Ab und zu verschwand eine und tauchte ab, um im nächsten Moment wieder ihren Platz in der Gruppe einzunehmen, als wäre sie nie weg gewesen. Ihre Bewegungen hatten eine lässige Eleganz, die Ellen an die Jazzmusiker in Karl Gerhards Couplet denken ließ.

Lächelnd senkte sie das Fernglas und ging weiter über die Felsen. Sie versuchte, den gleichen Kurs zu halten wie beim letzten Mal.

Von Weitem konnte sie das Weißdorngebüsch sehen, das die Felsspalte mit Johns Garten verbarg. Sie schaute um sich, um sicher zu sein, dass sie allein war, und ging dann zum Gebüsch.

Als sie sich durch die Öffnung gezwängt hatte, zögerte sie einen Moment. Es kam ihr falsch vor, Johns heimlichen Garten zu besuchen, wenn er nicht dabei war. Aber schließlich war sie ja auf der Insel, um Informationen zu sammeln.

Sie kletterte hinunter in die Felsspalte, ging zur Persenning am anderen Ende und schob die Steine beiseite, die sie festhielten. Darunter war ein kleiner Vorrat mit allen möglichen Dingen. Stöcke, um Pflanzen anzubinden, ein Blecheimer, ein rostiger Spaten, eine Gießkanne. (Manchmal musste er doch gießen. Sie fragte sich, woher er das Wasser nahm und wie weit er die volle Kanne schleppen musste.)

Ganz hinten lag ein kleines Paket aus Ölpapier, zugebunden mit einer Schnur. Sie vermutete, es enthielte etwas, das mit dem Gärtnern zu tun hatte, ein Gartenwerkzeug vielleicht, das John vor Feuchtigkeit schützen wollte. Sie hob es an, es wog fast nichts.

Sie löste den Knoten, wickelte das Papier ab und holte eine Blechschachtel heraus. Der Deckel war ein wenig rostig, ließ sich aber leicht öffnen.

Erst dachte sie, in der Schachtel läge eine tote Maus. Eine Maus mit einer Schleife um den Hals. Sie schauderte und stellte rasch die Schachtel auf den Boden. Dann holte sie tief Luft. Mit klopfendem Herzen hob sie die Schachtel wieder auf, ging zu einer Stelle in der Felsspalte, wo es heller war, und untersuchte das haarige, hellbraune Ding.

Jetzt sah sie, dass es keine Maus war, sondern ein Büschel Menschenhaar, mit einem hellblauen Band zusammengehalten. Daneben lag ein grauweißer Klumpen, der aussah wie ein glatt geschliffener Stein. Sie berührte ihn vorsichtig. Es schien ein Stückchen Seife zu sein.

Sie schloss den Deckel wieder. Als sie das Papier um die Schachtel wickelte, bereute sie ihren Eifer beim Auspacken. Sie erinnerte sich nicht mehr genau, wie das Papier gewickelt und die Schnur geknotet war. Würde John den Unterschied bemerken? Sie machte es, so gut sie konnte, legte das Paket wieder zu den anderen Sachen und zog die Persenning darüber. Dann kletterte sie schnell aus der Felsspalte.

Die Sonne stand tief über dem Horizont, die Felsenlandschaft badete in einem rötlichen Schein. Ellen setzte ihre Wanderung über die Insel fort, dabei dachte sie über ihren Fund nach. Warum hatte John diese merkwürdigen Dinge aufgehoben?

In einer Senke mit verkrüppelten Bäumen und Wacholderbüschen stieß sie auf einen Pfad, der zur Quarantänestation hinunterzuführen schien. Sie folgte ihm ein paar Schritte, blieb stehen, drehte sich um und schaute in die andere Richtung, wo der Pfad sich den Berg hinaufschlängelte. Vermutlich führte er zum Aussichtsturm ganz oben. Sie hatte diesen lustigen kleinen Turm jeden Tag von Weitem gesehen, seit sie hier war, aber sie war noch nie so nahe gewesen. Er sah aus wie der Turm in einem Schachspiel mit einer Zinne auf der Spitze. Ob man wohl hinaufsteigen konnte? Von da hatte man bestimmt eine gute Sicht über die Insel.

Sie folgte dem Pfad den Berg hinauf. Bald war er so steil, dass sie eher kletterte als ging. Dann, nach der letzten Steigung, lag der Turm direkt vor ihr. Er war kleiner, als sie erwartet hatte, vielleicht zehn, zwölf Meter hoch. Die schwarzgeteerte Tür war schwer zu öffnen, jedoch nicht verschlossen. Im Turm blieb sie einen Moment stehen, bis sich ihre Augen an das Dunkel gewöhnt hatten. Eine genietete Eisentreppe schraubte sich nach oben. Sie hielt sich gut am Geländer fest, während sie nach oben stieg.

Die Treppe endete an einer Eisentür. Beim Öffnen schlug ihr der Wind so hart entgegen, dass sie fast nach hinten gefallen wäre. Sie trat auf die Plattform auf dem Dach des Turms und kam gerade rechtzeitig, um zu sehen, wie die Sonnenscheibe ins Meer glitt. Ihr roter Schein wurde in einer aufgehängten Schiffsglocke reflektiert.

Die Aussicht war fantastisch. Kein Schiff würde hereinsteuern können, ohne von hier gesehen zu werden. Ellen stellte sich vor, wie die Turmwachen der Quarantänestation hier bei Wind und Wetter standen und die Schiffsglocke läuteten, wenn sich ein Schiff näherte.

Unter ihr breitete die Insel sich aus wie eine lebendige Karte. Sie bekam einen guten Überblick: Natur, Bebauung, Abstände, Proportionen. Sie ging langsam eine Runde an der Mauer entlang. Hin und wieder ob sie das Fernglas und betrachtete einen bestimmten Teil der Insel.

Sie sah die Stationsgebäude im Haupthaus, die Krankenhausgebäude, das Magazin, und direkt darüber das Wirtschaftsgebäude. Und weiter oben, wie auf einem kleinen Hochplateau: die Hütten des Personals, die verfallene Scheune, die Gartenbeete und alle Wege, die sich kreuz und quer drängelten.

Als sie sich nach Westen wandte, schaute sie über die Felsenlandschaft mit den Spalten, Pfützen und Heidekrautbüschen, der große, kräftige Rücken der Insel, Schutz gegen das Meer und die Naturkräfte.

Sie versuchte, das Weißdorngebüsch zu finden, wo John seinen Garten hatte, aber vermutlich lag es hinter einer Anhöhe verborgen.

Als sie das Fernglas wieder auf die Stationsgebäude richtete, sah sie, dass jemand sich auf dem Pfad bewegte. Sie stellte die Schärfe des Fernglases ein. Es sah wie eine Art Tier aus, zappelig und ziemlich groß. Es verschwand immer wieder aus ihrem Blick und tauchte dann wieder auf.

Als sie schließlich die Schärfe perfekt eingestellt hatte, sah sie, dass es ein Mann war. Er trug keine Uniform, es war also keiner der Wärter. Und es war weder Quarantänemeister Rapp noch Doktor Kronborg. Dies war ein Mann, den sie bisher noch nie gesehen hatte. Mit braunrotem Bart und kräftigem Haarwuchs. Er ging mit großen Schritten, den Kopf zwischen den Schultern nach vorn gestreckt.

Er war jetzt ziemlich nah. Sie ließ das Fernrohr sinken und sah den dicken Haarschopf immer wieder zwischen den Felsen auftauchen. Kein Zweifel, der Mann war auf dem Weg zum Turm. Und plötzlich wusste sie, wer es war.

Blitzschnell platzierte sie das Fernrohr auf dem Rücken wie eine Schultertasche, damit es nicht im Weg war. Dann warf sie sich gegen die Tür und lief so schnell sie konnte die steile Wendeltreppe hinunter. Sie hatte Todesangst, im Dunkeln zu stolpern, aber noch mehr Angst hatte sie, dass Hoffman oben wäre, bevor sie aus dem Turm war.

Mit zitternden Händen schob sie die Tür auf und schaute hinaus. Das Felsplateau vor dem Turm war leer, aber sie konnte seinen keuchenden Atem auf dem letzten steilen Stück hören.

Sie lief hinaus und zur Rückseite des Turms, dort blieb sie dicht an der Wand stehen. Sie hörte, wie die Tür an der Vorderseite geöffnet wurde und zuschlug, kurz darauf die Schritte aus dem Turm, als er die Eisentreppe hinaufstieg. Gleich würde er auf der Plattform mit den Zinnen stehen, wo sie selbst gerade gestanden hatte. Sie wusste, was für eine fantastische Aussicht man hatte. Nichts konnte einem entgehen.

Ihr Herz schlug so fest, es schien sich ihr in den Hals zu drängen, ihr wurde übel. Mein Gott, sie würde sich doch nicht übergeben? Sie musste völlig still sein, durfte keinen Mucks von sich geben. Gerade eben noch war sie oben auf dem Turm gewesen und hatte in die Weite, nach Westen, nach Osten geschaut. Aber nicht runter. Sie hatte sich nicht über die Zinne gebeugt und an der Wand des Turms entlang nach unten geschaut. Sie hoffte, auch Hoffman würde das nicht tun. Denn dann müsste er sie sehen. Aber solange sie seine Aufmerksamkeit nicht mit Geräuschen oder Bewegungen weckte, würde er nicht auf den Gedanken kommen.

Ellen richtete ihren Blick auf die Wacholderbüsche, die dicht am Boden wuchsen und die man für Büschel aus dickem Moos halten konnte.

Er war also ausgebrochen! Was machte er im Aussichtsturm? Schaute er nach einem Boot, das ihn von der Insel abholen würde?

Sie musste sofort zur Station, ohne dass er sie bemerkte, und den Quarantänemeister und die Wärter alarmieren.

Sie fragte sich, wo auf der Plattform er wohl gerade stand. Ob er auf der Westseite stand, direkt über ihr, und aufs Meer hinausschaute, oder direkt über der Tür war und in die andere Richtung schaute, zur Bucht, der Station und den Pfad. Wenn sie wüsste, wann er auf der Westseite war, könnte sie an der Wand entlang auf die andere Seite schleichen und rasch den Pfad hinunterlaufen, ohne dass er sie sah.

Aber sie hatte keine Ahnung, wo er war oder in welche Richtung er schaute. Sie konnte nur stillstehen und warten, bis er den Turm verlassen hatte.

Sie richtete ihren Blick zum Meer. Am Horizont sah sie die Konturen eines Schiffs. Mit der Geschwindigkeit einer Schnecke bewegte es sich auf einer geraden Linie, als liefe es auf einer Schiene in einer Theaterkulisse. Sie hielt ihren Blick auf das Schiff geheftet, bis es aus dem Blickfeld verschwand.

Die Minuten krochen voran. Es wurde dämmrig. Das Meer war jetzt eine kalte, quecksilbrig glatte Fläche, die kleinen Inseln waren nur noch als schwarze Streifen zu sehen. Sie hörte immer noch keine Geräusche aus dem Turm. Das Fernglas war schwer, der Riemen rieb an ihrem Hals, aber sie traute sich nicht, es zu ändern. Schon die kleinste Bewegung konnte seine Aufmerksamkeit erregen.

Endlich glaubte sie dumpfe, gleichmäßige Geräusche hinter der Mauer des Turms zu hören. Sie bewegten sich von oben nach unten. Kurz darauf hörte sie, wie die Tür zuschlug, schließlich schwere Schritte über dem Felsplateau auf der anderen Seite des Turms. Dann wurde es still. Er schien gegangen zu sein.

Sie blieb noch etwa zwanzig Minuten stehen, ehe sie sich traute, ihren Platz zu verlassen. Ihre Beine waren vor Angst ganz weich, sie ging um den Turm herum und den Pfad hinab. Es war inzwischen ziemlich dunkel. Sie hatte keine Ahnung, wo er war. Den ganzen Weg rechnete sie damit, dass er hinter einem Wacholdergebüsch oder einem Felsen auftauchte. Ihre Angst ließ erst nach, als sie die Quarantänestation erreicht hatte.

Im Haupthaus war im oberen Stockwerk Licht, aber unten war alles dunkel. Ellen pochte mit dem Türklopfer aus Messing an die Tür. Niemand öffnete.

»Hallo!«, rief sie zu dem hellen Fenster hinauf. »Quarantänemeister! Kapitän Rapp!«

Die Tür blieb geschlossen. Sie gab auf und lief weiter.

Eigentlich sollte sie hinunter zum Observationskrankenhaus gehen und die Wärter dort unterrichten. Aber von der Vorstellung, Hoffman könnte irgendwo in der Dunkelheit sein, bekam sie weiche Knie. Sie musste so schnell wie möglich nach Hause.

20

Noch nie war sie so glücklich gewesen, den warmen, gelben Schein der Lampe in Frau Langes Fenster zu sehen. Aber eigentlich wollte sie Frau Lange nicht sehen. Vorsichtig öffnete sie die Tür zum Vorplatz, schlich die Treppe nach oben und klopfte an Johns Tür.

»Ja?«, brummte eine ärgerliche Stimme.

Sie hatte keine Zeit, darauf zu warten, ob er ihr aufmachen würde, sie trat direkt ein. Er lag im Dunkeln auf dem Bett. Als sie hereinkam, setzte er sich auf und zündete mit einem Streichholz die Lampe auf dem Nachttisch an.

»Wie spät du kommst«, sagte er. »Ich wollte schon hinausgehen und nach dir suchen.«

Ellen vernahm den Geruch nach Alkohol in seinem Atem, und sie bemerkte auch ein leeres Glas neben der Petroleumlampe. Glücklicherweise war er nicht allzu betrunken.

»John«, keuchte sie. »Hoffman ist ausgebrochen!«

Er schaute sie erstaunt an. Dunkle Bartstoppeln bedeckten seine Wangen.

»Was meinst du damit?«

»Ich habe ihn gesehen! Beim Aussichtsturm.«

»Du bist Hoffman begegnet?«

Sie nickte eifrig, nahm das Fernglas ab und legte es auf den Nachttisch neben ihn.

»Er ging auf den Turm hinauf, ich versteckte mich unten. Dann ging er wieder hinunter. Er ist irgendwo auf der Insel. Die Wärter müssen ihn suchen gehen. Ich habe an die Tür vom Haupthaus geklopft, aber niemand hat aufgemacht.«

John starrte sie nur an. Dann zuckte es in seinen Mundwinkeln, und zu ihrem Erstaunen brach er in lautes Lachen aus.

»Hast du an die Tür zum Haupthaus geklopft?« Er schüttelte den Kopf. »Ach Ellen, du bist unbezahlbar.«

»Aber es ist doch wahr!«, sagte sie aufgeregt. »Ich habe ihn deutlich im Fernglas gesehen. Das kann niemand anderes gewesen sein. Langer Bart und wirres Haar. Groß und breitschultrig.«

»Das klingt sehr nach Hoffman.«

»Er verschwindet vielleicht mit Arturs Boot!«, fuhr Ellen fort. »Er ist vielleicht schon abgehauen!«

»Oh nein. So ist es keineswegs. Hoffman haut nicht ab.« John rieb sich sorgenvoll die Stirn. »Ich glaube, ich muss dir einiges erklären. Wenn es sonst niemand zu tun scheint.«

»Was meinst du?«

»Geh zuerst runter zu Mutter und sag ihr, dass du zu Hause bist. Damit sie nicht die Kerle losschickt, dich zu suchen. Sie hat sich große Sorgen gemacht, nur damit du es weißt.«

»*Mich* suchen?«, rief Ellen aus. »Die sollten lieber …«

»Tu, was ich dir sage. Komm dann wieder hoch zu mir, ich muss mit dir reden.«

Sie machte den Mund auf, um zu protestieren, er machte eine abwehrende Handbewegung.

»Geh zuerst runter zu Mutter.«

Frau Lange saß in der Kammer und nähte. Der Lichtschein der Petroleumlampe zitterte an der Decke über ihr, wie ein beschützendes Geistwesen. Sie hob den Blick und schaute Ellen an, die auf der dunklen Schwelle stehen geblieben war. Sie sah wirklich besorgt aus, aber als sie erkannte, wer es war, glätteten sich ihre Gesichtszüge.

»Oh, da bist du ja«, rief sie erleichtert.

Im nächsten Moment hatte sie wieder ihre übliche strenge Miene aufgesetzt und Ellen bereitete sich auf eine Strafpredigt vor.

»Ich wollte nur sagen, dass ich jetzt zu Hause bin«, sagte Ellen rasch. »Ich habe mich ein wenig verlaufen zwischen den

Felsen. Aber jetzt bin ich wieder da, und Frau Lange braucht sich keine Sorgen mehr zu machen. Ich bin oben bei John, falls Frau Lange mich braucht.«

Sie machte einen Knicks und schloss die Tür, bevor Frau Lange noch etwas sagen konnte. Dann ging sie direkt wieder hoch in die Dachkammer.

John saß auf dem Bett. Die Lampe neben ihm war heruntergedreht, bis auf einen schwachen Schein. Er hatte einen kleinen Schluck Branntwein ins Glas eingeschenkt.

»Medizin«, erklärte er, als er ihren Blick sah. »Ich habe solche Schmerzen in der Hüfte. Setz dich.«

Er deutete auf den einzigen Stuhl im Zimmer. Ellen hängte ihren Mantel über die Stuhllehne und setzte sich zögernd.

»Ich werde dir jetzt erzählen, wie alles zusammenhängt. Versuche, mich nicht zu unterbrechen, ich verliere sonst den Faden. Ich bin nicht mehr ganz nüchtern, verstehst du. Aber das muss jetzt erzählt werden. Ich habe einmal gesagt, Hoffman kam wie ein Geschenk zu uns, erinnerst du dich?«

Ellen nickte.

»Er war gewalttätig und verrückt, aber wir hatten keine Probleme, mit ihm zurechtzukommen. Und wir haben es ihm zu verdanken, dass die Station noch nicht geschlossen wurde. Es wurden sogar einige Reparaturen an den Krankenhausgebäuden durchgeführt. Doktor Kronborg stellte Bedingungen für die Aufnahme eines Patienten von der Sorte Hoffmans. Das Gesundheitsamt schaffte ein modernes Schnellboot an, damit der Doktor immer zwischen der Insel und dem Festland hin- und herfahren konnte. Er war in die Stadt gezogen, hatte jedoch seine Wohnung im Obergeschoss des Haupthauses behalten, um auch mal übernachten zu können.«

Ellen rutschte unruhig auf dem Stuhl hin und her. »Ja, gewiss, John. Aber sollten wir nicht die Wärter …«

»Könntest du deinen kleinen Plappermund mal einen Moment zuhalten und mich reden lassen!«, schrie John. Er trank noch einen Schluck Schnaps, schloss die Augen für ein paar Sekunden und fuhr fort:

»Am Anfang funktionierte alles gut. Hoffman hatte seine Ausbrüche, aber er war eingeschlossen und gegen zehn starke Kerle hatte er keine Chance. Nach einem Jahr bekam er eine Lungenentzündung. Doktor Kronborg schaute nach ihm und gab ihm Medizin, aber es ging ihm immer schlechter. Der Doktor zog wieder her und schaute jeden Tag nach ihm. Schließlich sagte er, Hoffman würde nicht überleben. Auf der Insel machten sich alle schreckliche Sorgen. Wenn Hoffman sterben würde, dann müsste die Station geschlossen werden, und zwar für immer. Ohne dem Doktor etwas zu sagen, schmuggelte man aus reiner Verzweiflung die alte Sabina in seine Zelle.«

John musste lachen, wenn er daran dachte.

»Sie fütterte ihn mit ihren Kräuterbrühen, legte erhitzten Tang auf seinen großen, nackten Körper und las bestimmt auch ein paar Beschwörungen. Die große Bestie lag still wie ein gestrandeter Wal und fügte sich in alles.«

»Hat es denn geholfen?«

»Natürlich nicht. Aber zum Frühjahr hin veränderte die Krankheit sich. Er hatte kein Fieber mehr. Hoffman lag immer noch still. Er aß fast nichts und war richtig abgemagert. Inzwischen war er ein sehr pflegeleichter, fügsamer Patient. Ein einzelner Wärter konnte zu ihm hineingehen und ihn mit Suppe füttern oder den Abtritteimer leeren. Wir hatten uns daran gewöhnt, dass er so war. Doch eines Tages, plötzlich und unerwartet, sprang er aus dem Bett und stürzte sich auf den Wärter, der hereinkam!«

John schlug mit den Armen in die Luft, Ellen zuckte zusammen.

»Es war übrigens Modin. Der schrie um Hilfe, die anderen rannten hin. Obwohl Hoffman mager und geschwächt war, hatte er doch noch erstaunliche Kräfte. Als sie in die Zelle kamen, war es ihm irgendwie gelungen, Modin seinen Gürtel abzunehmen, und er wollte ihn damit erwürgen. ›Lasst mich raus, oder er stirbt!‹, schrie Hoffman. Wäre er im Vollbesitz seiner Kräfte gewesen, hätten wir ihm gehorchen müssen. Aber wir sahen ja, wie blass und zittrig er war, und waren sicher, dass wir ihn überwältigen konnten. Wir machten die Tür weit auf, als würden wir ihn rauslassen wollen. Hoffman stapfte auf uns zu, neben ihm Modde am Gürtel, wie ein Hund am Halsband. Als er an der Tür war, stürzten wir uns alle mit den Knüppeln, die wir im Zimmer hatten, auf ihn. Er wehrte sich natürlich, es war ein harter Kampf, aber schließlich gelang es uns, Modde zu befreien und die Tür hinter Hoffman zu schließen. Im Tumult war der Gürtel im Zimmer geblieben, ohne dass wir es gemerkt hatten. Am nächsten Morgen hatte Hoffman sich am Bettgestell aufgehängt. Jetzt war es aus und vorbei für uns alle, dachten wir. Aber dann sah jemand, wie sein Augenlid zuckte. Wir nahmen den Gürtel ab, jemand lief nach dem Doktor. Was für Idioten wir waren!«

John schlug sich mit der Faust an die Stirn.

»Verstehst du? Hoffman wollte sterben, und wir haben ihm das Leben gerettet!« Er schüttelte den Kopf, als sei sein eigenes Handeln unbegreiflich.

»Aber es wäre doch unmenschlich gewesen, etwas anderes zu tun«, wandte Ellen ein. »Ihr hättet doch nicht dastehen können und zuschauen, wie er stirbt. Er ist doch ein Mensch.«

»Nein«, sagte John bestimmt. »Er ist kein Mensch. Aber das wussten wir da noch nicht. Hoffman hat überlebt, aber er lag immer noch im Bett und aß nichts. Buchstäblich nichts. Es war nicht mehr eine Frage von schlechtem Appetit, sondern von Hungerstreik. Das Erhängen hatte nicht geklappt, jetzt hatte er entschieden, sich zu Tode zu hungern. Doktor Kronborg machte sich Sorgen. Er erzählte uns, Hoffman leide an einem Zustand, den man psychische Depression nannte und der zum Tode führen würde, wenn er nicht vorüberginge. Es schien zu stimmen, denn Hoffman sah mehr tot als lebendig aus. Sabina meinte, man sollte ihn zum Meer hinuntertragen, damit er ein bisschen Meeresluft in die Lungen bekäme. Der Doktor meinte, das sei einen Versuch wert. Halb bewusstlos und dünn wie ein Skelett wurde Hoffman in Decken gewickelt, und dann trugen wir ihn, auf einer Bahre festgeschnallt, hinunter an den Strand. Es war im März, feuchtkalt und windig, der Doktor wollte ihn nur kurze Zeit im Freien lassen. Es bestand die Gefahr, dass er wieder eine Lungenentzündung bekommen würde. Aber schon nach ein paar Minuten schlug er die Augen auf und blinzelte verwirrt in den Wind. Am nächsten Tag machten wir es noch einmal, und er versuchte, sich aufzusetzen. Nach ein paar Tagen war Hoffman wieder auf den Beinen und begann zu essen. Aber er verlangte, jeden Tag eine Weile ins Freie zu dürfen, ansonsten würde er wieder in Hungerstreik treten.«

»War der Doktor wirklich damit einverstanden?«, fragte Ellen erstaunt.

»Ja, er sah, dass dies das Einzige war, was half. Er verordnete, den Patienten täglich in Handschellen an den Strand zu bringen, ganz gleich wie das Wetter war. Oft ging der Doktor selbst mit und sprach während der Spaziergänge mit Hoffman. Eines Tages rief er das Personal zusammen und erzählte, er glaube, endlich diesen merkwürdigen Fall Hoffman zu verstehen. Und jetzt lernten wir noch ein neues Wort.«

John reckte den Hals und fuhr mit gestelzter Sprache fort:

»Der Patient litt nicht nur an Depression, sondern auch an *Klaustrophobie*. Weißt du, was das ist?«

Ellen nickte.

»Die Angst vor engen Räumen.«

»Genau. Wenn man Hoffman in ein Gefängnis einsperrte, machte die Angst ihn verrückt und gewalttätig, sagte der Doktor. Man bestrafte seine Gewalttätigkeit, indem man ihn in eine noch kleinere Zelle sperrte, wo er noch wahnsinniger wurde und man ihn in eine Irrenanstalt brachte. Dort sperrte man ihn wieder ein, steckte ihn in eine Zwangsjacke und schnallte ihn mit einem Gürtel fest, was ihn noch verrückter und wahnsinniger machte, bis schließlich niemand mehr mit ihm zurechtkam. Doktor Kronborg sagte, der Teufelskreis müsse durchbrochen werden, Hoffmans Zustand würde sich nur verändern«, John machte wieder die Stimme des Doktors nach, »*wenn er ein gewisses Maß an Freiheit bekam. Ja, natürlich nicht ganz. Aber in kleinen Portionen. Wie zum Beispiel die Strandspaziergänge.*«

Er macht eine Pause und leerte das Glas mit dem Schnaps. Ellen wartete gespannt. Mit zusammengekniffenen Augen massierte er sein schmerzendes Bein und fuhr dann fort:

»Diese Spaziergänge taten Hoffman tatsächlich gut. Er aß wieder normal und nahm an Gewicht zu. Er hatte nur einmal einen Ausbruch, als er wegen starken Sturms ein paar Tage auf seine Strandspaziergänge verzichten musste. Der Doktor meinte, allmählich könnten wir versuchen, ihm die Handschellen abzunehmen. Hoffman ging also am Strand auf und ab, ohne Handschellen, er gestikulierte und sprach mit dem Doktor, während wir Wärter hinterherliefen, die Knüppel in Bereitschaft. Die Knüppel kamen nie zum Einsatz, Hoffman blieb ruhig. Wenn die halbe Stunde vorbei war, sagte der Doktor bisweilen: ›Wir gehen noch eine Weile. Wir sprechen über so interessante Dinge.‹ Dann mussten wir weiter im Sturm hin und her laufen. Doktor Kronborg hatte inzwischen ein solches Interesse an seinem Patienten gefunden, er war überzeugt davon, einer wichtigen Sache auf der Spur zu sein, als er diese Strandspaziergänge verordnet hatte. Sabina war zwar als Erste auf diese Idee gekommen war, davon war jedoch nicht mehr die Rede.«

»Aber wie reagierte denn das Gesundheitsamt, dass Hoffman solche Freiheiten hatte?«, fragte Ellen. »Die ganze Idee mit Bronsholmen war doch, ihn völlig zu isolieren?«

»Tja, Doktor Kronborg sah wohl keine Veranlassung, das Gesundheitsamt von Hoffmans Spaziergängen zu unterrichten. Sie würden seine Methoden doch nicht verstehen, glaubte er. Die medizinische Wissenschaft in Schweden war seiner Meinung nach hoffnungslos veraltet, wenn es um psychische Krankheiten ging.«

»John«, unterbrach Ellen ihn und stand auf. »Hoffman ist da draußen, in diesem Moment!«

»Ich habe es gehört. Setz dich.«

Verwirrt setzte sie sich wieder auf den Stuhl. Draußen war es windig geworden, es pfiff in den Spalten der undichten Dachkammer. John fuhr in aller Ruhe mit seinem Bericht fort:

»Nach einiger Zeit mit wohltuenden Strandspaziergängen war Doktor Kronborg der Meinung, Hoffman sei ruhig und vernünftig genug für den nächsten Schritt: Bücher. Wir hatten gedacht, er könne kaum lesen, aber es stellte sich heraus, dass er die Bücher geradezu verschlang. Der Doktor hatte eine große Bibliothek in seiner Wohnung im Haupthaus, und als er keine Lust mehr hatte, die Bücher zwischen Bibliothek und Hoffmans Zelle hin- und herzuschleppen, ließ er Hoffman zu ihm kommen und dort lesen. Oben im Haupthaus fing Hoffman auch an, Kriminalromane zu schreiben. Der Doktor ermunterte ihn und kümmerte sich um die Publikation der Bücher. Natürlich unter einem anderen Namen.«

»Hoffman schreibt also Bücher?«, fragte Ellen ungläubig.

»Nach allem, was ich gehört habe, tut er das. Ich habe noch keines gelesen, aber Doktor Kronborg behauptet, sie seien sehr beliebt. Und Hoffman scheint gern zu schreiben. Seit er damit angefangen hatte, saß er immer öfter im Haupthaus und immer weniger in seiner Zelle. Und schließlich wohnte er ganz da oben. In der Wohnung des Doktors im oberen Stockwerk. Der Quarantänemeister hatte keine Einwände. Ja, du hast Kapitän Rapp selbst gesehen. Wenn er nur seinen Whisky bekommt, schert er sich um sonst nichts. Der Doktor zog wieder in die Stadt und kümmerte sich um seine Privatpraxis. Jetzt kommt er nur noch einmal die Woche heraus.«

»Willst du damit sagen, dass Hoffman jetzt da wohnt? Im Haupthaus?«, fragte Ellen.

Sie dachte mit Schaudern daran, wie sie mit dem Türklopfer aus Messing geklopft und zu dem erleuchteten Fenster im oberen Stockwerk gerufen hatte.

»Ja, genau. Ich hätte dir das früher sagen sollen.«

»Ja, das hättest du wirklich tun sollen«, antwortete Ellen ärgerlich.

Er zuckte entschuldigend mit den Schultern.

»Du bist neu hier. Wir wussten nicht so recht, was wir dir erzählen können.«

»Macht das Gesundheitsamt nie irgendwelche Inspektionen?«

»Doch. Und dann spielen wir eine Theatervorstellung, bei der Hoffman in seiner ausbruchssicheren Zelle eingesperrt wird. Ein blödes, aber laut Doktor Kronborg notwendiges Spektakel, das uns allen nützt.«

Ellen schüttelte verblüfft den Kopf. »Hoffman bewegt sich also völlig frei auf der Insel? Wie lange geht das schon so?«

»Seit sieben Jahren.«

»Das ist ja unglaublich!«

»Ja«, sagte er mit einem Seufzer. »Aber so ist es nun einmal.«

Mithilfe seiner Hände hob er, leise stöhnend, sein krankes Bein auf das Bett und legte sich langsam auf das Kissen. Er schloss die Augen für einen Augenblick, um Kontrolle über den Schmerz zu bekommen, und fügte dann hinzu: »Wir sehen ihn selten, er ist meistens abends und nachts wach.«

»Was machte er im Turm?«

»Die Aussicht bewundern, nehme ich an. Bei klarem Wetter geht er meistens bei Sonnenuntergang hinauf. Nachts sitzt er im Obergeschoss des Haupthauses und liest oder schreibt seine Kriminalromane. Oder er geht seinen Geschäften im Sprechzimmer des Doktors im Pestkrankenhaus nach.«

»Seinen Geschäften? Geht es dabei um den Verkauf seiner Bücher?«

»Nein, nein, das interessiert ihn nicht. Um all das kümmert sich der Doktor.«

»Was sind es dann für Geschäfte?«

»Die Art von Geschäften, denen heutzutage viele Leute in den Schären nachgehen.«

Er nickte in Richtung der Flasche auf dem Nachttisch.

»Meinst du den Schnapsschmuggel?«, fragte sie erstaunt.

»Ganz genau. Ein paar von den jüngeren Quarantänewärtern haben damit angefangen. Vor allem aus Nervenkitzel, ich glaube nicht, dass sie sehr viel damit verdienten. Kapitän Rapp wusste davon, aber er hatte nichts dagegen, hin und wieder ein paar Flaschen zu bekommen. Natürlich bekam auch Hoffman Wind von den kleinen Nebengeschäften der Wärter. Er meinte, die Idee sei ausbaufähig. Wir könnten etwas aufbauen, was der ganzen Insel zugutekäme.«

»Wir?«

John lächelte schief.

»Ja, Hoffman sagte *wir*, denn inzwischen betrachtete er sich nicht mehr als Gefangenen, sondern als einen von uns anderen auf Bronsholmen. Ich weiß nicht genau, wie das Ganze organisiert ist. Ab und zu kommt ein Schiff hierher. Immer nachts. Wir erfahren im Vorhinein nichts. Aber der Doktor weiß es, denn er hält sich bei diesen Gelegenheiten immer von der Insel fern. Wir sind jetzt also alle Schmuggler.«

Ellen ließ ihren Blick über die ungehobelten Bretterwände und die spartanische Einrichtung von Johns Dachkammer schweifen.

»Lohnt sich das? Ihr scheint nicht besonders reich geworden zu sein.«

John kratzte sein unrasiertes Kinn.

»Das Geld geht an einen Fonds, den der Doktor verwaltet. Er soll unsere Versorgung sichern, wenn die Station aufgegeben wird. Und wir bekommen schöne Geschenke.« Er lachte höhnisch. »Hoffman ist wie der Weihnachtsmann. Irgendwie weiß er ganz genau, was jeder sich wünscht. Meine Mutter hat vorvorige Weihnachten eine Amethystbrosche bekommen. Als sie jung war, hatte sie so eine Brosche bei einer ausländischen Dame gesehen, die ein paar Wochen in der Quarantänestation wohnte, und sie hatte sie nie vergessen können. Es war das Schönste, was sie je gesehen hat. Und dann bekam sie genau so eine von Hoffman. Ich habe keine Ahnung, wie er die Geschenke hierherbekommt. Vermutlich mithilfe des Doktors. Oder Artur. Ich habe das Vogelfernglas bekommen. Ich schäme mich, dass ich es angenommen habe. Ich habe schon mehrmals die Absicht gehabt, es ins Meer zu werfen. Aber ich habe es behalten. Es ist ein ausgezeichnetes Fernglas.«

Er biss sich in die Lippe und schwieg.

»Ich bekomme eine ornithologische Zeitschrift«, fügte er mit einem verlegenen Achselzucken hinzu. »Ganz plötzlich kam sie einfach mit der Post, an mich adressiert. Ich bin sicher, auch das hat Hoffman veranlasst.«

»Aber wenn Hoffman so große Freiheiten hat, warum flieht er dann nicht?«, fragte Ellen.

Ihre Frage schien ihn zu erstaunen.

»Warum sollte er, wenn er es doch hier so gut hat? Auf dem Festland wäre er zur Fahndung ausgeschrieben und würde gejagt. Früher oder später würde er wieder in einer engen Zelle landen. Auf der Insel wohnt er hochherrschaftlich im Haupthaus und ist König in seinem eigenen kleinen Reich. Meine Mutter kocht ihm jeden Abend das Essen. Nachdem er so schwer krank gewesen war, gab der Doktor den Befehl aus, man solle ihm nur bestes Essen servieren. Leckere und reichliche Mahlzeiten spät am Abend, diese Gewohnheit hat Hoffman beibehalten.«

Er machte eine Pause und fuhr mit leiser Stimme fort: »Eine andere Gewohnheit ist, eines der Dienstmädchen mit einem Tablett zu ihm hinaufzuschicken. Und das, wenn Hoffman das will, über Nacht bleiben muss. Hat es etwas einzuwenden, dann ist das nur zu seinem Schaden. Und dem seiner Familie. Ein Mädchen, das widerspenstig war, haben wir hinter dem Holzschuppen gefunden, erwürgt mit einem scharfen Gegenstand, der Kopf fast abgeschnitten. Auf den Totenschein schrieb Doktor Kronborg, sie sei an der Lungenschwindsucht gestorben.«

Ellen starrte ihn schockiert an. Johns Geschichte war ungeheuerlich, sie wusste nicht, was sie glauben sollte.

»Das nächste Mädchen war fügsamer«, fuhr er fort, ohne sie anzuschauen. »Als sie schwanger wurde, wurde sie natürlich ausgetauscht.«

»Und was passierte mit dem Kind?«, flüsterte Ellen.

»Den Kindern«, korrigierte er. »Die wohnen neben uns.«

Er machte eine Kopfbewegung zum Fenster.

»Katrins Zwillinge? Ist denn nicht Ruben ihr Vater?«

»Nein. Kurz bevor sie die Zwillinge auf die Welt brachte, verheiratete Hoffman sie mit Ruben, damit sie eine Familie bildeten. Und dann durften sie in das Häuschen ziehen, in dem Märta und ihre Mutter wohnten, denn das ist groß genug für eine Familie mit Kindern. Märtas Mutter musste in die Witwenhütte ziehen. Und Märta kam zu uns. Hoffman liebt solche Ummöblierungen.«

»Kein Wunder, dass Katrin und Ruben sich ständig streiten.«

Vor der Hütte waren Schritte zu hören, Ellen erkannte die Stimmen von einigen der Quarantänewärter. John schien sie nicht zu bemerken. Er lag mit dem Kopf auf den Kissen und schaute in die schwach erleuchtete Dachkammer.

»Dann war Märta an der Reihe, mit dem Tablett zu Hoffman hinaufzugehen«, fuhr er fort. »Ich ging nachts vor dem Haupthaus auf und ab, sah das Licht da oben im Schlafzimmerfenster und stellte mir vor, was da passierte. Ich hörte, wie sie ›nein, nein‹ schrie. Ich holte im Observationskrankenhaus einen Knüppel und ging hinauf zu Hoffman, um ihn zu erschlagen. Aber sie lagen so eng aneinander im Bett, dass ich mich nicht zu schlagen traute. Ich hatte Angst, auch Märta zu treffen. Während ich dastand und zögerte, drehte er den Kopf um und sah mich. Er schoss auf, drehte mir den Knüppel aus der Hand und scheuchte mich aus dem Zimmer. Dann packte er mich, warf mich die Treppe hinunter und ging wieder ins Schlafzimmer. Ungefähr so, als würde er den Abfalleimer leeren.«

»Mein Gott!«, keuchte Ellen.

»Ich lag am Fuß der Treppe und heulte die ganze Nacht vor Schmerzen. Konnte nicht aufstehen. Die Schlafzimmertür blieb verschlossen und ich hörte Hoffmans Vergewaltigungen da drinnen. Ich rief nach Rapp, aber der ist ja halb taub und meistens stockbetrunken. Erst gegen Morgen wachte er auf und stolperte zu mir heraus. Einige der Quarantänewärter trugen mich zum Bootshaus, ich bat darum, direkt ins Krankenhaus in der Stadt gefahren zu werden, ohne Doktor Kronborgs Einmischung. Ich hatte die Hüfte und das Bein an mehreren Stellen gebrochen, ich musste ein paar Monate in einem Stahlgestell liegen. Ich werde nie wieder so wie früher werden. Aber ich lebe. Ich hätte mir ebenso gut das Genick brechen können.«

Wieder hörte man draußen Stimmen, ein Lichtreflex ließ sie beide zum Fenster schauen.

»Siehst du da draußen jemanden?«, fragte John.

Ellen ging zum Fenster.

»Es sind ein paar Männer mit Laternen. Verner, glaube ich. Und Ruben.«

Im nächsten Moment klopfte es unten an die Eingangstür. Mit zusammengebissenen Kiefern bugsierte John sein schmerzendes Bein auf den Boden. Er war gerade aus dem Bett aufgestanden, als Frau Lange die Tür zur Dachkammer öffnete. Ihr Haar war zu einem stahlgrauen Zopf geflochten, als hätte sie sich fürs Bett fertig gemacht. Sie hatte eine Kerze in der Hand.

»Zieh deinen Mantel an, Ellen«, sagte sie. »Es gibt Arbeit heute Nacht.«

21

Alle Bewohner der Insel hatten sich unten am Kai vor den Magazingebäuden versammelt. Eigentlich fehlten nur Katrin und die Zwillinge. Die Petroleumlampen brannten und schwangen quietschend an ihren Eisenarmen im Wind hin und her.

Alle, Jung und Alt, standen eng beieinander und schauten auf das dunkle Meer hinaus, erwartungsvoll und schweigend. Die Szenerie ließ Ellen an gemeinsame Familienfestlichkeiten denken. Wie wenn alle sich um das Osterfeuer oder den Mittsommerbaum versammeln, vereint in einer nur kurz währenden unausgesprochenen Zusammengehörigkeit. Sie stand dicht neben John und Frau Lange, so wie sie sich bei einer solchen Gelegenheit neben ihre eigene Familie gestellt hätte. Sie war immer noch ganz durcheinander von dem, was John ihr gerade erzählt hatte.

Durch das Brausen der Wellen und das Quietschen der Lampen hörte man plötzlich Motorengeräusche. Sie schaute John an. In der flackernden Beleuchtung sah sein Gesicht fremd aus.

»Was ist los?«, fragte sie.

Er nahm ihre Hand und drückte sie schnell, ohne zu antworten.

Kurz darauf konnte Ellen die Umrisse eines Schiffs erkennen, das sich ohne Beleuchtung näherte. Die Bewohner von Bronsholmen murmelten eifrig miteinander.

Das Schiff löste sich aus der Dunkelheit. Wie ein Geisterschiff türmte es sich vor ihnen auf, überraschend groß, mit schwarzem Rumpf. Es legte mit der Breitseite am Kai an. Auf Deck tauchten Männer auf und warfen den Quarantänewärtern die Taue zum Festmachen zu.

Und dann ging alles rasend schnell. Der Landgang wurde herausgezogen, die großen Magazintore weit geöffnet. Die Quaranänewärter liefen in das Magazin und kamen kurz darauf mit zweirädrigen Transportkarren wieder heraus. An Deck standen plötzlich Blechtonnen und Gitterkisten. Die Kisten wurden auf die Karren geladen und in das Magazin gefahren, die Tonnen wurden hineingerollt. Ständig wurden neue Tonnen und Kisten in einem nie versiegenden Strom aus dem Lastraum geladen.

John nahm Ellen bei den Schultern und zog sie mit zum Landgang. Als die nächste Tonne angerollt kam, nickte er ihr zu, und dann fingen sie sie gemeinsam auf und rollten sie zum Magazingebäude. 100l stand auf der Tonne. Hundert Liter in jeder Tonne. Die Kisten enthielten Kanister mit zehn Litern, sechs Kanister in jeder Kiste. Ellen machte eine Überschlagsrechnung. Diese Last musste aus mehreren tausend Litern konzentriertem Alkohol bestehen!

An der Tür des Magazins stand Artur mit einem Schreibblock in der Hand und notierte jede Tonne und jede Kiste, die passierte, drinnen bei den Packtischen stand Frau Lange mit einer Laterne und zeigte, wo alles abgestellt werden sollte. John nahm eine freie Karre und humpelte zum Schiff hinaus.

Als Ellen wieder auf den Kai trat, musste sie zur Seite springen, um einer rollenden Tonne auszuweichen. Sie blieb an der Hauswand stehen und schaute fasziniert zu.

Die Arbeit ging schnell und rhythmisch voran, wie ein sauber choreografierter Tanz. Verschwitzte, eifrige Gesichter bewegten sich zwischen Dunkel und Laternenschein. Alle machten mit, auch die Frauen und die Älteren, und alle schienen genau zu wissen, was sie zu tun hatten. Die alte Sabina packte mal hier, mal da mit ihren knochigen Fingern an und schleppte und zog und schob, so gut sie eben konnte.

Eine Kiste mit einem Werbetext für eine bekannte Cognacmarke tauchte auf. Die wurde gleich weiter an Kapitän Rapp gegeben, der nahm sie in die Arme und stolperte Richtung Haupthaus davon, ohne zurückzukommen.

Dann sah Ellen einen Kopf, der alle anderen überragte, still und unerschütterlich wie eine Insel in einem wogenden Meer. Im flackernden Schein der Laternen erkannte sie das wirre Haar und den Bart. Kein Zweifel, das war der Mann, den sie mit dem Fernglas vom Aussichtsturm gesehen hatte. Wie groß er aus der Nähe war! Als würde er zu einer anderen Menschenart gehören. Sein Blick wanderte unablässig über das Schiff, den Kai und die Magazingebäude, und obwohl er weder etwas sagte noch etwas tat, schien er intensiv gegenwärtig zu sein in allem, was geschah, wie ein Regisseur, der seine Vorstellung von einem Platz im Publikum aus beobachtet.

John hatte Probleme mit seiner Karre; durch seinen wiegenden Gang war eine Kiste mit Blechkanistern heruntergerutscht. Mit einer Handbewegung beorderte Hoffman einen anderen Mann hin, der hob die Kiste auf und übernahm die Karre. Es tat Ellen weh, sehen zu müssen, wie John beiseitegeschoben wurde. Ein paar Sekunden stand er da, mit leeren Händen, er schaute sich um, wartete auf Befehle, dann ging er zur Seite, um nicht im Weg zu stehen.

Hoffmans Blick wanderte über die Schatten an der Magazinwand und heftete sich auf Ellen. Sie spürte einen Stich, als würde sie von etwas Kaltem, Scharfem durchbohrt.

Sie eilte hinaus zu den anderen auf dem Kai und tat ihr Bestes, das Arbeitstempo zu halten. Sie hob an und schob und schleppte, dass der Schweiß nur so lief. Artur zwinkerte ihr anerkennend zu, wenn er ihre Last an der Magazintür abhakte.

Zum ersten Mal fühlte sie sich wie eine von den anderen auf der Insel. Keine blöden Bemerkungen von den Quarantänewärtern, keine Anschnauzer oder dummen Witze. Sie war, genau wie die anderen, ein Rädchen in dieser geölten Maschinerie. Ihr Herz klopfte vor Spannung und physischer Anstrengung, ihre Wangen glühten. Sie hatte das Gefühl, intensiv zu leben, so wie in ihrer Kindheit, wenn sie zusammen mit den Brüdern und deren Freunden im herbstlichen Dunkel im Garten spielte, wenn sie beim Nachbarn Obst mopsten oder zwischen den Johannisbeersträuchern Verstecken spielten.

Und auf einmal war alles vorbei. Die Magazintore wurden geschlossen. Mit dröhnenden Motoren setzte sich das Schiff langsam in Bewegung. Es glitt aus der Bucht und wurde von der Dunkelheit verschluckt.

Ein paar Wärter lehnten sich an die Magazinwand, Artur drehte den Rücken zum Wind, um sich eine Zigarette anzuzünden. Als sie brannte, wandte er sich zu Ellen um und lächelte.

»Du hast prima mitangepackt, Kleine. Haste das schon einmal gemacht?«

»Wirklich nicht.«

Aber sie freute sich über das Lob. Sie sah sich nach Hoffman um, aber er war nicht zu sehen.

John fand sie ein Stück weiter weg im Dunkeln, in der Nähe der Krankenhausgebäude. Er schloss die Augen und verzog das Gesicht, wie immer, wenn er Schmerzen hatte.

»Komm, lass uns nach Hause gehen«, sagte sie.

John schüttelte den Kopf.

»Nein, nein. Es gibt noch viel Arbeit.«

Er schlurfte über den Kai zum Magazin, öffnete ein Tor einen Spalt breit, drehte sich zu Ellen um und gab ihr mit einem Nicken zu verstehen, sie sollte kommen. Sie ging hin und schaute durch die Tür.

Im rechten Teil des Magazins waren Frau Lange und ein paar Frauen aus der Witwenhütte damit beschäftigt, Tonnen, Flaschen, Schöpfkellen und Trichter bereitzustellen.

»Verdünnen und abfüllen«, erklärte John. »Wir machen heute Nacht so viel, wie wir schaffen. Den Rest erledigen dann wir nach und nach. Ruh dich jetzt ein wenig aus.«

Zwanzig Minuten später hatte das Magazin sich in eine Fabrik verwandelt. In der Mitte standen Artur und Frau Lange und verdünnten den konzentrierten Inhalt der Schnapskanister in einem bestimmten Verhältnis mit Wasser in Tonnen. An den Tischen standen Frauen und Männer, sie schöpften den verdünnten Schnaps und füllten ihn durch Trichter in Flaschen. Auf der anderen Seite des Tischs ging Ruben entlang, schlug Korken in die gefüllten Flaschen und packte sie in Kisten. Man merkte, dass sie das schon oft gemacht hatten.

Ellen hatte sich neben John gestellt. Ihre Augen tränten vom Geruch des Alkohols. Sie versuchte, das Tempo zu halten, ohne etwas zu verschütten, dabei bemühte sie sich, alles im Gedächtnis zu behalten, damit sie es so genau wie möglich in ihrem nächsten Bericht an Nils beschreiben konnte.

Ellen spürte einen leichten Windhauch und drehte sich um. Hoffman war hereingekommen. Er schloss vorsichtig die Tür hinter sich.

»Mach einfach weiter«, flüsterte John und schob ihr eine Flasche zu.

Ellen beugte sich über die Tonne zwischen ihnen, füllte den Schöpfer mit Schnaps und ließ ihn durch den Trichter in die Flasche laufen. Hinter sich hörte sie Hoffmans Schritte, wie er durch das Magazin ging und die Arbeit inspizierte. Er sprach leise mit Frau Lange und Artur. Kurz darauf spürte sie wieder den Windhauch, als er die Tür öffnete und ging.

Artur klatschte zweimal in die Hände.

»Es reicht für heute«, rief er. »Macht noch die Flaschen fertig, die ihr vor euch habt, und schließt dann ab.«

Als sie aus dem Magazin kamen, lag die Morgendämmerung wie ein Schimmer über dem Meer. Der Wind hatte nachgelassen, die Luft fühlte sich nach den Alkoholdämpfen an wie ein Reinigungsbad.

Ellen ging zusammen mit John zur Hütte hinauf. Sie war verwirrt und völlig durcheinander. Was hatte sie da erlebt? Aber John schüttelte nur den Kopf auf all ihre Fragen.

»Du wirst es bald lernen«, sagte er.

Als sie in die Hütte kamen, blinzelte er ihr anerkennend zu und sagte: »Das hast du gut gemacht. Schlaf schön.«

Dann ging er hinauf in seine Dachkammer, Stufe für Stufe.

Ellen spürte plötzlich, wie unglaublich müde sie war. Sie legte sich in das Küchensofa, ohne sich auszuziehen, sie hörte Johns humpelnde Schritte die Treppe hinauf. Den Kopf voller Gedanken und Gefühle spürte sie, dass sie in den Schlaf gezogen wurde wie ein Lotblei. Sie träumte von rollenden Tonnen, die im Dunkeln auf sie zukamen, schneller als man sie entgegennehmen konnte, und von wachsamen Augen, die all ihren Bewegungen folgten.

Als sie aufwachte, schien das Morgenlicht in die Küche wie sonst nie. Es musste schon spät sein. Sie stand auf, machte Feuer im Herd und kochte Kaffee wie immer. Weder Frau Lange noch John waren zu sehen, sie trank ihren Kaffee alleine. Dann ging sie rasch hinunter zum Küchengebäude. Dort fand sie die Tür verschlossen. Kein Mensch weit und breit.

Unten an der Bucht war es genauso leer. Eine Silbermöwe spazierte in einsamer Majestät über den Magazinkai. Die alten Petroleumlampen waren abgenommen worden. Die Ereignisse der Nacht waren ganz unwirklich. Wo waren denn alle?

Sie ging zurück zu den Personalhütten, jetzt sah sie, dass überall die Rollos heruntergelassen waren.

Als sie schließlich wieder zu Hause in der Küche war, saß Frau Lange am Tisch, einen Schal um die Schultern gewickelt, und trank den Kaffee, den Ellen im Kessel gelassen hatte. Sie nickte Ellen freundlich zu und sagte: »Wir können heute ausschlafen, hat John dir das nicht gesagt?«

»Nein«, antwortete Ellen erstaunt.

»Das ist immer so, wenn wir eine Lieferung bekommen.«

»Wann soll ich heute in der Küche sein?«, wollte Ellen wissen.

Frau Lange schüttelte ruhig den Kopf. »Du kannst mir heute beim Abendessen im Haupthaus helfen. Der Doktor kommt heute her. Das macht er immer am Tag danach. Komm um drei Uhr in die Küche. Bis dahin hast du frei.«

Frei, am helllichten Vormittag! Ein merkwürdiges Gefühl. Aber sie wusste ganz genau, was sie tun wollte. Sobald sie allein war, holte sie die Mappe mit dem Briefpapier aus ihrem Koffer, ging hinaus zum Plumpsklo, das Briefpapier unter dem Mantel versteckt, und schloss sich ein. Kniend, mit dem Klodeckel als Schreibtisch und dem kleinen Lüftungsfenster als einziger Beleuchtung schrieb sie einen langen Brief an Nils. Sie schrieb kleine Buchstaben, damit umso mehr auf das Papier passte, sie zügelte ihre Lust zu malerischen Ausschmückungen und versuchte, sich an die Fakten zu halten – die waren wahrhaftig dramatisch genug. Als sie fertig war, steckte sie das gefaltete Papier in ein Kuvert, klappte es zu und schrieb *zu Händen von Hauptkommissar Nils Gunnarsson* darauf. Dann steckte sie es in ein weiteres Kuvert, adressierte es an Sigge, den Nachbarn von Nils, und klebte eine Briefmarke darauf. Sie hatte am Morgen die Abfahrt von Artur verpasst, sie musste also bis zum nächsten Tag warten, um den Brief abzuschicken. Sie öffnete ein paar Knöpfe ihrer Bluse und schobt den Brief in den Büstenhalter. Sie überlegte, ob sie in die Stube gehen und den Brief unter die Matratze schmuggeln sollte, aber dann entschied sie, er sei am sichersten da, wo er jetzt war.

Kurz vor drei ging sie hinunter zum Haupthaus. Auf der Wiese stand eine Gruppe Quarantänewärter, sie unterhielten sich und spuckten Kautabak in langen braunen Strahlen. Als Ellen vorbeiging, drehten sie sich um und grüßten murmelnd. Das war noch nie vorgekommen. Ellen wandte sich um, sie wollte sicher sein, dass sie nicht jemand anderen begrüßt hatten.

Sie ging um das Haupthaus herum und durch die Hintertür in die Küche, wo die Kalbsknochen für die Brühe schon in einem großen Emailletopf köchelten. Ellen musste Äpfel auskernen, Frau Lange bearbeitete Rippchen mit einer Fleischaxt. Auf Bronsholmen gab es meistens Fleisch und allerlei Gemüse. Obwohl man sich mitten im Meer befand, aß man fast nie Fisch. Darauf waren die Bronsholmer lächerlich stolz, sie betonten es immer wieder. Ellen wusste nicht, wie oft sie zu hören bekommen hatte, die Quarantänewärter und das andere Personal seien keine Fischer, sie bekämen immer *richtiges* Essen, das heißt Fleisch. Sie vermutete, das war eine Art Berufsstolz, sie unterschieden sich so von den anderen Schärenbewohnern. Vielleicht war das besonders wichtig in einem Beruf, der über kurz oder lang verschwinden würde.

Während Ellen arbeitete, versuchte sie sich vorzustellen, wie Nils reagieren würde, wenn er ihren Bericht gelesen hatte. Der war reinstes Dynamit. Er würde einsehen, dass er sie als Kundschafterin unterschätzt hatte, und sein herablassendes Schulterklopfen bereuen. »Du machst das wunderbar.« Ja, das hatte sie wahrlich getan. Jetzt war er an der Reihe.

Kurz bevor das Abendessen serviert werden sollte, musste Ellen die Küchenschürze gegen eine weiße, gestärkte Schürze tauschen. Punkt sechs Uhr trug sie dann die Bouillontassen mit Kalbsbrühe und einen Teller mit Käsestangen hinein und servierte sie den vier Gästen um den Esstisch. Doktor Kronborg war gerade angekommen, er hatte immer noch eine rote Nase und Tränen in den Augen von der schnellen Bootsfahrt. Kapitän Rapp stierte leer vor sich hin, mit trübem, glasigem Blick, die Serviette nachlässig unter den Uniformkragen gesteckt. Hoffman sah ziemlich harmlos aus. Der Bart war immer noch wild, aber das Hemd unter der Weste war tadellos weiß und sauber, die langen welligen Haare waren nach hinten gekämmt, in einer lockeren Eleganz, die an einen bohemischen Künstler oder exzentrischen Forscher denken ließ. Als sie die Bouillontasse vor ihn stellte, erinnerte sie sich mit Schaudern an alles, was John ihr am Abend zuvor erzählt hatte. Der vierte Gast war Artur, er trug ein schlechtsitzendes Jackett, ohne seine Bootsführeruniform und seine Mütze war er fast nicht zu erkennen.

Im offenen Kamin brannte ein Feuer, das schon vor Stunden angezündet worden war und den großen Raum aufgewärmt hatte.

Ellen versuchte, etwas von der Konversation der Abendessensgesellschaft aufzuschnappen, wenn sie zum Servieren ins Zimmer kam. Es sprachen hauptsächlich der Doktor und Hoffman. Artur antwortete nur, wenn er gefragt wurde, Kapitän Rapp sagte gar nichts und schien geistig abwesend zu sein. Zu ihrem Verdruss schien das Gespräch sich hauptsächlich um triviale Dinge zu drehen, und obwohl sie sich sehr anstrengte, die Rolle der unsichtbaren Dienerin einzunehmen, schienen die Herren ihre Gegenwart nicht zu vergessen. Das einzige Interessante, was sie aufschnappen konnte, war, dass Artur am nächsten Abend die erste Lieferung ans Festland bringen sollte, aber es wurden weder Orte noch Personen genannt. Sie bekam den Eindruck, die nächtliche Entladung des Schiffs war nach Plan gegangen und alle waren sehr zufrieden.

Nach dem Essen verzogen sich Hoffman und der Doktor in die angrenzende Bibliothek zu Kaffee und Cognac. Kapitän Rapp zog sich in seine Wohnung im Erdgeschoss zurück. Artur bedankte sich und verließ das Haupthaus. Ellen hatte den Eindruck, er war erleichtert, gehen zu können. Er schien sich hier nicht so recht zu Hause zu fühlen. Mit gespitzten Ohren trug sie die Kaffeekanne zu Hoffman und dem Doktor.

Die Bibliothek wurde ihrem Namen kaum gerecht. Außer ein paar Regalmetern an schimmeligen Büchern über Seefahrt und Militärgeschichte gab es fast keine Bücher. Die beiden Herren lehnten sich in ihren Ledersesseln zurück, satt und zufrieden, das Cognacglas in bequemer Reichweite. Auf den ersten Blick war nicht zu erkennen, wer der Arzt und wer der Patient war. Zu Ellens Erstaunen trug Hoffman jetzt eine Brille, eine kleine Goldrandbrille wie der Doktor, und als sie eintrat, schaute er von einem Notizbuch auf.

Sie wäre gerne noch eine Weile im Zimmer geblieben, aber

nachdem sie den Kaffee eingeschenkt und die Kiste mit den Zigarren herumgereicht hatte, konnte sie nur noch knicksen und sich entfernen.

Bevor sie wieder zu Frau Lange und dem wartenden Abwasch in der Küche ging, drehte sie sich um und schaute auf die geschlossene Bibliothekstür. Sie hörte Hoffmans lautes Lachen da drinnen und vermutete, dass das richtig interessante Gespräch erst jetzt begann.

Eine Stunde später war sie fertig mit ihren Arbeiten und verließ das Haupthaus. Frau Lange blieb noch, um zur Hand zu sein, falls die Herren sie brauchten.

Durch die diesige Dunkelheit konnte sie sehen, dass in der Personalkantine noch Licht war. Das war um diese Zeit sonst nie der Fall. Als sie näherkam, hörte sie Musik und lautes Lachen. Sie wurde neugierig und ging ins Haus, hier schien ein richtiges Fest stattzufinden. Sie blieb in der Türöffnung stehen und schaute sich um.

Mitten im Raum stand Oskar Modin, er spielte Akkordeon, um ihn herum tanzte einer der Wärter eine Art improvisierten irländischen Jig mit der alten Sabina. Die Quarantänewärter saßen auf Bänken um die Tische, lachten und klatschten im Takt.

An der Wand zur Küche war ein Tisch mit etikettierten Flaschen aufgestellt. Artur stand daneben. Er hatte das Jackett, das er oben im Haupthaus getragen hatte, ausgezogen, die Hemdenärmel aufgekrempelt und war wieder fröhlich wie sonst auch.

»Anders Eriksson!«, rief er.

Ein älterer Quarantänewärter stand auf. Er ging zu Artur, der ihm zwei Flaschen vom Tisch überreichte. Der Wärter hielt sie triumphierend in die Höhe, eine in jeder Hand, die anderen klatschten Beifall. Artur lachte und rief den nächsten Mann auf.

Ellen sah an einem der Tische Johns dunklen Schopf und setzte sich neben ihn auf die Bank. Er schaute sie überrascht an. Als sie sich gesetzt hatte, fiel ihr auf, dass sie und die alte Sabina die einzigen Frauen im Raum waren. Sie beugte sich zu John vor, um nicht von der Musik übersrimmt zu werden, und fragte:

»Was ist das denn?«

»Die Verteilung«, flüsterte er ihr ins Ohr. Aus dem Geruch seines Atems konnte sie schließen, dass er schon einiges aus den Flaschen auf dem Tisch getrunken hatte.

»Bekomme ich auch was?«, fragte Ellen.

Er schüttelte lächelnd den Kopf.

»Nur die Männer.«

Es gelten die gleichen Prinzipien für den Schmuggelschnaps wie für den legalen, dachte Ellen. Artur schien eine ordentliche Buchführung in seinem Notizbuch zu haben, er hakte jede Person, die zum Tisch kam, ab.

Als John an der Reihe war, hinkte er nach vorne, bekam seine Flaschen und steckte eine in jede Jackentasche. Dann humpelte er zurück zum Tisch und Ellen, die Wärter klatschten Beifall.

Oskar spielte ein neues Lied auf seinem Akkordeon, noch munterer und taktfester als das vorige. Ellen spürte plötzlich eine Hand auf ihrem Arm, und ehe sie verstand, was geschah, hatte Verner sie in einen wilden Galopp gezogen. Was war das nur für ein Tanz? Sie konnte die Schritte überhaupt nicht. Und Verner auch nicht, vermutete sie. Aber es ging schnell.

Die alte Sabina unterbrach ihren Tanz, um ihnen die Schritte zu zeigen. Es war offenbar einer der Tänze, die sie in ihrer Jugend getanzt hatte. Während der Glanzzeit der Quarantänestation, über die sie so oft sprach. Wenn die Seeleute hier wochenlang vor Anker lagen und sich mit Musik und Tanz vergnügten. Mit einem graziösen Handgriff hob sie ihren langen Rock und wiegte ein paar Schritte hin und her, dabei kreischte sie ihre Instruktionen. Ellen schüttelte lachend den Kopf. Dann folgte sie wieder Verners improvisiertem Galopp, machte dazwischen ein paar Charleston-Schritte, die Wärter jubelten und klatschten. Als das Akkordeon schwieg und sie neben John auf die Bank sank, war sie durchgeschwitzt.

»Du meine Güte«, pustete sie lachend.

John stand auf. »Ich gehe nach Hause«, sagte er kurz.

»Gute Idee. Ich komme mit«, meinte Ellen.

»Du kannst bleiben, wenn du tanzen willst.«

»Nein, nein. Mir reicht es.«

Sie gingen zusammen den dunklen Pfad hinauf. John konnte noch schlechter gehen als gewöhnlich und wäre fast gestolpert. Erst jetzt merkte sie, wie betrunken er tatsächlich war. Als er sie um die Taille fasste und an sich zog, ließ sie ihn gewähren, so stützte sie ihn bis hinauf zur Hütte. An einer Biegung blieb er stehen und drückte sie fester an sich. Sie spürte, wie sein Mund ungeschickt den ihren suchte, und drehte sich weg. Er roch betrunken.

»Nein, John!«, sagte sie.

»Warum nicht?«

»Hör auf!«

Sie stieß ihn heftig von sich weg. Er stolperte, konnte sich jedoch wieder fangen.

»Nee, nee«, sagte er beleidigt. »Aber gegen Verner hast du nichts gehabt.«

Wie albern, dachte Ellen. Er benahm sich wie ein eifersüchtiger Verlobter. Dazu hatte er wahrlich keinen Grund. Ihr Verhältnis war rein freundschaftlich. Aber weil sie in seiner Hütte wohnte, schien er offenbar der Meinung zu sein, eine Art Vorrecht auf sie zu haben. Typisch Männer. Sobald sich eine Frau in ihrer Nähe aufhielt, bekamen sie ein Gefühl von Verantwortung und Besitz.

»Aber John, bitte«, sagte sie müde. »Wir haben *getanzt*.«

»Und ich kann nicht tanzen. Sag doch, wie es ist: Du willst keinen Krüppel haben.«

»Red keinen Unsinn.«

»Ich konnte früher tanzen«, lallte er. »Weißt du das, Ellen? Weißt du das?«

»Komm jetzt, wir gehen nach Hause.«

Sie packte ihn am Arm, aber jetzt wollte er keine Stütze mehr haben. Mühsam ging er den Pfad hinauf, Ellen direkt hinter ihm.

Dann standen sie endlich im dunklen Vorraum. Frau Lange war noch nicht nach Hause gekommen.

John schwankte hin und her.

»Wa … warum?«, hickste er.

»Was meinst du damit?«

»Wenn es nicht mein Hinken ist?«

Dieses »warum« kannte sie nur zu gut. Einige Männer waren der Meinung, dass man sehr gute Gründe haben müsste, um nicht von ihnen geküsst zu werden.

»Oder ist es wegen ihm, dem anderen? Der dir Herzeleid gemacht hat? Denkst du immer noch an ihn?«

»An wen?« Ellen hatte ihre rasch erfundene Notlüge schon fast vergessen. »Nein, nein. Oder …. Vielleicht ein wenig«, fügte sie hinzu, weil es wohl doch besser war, sich an das zu halten, was sie gesagt hat.

»Aha«, sagte er. »Dann gehe ich hinauf in mein Zimmer.«

Er schaute trotzig zur Treppe, als würde er einen Feind herausfordern, blieb jedoch noch stehen und kämpfte mit dem Gleichgewicht.

»Gute Nacht, John«, sagte Ellen.

Sie ging in die Küche, schloss die Tür zum Vorraum, blieb stehen und horchte, wie er langsam die steile Treppe hinaufstieg und das irländische Seemannslied summte, das im Speisesaal gespielt worden war. Würde er es schaffen? Er hatte schon Probleme, die Treppe hinaufzugehen, wenn er nüchtern war. Sie hörte den Lärm, wenn er stolperte.

Rasch zündete sie ein Streichholz an und dann die Kerze, sie ging zurück in den Vorraum. Da schlug oben die Tür zur Dachkammer zu. Sie stieg ein paar Schritte die Treppe hinauf und leuchtete. Sie sah nur eine geschlossene Tür. Sie atmete aus. Er war offenbar heil nach oben gekommen.

Als Ellen am nächsten Morgen hinunterging, um ihren Brief in die Post zu geben, saß John auf der Bank vor dem Pestkrankenhaus, das kranke Bein hatte er vor sich ausgestreckt. Er blinzelte ihr zu und sagte ein wenig verschämt:

»War ich gestern unverschämt zu dir?«

»Nicht so schlimm«, sagte Ellen. »Aber du solltest nicht zu viel trinken.«

Er zuckte mit den Schultern.

»Es war doch Verteilung. Alle trinken, wenn Verteilung ist.«

»Ich denke nicht nur an gestern.«

»Mach dir keine Sorgen um mich. Ich kann mich schon um mich selbst kümmern.«

»Gut. Bis dann«, sagte Ellen und ging in die Kantine.

Aus der Küche konnte sie sehen, wie die Eira durch die Bucht fuhr und schäumende Wellen hinterließ. Morgen würde ihr Brief bei Nils sein. Jetzt brauchte sie nur noch auf die Aktionen der Polizei zu warten.

Was würde aus John und den anderen auf der Insel werden? Sie waren ja alle am Schnapsschmuggel beteiligt. Einen Moment lang kam sie sich vor wie eine lumpige Verräterin.

Gegen zwei Uhr sagte Frau Lange, sie könne nach Hause in die Hütte gehen. Ellen blieb auf der Schwelle der Kantine stehen, den Eimer in der einen und die Scheuerbürste in der anderen Hand.

»Aber ich habe doch den Boden noch nicht gescheuert«, sagte sie erstaunt.

»Das kann Katrin machen.«

Ellen stellte den Eimer ab. Sie dachte, Frau Lange hatte bestimmt andere Arbeiten für sie in der Hütte.

»Hat Frau Lange eine andere Arbeit für mich?«, fragte sie.

»Ruh dich eine Weile aus«, sagte Frau Lange. »Dann kannst

du zum Haupthaus kommen und mir beim Abendessen helfen. Es reicht, wenn du gegen sechs kommst.«

Wie merkwürdig freundlich alle zu ihr waren, nach der Schiffslieferung. Wurde sie jetzt als eine von ihnen betrachtet? Als Mitschuldige?

Katrin nahm ihr die Scheuerbürste aus der Hand und warf ihr einen Blick zu, den Ellen nicht zu deuten wusste. Etwas zwischen Hohn und Mitleid.

Ellen warf sich den Mantel über die Schultern und ging hinauf zur Hütte. Sie setzte sich auf das Küchensofa und merkte plötzlich, dass sie überhaupt nicht mehr wusste, wie man sich ausruht. Ununterbrochene Arbeit, gefolgt von Schlaf, so plötzlich und so tief, schon fast bewusstlos, daran hatte ihr Körper sich gewöhnt. Sie blätterte ruhelos in einem Postorderkatalog. Sie legte ihn wieder weg und ging hinauf und klopfte an Johns Tür. Aber er war offenbar draußen beim Vogelbeobachten. Oder er wollte einfach nur seine Ruhe haben. Sie ging wieder hinunter, wärmte sich ein wenig Suppe vom Vortag auf und aß sie stehend am Herd.

Kurz vor sechs ging sie in die Küche des Haupthauses, wo Frau Lange schon das Abendessen bereitet hatte. Kapitän Rapp saß ganz allein an dem großen Esstisch, die Serviette hatte er um den Hals gebunden, er starrte leer vor sich hin. Ellen band sich die gestärkte Schürze um und servierte ihm das Essen. Frau Lange hatte kein Feuer im Kamin gemacht, es war feucht und kalt im Zimmer.

Als sie wieder in die Küche kam, wartete Frau Lange mit einem Tablett.

»Hoffmans Abendessen«, erklärte sie. »Er möchte, dass du damit zu ihm hinaufgehst.«

Ellen trat einen Schritt zurück.

»Wäre es nicht besser, wenn Frau Lange das macht?«, sagte sie. »Ich kümmere mich solange um Kapitän Rapp. Und den Abwasch.«

Frau Lange schüttelte bestimmt den Kopf.

»Du musst zu ihm gehen, Ellen. Das hat Hoffman so bestimmt.« Sie hielt Ellen das Tablett hin. »Er wartet nicht gerne.«

22

Nils saß im Stammcafé der Polizisten in der Nordstadt. Der Regen lief über die Fensterscheiben. In den letzten beiden Wochen hatte seine Arbeit aus kleinen Diebstählen, Betrügereien und Schlägereien von Betrunkenen bestanden. Die Ermittlungen im Mordfall Edvard Viktorsson kamen nicht von der Stelle.

Die Spur von Långedrag war ins Leere gelaufen. Niemand da draußen konnte sich an irgendwelche betrunkenen Menschen auf den Bootsstegen am 4. August erinnern. Niemand wusste etwas von einem Fest in einem der Sommerhäuser. Die Segelvereinigung feierte natürlich Feste, die konnten auch mal lebhaft sein, aber die fanden in den Räumlichkeiten des Clubs und meistens im Anschluss an eine Regatta statt. Das einzige Fest, das am 4. August stattgefunden hatte, war die Geburtstagsfeier von Direktor Appelruds Sohn. Die Nachbarn konnten berichten, dass es sowohl laut als auch störend war. Aber es wurden keine stärkeren Getränke als Himbeersaft serviert, und keiner der Gäste war älter als acht.

Vielleicht hatte Doktor Kronborg das mit dem Sommerhaus falsch verstanden. Vielleicht hatte das Fest auf einem Boot stattgefunden?

Auch Nils' parallele, ein klein wenig geheime Verfolgung der Bronsholmenspur war bisher ergebnislos verlaufen. Das Dienstmädchen Märta hatte sich nicht gemeldet.

Ellens Berichte von der Insel waren eine nette Lektüre, wie immer hatte sein Puls sich ein wenig erhöht, wenn er ihre Schrift las. Aus polizeilicher Perspektive waren sie jedoch völlig uninteressant. Die Briefe waren anfangs regelmäßig gekommen, aber jetzt war es eine Weile her, dass er eine Laterne in Sigges Fenster gesehen hat. Wahrscheinlich hatte Ellen schon genug von der harten Arbeit als Dienstmädchen und war zurück zu ihren Eltern nach Lerum gezogen. Im letzten Brief hatte sie ziemlich verärgert geklungen und ihm seine kurzgefasste Antwort vorgeworfen. Aber sie hatten keine Beziehung mehr. Er hatte keine Veranlassung, sich auszubreiten, weder über sein privates noch über das Arbeitsleben.

Er biss in das mit Leberpastete belegte Brot und rührte in der Kaffeetasse, dabei blätterte er durch seine Zeitung. Er hatte gerade einen Artikel über die bevorstehende Reise von Roald Amundsen mit dem Luftschiff zum Nordpol begonnen, als die Tür geöffnet wurde. Der Wind wehte ein paar welke Blätter und einen durchnässten uniformierten Polizisten herein. Nils blickte auf.

»Jesses, Mollgren«, sagte er. »Du siehst ja aus wie eine ertränkte Katze, die man aus dem Kanal gezogen hat.«

Das Wasser tropfte auf seine Zeitung, als Mollgren sich zu ihm an den Tisch setzte. Nils schob seinen Stuhl ein wenig zurück.

»Habe seit heute Morgen um sieben Verkehrsdienst gehabt. Und es hat verdammt noch mal jede einzige Sekunde geregnet«, brummte Mollgren. »Eine große Tasse Kaffee, Majken«, rief der Bedienung zu.

»An solchen Tagen bin ich zutiefst dankbar, dass ich keinen Streifendienst mehr habe«, sagte Nils und faltete seine Zeitung zusammen.

Er erinnerte sich an die langen Runden, hin und zurück auf den gleichen Straßen, bei Wind und Wetter. Der Wollstoff der Uniform wies das Wasser eine ganze Weile ab, aber wenn er dann am Ende durchnässt war, wurde er schwer wie Blei und brauchte ewig zum Trocknen. Die Kälte drang durch bis auf die Knochen. Und auf dem Revier roch es nach nassem Hund.

»Nein, du hast es warm und gemütlich, da oben in Nordfeldts Kammer«, sagte Mollgren spitz. »Geht ihr überhaupt je raus und nehmt böse Buben fest?«

»Ja, machen wir, ob du's glaubst oder nicht.«

»Aber nicht, wenn es regnet?«

Nils hatte keine Lust zu antworten.

Mollgren schaute aus dem nassen Fenster.

»Wenn man Streifendienst hatte, konnte man sich wenigstens in einem Torbogen unterstellen, wenn es besonders schlimm war«, fuhr er fort. »Aber jetzt muss ich ja mitten auf der Kreuzung stehen, Stunde um Stunde. Und wenn es regnet, ist der Verkehr schlimmer als sonst, alle nehmen eine Droschke, anstatt zu Fuß zu gehen.«

»Und einen Schirm könnt ihr ja auch nicht nehmen«, ergänzte Majken, die jetzt mit Tasse und Kaffeekanne zu ihrem Tisch gekommen war. »Da könnt ihr ja nicht winken.«

»Winken?«, rief Mollgren gekränkt.

»Sie meint dirigieren«, korrigierte Nils.

»Ihr könntet doch vielleicht einen Regenmantel tragen?«, sagte Majken und schenkte Kaffee ein.

Mollgren schnaubte. »Ein Polizist im Regenmantel, wie sähe das denn aus? Würde man da respektiert werden? Nein, wir müssen eine Uniform anhaben. Es ist so schon nicht weit her mit dem Respekt.«

»Sie werden eine Lungenentzündung bekommen«, entschied die Bedienung und wischte ein paar Tropfen von der Tülle der Kaffeekanne mit ihrer Schürze ab.

»So empfindlich bin ich nicht«, sagte Mollgren. Er gab Zucker in den Kaffee, fasste die Tasse mit roten, steifen Fingern und trank. »Nein«, fuhr er fort, als Majken gegangen war, »da habe ich schon eher Angst, totgefahren zu werden. Die Leute fahren wie die Idioten.«

Nils nickte zustimmend. Die Zeitung war jeden Tag voll von Berichten über Verkehrsunfälle. Die Leute fuhren zu schnell, sie fuhren auf der falschen Seite der Straße, sie fuhren betrunken. Leute ohne Führerschein oder Kenntnisse begaben sich in unsicheren Fahrzeugen auf schlechte Straßen. Hinter dem Steuer verwandelten sich nette Mitbürger in aufrührerische Wilde.

Vor ein paar Monaten war einer der großen Männer Göteborgs, der Schiffsreeder Dan Broström, bei einem Verkehrsunfall umgekommen, als er zusammen mit seiner Frau und dem Chauffeur auf dem Heimweg von einem Stapellauf in Malmö war. Er wollte plötzlich selbst ans Steuer, der Chauffeur hatte sich brav auf den Rücksitz setzen müssen, während Herr Broström das Kommando über das Fahrzeug übernahm und mit hoher Geschwindigkeit fuhr, bis das Auto in einer scharfen Kurve gegen ein Brückengeländer schleuderte und sich überschlug. Die Ehefrau und der Chauffeur überlebten, aber der Schiffsreeder Broström starb, wie der Reporter der Göteborgsposten es am nächsten Tag formulierte, *mit der Hand am Steuer, so wie er mit der Hand am Steuer gelebt und sein Schicksal selbst in die Hand genommen hatte, seit er ein junger Mann war.*

Viele sterben mit der Hand am Steuer.

»Die Freiheit steigt ihnen zu Kopf«, sagte Mollgren. »Da sitzen sie mit fünfzig PS unter der Motorhaube und können fahren, wohin sie wollen, wann es ihnen passt, ohne Fahrpläne. Einfach Vollgas geben! Und dann kommt da ein mickriger Polizist und hält ihnen die Hand vors Gesicht. Das ertragen sie nicht. Nein, da ist es in London anders. Da gibt es eine Verkehrskultur. Stell dir den Piccadilly Circus in der Rushhour vor! Neun Straßen strahlen da zusammen, in jeder ein Polizist. Und ein Hauptpolizist in der Mitte, der die anderen dirigiert. Autos und Busse strömen herbei wie eine Lawine und bleiben augenblicklich stehen, wenn der Polizist das Zeichen gibt. Kein Hupen, keine heulenden Motoren, keine drohenden Fäuste. Aber in diesem zurückgebliebenen Loch hier gibt es schon Lärm und Ärger, wenn sich zwei Fahrzeuge begegnen. Und ein Verkehrspolizist ist nicht mehr wert als ein räudiger Hund.«

Er holte ein Taschentuch aus der Tasche und schnäuzte sich fest und laut, als wolle er seine Wut loswerden.

»Ihr macht eine gefährliche und wichtige Arbeit«, sagte Nils. »Ihr müsstet alle eine Lohnerhöhung bekommen.«

»Ja, sei froh, dass du Detektiv bist«, brummte Mollgren und steckte das Taschentuch in die Tasche. »Diebe und Banditen sind die reinen Sonntagsschulknaben verglichen mit Autofahrern. Am schlimmsten sind die privaten Fahrer. Aber auch die Berufsfahrer haben es manchmal sehr eilig. Neulich wurde ich beinahe von einem Lastwagen umgefahren. Der Fahrer fuhr geradewegs auf mich zu, obwohl ich das Stoppzeichen machte. Er dachte wohl, ich würde ausweichen, aber da kennt er Wachtmeister Mollgren nicht. Ich blieb stehen, wo ich stand, das Auto machte eine Vollbremsung, der Kühler war nur noch drei Zentimeter entfernt von mir.«

»Und dann hast du ihn tüchtig ausgeschimpft, nehme ich an?«

»Ich kam gar nicht dazu. Aber er hat das Fenster heruntergekurbelt und mich angeschnauzt, weil ich die Frechheit besaß, ihn zu behindern.«

Nils seufzte.

»Das ist doch Widerstand gegen die Staatsgewalt. Du hast hoffentlich seine Autonummer aufgeschrieben?«

»Ich konnte sie nicht lesen«, sagte Mollgren finster. »Das Nummernschild war zu schmutzig. Das ganze Auto war mit einer rostbraunen Brühe bespritzt. Ich habe nur die letzten beiden Ziffern sehen können. Eine Sieben und eine Drei. Oder vielleicht eine Acht. Dann startete er durch und verschwand.«

Mollgren schüttete noch mehr Zucker in die Kaffeetasse und trank gierig, wie um sich zu trösten. Die Regenschauer schlugen gegen die Fenster neben ihnen.

»Ob am Samstag wohl auch solches Wetter ist, was meinst du?«, fuhr er finster fort und schaute in den grauen Himmel über den Hausdächern. »Dann fällt es wohl aus.«

»Was denn?«

Mollgren schaute ihn erstaunt an.

»Die Mondscheintour natürlich. Du hast dich doch wohl angemeldet?«

Nils erinnerte sich, dass er einen Anschlag über eine Abendrundfahrt mit einem Dampfboot gelesen hatte, die von den verschiedenen Polizeivereinen gemeinsam veranstaltet wurde.

»Nein, ich habe mich nicht angemeldet.«

»Nicht? Das wird bestimmt lustig. Wenn das Wetter gut ist, natürlich. Die Ehefrauen sind auch eingeladen. Und die Freundinnen.«

»Ich habe weder das eine noch das andere.«

»Aber du kannst doch trotzdem mitkommen? Wenn es noch Plätze gibt, natürlich.«

»Tja, vielleicht.«

»Wenn nur der verdammte Regen aufhört.«

Am Freitag quetschte der Wind die letzten Tropfen aus den Wolken, dann zerriss er sie in kleine Fetzen und nahm sie mit über Land. Und als das Dampfboot Necken am Samstagabend vom Hafen Lilla Bommen ablegte, lag der Fluss glatt und still da und reflektierte das Licht der bunten Lämpchen, die in Girlanden über dem Deck schaukelten. Die Mitglieder der Vereine Kameradschaft, Zentralpolizei und Detektivverband saßen auf Bänken um die Tische in der Kajüte, aßen Krabbenbrote und tranken Kaffee, die Mitglieder des Polizeiorchesters spielten populäre Schlager. Nach einer Weile wurden die Kaffeetassen aus mitgebrachten Flaschen nachgefüllt. Die Stimmung und das Gemurmel stiegen, man sang die Melodien des Orchesters mit. Aber weil Ehefrauen und Freundinnen dabei waren, ging es immer noch recht zivilisiert zu.

Kommissar Nordfeldt war nicht dabei. Er nahm nie an solchen Veranstaltungen teil. Er gab keinen Grund an, aber es hieß, er wolle seine kränkliche Frau nicht allein zu Hause lassen.

Das Boot tuckerte auf dem Fluss entlang, vorbei an Kränen, schwimmenden Docks und vertäuten Schiffen.

Nils hatte Glück gehabt und noch ein Billett gekommen. Eigentlich war der Ausflug schon lange ausgebucht, aber jemand hatte abgesagt. Er sang, prostete mit Kaffee mit Schuss und plauderte mit den Frauen. Eine versuchte, ihn zum Tanzen auf dem winzigen Platz vor dem Orchester aufzufordern. Sie behauptete, sie hätten schon einmal bei einer Weihnachtsfeier zusammen getanzt, und das konnte stimmen. Aber er lehnte freundlich ab.

Er amüsierte sich nicht besonders. Das tat er selten bei solchen Veranstaltungen, und er fand selbst, dass etwas mit ihm nicht stimmte. Warum konnte er sich nicht einmal entspannen wie die Kollegen? Er wollte nicht als Langweiler dastehen, deswegen hatte er sich überreden lassen, mitzukommen.

Höflich lächelnd hörte er sich lustige Geschichten an, dabei warf er einen Blick aus dem Fenster, um zu sehen, wo im Hafen sie sich befanden, er wollte eine Vorstellung haben, wie lange es noch dauerte, bis das Boot wenden und wieder nach Hause fahren würde. Aber es war dunkel geworden, und aus der erhellten Kajüte konnte er draußen fast nichts erkennen.

Er ging aufs Deck hinaus. In der Luft lag eine herbstliche Schärfe, und tatsächlich hing ein platinweißer Mond über dem Stadtteil Hissingen, fast kreisrund, bis auf ein kleines abgehobeltes Stück am Rand. Es war also wirklich eine Mondscheintour, auch wenn die Polizisten drinnen in der Kajüte sich nicht besonders viel darum kümmerten. An der Reling der Backbordseite standen ein paar junge Kollegen und prahlten mit ihren Frauengeschichten. Er stellte sich auf die andere Seite. Sie waren jetzt draußen am roten Stein, das Boot machte gerade eine große Wende, um zurückzufahren.

Er stand da und schaute in das vorbeifließende Wasser hinunter, in dem sich die Festbeleuchtung des Bootes spiegelte wie ausgeschüttete Wasserfarbe. Am Rande dieses Lichtspiels tauchte plötzlich ein Schatten auf, der kurz darauf vom Lichtkegel des Boots erfasst wurde und sich als Ruderboot mit Kurs auf den Südstrand des Flusses erwies.

Als die beiden Boote gefährlich knapp aneinander vorbeifuhren, konnte Nils einige Sekunden lang in das Ruderboot hinunterschauen. Gerade da blickte der Ruderer hinauf, sein Gesicht wurde von den bunten Lampen erleuchtet.

Nils kannte ihn. Es war der Junge, der ihn ins Treibgutsammlerdorf gebracht hatte. Im nächsten Augenblick war das Ruderboot wieder im Dunkeln. Aber Nils konnte das kleine Boot immer noch erkennen, es war, so schien es, unterwegs zur verfallenden Werft Kusten.

Ja, natürlich, das war die Zeit der Treibgutsammler. Aber hielten sie sich wirklich so weit hier draußen in der Flussmündung auf? Die meisten Schiffe lagen doch weiter drinnen vertäut. Was konnte man auf einem Abfallhaufen wie der Werft Kusten finden?

Plötzlich hatte Nils eine Eingebung. Er ging in die Steuerhütte hinauf zum Kapitän und sagte: »Könnten Sie so freundlich sein und bei Majnabbe anlegen? Ich wohne in Majorna, und von da habe ich es näher nach Hause.«

»Es ist vereinbart, dass ich nach Lilla Bommen fahre, wo Sie eingestiegen sind. Das ist kein Taxiboot«, brummte der Kapitän, ohne den Blick von der vorderen Scheibe zu nehmen.

»Ich weiß, Herr Kapitän, aber mir geht es nicht so richtig gut.«

Der Kapitän schnaubte.

»Beugen Sie sich über die Reling, wenn Sie sich übergeben müssen.«

Nils nickte, machte einen unangenehmen laut mit der Kehle und drückte die Hand vor den Mund. Der Kapitän schaute ihn nervös an.

»Aber so gehen Sie doch raus aufs Deck! Ich will keine Kotze in meinem Boot haben!«, schrie er und drehte heftig am Ruder.

»Ja, ja. Ich lege bei Majnabbe an, ganz wie Sie wollen.« Sie umrundeten die Landzunge und legten am Kai der anderen Seite des Felsens an. Wie sich herausstellte, wohnten mehrere Polizisten in diesem Teil der Stadt und stiegen gerne hier aus.

Nils blieb am Kai stehen, das Boot legte wieder ab. Die Kollegen gingen lachend und singend in Richtung Karl Johansgatan. Er wartete, bis sie verschwunden waren. Dann ging er über die felsige Landzunge, die den Majnabbekai von der niedergelegten alten Werft trennte. Ein Drahtzaun – rostig wie alles andere hier – umgab das Gelände, aber Nils, der schon oft im polizeilichen Auftrag hier war, wusste, dass es überall Löcher gab, er hatte keine Probleme, hineinzukommen.

Die Werft Kusten war einstmals der Stolz Göteborgs gewesen. Hier hatte man die großen Segelschiffe aus Holz gebaut. Aber seit die Seefahrt auf Dampfschiffe aus Eisen übergegangen war, waren die stolzen Tage der Werft vorbei. Die Besitzer hatten nicht auf das neue Material umstellen wollen. Ironischerweise war die Werft jetzt so etwas wie ein Schiffsfriedhof, ausgerechnet für Eisenschiffe. Die riesigen Schiffsrümpfe rosteten vor sich hin, ausgeschlachtet und geplündert von allem, was noch verwendet werden konnte.

Die Werft war jedoch nicht völlig tot. Hier wurden Fischerboote und Schlepper repariert, es gab Holzlager und kleine, merkwürdige Werkstätten und die langgestreckten, wackeligen Anlegestege, an denen die kleinen Boote der Anwohner vertäut wurden.

Dennoch lag über der Werft etwas Wehmütiges, ja geradezu Gruseliges, wie das so oft ist mit Orten, die für andere, bedeutend größere Zwecke bestimmt waren.

Hierher war also der kleine Treibgutsammler mit seinem Ruderboot unterwegs. Was suchte er in diesem Durcheinander aus Eisenschrott und modernem Abfall? In manchen Gebäuden gab es bestimmt noch Wertvolles, aber die Treibgutsammler hatten eigentlich nicht die Gewohnheit, einzubrechen und zu stehlen. Soweit Nils wusste, hielten sie sich an die ungeschriebene Regel, nur das zu nehmen, was im Wasser schwamm.

Der Mondschein glitzerte im Hafenbassin zwischen den verpfählten Schuppen. Es roch nach Teer, Rost und Salzwasser.

Im westlichen Teil türmten sich die ausgeschlachteten Schiffsrümpfe auf, in der Dunkelheit glichen sie den Skeletten von riesigen, gestrandeten Seeungeheuern.

Er ging vorsichtig die Stege entlang und passte gut auf, nicht auf verrottete Planken zu treten. Eine Welt aus Holz und Wasser, so ähnlich wie das Treibgutsammlerdorf. Hier fühlte der Junge sich bestimmt zu Hause.

Dann entdeckte er das Ruderboot. Es lag vertäut in einem Bassin neben einem halbgesunkenen Schleppkahn. Nils näherte sich vorsichtig. Der Junge lag zusammengerollt auf dem Boden des Boots und schlief mit einer Persenning als Zudecke. Der Ärmste, er war bestimmt 15 Kilometer gerudert.

Vom Wasser hörte man das näherkommende Geräusch eines starken Bootsmotors. Der Junge wachte sofort auf. Nils drückte sich zwischen zwei Hauswände, der Spalt war nicht viel breiter als die beiden parallelen Stegbretter, die sie trennten. Durch die Bretter konnte er das Wasser glitzern sehen.

Ein längliches Rennboot fuhr ohne Beleuchtung zwischen die Bootsstege. Die Geschwindigkeit wurde gedrosselt, das Boot verschwand aus der Sicht hinter den verpfählten Schuppen, tauchte dann jedoch wieder in dem kleinen Hafenbassin auf, wo der Junge nun in seinem Ruderboot saß und wartete. Zum zweiten Mal an diesem Abend erkannte Nils ein Boot wieder, in dem er kürzlich gefahren war, und zwar an einem Ort, an dem er es nicht erwartet hatte.

Das Rennboot legte am Schuppen an, direkt vor dem Ruderboot des Jungen. Ein junger Mann mit Schiffermütze holte ein paar Kisten aus der Kajüte. Ohne dass ein Wort gewechselt wurde, lud er sie von achtern in den Bug des Ruderboots, wo der Junge sie entgegennahm, auf den Boden des Boots stellte und sie mit der Persenning bedeckte. Dann setzte sich der Junge an die Ruder und begann mit kräftigen Schlägen aus dem Bassin zu rudern. Der arme kleine Galeerensklave hatte sich nicht lang ausruhen könnten.

Aber das Motorboot blieb liegen. Der Mann lud weiter Kisten aus der Kajüte und hob sie auf den Steg. Schließlich kletterte er selbst hinauf und trug sie, eine nach der anderen, in den nächstgelegenen Schuppen. Dann startete er den Motor und machte los. Sobald er aus dem Bassin war, gab er Gas und verschwand im Dunkel, die Schwallwogen klatschten unter den Anlegestegen.

Als es wieder ruhig war, ging Nils zu dem Schuppen, in den der Mann die Kisten getragen hatte. Er machte das halb verrottete Tor weit auf, sodass das Mondlicht hineinschien. Ein Berg mit undefinierbarem Müll türmte sich da drinnen auf. Dem Geruch nach hatte er etwas mit Fisch zu tun gehabt.

Die Kisten waren an der rechten Wand aufgestapelt. Er hob eine herunter und trug sie zur Türöffnung. Sie enthielt Glasflaschen. Aber das hatte er sich schon denken können. Er stellte sie wieder zurück.

Vermutlich würde sehr bald jemand kommen und die Kisten abholen. Das war kein Ort, an dem man Schmuggelschnaps mehrere Tage verstecken konnte. Schon morgen früh könnte jemand kommen, der mit seinem Ruderboot zum Angeln fahren wollte, oder ein Handwerker, der in einem der baufälligen, aber mietfreien Schuppen seiner aussterbenden Tätigkeit nachging.

Die Werft Kusten war so ein Gelände, das aufgegeben worden war, weil es aus einer älteren Zeit stammte und von der modernen Zeit noch nicht in Besitz genommen wurde. In Göteborg, ja in ganz Schweden gab es viele solcher aufgegebener Grundstücke. Niemand wusste so recht, was man mit ihnen machen sollte, und bis einem etwas einfiel, blieben sie, wie sie waren, eine Art Niemandsland, über das keiner so richtig Kontrolle hatte. Auch die Quarantänestation auf Bronsholmen war so ein Ort.

Es war zu dunkel, um die Zeiger auf der Taschenuhr zu sehen. Aber es war zehn nach eins gewesen, als er das Dampfschiff Necken am Majnabbe verlassen hatte. Jetzt war es mitten in der Nacht. Gegen sieben würde es hell werden.

Da hörte er einen Automotor auf dem Werftgelände. Kurz darauf strahlten zwei Scheinwerfer den Schuppen an und blendeten Nils. Durch die geöffnete Tür sah er einen Lastwagen, der auf der anderen Seite des Hafenbassins stehen blieb.

Die Scheinwerfer gingen aus, eine Autotür wurde zugeschlagen. Er hörte Schritte auf den Brettern des Bootsstegs, der Fahrer ging um das Bassin herum. Jetzt war es zu spät, den Schuppen zu verlassen oder die Tür zu schließen. Nils zog sich hinter den Berg von Gerümpel zurück. Er blieb reglos im Dunkeln stehen.

Der Fahrer erschien in der Türöffnung, mit einer Taschenlampe in der Hand. Er blieb stehen und ließ den Lichtkegel im Schuppen umherwandern.

»Die Tür war offen«, sagte er.

»Er hatte es wohl eilig«, brummte eine andere Stimme hinter ihm. »Wir auch. Los jetzt.«

Der Mann, der zuletzt gesprochen hatte, ging zu den Kisten an der Wand, stapelte zwei übereinander und reichte sie weiter an den Fahrer, der sie wegtrug.

Das wäre die Gelegenheit gewesen, die Männer auf frischer Tat zu ertappen. Wenn Nils nicht allein und unbewaffnet gewesen wäre. Das Einzige, was er nun aus seinem Versteck heraus tun konnte, war, zu beobachten und sich alles zu merken.

Der Mann, der die Kisten hinausschleppte und draußen auf dem Bootssteg abstellte, war von normaler Statur, er hatte ein offenes Jackett an. Der andere, der die Kisten zum Auto brachte, war klein und gedrungen und trug eine Lederjacke. Beide Männer hatten Wollmützen auf dem Kopf.

Um besser sehen zu können, bewegte Nils sich ein wenig zur Seite und stieß dabei gegen den Müllberg. Etwas fiel mit lautem, metallischem Krachen zu Boden.

Der Mann im Schuppen erstarrte. Er setzte die Kiste ab und leuchtete mit seiner Taschenlampe umher.

»Hau ab, du Ratte! Hier gibt es nichts für dich!«, rief er. Vermutlich dachte er, dass es ein Lättare, ein Trittbrettfahrer war, der sich im Schuppen versteckt hatte.

Lättare, das waren Personen mit einer Nase für Schnaps und Schmuggelgeschäfte, die jedoch zu vorsichtig waren, um selbst in die Branche einzusteigen. Sie hatten die Angewohnheit, immer dann aufzutauchen, wenn die Schmuggler ihre Ware abholten. Sie drohten, zur Polizei zu gehen, wenn sie nicht einen Teil des Alkohols abbekamen. Sie waren ein ärgerliches Problem für die Schnapsschmuggler. Einerseits minderten sie den Gewinn. Aber was noch schlimmer war, es waren oft Alkoholiker, man konnte sich nicht auf ihr Schweigen verlassen, ganz gleich wie gut man sie bezahlte. Für einen Schnaps erzählt ein Alkoholiker alles. Die Schmuggler lebten von der Abhängigkeit der Leute, wollten aber keine Säufer in ihren eigenen Reihen haben.

Plötzlich kam Bewegung in einen Haufen Lumpen an der Wand des Schuppens. Der Mann leuchtete sofort mit seiner Taschenlampe hin, in ihrem Schein erschien ein Trollkopf mit verfilztem Haar und Bart, verschlafen blinzelnden Augen und einem zahnlosen Mund.

Nils musste sich beherrschen und völlig reglos bleiben. Hatte dieses Geschöpf wirklich die ganze Zeit in den Lumpen gelegen, kaum zwei Meter von ihm entfernt? Das erklärte teilweise den Gestank. Ein obdachloser alter Mann, der hier sein Nachtquartier hatte und der von dem Geschepper und dem Schein der Taschenlampe aufgewacht war.

Der Alte kniff das eine Auge als Schutz gegen den blendenden Lichtstrahl zusammen, das andere öffnete er halb. Er drehte den Kopf hin und her und blinzelte wie ein Huhn. Dann hielt er still, den Blick auf einen Punkt hinter dem Mann gerichtet. Auf einmal schien er hellwach zu sein.

»Hallo da!«, rief er mit erstaunlich kraftvoller Stimme und zeigte mit einem knochigen Finger auf die Kisten in der Ecke. »Ich sehe, was du da alles hast!«

»Das ist nichts für dich«, sagte der Mann kurz.

Der Alte kletterte aus seinen Lumpen heraus, eine Welle von üblen Gerüchen kam aus seinem Ruhelager. Nils identifizierte ihn, es war Kalle Klinka, ein alter Säufer, den er gut aus seinem früheren Leben als Ordnungspolizist kannte. Nils hatte ihn seit mehreren Jahren nicht gesehen und war davon ausgegangen, dass er tot war.

Jetzt lachte Kalle Klinka schrill und pfeifend wie eine kaputte Orgel.

»So?«, rief er triumphierend. »Ich kenne die Bullen in der Spannmålsgatan. Die freuen sich immer über Tipps. Aber wenn du mir eine Kiste abgibst, schweige ich wie ein Grab. Eine einzige Kiste, das ist doch billig, nicht wahr?«

Der Mann schnaubte verächtlich, hob eine Kiste an und stellte sie hinaus, als der andere vom Auto zurückkehrte.

»Da drinnen liegt ein alter Säufer. Scher dich nicht um ihn und mach weiter«, sagte er zu seinem Kompagnon.

Sie arbeiteten zügig weiter.

»Ich habe nahe Verbindungen zur Polizei!«, fuhr Kalle Klinka mit schriller Stimme fort.

Wenn du nur wüsstest, wie nah wir sind, dachte Nils.

»Ich kann euer Auto sehen!«, fuhr der Alte fort und zeigte durch die geöffnete Tür. Er zitterte vor Aufregung. »Und dich kann ich angeben, wenn die Bullen mich vor das Polizeigericht holen. Ich bin ihr bester Zeuge. Kalle Klinka vergisst nie ein Gesicht.«

Der Mann hob die letzte Kiste an. Klinka wurde immer verzweifelter.

»Was ist dir denn lieber?«, schrie er. »Die Bullen oder die Kiste?«

Der Mann war auf dem Weg nach draußen, blieb dann stehen und stellte die Kiste ab. Kalle Klinka grinste erwartungsvoll.

Der Mann ging zu ihm hin und leuchtete ihm mit der Taschenlampe direkt ins Gesicht. Hätte er stattdessen ein klein wenig höher geleuchtet, dann hätte er Nils gesehen. Aber seine Konzentration war ganz auf den alten Mann gerichtet, der mit zusammengekniffenen Augen weiter von seiner Kiste plapperte.

Ohne Eile nahm der Mann die Taschenlampe in die linke Hand und steckte die Rechte in die Jackentasche. Er holte einen Revolver heraus und richtete ihn auf den Alten.

»Noch ein Wort und du hast eine Kugel zwischen den Augen!«

Kalle Klinka schwieg unmittelbar und duckte sich in seine Lumpen.

Der Mann steckte den Revolver in die Tasche, ging zur Kiste und holte eine Flasche heraus.

»Einen Liter kannst du kriegen«, sagte er und warf Kalle Klinka die Flasche zu.

Sie landete weich im Lumpenberg. Blitzschnell nahm der Alte sie an sich und drückte sie an die Brust wie ein Kleinkind.

»Aber keinen Ton zur Polizei.«

Der Mann hob die Kiste an.

»Ich weiß, wo du wohnst!«, rief er drohend über die Schulter zurück.

Er verließ den Schuppen und trat die Tür hinter sich zu.

»Da weißt du mehr als ich«, gluckste Kalle Klinka aus der Dunkelheit.

Kurz darauf hörte man ein Ploppen, als er mit geübter Hand den Korken aus der Flasche zog.

Nils öffnete die Tür einen Spalt breit. In diesem Moment startete der Automotor, das Hafenbassin wurde von Scheinwerfern erleuchtet. Er versuchte die Zahlen auf dem Nummernschild zu erkennen. Einen Buchstaben und die ersten beiden Ziffern konnte er sehen. Der Rest des Nummernschilds war von Schmutz bedeckt. Das Auto startete, entfernte sich rückwärts von dem Bassin, sodass das rostige Wasser aus den Pfützen nur so spritzte. Nils blieb an der Tür stehen und hörte, wie es sich durch das Werftgelände entfernte. Irgendwo schien es im Schlamm festzufahren, der Motor machte ein schreckliches Geräusch, dann kam das Auto wieder los und verschwand. Das Werftgelände war nicht für den Autoverkehr gemacht.

Nils machte die Tür zum Schuppen auf. Das Mondlicht fiel hinein. Als er sich umdrehte, stand Kalle Klinka in seinem Lumpenberg und starrte ihn an.

»Jesses!«, sagte der Alte mit brüchiger Stimme. »Bist du die ganze Zeit hier drinnen gewesen? Ist das dein Platz? Entschuldige, aber ich habe geglaubt, hier wäre niemand.«

Nils stellte sich in den Mondschein, schob den Hut in den Nacken, damit sein Gesicht sichtbar wurde.

»Weißt du nicht mehr, wer ich bin, Klinka?«

Der Alte musterte ihn mit glänzenden Augen. Dann strahlte er.

»Wachtmeister Gunnarsson! Lange nicht gesehen. Aber wo haben Sie die Uniform?«

Dann fiel ihm etwas ein, er warf einen Blick auf den Haufen mit Müll, aus dem Nils gekommen war, und fügte feinfühlig hinzu: »Geht es Ihnen nicht gut?«

»Dass ich in einem Schuppen auf der Werft Kusten schlafen muss? Nein, ganz so schlimm ist es nicht. Ich bin jetzt bei der Kriminalpolizei.«

»Oh«, sagte Kalle Klinka entsetzt. »Dann kann ich absolut nicht mit Ihnen reden.«

Nils nickte verständnisvoll. »Ich habe gehört, was dieser Schurke gesagt hat. Aber ich bin im Moment nicht im Dienst. Du kannst mit mir reden wie mit jedem anderen Mitbürger.«

»Ja, dann«, sagte Kalle Klinka erleichtert.

»Bist du öfter hier?«

»Nein, ich schlafe, wo es sich ergibt.« Er blickte sich im Schuppen um. »Hier bin ich noch nie gewesen.«

»Kennst du die Männer, die die Schnapskisten geholt haben?«

Klinka schüttelte heftig den Kopf.

»Habe keine Ahnung, wer das war«, sagte er und nahm einen Schluck aus der Flasche. Er seufzte befreit, schaute die Flasche an und fügte hinzu: »Aber die verdienen gut mit dem Kleeblatt. Diese Flaschen werden in der ganzen Stadt verkauft. Möchte der Wachtmeister auch einen Schluck? Ich meine, jetzt, wo Sie nicht im Dienst sind.«

Er hielt Nils die Flasche hin und zwinkerte aufmunternd.

Nils nahm sie und hielt sie in den Mondschein. Er untersuchte den kurzen gedrungenen Hals und die grünliche Farbe des Glases. Es war die gleiche Art von Flasche, die er zu Hause bei Sigge gesehen hatte. Er roch am Inhalt. Dann gab er die Flasche zurück.

»Danke, aber ich glaube, lieber nicht. Morgen ist für mich ein Arbeitstag. Es war nett, dich wiederzusehen, Kalle Klinka.«

»Gleichfalls, Herr Wachtmeister.«

Nils verließ den Schuppen, ging den Bootssteg entlang und weiter durch das Werftgelände, bis er im Stadtteil Majorna herauskam. Aus dem ersten Telefonhäuschen, an dem er vorbeikam, rief er den Wachhabenden auf der Polizeistation an.

Als er endlich zu Hause in Masthugget in sein Bett kroch, war es vier Uhr morgens.

23

Das Tablett war aus Silber und überraschend schwer, oval mit zwei Handgriffen. Das Essen auf dem Teller, gebratene Kalbsleber mit Kartoffeln und Preiselbeeren, war mit einer Silberglocke zugedeckt, die mit dem Emblem der königlichen Medizinalverwaltung geschmückt war: drei kleine Kronen in einem Kranz, oben eine größere Krone. Wein und Gläser waren schon oben, sagte Frau Lange.

Mit dem Tablett in den Händen ging Ellen einen Schritt nach dem anderen die Treppe hinauf, bis sie in einem Vorraum stand, der in einen kurzen Korridor mit einer Wandverkleidung aus dunklem Holz überging. Der feuchtkalte Geruch des Hauses war hier oben anders, erdiger, wie von Farnen oder Moos. Sie blieb an der einzig möglichen Tür stehen, und weil sie mit dem Tablett in den Händen nicht klopfen konnte, rief sie mit einer Stimme, die sie bestimmt und freundlich zu gleich klingen lassen wollte:

»Herr Hoffman! Ihr Abendessen!«

Eine Weile war es ganz still da drinnen. Dann hörte sie das Knarren eines Möbels und Schritte. Die Tür wurde aufgerissen, und da stand er. Im Gegenlicht der Fenster sah er aus wie eine Statue, aus einem Granitblock gehauen, breitschultrig und zwei Meter groß. Er starrte sie an, ärgerlich und misstrauisch. Ellen hatte das Gefühl, einen Bären aus dem Winterschlaf geweckt zu haben.

»Ihr Abendessen«, wiederholte sie und versuchte es mit einem Lächeln.

Er drehte sich um, schaute auf die Wanduhr, brummte etwas und machte eine Kopfbewegung in den Raum hinein. Ellen deutete das als eine Aufforderung, einzutreten.

Die Dienstwohnung war geräumig und hübsch möbliert. Und

warm! Hier oben wurde offensichtlich richtig eingeheizt. Das Licht von den Fenstern wurde in den Messingtüren des Kachelofens und dem polierten Schreibtisch aus Mahagoni reflektiert. Sie sah sich nach einem passenden Platz für das Tablett um.

»Ist es so recht?«, fragte sie und stellte es auf einen Tisch mit vier Stühlen.

»Ja. Nein, lass sie drauf«, sagte er, als Ellen die Silberglocke wegnehmen wollte. »Ich möchte noch nicht essen. Ich esse immer spät. Aber du kannst mir ein Glas Cognac einschenken.«

Er zeigte auf einen Schrank, der voller Flaschen, gefüllter Karaffen und Gläser war.

Ellen nahm einen Cognacschwenker heraus und eine Karaffe mit einem bernsteinfarbenen Inhalt. Sie warf Hoffman einen fragenden Blick zu, aber er ließ mit keiner Miene erkennen, ob sie es richtig gemacht hatte. Sie zog den Glasstöpsel aus der Karaffe und roch vorsichtig daran. Doch, das roch nach Cognac. Sie warf Hoffman wieder einen Blick zu, er hielt den Kopf leicht schräg und betrachtete sie.

Es gelang ihr, die Hand ruhig zu halten, als sie einschenkte, beim Zurückstecken des Glasstöpsels zitterte sie so sehr, dass er wie eine kleine Glocke klingelte, bis er schließlich an seinem Platz war.

Er lächelte angesichts ihrer Nervosität. Ellen dachte, es wäre einfacher für ihn gewesen, sich seinen Cognac selbst einzuschenken, aber es amüsierte ihn, ihr dabei zuzuschauen.

»Nimm dir auch ein Glas, wenn du willst«, sagte er freundlich.

»Nein danke.«

»Vielleicht ein Glas Portwein?«

Sie schüttelte bestimmt den Kopf und reichte ihm das Glas mit dem Cognac. Er machte keinerlei Anstalten, es zu nehmen, sie stellte es also auf den Tisch neben das Tablett mit dem Essen.

»Bitte sehr«, sagte sie. »Ich hoffe, das Essen schmeckt. Guten Abend, Herr Hoffman.«

Sie ging zur Tür.

»So eilig wirst du es doch nicht haben? Ich weiß ja nicht einmal, wie du heißt.«

Sie drehte sich um.

»Ich heiße Ellen Grönblad.«

Hoffman lachte, als hätte sie etwas Lustiges gesagt.

»Ellen *Grönblad*.« Er wiederholte den Namen langsam und überdeutlich, mit einer ironischen Betonung auf dem Nachnamen. Sie hätte ihn nicht sagen sollen. Ein Dienstmädchen stellte sich nur mit dem Vornamen vor.

»Möchten Sie nicht einen Moment Platz nehmen, Fräulein Grönblad?«, fuhr er fort und zeigte auf die zwei Sessel am Fenster.

Sie schüttelt den Kopf.

»Ich glaube, Frau Lange braucht mich in der Küche.«

»Nein, nein, da irrst du dich«, sagte er bestimmt. »*Ich* brauche dich. Deswegen bist du hier.«

Er ging zum Tisch, holte das Cognacglas und setzte sich in einen der Sessel. Sein großer Kopf zeichnete sich wie eine Silhouette gegen das Fenster ab.

»Setz dich, und ruhe deine Beine eine Weile aus.«

Sie setzte sich auf die Kante des anderen Sessels.

»Bist du sicher, dass du nicht ein Glas Portwein haben möchtest? Oder etwas anderes?«

»Nein, nichts, danke.«

Um seinem Blick nicht begegnen zu müssen, schaute sie aus dem Fenster. Das Meer glänzte leicht unter dem dunkel werdenden Himmel.

Hoffman schwenkte sein Cognacglas in der Hand.

»Fantastische Aussicht, nicht wahr?«

»Sehr schön«, sagte Ellen. »Diese Wohnung hat die beste Aussicht der Insel.«

»Bin ich das wohl wert? Was meinst du?«

Was für eine merkwürdige Frage, dachte Ellen.

»Das kann ich nicht beurteilen, Herr Hoffman. Ich kenne Sie nicht. Aber wenn Sie die Aussicht zu schätzen wissen, dann sind Sie es wert, nehme ich an.«

»Ich weiß Schönheit zu schätzen«, sagte er.

Er schaute Ellen an, nicht die Aussicht.

»Tun wir das nicht alle?«, sagte sie.

Er lachte. »Da hast du vielleicht recht. Was glaubst du, was weiß ich sonst noch zu schätzen? Lass hören.«

»Gutes Essen«, sagte Ellen und nickte in Richtung des Silbertabletts auf dem Tisch. »Guten Cognac. Gute Weine.«

Er blinzelte aufmunternd.

»Das stimmt. Was sonst noch?«

Er beobachtete sie genau, als ob ihre Antwort wichtig wäre. Ellen fühlte sich wie auf einer Waage, wo alles an ihr entsprechend einer unbekannten Skala gemessen wurde: ihr Gesicht, ihr Körper, ihre Dienstbereitschaft, ihre sexuelle Erfahrung, ihre physische Stärke und ihr Intellekt.

»Was sonst noch?«, wiederholte er.

Sie sah sich im Zimmer um. An allen Wänden standen Bücherregale. Das war gemütlich und vermittelte ihr ein Gefühl der Sicherheit, wofür es keinen Grund gab.

»Bücher«, sagte sie.

»Wieder richtig«, rief er fröhlich. »Sie gehören jedoch nicht alle mir. Diese Wohnung war früher die Arztwohnung, das meiste ist medizinische Literatur, in die ich nicht einmal hineingeschaut habe.«

»Welches sind Ihre Bücher?«

»Alle an dieser Wand.« Er machte eine große, wilde Geste mit dem Arm.

Ellen ließ den Blick über die Regale schweifen und spürte eine Sehnsucht. Sie hatte seit Ewigkeiten kein Buch mehr gelesen.

»Darf ich schauen, was Sie haben?« Sie stand halb auf, setzte sich dann wieder. »Nein, entschuldigen Sie, das geht mich natürlich nichts an.«

»Doch, schau nur. Bitte sehr.«

Ellen ging zum Bücherregal und legte den Kopf zur Seite, um die Buchrücken lesen zu können. Es wurde allmählich dunkel im Zimmer und sie konnte fast nicht lesen, welche Bücher da standen, aber auf einigen konnte sie den Namen Arthur Conan Doyle entziffern.

»Aha, Sherlock Holmes!«

Ein Streichholz wurde angestrichen, es wurde hell im Zimmer. Hoffman hatte eine Petroleumlampe auf dem Schreibtisch in der Nähe angemacht.

»Besser so?«

»Danke«, sagte Ellen und strich langsam mit dem Finger über die Buchrücken. »Edgar Allan Poe! Und ihr Namensvetter E. T. A. Hoffmann! Sie mögen offensichtlich Gruselgeschichten und spannende Bücher.« Sie drehte sich zu ihm um und fügte hinzu: »Neben Essen und schönen Aussichten.«

Er öffnete die Handflächen.

»Wie gesagt: Ich weiß Schönheit zu schätzen. In allen Formen. Sowohl die helle als auch die dunkle. Aber es gibt auch anderes in den Regalen, wie du siehst.«

»Dostojewski«, sagte Ellen eifrig. »Oscar Wilde.«

Der Anblick der wohlbekannten Schriftstellernamen und Buchtitel machte sie frohgemut. Einen Moment lang hatte sie fast vergessen, wo sie sich befand.

»Kennst du sie?«, fragte Hoffman hinter ihr. Er stand so nahe, dass sie den Cognac in seinem Atem riechen konnte.

»Oh ja, natürlich.«

»Du bist ein ungewöhnliches Dienstmädchen.«

Ellen errötete. Sie hatte sich verraten.

»Warum sollte ein Dienstmädchen sich nicht für Literatur interessieren?«, fuhr er fort. »Frau Lange hat erzählt, du hättest eine dunkle Vergangenheit. Deine Anstellung hier sei eine Art Flucht.«

Sie lachte angestrengt.

»Ach, so spannend ist es wirklich nicht. Ich hatte ganz einfach keine Lust mehr auf das Leben in der Stadt. Ich wollte etwas Neues probieren. Ich brauchte ...«

Ellen hatte vor, mit ihrer auswendig gelernten Geschichte weiterzumachen, hielt jedoch inne, wollte sich nicht in Lügen verheddern. Sie hatte das Gefühl, er könne so etwas gut durchschauen.

»Ein wenig Abenteuer?«, schlug er vor. »Hast du das gebraucht?«

»Ich würde es eher Abwechslung nennen.«

Er schwieg eine Weile.

»Wenn du so viel liest, kennst du einen Schriftsteller, der Leo Brander heißt?«

»Nein, ich glaube nicht«, log Ellen.

»Leo Brander ist mein Pseudonym. Ich schreibe Kriminalromane.«

Ellen zögerte. Sollte sie jetzt beeindruckt tun? Sie spürte, wie die Waage unter ihr schwankte, sie wusste nicht, wie sie sich platzieren sollte, um sicher zu sein.

»Aha, interessant«, sagte sie. Sie versuchte, höflich erstaunt zu klingen. »Sind Sie erfolgreich?«

»Irgendwie schon, glaube ich. Meine Bücher sind bei bestimmten Lesern sehr populär. Andere finden sie zu blutig und unappetitlich. Das kommt daher, dass ich, im Unterschied zu den meisten Kriminalschriftstellern, weiß, wovon ich schreibe. Mord ist nämlich eine ziemlich blutige und unappetitliche Angelegenheit.«

Er sagte das in einem neutralen, fast gelangweilten Ton und kratzte sich dabei am Bart. Ellens Herz machte einen Satz. Um ihren Gesichtsausdruck nicht zu zeigen, drehte sie sich rasch zum Schreibtisch um.

»Sitzen Sie hier und schreiben Ihre Bücher?«, sagte sie.

»Ja.«

»Haben Sie keine Schreibmaschine?«

»Nein. Ich schreibe von Hand.«

Bücher und Schreiben war vertrautes Terrain. Sie beschloss, sich daran zu halten.

»Aber das ist ja total altmodisch!«, plapperte sie drauflos. »Glauben Sie nicht, Doktor Kronborg könnte Ihnen eine Schreibmaschine besorgen? Es geht so viel schneller, verstehen Sie.«

»Nicht für mich. Ich habe keine Ahnung, wie so ein Apparat funktioniert.«

»Ach, das ist ganz einfach. Es dauert natürlich ein bisschen, es zu lernen. Aber wenn man es einmal in den Fingern hat, braucht man nicht einmal mehr auf die Tasten zu schauen.«

»Das klingt, als würdest du selbst diese Kunst beherrschen?«

»Ich habe einen Kurs in der neuen Touch-Methode besucht.«

»Bist du schnell?«

Ellen zuckte schüchtern mit den Schultern.

»Schreibst du so schnell, wie man spricht?«

»Sie meinen, ob ich ein Diktat aufnehmen kann? Natürlich. Das hat man in diesem Kurs gelernt.«

»Was ist dir lieber? Ein Manuskript abzuschreiben oder ein Diktat aufzunehmen?«

»Wenn die Handschrift schwer zu lesen ist, dann ist das Abschreiben schwierig. Und man bekommt Nackenschmerzen, wenn man sich die ganze Zeit zu einem Papier drehen muss.«

Er blickte auf ihren Nacken und sagte:

»In der Schule bin ich für meine gute Handschrift gelobt worden. Aber ich will natürlich nicht, dass du Nackenschmerzen bekommst. Ich werde eine Schreibmaschine herbringen lassen und dir dann diktieren.«

»Oh«, sagte Ellen und schluckte.

»Schaffst du das?«, fragte er.

»Ja, das glaube ich schon. Ist es ein Kriminalroman?«

»Nein. Ganz und gar nicht«, sagte er kurz. »Jetzt werde ich mein Essen zu mir nehmen, bevor es kalt wird.«

Er ergriff die Silberglocke, hielt jedoch inne, mit der Hand auf dem Griff, und schaute sie ernst an.

»Weißt du, wer ich bin, Ellen?«

Sie starrte ihn überrascht an.

»Sie sind Herr Hoffman. Der Chef der Quarantänestation.«

Er überlegte einen Moment, dann nickte er, als sei er mit der Antwort zufrieden.

»Ja. Ganz genau. Wir sehen uns morgen.«

Wohl kaum, dachte Ellen.

Denn jetzt musste Nils ihren Brief bekommen haben. Und morgen würde es eine Razzia auf der Insel geben.

24

Am nächsten Tag war die Bucht einsam und verlassen, keine Polizisten zu sehen. Dünne Nebelschleier schwebten über dem Wasser.

Hielt sie der Nebel ab? War er im Inland dichter? Artur schien keine Probleme zu haben, mit seinem Motorboot vorwärtszukommen. Sie hatte gesehen, wie er am Morgen mit großer Geschwindigkeit die Insel verließ und am Nachmittag zurückkehrte.

Scherte Nils sich nicht um ihre Berichte? Hatte er sie nicht ernst genommen? Glaubte er, ihre schockierenden Beobachtungen seien reine Fantasie?

Hastig schrieb sie ein paar wütende Zeilen:

Pestinsel, den 23. September 1925 (Glaube ich. Ich verliere allmählich den Überblick über die Tage.)

Hallo Herr Kommissar!!!

Wo zum Teufel bist du? Ich warte jeden Tag darauf, dass du und deine Kollegen hier an Land gehen, mit ungesicherten Brownings. Aber das einzige Boot, das hier ankommt, ist Arturs Motorboot.

Alles, was ich geschrieben habe, ist wahr!

Wenn ihr nicht in den nächsten Tagen auftaucht, verlasse ich die Insel und beende meinen Auftrag. Ich habe Angst, dass es jetzt zu gefährlich wird.

Deine ziemlich verzweifelte (vergessene???)
Ellen

Als sie an diesem Abend mit dem Essenstablett zu Hoffman hinaufkam, lächelte er sie an und zeigte stolz auf den Schreibtisch. Da stand eine nagelneue Underwood.

»Das ging aber schnell«, sagte sie.
»Artur hat sie heute mitgebracht. Meinst du, die ist gut?«
»Oh, ja.«
»Farbband und Papier sind hier«, sagte er und zeigte auf den Tisch.

Sie stellte das Essenstablett ab und ging zum Schreibtisch. Sie öffnete die Schachtel mit dem Farbband und legte es geschickt in die Maschine ein. Dann öffnete sie das Paket mit dem Papier, spannte einen Bogen ein und setzte sich auf den Stuhl, die Hände erwartungsvoll auf die Tastatur gelegt. Dann stand sie wieder auf und bückte sich unter den Schreibtischstuhl.

»Stimmt etwas nicht?«, fragte Hoffman.

»Ich möchte die Sitzhöhe einstellen. Es ist wichtig, dass man richtig sitzt.« Sie kämpfte mit dem Schraubrad, es war zu fest. Vermutlich war es noch nie bewegt worden.

»Vielleicht können Sie mir helfen, Herr Hoffman?«, sagte sie und schaute unter dem Stuhlsitz hervor. »Sie scheinen starke Hände zu haben.«

Sie hätte sich die Zunge abbeißen können.

Im nächsten Moment kniete er neben ihr, eine riesige, behaarte Hand tastete unter den Stuhlsitz und fasste das Schraubrad. Die Muskeln spannten sich, die Adern auf dem Handrücken schwollen an.

»So. Jetzt ist es gelöst«, sagte er. »Die Einstellung nimmst du besser selbst vor.«

Er ging zum Schrank, schenkte sich ein Glas Wein ein und setzte sich vor das Essenstablett am Tisch.

Ellen stellte den Stuhl ein, so wie sie es gelernt hatte, und probierte mehrere Stellungen aus, bis sie zufrieden war. Hoffman beobachtete die Prozedur interessiert und aß ein paar Bissen.

Die Bucht vor dem Fenster war grau und verlassen, kein einziges Boot in Sicht. Nebel stieg aus dem Meer auf, in langsamen Stößen, als würde es atmen.

»Bist du fertig?«, fragte er.

Sie nickte, setzte sich gerade hin und hielt die Finger über die Tasten.

»Ich wurde 1882 geboren«, begann Hoffman.

»Es ist also eine Autobiografie?«, fragte Ellen und drehte sich interessiert zu ihm um.

»Das habe ich nicht gesagt.« Er drohte ihr mit der Gabel. »Und du sollst schreiben, was ich diktiere, und nicht kommentieren, was ich sage.«

»Entschuldigung.«

Sie wandte sich wieder der Schreibmaschine zu.

Hoffman fuhr fort:

»An den Tagen, an denen mein Vater nüchtern genug war, arbeitete er in einem Sägewerk. Man sagte, er sei einmal ein geschickter Handwerker gewesen. Später musste er nur noch grobe und einfache Arbeiten ausführen. Wenn er betrunken war, schlug er mich. Er tat so, als sei es eine Bestrafung. Weil ich nicht aufgegessen hatte. Weil ich zu viel gegessen hatte. Zu laut gesprochen hatte. Zu leise gesprochen hatte. Gesprochen hatte, wenn ich hätte schweigen sollen. Geschwiegen hatte, wenn ich hätte reden sollen. Es gab immer einen Grund, mich zu schlagen. Ich habe versucht, mich so zu verhalten, dass es keinen Anlass für Unzufriedenheit mit mir geben konnte. Schließlich habe ich eingesehen, all diese Anlässe waren vorgetäuscht. In Wahrheit schlug er mich, weil es ihm gefiel, mich zu schlagen. Er liebte es. Es war ein unbeschreiblicher Genuss für ihn.«

»Wie schrecklich«, murmelte Ellen.

Das Silberbesteck klapperte, als Hoffman es auf den Teller fallen ließ.

»Ist es üblich, dass Maschinenschreiberinnen ihre Meinung über den Text, der diktiert wird, äußern?«, fragte er.

»Ich bitte vielmals um Verzeihung, Herr Hoffman.«

Sie richtete sich auf und wartete, während er schweigend aß.

»Er schloss mich in der Abstellkammer ein«, fuhr er fort. »Danach trank er bis zur Bewusstlosigkeit. Ob er damit ein schlechtes Gewissen betäuben oder sich für seine guten Erziehungsmethoden belohnen wollte, weiß ich nicht. Wenn er dann auf dem Küchensofa eingeschlafen war, holte meine Mutter den Schlüssel aus seiner Tasche, schloss auf und ließ mich heraus. Sie sagte nie etwas zu mir, ich hörte nur, wie der Schlüssel von außen gedreht wurde. Bis ich die Tür geöffnet hatte und herausklettern konnte, war sie schon gegangen.

Weil ich wusste, dass ich jederzeit wieder in diese dunkle Kammer eingesperrt werden konnte, versteckte ich einen Kerzenstummel und Streichhölzer da drinnen. Und wenn ich das nächste Mal dort landete, tastete ich zur Ecke, wo sie lagen, und machte die Kerze an. Erst kam ich mir noch eingesperrter hervor, die Wände und die niedrige schräge Decke waren so nah. Dann untersuchte ich, was es in der Kammer gab. Ganz hinten fand ich eine Kiste mit gehefteten Büchern. Billige, zerlesene Dienstbotenromane. Ich nahm an, sie gehörten meiner Mutter. Es war bestimmt viele Jahre her, seit sie sie gelesen hatte, eine dicke Staubschicht lag darauf und irgendwelche Tierchen hatten den Leim im Rücken aufgefressen, denn sie fielen auseinander, wenn ich sie in die Hand nahm. Zum Zeitvertreib las ich eines. Ich hatte bis dahin nie andere Bücher als meine Schulbücher und das Gesangbuch gelesen. Es gab jede Menge Wörter, die ich nicht verstand. Trotzdem gelang es dem Text, Bilder in meinem Kopf entstehen zu lassen. Nach ein paar Minuten war ich in einer anderen Welt, mit einem Grafen und einer Kammerjungfrau und ihrer verbotenen Liebe in einem italienischen Palast. Wenn ich hörte, dass meine Mutter den Schlüssel im Schloss drehte, machte ich meine Kerze aus und versteckte sie zusammen mit dem Buch. Aber davor machte ich ein Eselsohr in die Seite, damit ich wusste, wo ich war.«

Hoffman machte eine Pause und schenkte sich noch etwas Wein ein.

»Wenn ich das nächste Mal Schläge bekam, biss ich die Zähne zusammen und dachte an den Grafen und die Kammerjungfrau, die miteinander durchbrennen wollten, und dass ich bald mehr über ihr Abenteuer erfahren würde. Ich las da drinnen in der Abstellkammer ein Buch nach dem anderen, ich musste mir neue Kerzen und Streichhölzer besorgen. Ich stahl sie in der Kirche, das war viel leichter, als sie zu Hause zu stehlen. Eines Tages kam die Katastrophe. Das Buch, das ich las, fiel auseinander, und als ich umblättern wollte, flatterte eine Seite davon und begann zu brennen.«

Ellen riss das Papier aus der Maschine und spannte ein neues ein, während Hoffman weitersprach.

»Das Feuer breitete sich rasch in der Kammer aus, ich schrie und schlug gegen die verschlossene Tür. Mein Vater war zu betrunken, um etwas zu hören, und Mutter konnte offensichtlich den Schlüssel nicht finden. Sie lief zum Holzschuppen und holte eine Axt, schlug die Tür ein und zog mich heraus. Sie konnte das Feuer löschen. Mein Gefängnis war jetzt zerstört, und ich konnte nicht mehr mit Einschließen bestraft werden. Da hatte mein Vater eine Idee. Nachdem er mich so verprügelt hatte wie noch nie, nahm er mich mit in den Wald zu einer verlassenen Eisenhütte. Dort gab es einen alten Schmelzofen, der bestand aus einem gemauerten Turm und einer Ofentür. Dort warf er mich hinein, schloss die Eisentür und schob den Riegel zu. Dann ging er.«

Ellen schnappte nach Luft. Hoffman aß Kartoffeln mit Sauce, trank einen Schluck Wein und fuhr, immer noch kauend, fort:

»Das normale Muster bei meinem Vater war, dass er sich an einem Tag betrank, am nächsten einen Kater hatte, dann ein paar Tage nüchtern war, bis er wieder trank. Einmal im Jahr unterbrach er dieses Muster und trank ununterbrochen zwei Wochen lang, bis auch die letzte Unze an Menschlichkeit, die er trotz allem besaß, ausgelöscht war. Seine Sprache verwandelte sich in ein tierisches Jaulen nach mehr Schnaps, er machte in die Hose wie ein kleines Kind und übergab sich. Wenn er versuchte aufzustehen, fiel er hin und blieb in seinem eigenen Schmutz liegen. Diese Perioden verbrachte er bei einem guten Freund, der nicht versuchte, den Verfall aufzuhalten, sondern ganz im Gegenteil für den Schnapsnachschub sorgte und selbst an der Schweinerei teilnahm. Ob es am Ende keinen Schnaps mehr gab oder sie einfach nicht mehr trinken konnten, weiß ich nicht. Aber nach zwei Wochen war das Ganze meistens vorbei.«

Er machte eine Pause, aß ein paar Bissen und räusperte sich.

»Wie ich schon sagte, gab es diese Zwei-Wochen-Perioden nur einmal im Jahr. Unglücklicherweise war die Zeit für die jährliche Periode gekommen, nachdem mein Vater mich in den Ofen gesteckt hatte. Anstatt nach Hause zu gehen, ging Vater zu seinem Freund, der immer reichlich Schnaps zu Hause hatte. Und dort blieb er. Als er zum Abendessen nicht nach Hause kam, wusste meine Mutter, wo er war und was passiert war. Das kannte sie. Aber als auch ich nicht nach Hause kam, machte sie sich Sorgen. Vater hatte ihr natürlich nicht Bescheid gesagt, er hatte schon lange den Zustand verlassen, wo er sich seiner Umwelt mitteilen konnte. Ich habe gehört, man habe drei Tage nach mir gesucht.«

Hoffman schwieg. Ellen hörte, wie das Besteck auf dem Teller klirrte, und das laute Glucksen, wenn er trank.

»Ein Jagdhund hat mich gefunden. Er hatte seine Spur verlassen, war in das verlassene Hüttengelände eingedrungen und hatte wie ein Wahnsinniger vor dem Schmelzofen gebellt. Sein Besitzer hatte ein Geräusch aus dem Ofen gehört, die Luke geöffnet und mich herausgezogen. Vater soff sich durch seine zwei Wochen, als er wieder nüchtern war, wusste er nicht mehr, was er getan hatte.

Meine eigenen Erinnerungen an diese drei Tage sind auch nicht sehr deutlich. Angst natürlich. Nicht als ein Gefühl, das ich gespürt habe. Denn es gab kein ›Ich‹ mehr, das etwas erleben konnte. Ein ›Ich‹ muss etwas haben, zu dem es sich verhalten kann. Einen Raum, einen Zusammenhang, eine Zeit, die man überblicken kann. Nachdem ich Stunden geschrien und vergeblich gegen Eisen und Stein geschlagen hatte, war mein Geist leer. Er floss im Dunkeln des Ofens umher, wie ein Fötus in einer Gebärmutter. Aber die Gebärmutter ist ein warmes und sicheres Paradies, verglichen mit der eiskalten Hölle, die mein Gefängnis war. Ja, ich habe mich drei Tage in der Hölle befunden. Und es waren nur für die Menschen da draußen drei Tage. Im Ofen gab es keine Zeit.«

Hoffman schwieg. Ellen drehte sich zu ihm um. Er hatte den Teller von sich geschoben und schaute aus dem Fenster.

»Und dann?«, sagte sie atemlos, die Finger bereit über den Tasten.

Hoffman schwieg weiter.

»Ich glaube, es reicht für dieses Mal«, entschied er und wischte sich den Mund mit der Leinenserviette ab. »Darf ich mal sehen, was du geschrieben hast?«

»Am Anfang sind ein paar Tippfehler«, sagte Ellen entschuldigend, als sie ihm die Seite reichte.

Er holte seine Brille aus der Brusttasche und machte sie an den Ohren fest. Die Brille war zu klein für seinen breiten Kopf, die dünnen Metallbügel bogen sich nach außen und drückten in die Haut.

Er überflog die Seite.

»Das ist in Ordnung.« Er grunzt zufrieden. »Eine richtige Sekretärin, na sowas. Was habe ich nur für ein Glück. Komm morgen etwas früher. Gegen drei. Das Tablett kann Frau Lange hochbringen, wenn wir fertig sind. Ich glaube, das Diktat wird ohne Essen im Mund besser.«

Sie zog ihren Mantel an. Seine Geschichte hatten sie tief berührt.

Draußen war der Nebel dichter geworden. Er mischte sich mit der Dämmerung, alles war still und schattenhaft. Sie ging über die nassen Wiesen und den Pfad zwischen den Felsen hinauf zu den Personalhütten.

Die Begegnung mit Hoffman hatte sie an das große Pferd erinnert, das es auf einem Bauernhof in der Nähe ihres Elternhauses gab, als sie klein war. Das Pferd sei böse, hieß es, und genau deshalb hatte es sie mehr interessiert als die Kühe, die Hühner oder die süßen Kätzchen. Als Kind hatte sie viel über den Begriff »böse« nachgedacht, sowohl bei anderen als auch über das, wofür man sie selbst manchmal tadelte, und weil die Erscheinung des Pferdes ein so perfektes Sinnbild für Bosheit war – schwarz, harte Hufe, scharfe Zähne, unzähmbar und ungehorsam –, hatte es bei ihr eine mit Schrecken gemischte Faszination ausgelöst, es zog sie an wie ein Magnet.

Wenn niemand es sah, schlich sie in die Box und gab ihm Zuckerwürfel, die sie von zu Hause mitgebracht hatte. Sie erinnerte sich an die Spannung, wenn sie zu diesem großen Tier hineinging, und an den berauschenden Triumph, wenn das Pferd sich über sie beugte und mit den Lippen die Zuckerwürfel von ihrer Handfläche nahm, vorsichtig und sanft.

»Seht ihr?«, hatte sie gedacht. »*Mich* beißt es nicht!«

25

Ellen scherte sich nicht mehr um das Wetter. Es war, wie es war, und es änderte sich von Stunde zu Stunde, oft noch schneller. Als sie am nächsten Morgen aus dem Küchenfenster schaute, war es grau und regnerisch, aber das musste nichts bedeuten. Eine Stunde später trat sie aus der der Hütte, da schien die Sonne von einem klaren Himmel, die nassen Felsen glänzten. Sie blinzelte in das scharfe Licht, als sie den Pfad hinunterging. An windstillen Stellen spürte sie, dass die Sonne immer noch wärmte.

Aber noch ehe sie zum Küchengebäude gekommen war, regnete es schon wieder, völlig unerklärlich aus einem wolkenlosen Himmel. Regen und Sonne schwebten wie leichte Vorhänge, sie schienen aus der Luft zu entstehen. Und sie erinnerte sich, wie die Insel ausgesehen hatte, als sie sie zum ersten Mal erblickt hatte, von Arturs Motorboot aus, an diesem Tag vor einer Ewigkeit. Sie war wie aus dem Nichts aufgetaucht und hatte sich im Dunst materialisiert, als sei sie aus Luft und Licht gemacht. Eine Erscheinung. Jetzt war sie in dieser Erscheinung, sie war ein Teil von ihr.

Durch die Regenschleier konnte sie sehen, wie die Zwillinge auf dem kaputten Dach der alten Scheune herumkletterten. Sie liebten solche gefährlichen Spiele. Ein paar Tage zuvor hatte sie am Magazin am Kai gestanden und nach Arturs Motorboot Ausschau gehalten. Sie hatte unter sich Geräusche gehört und die beiden Buben entdeckt, die auf den unregelmäßigen Steinen der Kaimauer herumkletterten. Plötzlich war einer von ihnen ausgerutscht und in das tiefe Wasser gefallen. Seine Haare schwammen wie eine rote Qualle unter der Oberfläche. Ellen hatte laut geschrien, die Quarantänewärter, die auf der Bank saßen, waren aufgestanden und hatten, mit den Händen in den

Hosentaschen, von der Kaikante hinuntergeschaut. Zu ihrem Entsetzen machte keiner irgendwelche Anstalten, den Jungen zu retten. Kurz darauf war er von selbst wieder nach oben gekommen und konnte auf die Kaimauer zu seinem Bruder klettern.

Es war, als würden alle sich wünschen, dass die Zwillinge stürben. Aber laut Sabina hatte der Teufel ihnen mehr Leben gegeben als einem Katzenvieh.

Wie hießen sie eigentlich? Ellen konnte sich nicht erinnern, jemals ihre Namen gehört zu haben.

Sie sagte Guten Morgen zu Katrin, die auf allen vieren die Treppe zum Küchengebäude schrubbte, und bekam eine kurze, gemurmelte Antwort.

»Wie heißen die Zwillinge?«, fragte Ellen.

»Heißen?«

»Ja, sie müssen doch Namen haben.«

»Pest und Cholera«, brummte ihre Mutter, ohne vom Scheuern aufzusehen. »Und frag mich bloß nicht, wer wer ist.«

In der Küche stand Frau Lange und knetete Teig.

»Soll ich für das Frühstück der Männer decken?«, fragte Ellen.

»Das hat Katrin schon getan«, sagte Frau Lange.

»Was soll ich dann machen?«

Frau Lange dachte eine ganze Weile nach, dabei bearbeitete sie den Teig mit ruhigen, bestimmten Bewegungen. Schließlich sagte sie, Ellen solle ins Hühnerhaus gehen, die Hühner füttern und schauen, ob es Eier gab. Das machte Ellen gern. Sie waren nett anzuschauen, und es war spannend, nach Eiern zu suchen.

Als sie zurückkam, hatte Frau Lange nichts mehr für sie zu tun.

Das war merkwürdig. Auf einmal brauchte sie keine schweren, langweiligen Arbeiten mehr ausführen. Ellen vermutete, dass es mit den neuen Aufgaben bei Hoffman zu tun hatte. Oder »beim Chef«, wie alle sagten.

»Wo war ich?«, fragte Hoffman, als Ellen das Papier in die Schreibmaschine eingespannt hatte.

Er saß in einem Sessel am anderen Ende des Zimmers, er trug eine Weste und ein weißes Hemd. Die Ärmel hatten scharfe Längsfalten von Frau Langes Bügeleisen.

»Im Ofen, Herr Hoffman«, sagte Ellen und schaute auf die leere Seite. »Sie waren in einem verlassenen Schmelzofen draußen im Wald eingeschlossen.«

»Ich?«, sagte Hoffman erstaunt.

»Der Junge in Ihrer Erzählung«, korrigierte sie sich.

»Ja«, sagte er. »Genau. Der Junge war im Ofen eingeschlossen. Aber er kam wieder heraus, das habe ich doch erwähnt?«

»Ja, sicher, das haben Sie gesagt.«

»Dann habe ich es falsch gesagt. Streich es.«

Ellen schaute erst Hoffman verwirrt an und dann auf die Seite vom Tag zuvor.

»Er ist nicht herausgekommen«, sagte Hoffman. »Er hat sich da drinnen aufgelöst. Die Geschichte ist zu Ende.«

Er schlug mit den Händen auf die Armlehnen des Sessels.

»Soll ich also nichts mehr schreiben?«, fragte Ellen.

»Doch. Heute schreiben wir eine andere Geschichte. Über einen anderen Jungen, der aus dem schwarzen, eiskalten Bauch des Ofens gezogen wurde. Er wurde an diesem Tag geboren. In einem Wald, dessen Bäume bereift waren, und seine Hebamme war ein Jäger mit seinem Hund.«

Er machte eine Pause und nickte Ellen aufmunternd zu. Sie drehte sich zur Schreibmaschine und schrieb.

»Äußerlich glich er dem Jungen, der in den Schmelzofen geworfen wurde«, fuhr er fort. »Aber innerlich war er ein ganz anderer. Seine enorme Stärke war ihm noch nicht bewusst. Er wusste nur, dass er ganz und vollkommen war und kein Bedürfnis nach anderen Menschen hatte. Er sprach mit niemandem. Er wollte nur in Ruhe gelassen werden und Bücher lesen. Sein Interesse am Lesen war jedoch problematisch, denn in seinem Leben waren Bücher so selten wie Wasser in der Wüste. Es gab eine kleine Schulbibliothek, um die sich einer der Lehrer kümmerte, aber er wollte dem Jungen keine Bücher ausleihen. Der Lehrer betrachtete ihn als Halbidioten, weil er sich weigerte, Hausaufgaben, Kirchenlieder oder den Katechismus herunterzuleiern.

Auf dem Schulhof stand er still in einer Ecke und wollte nicht an den Spielen der Kameraden teilnehmen. Das ärgerte sie natürlich. Weil er so groß und grobgliedrig war, nannten sie ihn den Affen. Eines Tages hatte er genug und verprügelte den gemeinsten. Da bemerkte er zum ersten Mal, wie stark er war. Als er seinen Gegner niedergerungen hatte und seinen dummen kurz geschorenen Kopf mit seinen Fäusten bearbeitete, erlebte er einen Rausch wie nie zuvor. Er konnte nicht aufhören zu prügeln. Er wollte mehr. Mehr Blut, mehr Schreien, mehr erschrockenes Rufen vom Publikum. Und wer einmal einen solchen Rausch erlebt hat, kann ihn nie wieder vergessen. Er möchte ihn ständig wiedererleben.

Selbstverständlich wollte keiner seiner feigen Klassenkameraden zur Verteidigung des Opfers eingreifen. Schließlich gelang es dem Hausmeister, den großen Jungen zu überwältigen und ihn zum Rektor zu schleppen. Dort bekam er zehn Schläge mit dem Stock, die er ohne ein Wort über sich ergehen ließ. Während der ganzen Bestrafung hatte er den Blick auf das Bücherregal hinter dem Rektor geheftet und versucht, die Titel zu lesen. Beim Verlassen des Zimmers ging er vorgebeugt, die Arme um sich geschlungen – aus Scham und Schmerz über die körperliche Züchtigung, glaubte der Rektor vermutlich. In Wirklichkeit hatte der Junge drei Bücher unter seinem Pullover. Während der Züchtigung hatte er sich diese drei Bücher als die interessantesten ausgesucht. Als der Rektor bei seiner ermahnenden Rede zur ›Welt da draußen‹ kam, in die der Junge ›bald eintreten würde‹, hatte er ihm den Rücken zugewandt und eine Geste zum Fenster gemacht, wo diese wartende Welt mit ihren Papierfabriken und rauchenden Schornsteinen sich ausbreitete. Der Junge hatte nicht mehr als die wenigen Sekunden gebraucht, um die Bücher aus dem Regal zu nehmen und unter den Pullover zu stecken.«

Hoffman grunzte zufrieden und kratzte sich im Bart. Ein leichter Regen flüsterte an die Fensterscheiben. Er fuhr fort:

»Nach der Schlägerei auf dem Schulhof trauten die Kameraden des Jungen sich nicht mehr, ihn offen zu ärgern. Aber ihre verächtlichen Blicke konnten sie nicht verbergen. Und er wehrte sich. Das endete in neuerlichen Besuchen beim Rektor, neuerlichen Schlägen auf den Hintern und neuerlichen Ermahnungen. Und die Bücher im Bücherregal des Rektors wurden immer weniger. Er stahl aus den Jackentaschen der Schulkameraden: Münzen, einen Apfel, ein Taschenmesser. Nicht um sich selbst zu bereichern, sondern um den anderen etwas zu nehmen. Hinterher warf er seine Beute in den Straßengraben. Mit der Zeit leerte er auch anderswo fremde Taschen. Sobald er eine unbewachte Jacke oder einen Mantel sah, steckt er die Hand hinein. Eines Tages fand er eine Postquittung, als Inhalt der Lieferung war ›Bücher‹ angegeben. Er lief zur Post und löste sie aus. Es waren Bücher über Mineralien und Geotechnik, völlig unverständlich für ihn. Aber er lebte in der Vorstellung, alle Bücher enthielten kostbares, verborgenes Wissen, und überzeugt von ihrem wunderwirkenden Inhalt verschlang er sie von Anfang bis Ende, wie man ein Gebet auf Latein oder eine Zauberformel liest.«

Hoffman blieb an Ellens Stuhl stehen. »Spreche ich zu schnell?«

Sie schüttelte den Kopf. »Nein, nein.«

»Gib ansonsten Bescheid.«

Er wanderte weiter im Zimmer auf und ab, während er sprach.

»Nach sechs Jahren Volksschule trat der Junge also in die ›Welt da draußen‹ ein, er bekam eine Arbeit in der Papierfabrik.

Obwohl er die harte Arbeit hasste, konnte sie ihn nicht brechen. Im Gegenteil, sie stärkte seine Muskeln. Der Junge geriet ständig mit Arbeitskameraden und Vorgesetzten aneinander, und er prügelte sich immer noch gern. Er war stärker, als er selbst wusste. Bei einer Schlägerei verletzte er seinen Gegner so schwer, dass dieser starb. Er musste fliehen. Er begab sich nach Göteborg, und mit sechzehn Jahren heuerte er unter falschem Namen auf einem Schiff nach Portugal an, arbeitete auf allen möglichen Schiffen und landete irgendwann in Amerika. Er ging an Land und schlug sich nach Chicago durch, bekam dort eine Arbeit als Spüler in einem Restaurant, lernte schnell die englische Sprache und versuchte, sich mit dem Restaurantbesitzer gut zu stellen. Aber er merkte bald, nicht der Besitzer führte das Restaurant, sondern Schurken. Von da an arbeitete er für die. Die konnten einen großen, starken Schweden gut gebrauchen. Erst dachten sie, er sei dumm.«

Hoffman lachte.

»Sie dachten das, weil er Schwede war – alle Schweden wurden für dumm gehalten. Und weil er so groß gewachsen war. Die Leute scheinen zu glauben, Menschen mit großen Körpern könnten kein großes Gehirn haben. Es machte ihm nichts aus, dass sie ihn für dumm hielten, er war es von zu Hause gewohnt. Wie ein treuer Wachhund stand er bei Verhandlungen schweigend neben seinem Boss, schaute geradeaus und hörte jedes Wort. Sie glaubten, er würde nichts kapieren, aber er lernte eine Menge über ihre Geschäfte und wie die Organisation funktionierte. Aber vor allem lernte er, wie man schnell und leise tötet. Trotz seiner Größe konnte er sich geschmeidig bewegen, und er lernte, sich lautlos an sein Opfer heranzuschleichen und es innerhalb von Sekunden mit einer Klaviersaite zu erwürgen.«

Hoffman war an einem Fenster stehen geblieben, er schaute hinaus in den grauen Nieselregen und lächelte still.

»Damit das gelang, musste man schnell sein wie ein Wiesel,

stark wie ein Grizzlybär und kalt wie ein Eiszapfen. Der Junge war das alles und deshalb sehr brauchbar. Und er war klug genug, Geld für seine Dienste zu nehmen. Es gab das Gerücht, er habe übernatürliche Kräfte. In Wahrheit hatte er Hilfe von einem energiesparenden Werkzeug, das er selbst konstruiert hatte, aber das hielt er geheim. Schreibst du nicht, Ellen?«

Hoffman, der nur auf die regennasse Fensterscheibe geschaut hatte, schien plötzlich zu bemerken, dass das Schreibmaschinengeklapper aufgehört hat.

»Ich bin rausgekommen«, murmelte Ellen.

»Ich habe doch gesagt, du sollst sagen, wenn du den Faden verlierst«, sagte er ärgerlich. »Was hast du als Letztes geschrieben?«

Ellen warf einen Blick auf das Papier in der Schreibmaschine.

»Klaviersaite«, flüsterte sie.

Er nickte.

»Ich wiederhole«, sagte er freundlich.

Er räusperte sich, wiederholte seine Worte und schilderte dann die Tätigkeit als Berufsmörder in der Unterwelt von Amerika. Hin und wieder blickte er auf, um zu kontrollieren, ob Ellen mitkam.

»Man kann diesen jungen Mann also als sehr erfolgreich beschreiben«, sagte Hoffman. »Aber einmal ging es schief. Das Opfer überlebte, und die Polizei kam ihm auf die Spur. Er musste wieder einen neuen Namen annehmen und mit einem Schiff über den Atlantik fliehen, dieses Mal in die andere Richtung und unter sehr viel bequemeren Umständen. Er kaufte eine Fahrkarte für eine Kabine in der ersten Klasse, genoss den Luxus an Bord und ging mit seinem falschen Pass in Göteborg an Land. Von da fuhr er weiter nach Stockholm, wo er allen möglichen Geschäften nachging, sowohl legalen als auch illegalen. Es waren lohnende Geschäfte. Aber sie langweilten ihn. Er lernte feinere Schurken kennen, die Menschen aus der Welt schaffen wollten, ohne sich selbst die Hände schmutzig zu machen.

Das interessierte ihn mehr. Er hatte erneut Verwendung für seine speziellen Fähigkeiten. Einige seiner Opfer wurden von der Polizei gefunden. Andere erschienen nur in ihrem Register von verschwundenen Personen und wurden nie gefunden. Ich gehe hier nicht auf Einzelheiten ein. Die kann man in meinen Kriminalromanen nachlesen, wenn man sich dafür interessiert. Du siehst müde aus, meine Kleine. Möchtest du eine Pause machen?«

Ellen holte tief Luft und wandte sich an ihren Arbeitgeber.

»Entschuldigen Sie, Herr Hoffman, aber ich muss doch fragen: Ist das ein Buch, oder was ist das?«

Er dachte nach. Schließlich sagte er:

»Das ist ganz einfach eine Geschichte. Ich wollte sie schlicht heruntererzählen, nicht zerstückelt und in erfundene Intrigen verwoben. Das ist meine Geschichte, Ellen. Meine eigene. Gefällt sie dir nicht?«

Als Ellen das Haupthaus verließ, fiel ihr plötzlich ein, warum sie irgendwann nicht mehr zu dem Bauernhof gegangen war, als sie klein war.

Das Pferd hatte sie gebissen!

Es hatte erstaunlich weh getan. Sie war zutiefst gekränkt und enttäuscht, sie hatte einen großen blauen Fleck am Arm. Ihren Eltern hatte sie gesagt, sie sei gefallen und habe sich an einem Stein gestoßen, ihr Bericht war so detailliert und überzeugend gewesen, dass sie bis jetzt selbst daran geglaubt hatte.

26

Das Motorboot näherte sich mit großer Geschwindigkeit, schlug auf den Wellen auf. In der Bucht bremste es ab und verschwand unter der Durchfahrt zum Pestkrankenhaus. Es war sehr windig, Ellen machte den obersten Knopf ihres Mantels zu und wartete. Ein paar Quarantänewärter standen von ihren Bänken auf und gingen hinunter zum Bootshaus, um Artur beim Ausladen zu helfen. Kurz darauf kamen sie mit Kisten auf dem Arm zurück, gefolgt vom Bootsführer mit der Posttasche über der Schulter.

»Tut mir leid, Ellen. Auch heute nichts«, sagte Artur. »Aber das hier kannst du John geben.«

Er holte eine Zeitschrift über Ornithologie heraus.

»Ich kann sie selbst nehmen«, rief John, der über die Wiese gehumpelt kam.

Er nahm seine Zeitschrift entgegen und wandte sich an Ellen.

»Wie steht es mit dem Liebeskummer? Antwortet er nicht auf deine Briefe?«

Er lächelte zweideutig und ging davon, bevor sie antworten konnte. Ellen schaute seinem wiegenden Rücken nach. Sie war voller diffuser, unangenehmer Gefühle.

Sie folgte einem halb zugewachsenen Pfad, der hinter dem Magazingebäude begann. Er führte ein paar hundert Meter über den Berg und dann steil hinab zu einem schmalen Strandstreifen. Sie hatte ihn zufällig gefunden und zog sich gerne hierher zurück, wenn sie nachdenken musste.

Ellen setzte sich auf einen seidenmatten Baumstamm. Die Wellen spritzten heran und berührten ihre Zehenspitzen, Kissen aus Meeresschaum zitterten auf dem angespülten Tang. Draußen auf dem Meer konnte sie ein Fischerboot sehen, das rostrote Segel gehisst hatte.

War Hoffman hier mit Doktor Kronborg auf und ab gegangen, während John und die anderen Wärter ihnen mit Knüppeln folgten? Worüber hatten sie geredet? Hatte Hoffman die gleiche Geschichte erzählt, die er nun Ellen diktierte? Oder hatte er vielleicht Teile ausgelassen?

Nach dem Diktat des gestrigen Abends war ihr klar geworden, dass es jetzt an der Zeit für sie war, die Insel zu verlassen. Sie war fertig mit ihrem Auftrag. Nils schien sie völlig vergessen zu haben.

Sie trat mit dem Fuß in den Haufen aus Tang, Muschelschalen und toten kleinen Krabben. »Antwortet er nicht auf deine Briefe?« Johns spöttische Stimme tauchte in ihrem Kopf auf. Und dann dieses merkwürdige Lächeln. Sie hatte es schon öfter bei ihm gesehen. Morgens, wenn er auf der Bank vor dem Pestkrankenhaus saß oder auf der Wiese umherhumpelte, oder dort, wo er den Eingang des Bootshauses überblicken konnte.

Mitten in einem Tritt hielt sie inne und schaute über das Meer. Plötzlich wusste sie, was das Lächeln bedeutete.

Sie ging den Weg vom Strand hinauf, zurück zur Quarantänestation und zur Hütte von Frau Lange.

Niemand antwortete, als sie an die Tür zu Johns Dachkammer klopfte. Sie öffnete und ging hinein. Er war nicht da. Rasch durchsuchte sie die Schubladen seiner Kommode, das Bücherregal und andere denkbare Verstecke. Sie fand einen ansehnlichen Schnapsvorrat unter dem Bett, aber der interessierte sie nicht.

Ellen verließ die Hütte und ging hinaus in die Felsenlandschaft an der Außenseite der Insel. Der Wind kam in launischen, harten Böen. Sie ging nach vorne gebeugt und achtete darauf, nicht auf den nassen Felsen auszurutschen oder in eine Pfütze mit grünen Algen zu treten. Sie musste eine ganze Weile suchen, bis sie das Weißdorngebüsch fand, das die Felsspalte mit Johns Garten umgab. Da unten wuchs eine einsame Rose, alles andere war jetzt verwelkt.

Sie kletterte hinunter in die Felsspalte, schob die Steine, die die Persenning festhielten, beiseite und faltete sie auf. Die eingepackte Blechschachtel lag da, wo sie sie das letzte Mal gefunden hatte. Und darin, zusammen mit der Haarlocke und dem Seifenstück, lagen ihre Briefe an Nils. Sie waren aufgequollen von der Feuchtigkeit, schienen jedoch ungeöffnet.

»Stöberst du in meinen Sachen?«

Sie schaute hoch. Oben an der Felsspalte stand John und schaute auf sie herunter. Er war ihr wohl mit einem gewissen Abstand gefolgt.

»Du Teufel, du hast meine Briefe genommen!«, schrie Ellen und wedelte mit dem Packen. »Du hast sie aus der Posttasche gestohlen, damit sie nicht zugestellt werden!«

Im nächsten Moment war er auf dem Weg hinunter in die Felsspalte, so schnell hatte er sich noch nie bewegt. Das letzte Stück rutschte er halb sitzend über die Steine und stürzte sich auf sie. Mit der einen Hand packte er ihr Handgelenk, mit der anderen nahm er ihr die Briefe aus der Hand und steckte sie in seine Jackentasche. Dann nahm er die Schachtel mit den merkwürdigen Gegenständen und verstaute sie in der anderen Tasche. Seine Augen waren schwarz.

»Du verdammter Idiot!«, rief Ellen, packte seine Jacke und versuchte, die Briefe zurückzunehmen. »Hast du geglaubt, das sind Liebesbriefe? Warst du eifersüchtig? Wenn du sie gelesen hast, dann weißt du, dass darin kein Wort von Liebe steht.«

»Deine Liebesbriefe sind mir scheißegal«, zischte er.

Mit einem harten Stoß knuffte er Ellen zur Seite, zog die Persenning zurecht und legte die Steine darauf. Dann krabbelte er blitzschnell aus der Felsspalte. Sie kletterte hinterher.

»Gib mir meine Briefe!«, schrie sie.

Ohne sich um sie zu scheren, humpelte er rasch über die Felsen. Ellen blieb dicht neben ihm.

»Gib mir meine Briefe, habe ich gesagt!« Ihre Stimme ertrank im Wind.

Er blieb auf einer Anhöhe stehen und holte die Briefe aus der Tasche. Dann zerriss er sie, einen nach dem anderen, und ließ die Papierschnipsel im Wind davonfliegen.

»Ja, ich habe die Briefe genommen«, rief er. »Aber ich habe sie nicht gelesen. Ich lese nicht die Post von anderen Leuten. Etwas Anstand habe sogar ich. Im Unterschied zu dir, die in den Privatsachen von anderen Leuten herumwühlt.«

Er humpelte weiter Richtung Meer. Ellen folgte ihm.

»Du Teufel, du Teufel«, keuchte sie. »Deine Mutter schickt mich mit dem Essenstablett zu diesem Schwein hinauf. Und du hast nichts dagegen!«

Er antwortete nicht.

»Was sind denn das für komische Sachen in deiner Schachtel?« Sie zeigt auf seine Jackentasche.

»Das geht dich nichts an.«

»Eine Haarlocke? Ist die von Märta?«

Er antwortete nicht. Er ging so schnell, wie er konnte, und keuchte vor Anstrengung.

»Ein Stück Seife? Mit dem Märta sich gewaschen hat?«

Er drehte sich um und gab ihr eine Ohrfeige, sodass ihr Kopf nach hinten flog und sie stolperte. Dann nahm er die Schachtel aus der Tasche und warf sie in einem weiten Bogen ins Wasser.

»Wenn du nicht die Schnauze hältst, werfe ich dich auch hinein«, brüllte er.

Er wandte ihr den Rücken zu und ging nach Hause, so schnell er mit seinem verletzten Bein konnte.

Ellen blieb ein paar Meter hinter ihm, völlig durcheinander und mit der Hand auf der brennenden Wange. Das war die erste Ohrfeige, die sie je in ihrem Leben bekommen hatte, und ihr Erstaunen war fast schlimmer als der Schmerz.

Als sie zu den Personalhütten kamen, stieg John in sein Zimmer hinauf und schlug die Tür zu. Ellen ging weiter in die Kantinenküche, direkt zu Frau Lange, die in einem großen Topf rührte, die eine Hand auf die Hüfte gestützt. Die alte Sabina saß auf einem Stuhl an der Wand.

»Ich möchte als Küchenhilfe aufhören«, sagte Ellen. »Ich kündige.«

Sabina ließ ein heiseres Lachen hören.

»Hört, hört!«, piepste sie. »Sie will zurück in die Stadt! Das habe ich doch gesagt.«

Frau Lange drehte sich um.

»Als Küchenhilfe aufhören?«, fragte sie erstaunt. »Aber du bist doch keine Küchenhilfe mehr. Du arbeitest für den Chef.«

Sabina in ihrer Ecke krümmte sich vor Piepsen und lautem Lachen.

Ellen nahm keine Notiz von ihr.

»Es spielt keine Rolle, wie ich genannt werde«, sagte sie. »Ich kündige. Hier und jetzt. Wenn Artur morgen in die Stadt fährt, fahre ich mit.«

Frau Lange warf ihr einen langen, nachdenklichen Blick zu und sagte: »Dafür ist es zu spät.«

Frau Lange rührte wieder in ihrem Topf und fuhr fort: »Sabina kann dir etwas geben, das du auf deine Wange legen kannst. Und Katrin wird von jetzt an mit dem Essenstablett nach oben gehen. Das hat er selbst so angeordnet. Falls das dir Sorgen macht.«

Hoffman machte das Fenster weit auf. Er kämpfte mit dem Wind, der es ihm aus der Hand reißen wollte, schließlich gelang es ihm, das Fenster einzuhaken.

»Ist dir kalt? Du kannst deinen Mantel anziehen, wenn du willst. Ich werde jetzt über das Gefängnis sprechen. Da möchte ich tüchtig Luft bekommen.«

Er wandte sich wieder zum Schreibtisch.

»Ich habe erwähnt, dass ich gefasst wurde, ja?«

»Ja«, sagte Ellen und zog ihren Mantel an, der über dem Stuhl hing. Hoffman hatte bereits eine Stunde diktiert, sie war müde in Kopf und Schultern.

Er beugte sich über die Seiten auf dem Schreibtisch und nickte. »Ja, genau. Bist du bereit?«

Er ging wieder zum offenen Fenster und fuhr mit seinem Diktat fort:

»Er versuchte, den Blick auf das kleine Gitterfenster ganz oben unter der Zellendecke zu fixieren, um nicht verrückt zu werden. Aber die Wände kamen immer näher, er bekam keine Luft. Er verlor die Kontrolle über sich und brüllte und schlug gegen die Zellentür. Was selbstverständlich mit Tritten und Knüppelschlägen von den Wärtern bestraft wurde. Wenn sie ihn fast bewusstlos geschlagen hatten, zogen sie ihn in den Korridor. Wie durch einen Nebel konnte er die anderen Gefangenen pfeifen und trommeln hören, wenn er an ihren Zellen vorbeigeschleppt wurde. Die Wärter schlugen mit den Knüppeln an die Zellentüren, um sie zum Schweigen zu bringen, aber der Krach wurde nur noch lauter, es war ein Höllenorchester aus rhythmischem Geklapper und tierischem Brüllen, begleitet von den Knüppelschlägen der Wärter an die Stahltüren. Der Lärm verbreitete sich in die anderen Abteilungen, bis das ganze Gefängnis in einem kollektiven Wahnsinn vibrierte. Das geschah immer, wenn ein Gefangener in den Keller geschleppt wurde. Es gibt nämlich immer einen Keller, in jedem Arrest oder Gefängnis oder Irrenhaus. Wenn du glaubst, am Grund der Hölle angekommen zu sein, gibt es immer noch eine Ebene darunter.«

Der Wind riss an dem geöffneten Fenster, der Fensterhaken konnte es gerade noch festhalten. Die Papiere auf dem Schreibtisch wirbelten auf den Boden, aber Ellen hatte keine Zeit, sie aufzuheben.

»Er wurde also in ein dunkles Loch geworfen, die Tür schlug zu. Er war wieder im Ofen. Als ob er ihn nie verlassen hätte und das Leben dazwischen in einem Augenaufschlag verschwunden wäre. Dicke Wände umgaben ihn. Keine Geräusche drangen zu ihm. Er war völlig allein. Allein?« Hoffman lachte heiser.

»Wenn es doch so gewesen wäre. Denn bald hatte er reichlich Gesellschaft in der Dunkelheit. Er hörte kratzende Klauen auf dem Steinboden, Pfeifen und Prasseln. Etwas Pelziges lief über seinen Arm und seine Schulter. Wenn er nach den Ratten schlug, hielten sie sich fern, aber sobald er still saß, waren sie wieder da und er konnte ihre schnüffelnden Schnauzen in seinem Gesicht spüren, ihre Schwänze über seinem Hals. Er hatte eine Wunde, das Blut lockte sie an. Er wünschte sich, so schnell wie möglich an den Wunden, die die Wärter ihm zugefügt hatten, sterben zu können.«

»Chef! Ihr Abendessen!«, rief eine Stimme vor der Tür. Sie war so leise, dass Hoffman sie nicht zu hören schien.

Ellen unterbrach das Schreiben.

»Ich glaube, Ihr Abendessen ist jetzt da«, sagte sie.

Hoffman wandte sich zur Tür.

»Chef!«, rief die Stimme wieder.

Er ging zum Fenster und schloss es. Dann öffnete er die Tür.

Katrin trat ein. Ihr Mund war zu einem Strich zusammengekniffen, die sommersprossigen Hände hielten die Griffe des Tabletts fest. Hoffman zeigte auf den Tisch.

Ellen sammelte die zu Boden gewehten Blätter zusammen und legte sie in die Mappe.

»Danke für heute, Ellen. Du kannst jetzt gehen«, sagte Hoffman.

Katrin stellte das Tablett auf den Tisch, knickste rasch und drehte sich zum Gehen um. Hoffman hielt sie fest, indem er ihr eine Hand auf die Schulter legte.

»Du nicht, Katrin. Du bleibst.«

27

Gegen sieben Uhr am nächsten Morgen ging Ellen hinunter zum Bootshaus. Es wehte ein starker Wind, sie konnte das Brausen des Meeres hören, wie ein Zug, der in der Ferne vorbeifährt, mit unzähligen Waggons.

Sie setzte sich auf die Bank neben der Posttasche und wartete. Mattes Morgenlicht drang durch den Gewölbebogen. Hin und wieder schlug eine so große Welle herein, dass sie die ganze Öffnung ausfüllte und das Bootshaus für ein paar Sekunden im Dunkeln lag. Sie steckte die Hand in die Tasche und spürte den Brief, den sie am Abend zuvor im Schein eines Kerzenstummels auf dem Plumpsklo zusammengeschrieben hatte. Eine der Frauen aus der Witwenhütte hatte an die Tür geklopft, während sie versuchte, die Situation auf der Insel zusammenzufassen. Diesen Brief würde sie nicht in die Posttasche legen. Sie wollte auf Artur warten, ihm den Brief in die Hand geben und sehen, wie er damit davonfuhr.

Während sie im Dunkel des Bootshauses saß und das vertäute Motorboot anschaute, überlegte sie, ob Artur sie im Boot mitnehmen würde, wenn sie ihn darum bat. Er war ja immer freundlich zu ihr gewesen. Aber die Chance war gering. Er würde es nicht wagen, sich Hoffman zu widersetzen. Sie warf einen Blick zur Treppe, die vom Bootshaus nach oben führte. Artur konnte jeden Moment auftauchen.

Dann fasste sie einen schnellen Entschluss, zog das Motorboot heran und stieg an Bord. Vom Cockpit aus zog sie sich in die schmale längliche Kajüte und kroch so weit in den Bug, wie sie konnte. Zusammengekauert wie ein Embryo lag sie da und lauschte den Wogen, die an die Wände des Boots gluckerten.

Ein paar Minuten später hörte sie Schritte auf der Treppe

und spürte, wie Artur das Boot heranzog und an Bord ging. Das Boot schaukelte und kurz darauf fiel die Posttasche in die Kajüte. Glücklicherweise schien das die einzige Last zu sein, die er an diesem Tag dabeihatte. Sie wollte den engen Raum nicht mit jeder Menge Schnapskisten teilen müssen. Aber diese Art von Fracht beförderte er tagsüber nicht.

Der Motor startete, das ganze Boot begann zu vibrieren. Die Abgase drangen in die Kajüte, Ellen legte die Hand über Mund und Nase. Dann schwieg der Motor mit einem Puffen, Artur musste erneut starten. Der Motorlärm wurde lauter, leiser, lauter und startete wieder. Artur fluchte und startete noch einmal. Der Motor brüllte wütend auf, aber sie bewegten sich nicht von der Stelle. Sie hatte das Gefühl, von den Abgasen erstickt zu werden, und musste husten. Zum Glück wurde ihr Husten vom Motorenlärm überstimmt.

Jetzt schien er endlich gleichmäßig zu laufen. Gleich würde Artur aus dem nach Abgasen stinkenden Bootshaus heraussteuern und sie führen im frischen Meereswind. Eine schaukelnde Fahrt zum Festland und dann, wenn Artur seinen Arm nach der Posttasche hereingestreckt und das Boot verlassen hatte, würde sie aus ihrem unbequemen Versteck herauskriechen und in Göteborg an Land steigen.

Aber mitten in einem Hustenanfall starb der Motor plötzlich wieder ab. Ellen versuchte, sich zu beherrschen, aber es war nicht möglich. Laut und krampfartig versuchte ihr Körper, den giftigen Rauch loszuwerden.

Kurz darauf spürte sie, wie zwei Hände sie packten und sie in das Cockpit herauszogen.

»Was zum Teufel machst du da? Bist du wahnsinnig?«, schimpfte Artur.

Im schwachen Licht aus einer Öffnung in der Steinwand konnte sie sein Gesicht sehen. Sein Blick war hart und voller Verachtung. Das war ein ganz anderer Artur als der fröhliche, jungenhafte Mann, den sie bisher gesehen hatte. Artur und

John waren die einzigen Männer auf der Insel gewesen, die nett zu ihr waren. Und jetzt hatte sie beide gegen sich aufgebracht.

»Artur, bitte, bitte, nimm mich … mit … in die Stadt«, brachte sie zwischen den Hustenanfällen hervor.

»Du Idiot«, schnaubte er. »Raus aus dem Boot, ich muss los.«

Sie blieb auf dem Boden des Cockpits sitzen, wo er sie losgelassen hatte.

»Bitte, Artur!«, bat sie noch einmal.

Sie suchte nach dem Brief in ihrer Bluse, aber bevor sie ihn nehmen konnte, packte er sie am Arm und schleppte sie auf Deck. Mit der einen Hand hielt er das Boot fest und mit der anderen gab er ihr einen Schubs.

»Raus aus dem Boot! Und zwar sofort!«

Sie stolperte auf die steinerne Plattform, zog den Brief aus der Bluse und streckte ihn Artur hin.

»Der muss in die Post.«

Er schaute den Brief misstrauisch an, nahm ihn jedoch nicht.

»Ich nehme keine Post mehr von dir mit.«

»Ich bitte dich!« Sie streckte sich so nahe zu ihm, wie sie konnte, und wedelte mit dem Brief.

Mit einer schnellen Bewegung schnappte er ihn und steckte ihn in die Innentasche seiner Uniformjacke.

»Ich werde ihn erst mal behalten«, sagte er. »Der Chef möchte ihn vielleicht anschauen.«

»Nein!«, rief Ellen erschrocken. »Du darfst ihn Hoffman nicht geben!«

Er sprang ins vordere Cockpit.

»Mal sehen, was ich mache«, rief er.

Dieses Mal startete der Motor unmittelbar. Langsam steuerte Artur durch das Bootshaus und hinaus durch den Gewölbebogen. Sie hörte, wie das Motorboot aufjaulte und sich entfernte. Kurz darauf schlugen die Schwallwellen ins Bootshaus und gegen die Steinwände.

»Die Stahlkäfige«, sagte Hoffman. »Habe ich von den Stahlkäfigen erzählt?«

Er saß zusammengesunken im Ledersessel mit einer Decke über den Schultern. Obwohl zwei Fenster offen waren, stank die ganze Wohnung nach Erbrochenem. Vielleicht hatte er in der Nacht zuvor zu viel Wein oder Cognac getrunken. Er war blass und hatte dunkle Ringe unter den Augen.

»Nein«, antwortete Ellen. »Die haben Sie, glaube ich, nicht erwähnt.«

»Das war nach den Ratten«, sagte er. »Habe ich die Ratten erwähnt?«

»Ja, von denen haben Sie gestern erzählt.«

»Ich habe keine Erinnerung an die Zeit zwischen den Ratten und den Stahlkäfigen«, murmelte er. »Sie sagten, da unten wäre ich verrückt geworden.«

Ellen notierte, dass er wieder in der ersten Person erzählte.

Er schwieg lange, atmete mit tiefen schweren Atemzügen, sie fragte sich, ob er wohl eingeschlafen war.

Dann hörte sie wieder seine Stimme aus dem Sessel, langsam und zögernd, als spreche er aus einem Traum.

»Nach der Dunkelheit und dem Schmutz und den Ratten kam eine andere Hölle, weiß und sauber. Ein großer Saal, viele Männer in weißen Nachthemden lagen in Betten, die in weiß lackierten Stahlkäfigen eingeschlossen und am Boden festgeschraubt waren. Manche lagen wie tot in den Betten, andere schrien und rüttelten an den Gittern der Käfige. Die Ärzte gingen über den gebohnerten Boden und sprachen über uns, nie zu uns. Die Käfige wurden nur aufgeschlossen, wenn man zum Bad gebracht wurde. Da ging es nicht um Hygiene, es war Folter. Mein einziger Wunsch war zu sterben. Aber wenn ich versuchte, mir das Leben zu nehmen, indem ich nichts mehr aß, band man mich fest, drückte einen Schlauch in meinen Hals und füllte Brei hinein. Ich habe selbst Menschen großen Schmerz zugefügt. Aber ich habe meine Opfer sterben lassen.

Meistens schnell. Manchmal langsam. Aber am Ende durften sie sterben. Gefangene und Patienten in der Psychiatrie dürfen nicht sterben. Sie werden gequält, aber sie werden am Leben gehalten. Ertränkt und wiederbelebt mit Ohrfeigen und Nadelstichen, werden sie in widerliche kleine Räume gesperrt, bis sie den Verstand verlieren, aller Möglichkeiten für eine Befreiung durch den Tod beraubt. Wenn Pfleger und Ärzte nach den gleichen Gesetzen wie wir anderen verurteilt würden, kämen sie allesamt hinter Schloss und Riegel.«

Beim Schreiben dachte Ellen an den Brief, den sie Artur gestern in die Tasche gesteckt hatte. Hatte seine Wut sich gelegt auf der Fahrt in die Stadt? Hatte er ihn trotz allem in den Briefkasten geworfen? Artur war ja eigentlich nett.

Während Hoffman sprach, wurde es immer dunkler und kälter im Zimmer.

Ellen merkte, dass sie sich ständig vertippte. Nimm dich zusammen, dachte sie. Das Schreiben ist deine Rettungsleine. Du musst schreiben, bis die Polizei kommt. Wie Scheherazade in *Tausendundeine Nacht*. Mit dem Unterschied, dass nicht du das Märchen erzählst.

»Entschuldigen Sie, wenn ich unterbreche«, sagte sie nach einer halben Stunde. »Könnte ich vielleicht die Lampe anmachen? Ich kann die Tasten kaum noch sehen.«

Hoffman zuckte zusammen und schaute sie an, als hätte er ihre Anwesenheit im Zimmer vergessen.

»Ja, natürlich, ich habe nicht daran gedacht.«

Er stand schwer auf, ging zum Schreibtisch mit der Decke über den Schultern wie ein Umhang und machte die Petroleumlampe mit zittrigen Fingern an. »Besser? Frierst du?«

Er nahm seine Decke ab und legte sie Ellen über die Schultern. Der warme, modrige Geruch nach ungewaschenem Mann steckte in der Decke, sie schauderte.

»Danke, nicht nötig. Ich friere nicht«, sagte sie. Sie nahm die Decke ab und gab sie ihm zurück.

Sie sah, dass sein Hemd schmutzig und zerknittert war, als hätte er darin geschlafen.

»Möchtest du vielleicht eine Pause machen?«, fragte er und zog die Decke über die eigenen Schultern.

»Nicht nötig.«

Sie schrieb lieber, als dass sie mit ihm sprach.

Hoffman ging zu seinem Sessel zurück. Er bewegte sich mühsamer als sonst. Als wäre er über Nacht älter geworden. Der Lichtkreis der Lampe reichte nicht bis zu seinem Platz, und Ellen konnte ihn kaum mehr sehen. Er war nur eine Stimme im Schatten.

Es war wie eine Befreiung, als die Wanduhr acht schlug und Katrins Stimme vor der Tür zu hören war. Hoffman wurde munter.

»Ist es schon so spät?«, sagte er.

Er ging zur Tür, um zu öffnen, Ellen holte rasch das Papier aus der Schreibmaschine.

Katrin kam herein, ihr Gesicht war weiß wie ein Laken. Als sie das Tablett auf den Tisch stellte, zitterte sie so sehr, dass das Porzellan gegen die Silberglocke klirrte. Ellen hatte sie noch nie so nervös gesehen.

Hoffman stand schweigend da, die Arme unter der Decke überkreuzt, und folgte Katrins Bewegungen mit dem Blick. Plötzlich öffnete er die Arme, die Decke flatterte wie ein Flügel, und er packte sie bei den Haaren. Er zog ihren Kopf nach hinten, sie musste ihn anschauen.

»Was willst du mir heute servieren?«, fragte er mit leiser Stimme. »Das gleiche feine Abendessen wie gestern?«

Katrin versuchte, den Kopf wegzudrehen, aber er hielt sie fest. Ihre Augen bewegten sich entsetzt, wie bei einem schreienden Pferd. Dann zog er sie zu sich und drückte ihr Gesicht unter der Decke gegen seine Brust.

Ellen ging langsam zur Tür. Hoffman drehte sich zu ihr herum und nickte kurz: »Danke für heute, Ellen.«

Katrin gab ein unterdrücktes Schluchzen von sich.

Ellen zögerte ein paar Sekunden mit der Hand auf dem Türgriff. Hoffman wiegte Katrin beruhigend hin und her, als wiege er ein kleines Kind.

Ellen ging hinaus. Im Flur blieb sie hinter der geschlossenen Tür stehen und horchte. Sie konnte Hoffmans Stimme hören, leise und murmelnd. Das Schluchzen hörte auf. Hoffman sagte etwas, Katrin antwortete einsilbig mit einem angestrengten Lachen. Der kritische Moment schien vorüber zu sein.

Ellen verließ die Tür und ging rasch zur Treppe.

Am nächsten Tag hatte der Wind sich verzogen. Es war kühl und klar. Die Möwen kreisten schreiend hoch über der Insel, an den Stränden hatte das Meer große Mengen Seegras und blubbernden Meerschaum ausgespuckt.

Ellen saß auf der Treppe zu Frau Langes Hütte und wusch Kartoffeln, als die Tür zur Nachbarhütte aufgeschlagen wurde. Einer der rothaarigen Zwillinge kam herausgerannt. Und wie immer, einige Sekunden später kam der andere, als wären sie mit einem Seil zusammengebunden. Er jagte seinem Bruder hinterher, warf sich in einem wilden Ringkampf zwischen dem Heidekraut über ihn. Ruben kam heraus und ging mit langen Schritten zu ihnen hin. Er zog die Kämpfer auseinander, gab ihnen pflichtschuldig eine Ohrfeige und ging dann zur Hütte zurück.

»Sie sind wie verrückt, wenn Katrin nicht da ist«, brummte er, als er an Ellen vorbeiging. »Hast du sie übrigens gesehen?«

Ellen schaute vom Kartoffeleimer hoch.

»Katrin? Nicht seit gestern Abend. Ist sie nicht unten in der Küche?«

Ruben schüttelte den Kopf.

»Sie ist heute Nacht nicht aus dem Haupthaus zurückgekommen.«

Er ging in seine Hütte und schlug die Tür zu.

Die Zwillinge weinten und stritten sich, bald rollten sie sich in einer neuerlichen Prügelei, spuckend und zischend wie zwei Wildkatzen.

Ellens Magen zog sich zusammen. Sie ließ den Kartoffeleimer stehen und ging hinauf zu John. Er rasierte sich vor dem kleinen Wandspiegel über der Kommode. Sie hatten seit dem Streit in der Felsspalte kaum ein Wort miteinander gesprochen.

»Katrin ist verschwunden«, sagte sie.

Er ließ das Rasiermesser sinken und wandte ihr sein eingeseiftes Gesicht zu.

»Verschwunden?«

»Ja. Ruben sagt, sie ist gestern Abend nicht von Hoffman zurückgekommen.«

Er wusch das Messer in der Waschschüssel ab.

»Was sollen wir machen?«, fragte Ellen.

»Wir können nicht viel machen. Sie kommt bestimmt bald nach Hause.«

Er klang resigniert, fast gleichgültig, fand Ellen.

»Ich gehe heute Abend nicht rauf«, sagte sie bestimmt.

»Dann schickt er Modde und Ville her, um dich zu holen. Und die werden keine Samthandschuhe anhaben. Da ist der kleine Klaps, den ich dir gegeben habe, nichts dagegen.«

»Aber ich mach es nicht! Ich geh da nicht mehr hin!«

Er drehte ihr sein halbrasiertes Gesicht zu. Er sah fast amüsiert aus.

»Möchtest du gegen Hoffman Widerstand leisten? Ich habe das gemacht, und ich war damals ein gesunder, starker Kerl. Und schau, wie es mir ergangen ist.« Er deutete mit dem Rasiermesser auf sein krummes Bein.

»Was soll ich denn machen?«

»Egal was, nur keinen Widerstand. Lass ihn bestimmen. Er liebt es, zu bestimmen. Das Schmuggelgeld ist ihm scheißegal. Es ist ihm scheißegal, dass er nie wieder in ein normales Leben zurückkehren wird. Solange er hier draußen die Macht hat, ist er zufrieden. Und das gilt für alles. Für jedes verdammte Detail in unserem Leben hier. Leiste also um Gottes willen kein Widerstand. Mache es wie Märta. Ich habe sie verachtet, weil sie Hoffmans Hure wurde, und ich habe so manches zu ihr gesagt, was ich jetzt bereue. Aber es war klug von ihr. Deshalb hat sie überlebt.«

Ellen starrte ihn entsetzt an.

»Willst du damit sagen, ich soll Hoffmans ...« Sie schwieg.

»Wer denn sonst? Glaubst du, er gibt sich mit meiner Mutter zufrieden? Oder mit den alten Weibern in der Witwenhütte oder der alte Sabina? Jetzt, wo Katrin weg ist, bist du die einzige junge Frau auf der Insel.«

28

»Zehn Kisten mit 200 Litern Schnaps haben wir im Hühnerstall von Panama-Bengtsson gefunden«, sagte Kommissar Nordfeldt zufrieden. »Unter Stroh und frisch gelegten Eiern.«

»Der arme Junge!«, seufzte Nils. »Da ist er mit dieser schweren Last von der Werft Kusten bis zum Treibgutsammlerdorf gerudert.«

»Und am nächsten Tag ist alles wieder weg«, sagte Nordfeldt grinsend. Er nahm eine erloschene Zigarre aus dem Aschenbecher, zündete sie an und schüttelte langsam den Kopf. »Ja, das ist bitter. Der Junge ist minderjährig, das wird also ein Fall für die Kinderschutzbehörde. Aber Bengtsson sitzt in Untersuchungshaft und muss am Donnerstag vor dem Polizeigericht aussagen. Ich hoffe, wir kriegen bis dahin etwas aus ihm heraus. Bisher war er so taubstumm wie sein Sohn. Aber wir haben ja Ihre Zeugenaussage über den Bootsführer, der den Schnaps ausgeladen hat. Sie sind doch sicher, dass er es war? Schließlich war es dunkel. Und Sie waren nicht ganz nüchtern.«

Nordfeldt beugte sich über den Schreibtisch und schaute Nils scharf an.

»Ich habe ihn wiedererkannt. Die Schiffermütze …«

Der Kommissar wedelte ärgerlich mit der Zigarre.

»Die halbe Schärenbevölkerung hat Schiffermützen. Haben Sie die Marke erkannt?«

»Natürlich nicht. Aber ich habe seine Gestalt und seine Bewegungen erkannt.«

Nordfeldt schnaubte.

»Und das Boot? Haben Sie da eine Marke gesehen?«

»Nein, dafür war es zu dunkel. Aber ich bin ziemlich sicher, es war das Boot, mit dem ich nach Bronsholmen gefahren bin. Es gibt nicht viele solche Boote.«

»Hm. Ja, wenn man über so ein schnelles Boot wie das der Quarantänestation verfügt, dann kann das eine Versuchung für den Bootsführer sein. Es läuft vielleicht so wie bei vielen in den Schären, er macht einen Ausflug zu einem Schiff, das in internationalen Gewässern vor Anker liegt. Wir müssen uns dieses Boot anschauen und sehen, ob wir irgendwelche Spuren finden. Aber das wird kompliziert. Wir wissen nicht, zu welchen Zeiten der Bootsführer in die Stadt kommt, und wir brauchen die Genehmigung von Doktor Kronborg, wenn wir die Insel mit einem eigenen Boot besuchen wollen.«

»Ich hätte ihn an Ort und Stelle festnehmen sollen.«

»Unsinn. Sie waren allein und unbewaffnet und nicht im Dienst. Das wäre Wahnsinn gewesen. Die meisten Schmuggler sind harmlose Amateure. Aber nicht alle. Sie haben doch gesagt, der eine hatte einen Revolver. Können Sie die Männer beschreiben?«

Nils beschrieb sie.

»Und der Lastwagen?«

»Sah ziemlich schrottreif aus. Von oben bis unten mit rostigem Schlamm bespritzt. Das Nummernschild begann mit O 22. Die beiden letzten Ziffern konnte ich nicht sehen.«

Nordfeldt seufzte.

»Aber«, fuhr Nils fort, »wenn es das gleiche Lastauto war, das beinahe Mollgren überfahren hätte, dann waren die beiden letzten Ziffern eine Sieben und eine Drei.«

»Jetzt verstehe ich gar nichts mehr.«

»Der Verkehrspolizist Mollgren wurde beinahe von einem rücksichtslosen Lastwagenfahrer überfahren. Das Auto war sehr schmutzig, mit rostrotem Schlamm bespritzt, sodass er nur die beiden letzten Ziffern des Nummernschildes sehen konnte. Eine Sieben und eine Drei. Vielleicht eine acht. Mollgren war sich nicht sicher. Aber ich bin für eine Drei. Denn mit O 2273 ist ein Lastwagen registriert, ein Ford, er gehört der Spedition Johansson auf Hultmans Holme.«

Kommissar Nordfeldt strahlte.

»Ausgezeichnet, Gunnarsson! Die ist einen Besuch wert. Absolut. Nehmen Sie zwei Männer mit. Und die Dienstwaffe.«

Hultmans Holme war ein relativ neuer Stadtteil, der in einem trockengelegten Schilfgebiet angelegt worden war. Strategisch zwischen dem Fluss und dem Bahnhof der Bergslagsbahn gelegen, war er Drehkreuz für vielerlei Transporte. Hier hatten viele Unternehmen ihre Lager, hier gab es Kohle- und Holzhändler, Werkstätten und Fabriken.

Das Polizeiauto bog von der langen, geraden Mårten-Krakow-Straße in eine Querstraße ein.

»Hier ist es«, sagte Nils.

Der uniformierte Polizist bremste an einem hohen Zaun.

»Fahr um die Ecke und warte dort«, fuhr Nils fort.

Der Polizist tat, wie ihm gesagt wurde, und Nils stieg aus.

»Ihr könnt hier warten«, sagte er. »Ich möchte mich erst mal allein umsehen. Ich rufe euch, wenn ihr gebraucht werdet.«

Hinter dem Zaun gab es einen gepflasterten Hof und eine Reihe von Wagenschuppen und Ställen, die jetzt zu Garagen umgebaut worden waren. Auf dem Hof waren ein Lastwagen und zwei kleinere Transporter geparkt. Der Lastwagen war größer, sauberer und jünger als der, den Nils bei der Werft Kusten gesehen hatte. Ein junger Mann wollte gerade in das Führerhäuschen klettern, hielt jedoch inne, als Nils ihm zuwinkte.

»Hallo! Ich suche Isidor Johansson.«

»Der Chef ist da drinnen im Büro«, antwortete der Mann mit einer Kopfbewegung zur Tür ganz hinten.

Er setzte sich ins Lastauto, startete und rollte aus dem offenen Tor.

Nils ging nach hinten und klopfte an die angegebene Tür. Eine ärgerliche Stimme forderte ihn auf, einzutreten. In einem Zimmer mit senkrechten Balken und Wänden aus ungehobelten Brettern saß ein Kerl an einem Tisch und hielt einen Telefonhörer ans Ohr. Er hatte einen großen, viereckigen Kopf mit kahlem Schädel. Als Nils nähertrat, hob er die Hand, um zu zeigen, dass er beschäftigt war.

»Tut mir leid«, sagte er in den Hörer. »Wir können in den nächsten Wochen keinerlei Fahrten mehr annehmen. Wir sind ausgebucht.«

Er legte auf und wandte sich an Nils.

»Haben Sie gehört, was ich zu dem Kunden gesagt habe?« Er zeigt auf das Telefon. »Wir nehmen keine ...«

»Ich komme von der Polizei«, unterbrach Nils ihn. »Es geht um eines Ihrer Lastfahrzeuge. Einen Ford mit dem Nummernschild O 2273.«

»So, so, habt ihr die alte Schrottlaube gefunden? Wo hat sie denn gestanden?«

»Wir haben Ihren Lastwagen nicht gefunden. Warum fragen Sie?«

»Weil er gestohlen worden ist, versteht sich«, sagte Isidor Johansson verärgert. »Ich dachte, Sie hätten ihn gefunden.«

»Warum haben Sie den Diebstahl nicht der Polizei gemeldet? Wir haben keine Diebstahlsmeldung für dieses Auto.«

Der Mann zuckte mit den Schultern.

»Ich habe anderes zu tun, als ständig zum Polizeirevier zu laufen. Meistens kommen die Autos auch so zurück. Es gibt Leute, die ›leihen‹ ein Auto, wenn sie es brauchen, anstatt sich einer Transportfirma anzuvertrauen. Sie transportieren etwas und geben das Auto zurück, wenn sie fertig sind. Manchmal sind sie so nett, fahren es zurück und stellen es nachts auf den Hof. Die denken wohl, wir merken nichts. Aber diesen Ford können sie gerne behalten. Der macht bloß Probleme. Was machen Sie denn hier, wenn Sie nicht meinen Lastwagen gefunden haben?«

»Ich fürchte, der Lastwagen war an einem Verbrechen beteiligt.«

Isidor Johansson sperrte die Augen auf, mit einem Ausdruck des größten Erstaunens.

»Ein anderes Verbrechen als Autodiebstahl, meinen Sie?«
»Genau.«
Johansson schien nachzudenken.
»Ja, ja. Wenn man Autos stehlen kann, kann man auch andere Verbrechen begehen, nehme ich an. Es fängt mit einer Stecknadel an und hört mit einer Silberschale auf, so heißt es doch. Und fängt man mit einem Lastwagen an, dann ... Ja, wer weiß, wo das endet?« Er seufzte und machte eine resignierte Handbewegung.

Auf dem Hof hörte man Motorenlärm. Der Mann stand schnell auf. Er beugte sich zu dem niedrigen Fenster und schaute hinaus. Als er aufstand, sah Nils, dass er vom Körperbau her klein und gedrungen war. Er bewegte sich breitbeinig und leicht wiegend.

»Dürfte ich mich ein wenig in Ihrer Firma umschauen?«, fragte Nils.

Johansson drehte sich erstaunt um.

»Hier? In meiner Transportfirma?«

»Ja, bitte. Das ist Teil der Ermittlungen.«

»In Ordnung. Aber das muss schnell gehen. Ich habe viel zu tun.«

Er setzte eine Wollmütze auf seine Glatze und nahm einen Schlüsselbund von der Wand.

Sie gingen hinaus in den Hof, wo jetzt der neu angekommene Chrysler-Lastwagen parkte. Zwei Männer gingen mit Tragegurten und Lastenriemen im Arm über den Hof.

»Was wollen Sie denn sehen?«

»Alles«, sagte Nils.

Isidor Johansson schnaubte wütend. Er schloss die verschiedenen Garagen auf und öffnete die Türen so heftig, dass sie gegen die Wand knallten. Drei waren leer. In der vierten stand ein Chrysler wie der auf dem Hof. Nils öffnete die Fahrerkabine und schaute hinein. Dann kletterte er auf die Ladefläche, schaute sich um und sprang wieder herunter.

»Was ist das da drüben?«, fragte er und zeigte auf ein paar kleine Schuppen am Ende des Hofs.

»Werkstatt und Vorratsschuppen. Wollen Sie da auch reinschauen?«, brummte Johansson und schloss die Garagentüren ab.

In den Schuppen gab es Werkzeug, Ersatzteile, Tragegurte und ähnliche Dinge. Nils schnüffelte in der Luft, roch aber nur Schmieröl.

»Sind Sie jetzt fertig?«, fragte Johansson und klapperte ungeduldig mit dem Schlüsselbund.

Da hörte man wieder Motorgeräusche vom Hof. In einer Wolke aus Abgasen rollte ein Lastwagen herein und blieb neben dem Chrysler stehen. Als der Rauch sich verzogen hatte, erkannte Nils den Lastwagen von der Werft.

»Da sieh mal einer an«, sagte er. »Ich glaube, den Dieb quält sein schlechtes Gewissen, und er möchte das Diebesgut zurückbringen.«

Aber Isidor Johansson schien sich überhaupt nicht zu freuen, sein Auto zurückzubekommen. Er machte Grimassen und winkte dem Fahrer abwehrend zu. Der Motor startete wieder, und der Fahrer fuhr schnell wieder zum Tor hinaus.

Nils holte seine Trillerpfeife heraus und pfiff ein paar schrille Signale, wobei er dem Lastwagen hinterherlief. Als er auf der Straße war, fuhr das Polizeiauto um die Ecke und bremste neben ihm. Er setzte sich auf den Rücksitz und rief dem Polizisten am Steuer zu:

»Folge diesem Lastwagen!«

Der Polizist beugte sich über das Steuer und schaute in alle Richtungen. Der Lastwagen war verschwunden, aber über einer Querstraße schwebte eine dunkle Abgaswolke.

Sie bogen in diese Straße ein, und als sie auf die Gullbergs Strandgata kamen, sahen sie, wie der Lastwagen mit hoher Geschwindigkeit den Kai entlang nach Westen fuhr. Sie konnten ihn einholen und hielten sich hinter ihm. Der Lastwagen ruckelte und schwankte, die Abgaswolken legten sich wie ein Rauchvorhang vor ihre Motorhaube.

Am Hafen Lilla Bommen fuhr der Lastwagen langsamer, um dann nach links abzubiegen, aber er fuhr nicht langsam genug. Noch bevor er ganz abgebogen war, hatte er die Kante des Kais erreicht und fuhr weiter in die Luft und hinunter ins Wasser.

Das Polizeiauto machte eine Vollbremsung, die Polizisten sprangen heraus.

»Jesses«, sagte der eine Polizist und schaute in den Wasserstrudel.

Vielleicht war Mollgren ungerecht gewesen, dachte Nils. Der Fahrer des schmutzigen Lastwagens hatte sein Stoppzeichen womöglich überhaupt nicht missachtet. Er hatte ganz einfach nicht bremsen *können*, weil die Bremsen miserabel waren. Eine kleine Gruppe von Menschen versammelte sich am Kai. Sie schauten auf die Wasserfläche, wo der Lastwagen versunken war.

»Da ist er!«, rief jemand plötzlich und zeigte auf einen Kohlenschlepper, der ein paar Meter weiter weg vertäut lag.

Direkt neben dem Schlepper lag der Lastwagenfahrer, die eine Hand an der Reling und den Kopf gerade über dem Wasser, wie ein Flusspferd. Wahrscheinlich war er aus der Fahrerkabine geklettert und unter Wasser hierhergeschwommen. Er verhielt sich ganz still und machte keinerlei Versuche, entweder an Bord oder an Land zu kommen. Vermutlich wollte er unsichtbar bleiben, bis die Polizisten gegangen waren.

»Ergib dich und komm heraus!«, rief Nils. »Brauchst du Hilfe?«

Zwei starke Männer waren schon in den Schleppkahn geklettert. Sie beugten sich über die Reling, zogen das widerwillige Unglücksopfer heraus und auf den Kai, wo zwei Polizisten ihn mit festen Griffen um die Arme entgegennahmen.

»Legt ihm Handschellen an«, sagte Nils.

Der Lastwagenfahrer starrte ihn unter nassen, hängenden

Haarsträhnen an, als seine Hände auf dem Rücken gefesselt wurden. Sein Blick war trotzig und verächtlich.

Nils war sich sicher. Das war der Mann, der Kalle Klinka in der Werft mit einem Revolver bedroht hatte.

Das Polizeiauto parkte vor dem Kommissariat in der Spannmålsgatan. Der Lastwagenfahrer klapperte mit den Zähnen.

»Gebt ihm was Trockenes zum Anziehen und sperrt ihn ein«, sagte Nils. Die Polizisten nahmen den Lastwagenfahrer mit und brachten ihn durch die Hintertür ins Haus. Nils ging um die Ecke und durch den Haupteingang. Er war mit sich zufrieden. Jetzt hatten sie zwei Glieder in der Schmugglerkette festgenommen. Einer würde bestimmt reden.

Als er eintrat, hielt Fräulein Brickman an der Rezeption ihn auf. Sie beugte sich über den Tresen und sagte mit leiser, konspiratorischer Stimme:

»Der Herr Hauptkommissar hat Damenbesuch. Ich habe gesagt, Sie seien nicht da, aber sie wollte unbedingt nur mit Ihnen sprechen. Jemand anders kam nicht in Frage.«

Nils lächelte innerlich. Ellen hatte also genug von der Arbeit als Dienstmädchen.

»Haben Sie sie in mein Zimmer gelassen?« Er tat sein Bestes, um streng und unzufrieden zu klingen.

»Ja, hier ist es heute ein bisschen unordentlich«, sagte Fräulein Brickman mit einer Kopfbewegung Richtung Anmeldung, wo die Verhörkäfige für Landstreicher und Betrunkene voll belegt waren.

Nils hörte von dort Klopfen und Flüche.

»Kein Ort für eine Dame«, sagte Fräulein Brickman und verzog das Gesicht. »Ich habe mir also die Freiheit genommen und sie im Zimmer des Herrn Hauptkommissars warten lassen.«

»Das haben Sie ganz richtig gemacht«, sagte Nils.

Er ging die Treppe mit zwei Stufen auf einmal hinauf. Er nahm sich vor, Ellen gegenüber auf keinen Fall höhnisch zu klingen.

Keine Sticheleien über verwöhnte Mittelschichtsmädchen. Kein Was-habe-ich-gesagt. Stattdessen würde er sagen, er habe sich über ihren Brief gefreut, und sich entschuldigen, dass er so kurz angebunden war. Mit einem Lächeln öffnete er sein Zimmer und trat ein.

Drinnen blieb er stehen und starrte seine Besucherin erstaunt an.

Da saß nicht Ellen, sondern eine ordentliche, sehr aufrechte junge Dame in einem schmalen Wollkostüm, die Hände auf der Handtasche im Schoß. Die Krempe ihres Samthuts war vorne mit einer Strassnadel befestigt.

Sie stand auf, zog den Handschuh aus und reichte ihm die Hand.

»Guten Tag, Herr Hauptkommissar. Entschuldigen Sie, dass ich so unangemeldet einfach herkomme, aber ich war zufällig in der Stadt und wollte die Gelegenheit nutzen, Sie zu treffen. Ich hatte mir schon so lange vorgenommen, mit Ihnen Kontakt aufzunehmen. Ich habe Ihre Visitenkarte immer in der Tasche.«

»Meine Visitenkarte?«, sagte Nils. »Ich glaube kaum ...«

Aber dann erkannte er sie.

»Märta! Ich habe Sie in Schwester Klaras Frauenherberge gesehen.«

Sie lächelte verlegen und setzte sich wieder auf den Stuhl.

»Ich wollte Sie damals nicht treffen. Ich konnte einfach nicht. Ich war völlig fertig mit den Nerven, verstehen Sie. Aber jetzt geht es mir besser. Schwester Klara und Schwester Beata haben mir so sehr geholfen. Ich habe eine Stelle bei einer Dame in Vänersborg. Sie ist Zahnärztin. Stellen Sie sich vor, es gibt weibliche Zahnärzte. Sie ist sehr beliebt, und alle wissen, wie geschickt sie ist. Ich sitze am Telefon, vereinbare Termine und kassiere die Bezahlung. Erst dachte ich, ich würde das nie schaffen, aber es ist nicht besonders schwer. Die Praxis und ihre Wohnung sind im gleichen Haus, und ich wohne auch dort. Es gefällt mir sehr gut.«

»Das sehe ich, Märta. Sie sind ein ganz anderes Mädchen geworden.«

Sie errötete leicht und schaute in den Schoß auf ihre Handtasche.

»Ich bin wieder das Mädchen geworden, das ich früher war, Herr Hauptkommissar. Ehe er mich kaputt gemacht hat«, sagte sie mit leiser, aber fester Stimme.

Nils beschloss, sie erzählen zu lassen, ohne allzu viele Fragen zu stellen. Er setzte sich auf seinen Stuhl hinter den Schreibtisch und lächelte ihr aufmunternd zu.

»Ich freue mich, dass Sie hier sind, Fräulein Märta.«

»Erst wollte ich gar nicht herkommen. Ich wollte das alles nur vergessen. Aber dann dachte ich, vielleicht hat eine andere meinen Platz eingenommen und es geht ihr so, wie es mir ergangen ist. Und da habe ich gemerkt, es ist meine Pflicht, Sie aufzusuchen und alles zu erzählen.«

Sie schwieg eine Weile, als würde sie ihre Worte genau wählen. Dann schaute sie ihm ernst in die Augen und fuhr fort:

»Was Sie gesehen haben, als Sie die Quarantänestation besuchten, ist nicht die Wahrheit. Das war Theater.«

Das Wort ließ ihn zusammenzucken. Genau dieses Gefühl hatte er da draußen gehabt. Theater.

»Und wie sieht die Wahrheit aus?«

Sie holte tief Luft, und dann erzählte sie eine Geschichte, die so unglaublich und so schrecklich war, dass Nils sie als Fantasie abgetan hätte, wenn dieses Mädchen nicht so ruhig und gefasst gewesen wäre und einen so klaren, festen Blick gehabt hätte. Während er zuhörte, verblasste seine freundliche Polizistenmiene, eine eiskalte Angst stieg in ihm auf.

»Mein Zug fährt in einer halben Stunde. Ich muss jetzt gehen«, schloss Märta. »Aber dieser Mann ist kein Mensch, Herr Hauptkommissar. Er ist ein Monster!«

Ihre Augen füllten sich plötzlich mit Tränen, sie stand schnell auf, nickte hastig zum Abschied und eilte aus dem Zimmer.

Von all dem, was sie erzählt hatte, war ein Satz in der Luft hängen geblieben: *Aber dann dachte ich, vielleicht hat eine andere meinen Platz eingenommen.*

29

»Nun haben wir es bald geschafft, meine Liebe. Vielleicht werden wir heute Abend fertig. Oder morgen. Wir werden sehen.«

Es war inzwischen neun Uhr am Abend, Ellen hatte seit sechs Uhr ununterbrochen geschrieben. Niemand würde sie mit dem Essenstablett unterbrechen, hatte Hoffman gesagt. Er hatte keinen Hunger.

»Ich habe immer noch Probleme mit dem Magen. Aber es braucht schon mehr als das, um mich zu vernichten.«

Alle Fenster waren geschlossen. Sie spürte immer wieder den säuerlichen Gestank vom Vortag. Aber etwas anderes beunruhigte sie noch mehr, ein Geruch, oder vielleicht auch nur ein Gefühl. Als sie über den Teppich ging, spürte sie etwas unter den Füßen knirschen, und als Hoffman die Lampe anmachte, sah sie ein leichtes Glitzern im persischen Teppichmuster und in der Nähe der Kommode eine größere Scherbe. Offenbar war Glas zerbrochen und nicht richtig aufgefegt worden.

Heute Abend sprach Hoffman von der Insel. Von seiner Zeit als »ihr Gefangener und ihr Herrscher«. Über Doktor Kronborg, »der einzige Mensch, der jemals erkannt hat, wer ich bin«. Seine Gesichtsfarbe war frischer als am Abend zuvor, die Stimme kraftvoll. Hin und wieder machte er eine Pause, schloss die Augen und schien in seiner Erinnerung zu suchen. Ellen nutzte eine dieser Pausen, um sich im Zimmer umzuschauen. Ihr Blick blieb am Fenster hängen. Der ockerfarbene Brokatvorhang hing schief und merkwürdig herab, als ob er aus seiner Aufhängung gerissen worden wäre. Außerdem hat er ein neues asymmetrisches Punktemuster. Auf dem Fußboden darunter war ein großer dunkler Fleck mit unregelmäßigen Konturen.

Hoffman blickte auf und fuhr in einem leiernden Ton fort:

»Nun wurde ich endlich zu dem, der ich immer werden sollte: ein König mit einem eigenen Reich. Der König der Pestinsel.« Er lachte ein wenig, zufrieden über seine Formulierung. »Ich hatte alles, was ich mir wünschte. Nur mein Werkzeug fehlte mir. Ich hatte keine Ahnung, wo es war. Es war viele Jahre her, seit ich es zuletzt gesehen hatte, aber ich erinnerte mich an seine Konstruktion bis ins kleinste Detail und machte neue Zeichnungen. Ich verließ mich auf Modins Kontakte. Er gab die Zeichnungen einem Mechaniker, der gegen gute Bezahlung ein neues Werkzeug herstellte. Er war sehr geschickt und machte sogar einige Verbesserungen. Das Ergebnis war beeindruckend. Dieses Werkzeug … Wie soll ich es beschreiben? Öffne den Schrank da drüben, Ellen.«

Ellen ging zu einem hohen Schrank aus rotbraunem Mahagoni und schaute Hoffman fragend an. Er nickte aufmunternd und sie öffnete die Doppeltür des Schranks.

»Das Fach direkt vor deiner Nase. Da, ja. Nimm es heraus.«

Mit zitternden Fingern holte Ellen den merkwürdigen Gegenstand heraus.

»Leg es auf den Schreibtisch.«

Sie legte es schnell neben die Schreibmaschine, als wäre es ein heißes Backblech, das sie aus dem Ofen geholt hatte.

»Setz dich hin. Nun? Kannst du es jetzt besser sehen?«, fragte Hoffman von seinem Sessel aus. »Wie würdest du es beschreiben?«

»Ein Metallbügel«, sagte Ellen zögernd. »Mit einem dünnen Metalldraht.«

»Gut, gut. Und sonst?«

»Handgriffe. Schenkel.«

»Hm. Und dazwischen?«

Sie studierte den Gegenstand und dachte nach.

»Eine Art … mechanische Konstruktion. Schrauben und Räder und Metallfedern.«

»Ganz genau. Verstehst du, wie dieses Werkzeug funktioniert?«

Ellen schwieg. Sie hatte nicht alles beschrieben, was sie sah. Denn auch wenn der Gegenstand an sich schon sehr beängstigend war, gab es etwas, das sie noch mehr in Schrecken versetzte, und das waren die braunen, eingetrockneten Flecke auf dem Metallbügel und Teilen der Maschinerie.

»Eigentlich ist es nicht sehr kompliziert.« Er stand auf, und im nächsten Augenblick stand er neben Ellen und hielt das Werkzeug vor sich wie einen Bolzenschneider.

»Wenn man die Schenkel zusammenpresst, dreht sich das Rad und die Schrauben werden festgezogen, sodass sich der Draht spannt. Siehst du es? So kann man eine viel größere Kraft ausüben, als wenn man nur die Hände verwenden würde. Eine einfache Mechanik. Wenn der Draht einen Zahn im Rad erfasst hat, wird eine Sperre geöffnet und das Rad kann zurückrollen. Wie wenn du die Feder eines Rollos anspannst. Man spannt Zahn für Zahn an.«

Ellen hörte die Räder knacken und wie der Draht angespannt wurde, immer fester.

»Und so löst man es.«

Er drückte einen kleinen Hebel mit dem Daumen. Es ratterte ein wenig in der Maschinerie, der Draht entspannte sich und der Metallbügel öffnete sich.

»Das ist meine Erfindung«, sagte er stolz. »Genial, nicht wahr? Aber man muss schnell und überraschend vorgehen. Man darf nicht zögern.«

Und noch ehe Ellen begriffen hatte, was passierte, hatte er in einer weiten Bewegung das Gerät wie ein Fangnetz über ihren Kopf gezogen. Sie schrie auf, als sie spürte, wie die kalten Metallschenkel auf ihren Schlüsselbeinen landeten und ihren Hals wie eine Klaue packten.

»Dann muss man sofort zuziehen«, fuhr Hoffman ruhig hinter ihrem Rücken fort. »Will man das Opfer so schnell wie möglich unschädlich machen, dann zieht man so fest zu wie nur möglich. Wenn man auf das Leiden aus ist, macht man es langsamer. Aber das birgt auch eine Gefahr. Wenn das Opfer ein Mann ist, muss man ihn erst fesseln, damit er nicht die Übermacht bekommt. Bei Frauen ist das meistens nicht nötig. Man muss immer hinter dem Rücken des Opfers stehen. Man darf niemals zulassen, dass das Opfer einen zu packen bekommt. Ich spanne nur ein klein wenig an, damit du spürst, wie es funktioniert.«

Er bewegte sich hinter ihr, sie zuckte zusammen, als der scharfe Draht ihren Hals berührte.

»Spürst du es? Ich habe die Griffe nur angefasst, aber du hast es gleich gefühlt, nicht wahr?«

»Ja«, flüsterte Ellen, durch die Bewegung des Kehlkopfs spürte sie die Metalldrähte wie einen brennenden Druck.

Ihr Leben davor und danach war ausgelöscht. Sie lebte ganz und gar auf der Nadelspitze der Gegenwart. Von Sekunde zu Sekunde. Atemzug für Atemzug.

Er machte wieder eine Bewegung hinter ihrem Nacken, ein Stoß der Angst durchfuhr sie. Aber dann merkte sie, dass der scharfe Druck geringer wurde, der Draht hing herab und fiel auf ihre Brust.

»Du brauchst keine Angst zu haben«, sagte er. »Ich werde deinen schönen Hals nicht verletzen.«

Er fuhr leicht mit dem Zeigefinger über ihre Wange und hielt unter dem Kinn inne. Sie saß völlig still da, mit geschlossenen Augen und klopfendem Herzen, als er ihren Kopf ein wenig zur Seite drehte.

»Du bist eine schöne Frau«, konstatierte er. »Was hat dich dazu gebracht, auf meine Insel zu kommen?«

Ellen versuchte zu sprechen, aber ihr Mund war völlig trocken, sie bekam keinen Ton heraus. Hoffman beugte sich näher zu ihr herab.

»Sag nichts«, flüsterte er ihr ins Ohr. »Ich weiß, warum du gekommen bist. Ich habe auf dich gewartet.«

Sie spürte seinen struppigen Bart, als er ihre Schläfe küsste.

Dann hob er vorsichtig den Bügel mit dem hängenden Metalldraht über ihren Kopf und legte ihn auf den Schreibtisch.

»So. Jetzt ist es einfacher für dich, es zu beschreiben.«

»Was?«, bekam sie heraus.

»Das Werkzeug. Wie es aussieht. Wie es verwendet wird. Wie es sich anfühlt. Beschreib es mit deinen Worten.«

Ellens Wangen waren plötzlich tränennass. Mit den Händen über dem Mund versuchte sie, sich zum Schweigen zu bringen, aber ihr ganzer Körper bebte vom Weinen.

»So, ja«, sagte er und legte seine Hand auf ihre Schulter. »Atme ein paar Mal tief ein und aus. Schau mich an. Ein. Und aus.«

Er kniete sich vor sie hin, legte die Handflächen auf die Brust und demonstrierte es. Ellen machte ein paar zögerliche Atemzüge.

»Gut!«, sagte Hoffman aufmunternd. »Schreib jetzt. Du kannst nicht? Hast du vergessen, wie es sich anfühlt? Willst du es noch einmal spüren?«

Er streckte die Hand nach dem Werkzeug aus.

»Nein!«, schrie sie. »Ich werde schreiben.«

Sie setzte sich so hin, wie sie es gelernt hatte: Rücken gerade, Schultern nach unten, Fußsohlen auf dem Boden und die Hände in Startposition über den Tasten. Diese Körperhaltung machte ihr Mut, wie sie zu ihrem Erstaunen feststellte. Sie warf einen Blick auf das schreckliche Werkzeug neben der Schreibmaschine. In rasender Geschwindigkeit beschrieb sie es dann in Bezug auf Aussehen und Verwendung.

Hoffman holte seine Brille aus der Brusttasche und setzte sie auf. Er beugte sich neugierig über sie und las.

»Ausgezeichnet«, sagte er. »Und das Gefühl? Für das Opfer?«

In einem weiteren Satz beschrieb Ellen es kurz und knapp als »fürchterlich«.

»Hm«, sagte er nachdenklich. »Und dabei hast du nur sehr wenig von dem mitbekommen, was ein wirkliches Opfer erlebt. Aber hast du bei der Beschreibung des Werkzeugs nicht etwas vergessen? Sieh noch einmal genau hin.«

Er schob das Werkzeug näher an die Lampe heran.

»Sie meinen die Flecken? Soll ich die auch beschreiben?«

»Du sollst beschreiben, was du siehst.«

Ellen schrieb.

»Du fragst dich, was das ist? Nein, ein intelligentes Mädchen wie du fragt sich das nicht. Du weißt es, nicht wahr?«

Sie antwortete nicht. Unwillkürlich wanderte ihr Blick hinüber zu dem herabgerissenen Vorhang und dem großen dunklen Fleck auf dem Boden.

Hoffman strich sich betrübt durch den Bart.

»Ja, das ist Blut. Ich habe versucht aufzuräumen, aber du musst mir nachher beim etwas gründlicheren Putzen helfen. Das war ein schreckliches Durcheinander heute Nacht. Diese magere Krähe war stärker, als man glauben konnte. Aber sie war dumm. Nicht so intelligent wie du, Ellen. Sie hat versucht, mich zu vergiften. Ich weiß nicht, was für ein Zeug sie ins Essen gegeben hat. Vielleicht etwas aus Sabinas Vorräten. Oder es ist ihr gelungen, an den Medizinschrank des Doktors im Pestkrankenhaus zu kommen. Wie auch immer, meine Gedärme haben sich von innen nach außen gedreht. Aber ich habe überlebt. Wer weiß, was sie das nächste Mal versucht hätte? Ich musste sie loswerden.«

Hoffman schien erregt. Er ging ein paar Mal ruhelos hin und her, blieb stehen und räusperte sich. »Nun, wo waren wir? Vor dem Werkzeug, meine ich.«

Ellen überflog den Text durch einen Tränenschleier. Sie rieb sich die Augen und versuchte, sich zu konzentrieren.

»Ihre Begegnung mit Doktor Kronborg. Ihre Gespräche am Strand. Er machte Sie zum König in Ihrem Reich«, fasste sie zusammen.

»Nicht *machte*. Er *sah*, dass ich hier König war!«, korrigierte Hoffman und fuhr fort, immer lauter und aufgeregter, dabei schlug er mit der Faust in die Handfläche: »Er *wusste* es, genau wie du es *wusstest*, Ellen. Niemand kann mich gefangen nehmen, mich beherrschen oder verhöhnen. Denn das ist *meine* Insel, die Männer sind *meine* Männer, die Frauen sind *meine* Frauen. Und ich belohne die, die es richtig machen, und bestrafe jeden, der es falsch macht. Ich werde diese Insel niemals verlassen!«, rief er erregt. »Ich habe die Welt gesehen, und ich will nichts mehr sehen. Ich habe in Luxus und Überfluss gelebt, ich war eingesperrt wie ein Tier. Aber jetzt werde ich hier bis ans Ende meines Lebens bleiben, und wenn ich sterbe, werde ich im Meer versenkt wie ein Seemann. Kein Sarg, kein Grab, keine Unterwelt! Hast du das, Ellen? Das ist wichtig.«

»Ja. Kein Sarg, kein Grab, keine Unterwelt«, wiederholte sie.

Er nickte bestätigend.

»Doktor Kronborg kennt meine Wünsche, Artur ebenso, und wenn sie mich überleben, werden sie dafür sorgen, dass ihnen nachgekommen wird. Und mit mir stirbt die ganze Insel. Alle werden ihre Häuser und Arbeit verlieren. Der Doktor sagt, das Militär möchte sie übernehmen. Das wird nur vorübergehend sein. Eine so kleine Insel ist nichts für eine moderne Kriegsmacht. Bald wird die Insel ganz verlassen sein. Die Häuser werden zusammenfallen. Die Gartenbeete zuwachsen. Die Bäume wird der Sturm fällen, die Erde wird der Wind wegblasen. Die Insel wird sein, was sie von Anfang an war: ein Fels im Meer, nur von Seehunden und Seevögeln besucht. Aber solange ich lebe, lebt auch die Insel!«

Er beschloss seine Rede mit einer theatralischen, allumfassenden Geste. Ein paar Sekunden lang stand er wie versteinert da, mit erhobenem Kopf, ausgebreiteten Armen, als müsse er den großartigen Inhalt des eben Gesagten verdauen. Dann holte er tief Luft und ließ die Arme fallen.

»Hast du alles?«, fragte er mit einer anderen Stimme, wie ein Schauspieler, der plötzlich seine Rolle verlässt.

»Ich glaube schon«, antwortete Ellen.

Mit bestimmten Schritten ging er auf sie zu. Er rückte die Brille zurecht, beugte sich vor und las die Seite in der Schreibmaschine. Er grunzte ein wenig und richtete sich auf. Dann fasste er ihre Schultern und drehte den Bürostuhl zu sich, mit einer so heftigen Bewegung, dass Ellen fast heruntergefallen wäre. Instinktiv hob sie die Hand, seines Zorns gewärtig, aber zu ihrem Erstaunen fiel er vor ihr auf die Knie.

»Dass du gekommen bist!« Er schaute sie mit leuchtenden Augen an. »Ich habe sofort gesehen, du bist anders. Du wusstest Bescheid. Deine kleinen Hände!« Er streckte sich nach ihrer linken Hand aus und nahm sie vorsichtig. »Dein Blick, wenn du mir das Essen serviert hast. Erinnerst du dich? Ehrerbietig, bewundernd, vielleicht ein wenig ängstlich?«

Ellen betrachtete ihn gespannt. Die plötzliche Weichheit in seiner Stimme verwirrte sie.

Vorsichtig, als wäre sie aus Porzellan, untersuchte er ihre Hand: den Handrücken, die Handflächen, die Finger.

»Meine Königin«, sagte er mit einem kleinen Seufzer und drückte ihre Handfläche an seine Lippen.

Zu Ellens Bestürzung legte er seinen Kopf in ihren Schoß und legte ihre Hand darauf. Sie schaute in den Wirrwarr aus Bart und Haaren, der wie ein pelziges Tier in ihrem Schoß ruhte. Sie traute sich nicht, die Hand zu bewegen. Erwartete er etwa, dass sie ihn streichelte? Und warum nannte er sie Königin? Warum hatte er sie nicht getötet, als er ihr den Bügel um den Hals gelegt hatte?

Erbärmlich jammernd rieb er seine Wange an ihrem Oberschenkel. Ellen saß da wie versteinert. Das Jammern ging in ein Stöhnen über, er drückte den Kopf nach unten, als wolle er sich zwischen ihre Schenkel zwängen. Sie drückte die Beine fest zusammen und versuchte, ihn wegzuschieben. Sie wusste, was ihr bevorstand. Das Manuskript war fertig, er brauchte ihr Maschineschreiben nicht mehr. Jetzt wollte er ihren Körper. Ihn verwenden, misshandeln und dann töten, wenn sie verbraucht war. So wie er es mit Katrin gemacht hatte und dem Mädchen, das hinter dem Holzschuppen gefunden worden war, und wie er es sicher auch mit Märta gemacht hätte, wenn sie nicht hätte fliehen können.

Er schob ihren Rock hoch, bedeckte ihre Schenkel mit eifrigen, nassen Küssen und zerrte an den Strumpfbändern. Sie spürte seinen Bart und seinen heißen Atem auf der Haut, plötzlich brannte es im linken Oberschenkel. Mein Gott, er hatte sie gebissen!

Leiste keinen Widerstand, hatte John gesagt. Ganz gleich was, nur keinen Widerstand.

»Wollen Sie, dass ich mich ausziehe?«, bekam sie heraus.

»Ja!«, keuchte er und schaute zu ihr hoch, zerzaust, errötet, und mit glänzendem Blick.

Einen kurzen, absurden Augenblick lang spürte sie so etwas wie Mitleid. Er hatte nie ein richtiges Verhältnis mit einer Frau gehabt, dachte sie. Herrschen oder beherrscht werden, etwas anderes kennt er nicht.

»Drehen Sie sich um«, sagte sie mit fester Stimme. »Auf die Knie. Ich sage es, wenn Sie schauen dürfen.«

Unwillig ließ er ihre Oberschenkel los und drehte sich rutschend, bis er ihr den Rücken zuwandte. Er zitterte vor Erwartung.

Ellen stand auf. Dicht hinter ihm raschelte sie etwas mit dem Rock, mit der anderen Hand streckte sie sich nach dem Werkzeug auf dem Schreibtisch aus. Sie bekam es zu fassen und mit einer blitzschnellen schwingenden Bewegung schlug sie es über seinen Kopf.

Sie hatte seiner Lektion wie in einem Nebel zugehört, aber jetzt tauchte jedes Wort glasklar aus ihrer Erinnerung auf. Wohl, weil er sie gezwungen hatte, alles aufzuschreiben.

Will man das Opfer so schnell wie möglich unschädlich machen, dann zieht man so fest zu wie nur möglich.

Ellen drückte die Griffe zusammen, so fest sie nur konnte,

als würde sie einen sehr dicken Ast in der Gartenhecke zu Hause in Lerum durchschneiden wollen.

Hoffman wand sich, brüllte und fuchtelte mit den Armen. Seine Brille hing an einem Ohr, und als er eine Bewegung mit dem Kopf machte, flog sie durch das Zimmer.

Man muss immer hinter dem Rücken des Opfers stehen. Man darf niemals zulassen, dass das Opfer einen zu packen bekommt!

Er macht einen Versuch, aufzustehen, aber ein heftiger Druck von Ellen zwang ihn wieder auf die Knie. Sie drückte so fest zu, wie sie konnte, ihre Armmuskeln und die Finger wurden weiß. Sie hörte ein Klicken, als der Draht über den ersten Zahn rutschte, Hoffman gab ein gurgelndes Geräusch von sich.

Ja, das war wirklich ein sehr effektives Werkzeug.

Aber Hoffman hatte Halsmuskeln wie ein Stier. Wie fest sie auch zudrückte, sie bekam den Draht nicht zum nächsten Zahn. Ihre Hände schmerzten vor Anstrengung. Wie lange würde sie noch durchhalten?

Er hatte ihren Rock zu fassen bekommen und zog und riss. Ich darf nicht umfallen, dachte sie, dabei bewegte sie sich hinter seinem Rücken, ohne das Werkzeug loszulassen. Ich darf auf keinen Fall vor ihn geraten! Die zerbrochenen Gläser unter ihnen auf dem Teppich knirschten.

Sie schrie so laut sie konnte um Hilfe. Würde sie jemand hören? Frau Lange? Kapitän Rapp? Aber es war spät am Abend, und Frau Lange hatte die Küche des Haupthauses schon verlassen. Kapitän Rapp schlief vermutlich schwer in seinem Whiskyrausch. Und was hätten sie gegen Hoffman ausrichten können? Das Schreien war eine Verschwendung von Kräften. Sie musste einfach durchhalten. Nur nicht loslassen. Aber sie konnte fast nicht mehr. Die Armmuskeln zitterten und sie wäre mehrmals fast über ihren Rock gestolpert.

Hoffmans Bewegungen mit dem Körper und den Armen wurden weniger kraftvoll. Ließ seine unmenschliche Körperkraft nach? Er drehte das Gesicht zu ihr. Sie sah die blutunterlaufenen Augen, die hängende Zunge und das Blut, das von seinem Hals floss. Im nächsten Moment fiel er mit einem harten Knall zu Boden und zog sie im Fallen mit sich.

Sie dachte, sie hätte losgelassen, merkte dann jedoch, dass ihre Hände die Griffe des Werkzeugs festhielten, sie konnte die Finger nicht ausstrecken, auch wenn sie gewollt hätte. Hinter Hoffmans Rücken kämpfte sie weiter.

Wie wahnsinnig rollte er hin und her, kroch über den Teppich, kam auf alle viere und stürzte dann wieder zu Boden. Ellen folgte seinen Bewegungen, wie eine Löwin, die ihre Klauen in einen Büffel gehauen hatte. Sie spürte eine Wut wie noch nie zuvor in ihrem Leben.

Allmählich wurden seine Bewegungen schwächer und schließlich blieb er auf der Seite liegen, die atemlose Ellen dicht hinter sich. Seine Weste und sein Hemd waren durchnässt von Schweiß. Sie wusste nicht, ob er tot oder bewusstlos war oder ob er nur bluffte. Sie konnte nicht mehr, so viel war sicher. Sie zog ihre Hände an sich, die zu Klauen verkrampft waren, und kam auf die Beine.

Da hob sich der gewaltige Rücken, Hoffman gurgelte und mit einer zitternden Hand griff er in den Nacken nach dem Hebel.

Ellen riss ihren Mantel an sich und rannte aus der Wohnung und durch den dunklen Flur. Wenn es Hoffman gelingen würde, das Werkzeug vom Hals zu bekommen, würde er sie zweifellos töten. Nicht schnell, um sie zu vernichten, sondern mit der langsamen, quälenden Methode.

Sie musste fliehen. Aber wohin? Sie konnte mit niemandem auf der Insel rechnen, weder mit Frau Lange noch mit John oder Artur.

Sie war halbwegs die Treppe hinuntergelaufen, da hörte sie, wie die Tür im oberen Stockwerk geöffnet wurde und schwere Schritte sich durch den Flur näherten.

30

Als Nils zum Hauptkommissar ernannt worden war, gehörte zu den ersten Dingen, die Nordfeldt ihm klarmachte, dass er seinen Chef unter keinen Umständen zu Hause stören durfte. Es sei denn, es handelte sich um etwas *wirklich* Ernstes.

Das Privatleben des Kommissars war heilig und von einem geheimnisvollen Schweigen umgeben. Nichts aus seinem Berufsleben durfte in sein Zuhause eindringen, und nichts, was da drinnen geschah, durfte zu seinen Kollegen auf dem Revier gelangen. Ein paar Informationen hatte Nils im Lauf der Zeit jedoch aufgeschnappt und sich daraus ein Bild von Nordfeldts Familienleben zusammenreimen können. Seine Frau litt an einer schweren Krankheit, um was für eine Krankheit es sich handelte, war unbekannt. Sie war kurz nach ihrer Heirat erkrankt, und im Lauf der Jahre wurde es immer schlimmer. Jetzt war sie die meiste Zeit bettlägerig und brauchte bei allem Hilfe. Tagsüber wurde sie von ihrer Schwester betreut, die sich auch um den Haushalt kümmerte. Wenn Nordfeldt nach Hause kam, übernahm er die Pflege seiner Frau. Er ging nie zu irgendwelchen Veranstaltungen, und in den Ferien fuhr er nie weg. Wenn ein Kollege, der nichts von dieser Situation wusste, fragte, wie die Ferien gewesen seien, bekam er eine kühl ausweichende Antwort, und wenn jemand so dumm war und fragte, wie es der Ehefrau des Kommissars ging, wurde er mit einem Arbeitsplan bestraft, der aus den unbeliebtesten Schichten bestand.

Was Märta erzählt hatte, musste in die Kategorie »wirklich ernst« fallen, dachte Nils, als er vergeblich an die Bürotür des Kommissars geklopft hatte und verstand, dass der schon gegangen war.

Bebend hob er den Hörer ab und nannte der Telefonistin die Ziffern des privaten Telefons des Kommissars.

Es klingelte mehrmals. Und schließlich hörte man eine ärgerliche Stimme:

»Ja? Was ist?«

»Guten Abend, Herr Kommissar. Hauptkommissar Gunnarsson am Apparat. Ich entschuldige mich vielmals für die Störung, Herr Kommissar. Ich weiß, wie restriktiv Sie mit ...«

»Komm zur Sache, du Plaudertasche. Und du musst schon einen sehr guten Grund haben, mich hier zu Hause anzurufen.«

Im Hintergrund hörte man eine grelle Frauenstimme rufen: »Hermann! Hermann! Wer ist es?«

Und dann Nordfeldts Stimme, gedämpft, als würde er sich vom Hörer wegdrehen, und mit einer Weichheit, die Nils noch nie bei ihm gehört hatte:

»Liebling, mach dir keine Sorgen. Ich komme gleich.«

Dann war die Stimme wieder in der Nähe des Hörers, jetzt ärgerlicher:

»Ist ein neuer Weltkrieg ausgebrochen? Haben die Untersuchungsgefangenen einen Aufruhr gemacht und das Revier angezündet? Halten sie Ihnen ein Messer an den Hals?«

»Nein, Herr Kommissar. Aber Hoffman ist frei! Er bewegt sich seit Jahren völlig frei auf Bronsholmen, er regiert die ganze Insel und vergewaltigt und misshandelt die Dienstmädchen.«

Ein brüllendes Lachen war am anderen Ende der Leitung zu hören.

»So, so, wirklich? Wo haben Sie denn diesen Unsinn gehört?«

»Von einer Person, die bis vor Kurzem auf der Quarantänestation gearbeitet hat.«

»Wer ist diese Person?«

»Das Dienstmädchen, das bei mir im Boot war, als ich von der Insel zurückfuhr, wenn Sie sich erinnern. Sie heißt Märta.«

»Ein Dienstmädchen?«, zischte der Kommissar. Es klang, als würde er kaum noch Luft bekommen. »Jetzt müssen Sie aber wirklich Vernunft annehmen, Gunnarsson. Verbringen Sie Ihre Arbeitszeit damit, sich Dienstmädchentratsch anzuhören?«

»Ich betrachte Märta als sehr glaubwürdig, Herr Kommissar. Was sie erzählt hat, ist zutiefst beunruhigend, und ich bin der Meinung, dass wir uns so schnell wie möglich nach Bronsholmen begeben sollten.«

»Aber Sie sind doch schon dort gewesen, Gunnarsson! Haben Sie das vergessen? Alles war in Ordnung, das haben Sie selbst gesagt. Schluss mit den Dummheiten für heute Abend. Und ich warne Sie: Rufen Sie mich bloß nicht noch mal an wegen irgendwelcher Grillen von Frauenzimmern. Adieu!«, brüllte Nordfeldt und legte auf.

Am nächsten Morgen machte Nils einen neuerlichen Versuch, mit seinem Chef zu sprechen. Um acht Uhr klopfte er an die Tür, die ihre Zimmer trennte, bekam jedoch keine Antwort. Er hörte, wie der Kommissar sich da drinnen bewegte, aufstand und sich wieder setzte, telefonierte, vor sich hin brummte. Nils wartete, klopfte wieder, mit dem gleichen Ergebnis. Er hörte, wie Polizisten an Nordfeldts andere Tür klopften, die in den Flur hinausging, und nach einem misstrauischen »Wer ist da?« eingelassen wurden. Nur Nils war ausgeschlossen.

Erst gegen elf Uhr schien er sein Vergehen gesühnt zu haben, und sein Chef war bereit, ihn wieder in Gnaden aufzunehmen. Aber als Nils endlich eingelassen wurde, wollte Nordfeldt nur über die Geschäfte reden.

»Jetzt hören Sie mal zu, was ich herausbekommen habe, während Sie sich Weiberklatsch angehört haben. Der Lastwagenfahrer, den ihr festgenommen habt, heißt Ivar Johansson. Er ist der Bruder von Isidor Johansson, dem Inhaber der Transportfirma. Er ist schon mehrmals verurteilt worden. Diebstahl und Misshandlungen und anderes. Jetzt ist er offensichtlich ins Schmuggelgeschäft eingestiegen und hat seinen bislang straflosen Bruder überredet, bei den Transporten behilflich zu sein. Hast du auf der Ladefläche des Lastwagens Kisten gesehen, also bevor er ins Wasser fiel?«

»Nein, die Ladefläche war leer«, sagte Nils nachdrücklich.

»Hm.« Nordfeldt kratzte sich im Nacken. »Ivan hatte die Brieftasche voller nasser Scheine, als er durchsucht wurde. Es sieht so aus, als hätte er die ganze Ladung mit Schnaps verkauft, kurz nachdem er und sein Bruder sie bei der Werft abgeholt hatten. Aber wo verdünnen sie den Schnaps und füllten ihn ab? In der Transportfirma?«

»Sieht nicht so aus«, sagte Nils. »Wenn man mit so viel konzentriertem Alkohol hantiert, dann bleibt immer ein Geruch in der Luft hängen. Aber ich habe dort nichts Derartiges bemerkt, ich habe auch keine Flaschen oder Trichter gesehen. Soweit ich es verstanden habe, war der Schnaps abgefüllt und fertig zum Verkauf, als er auf der Werft angeliefert wurden. Kalle Klinka trank ihn ohne Probleme.«

»Das allein sagt noch gar nichts. Kalle Klinka trinkt auch Terpentin ohne Probleme.«

»Aber ich habe doch daran gerochen, und es roch wie normaler Schnaps.«

Nordfeldt nickte nachdenklich.

»Die Ware, die wir bei Panama-Bengtsson beschlagnahmt haben, bestand ja auch aus verdünntem Schnaps in Flaschen«, sagte er. »Wir sollten vielleicht mal mit dem Bootsführer der Quarantänestation reden. Falls er es wirklich war, den Sie gesehen haben. Ich lasse ein paar Zivilpolizisten unten am Kai Wache halten, wo er normalerweise anlegt. Das war doch der Holzkai, nicht wahr?«

Er nahm den Hörer des Haustelefons ab und gab seine Befehle. Bevor er sein Gespräch beendet hatte, klingelte das andere Telefon. Fluchend legte er das Haustelefon auf und nahm den anderen Hörer ab.

Nils wartete eine Weile, um zu sehen, ob Nordfeldt wieder den Hörer auflegen und ihr Gespräch weiterführen würde. Oder ob er das Gespräch für wichtig ansah und wollte, dass Nils das Zimmer verließ. Anfangs schien es Ersteres zu sein, Nils lehnte sich im Stuhl zurück. Aber dann änderte sich der Gesichtsausdruck des Kommissars. Seine Augen weiteten sich und die Finger krampften sich um den Hörer. Nils stand auf, aber Nordfeldt machte ihm ein Zeichen, sich zu setzen.

»Wo?«, fragte der Kommissar in den Hörer. »Oh. Ja, ich weiß, wo das ist. Ja. Adieu.«

Er legte auf und wandte sich mit einem gespannten Gesichtsausdruck an Nils.

»Ich habe gerade die Mitteilung bekommen, dass ein paar Fischer heute Morgen eine Leiche geborgen haben. Eine junge Frau. Scheint nicht sehr lange im Wasser gelegen zu haben.«

Er schwieg und verzog das Gesicht. Dann fuhr er mit einer rauen, ärgerlichen Stimme fort, als ob er die Worte nur sehr ungern aussprechen würde:

»Sie hat den Hals auf eine sehr spezielle Art abgeschnitten bekommen. Sie wissen, was ich meine, Gunnarsson. Garrottiert. Man hat sie nicht weit weg von Bronsholmen aus dem Wasser gezogen.«

31

Nils beobachtete gespannt, wie eine Bahre von zwei Assistenten in weißen Kitteln hereingerollt wurde. Als sie näherkam, konnte er die Konturen unter dem Laken, das den Körper ganz bedeckte, sehen. Ein eiskalter Schauer durchlief in.

Die Assistenten fuhren die Bahre unter die Lampe, wo der Gerichtsmediziner Hedman wartete. Der Arzt warf Kommissar Nordfeldt einen Blick zu und schlug das Laken weg. Nils machte sich bereit für den Anblick.

»Sie sehen es selbst. Die gleiche Verletzung wie neulich, als Sie hier waren«, sagte Doktor Hedman.

Die Erleichterung war groß, Nils konnte einen tiefen Seufzer nicht unterdrücken. Der Gerichtsmediziner schaute ihn erstaunt an.

Die Frau auf der Bahre hatte keinerlei Ähnlichkeiten mit Ellen. Das Gesicht war mager und ausgemergelt, eine Milchstraße von Sommersprossen über der Nase und den Wangen. Die Haare waren hell karottenrot. Erst als Nils das festgestellt hatte, konnte er seinen Blick der klaffenden Wunde rund um den Hals zuwenden.

»Aber hier ist die Wunde schlimmer als bei dem anderen«, fuhr der Gerichtsmediziner fort. »Die Halsschlagader ist durchgeschnitten. Ich habe sie ein wenig hergerichtet, aber Tatsache ist, dass ihr fast der Hals abgeschnitten wurde.«

»Also mehr Gewalt, als nötig gewesen wäre, um sie zu töten?«, fragte Kommissar Nordfeldt.

»Auf jeden Fall.«

Nordfeldt brummte etwas vor sich hin und betrachtete die Frau. Dann wandte er sich an Nils.

»Sie haben gerade sehr merkwürdig ausgesehen, Gunnarsson. Haben Sie eine Ahnung, wer sie ist?«

»Nein, ich kann mich nicht erinnern, sie in der Quarantänestation gesehen zu haben.«

»Sie wurde in der Nähe von Bronsholmen gefunden, aber das muss nichts bedeuten. Es kann sein, dass sie weiter draußen ins Meer geworfen wurde und dorthin getrieben ist. Sie hätte vielleicht genauso gut in der Nähe von Vinga oder einer anderen Insel landen können.«

»Ja, vielleicht«, sagte Nils. »Aber wenn sie von Bronsholmen stammt, dann kenne ich jemanden, der sie identifizieren kann.«

Fünfundvierzig Minuten später sprang Viola Viktorsson vor dem Leichenschauhaus aus einem Polizeiauto. Sie sah freudig überrascht aus. Nils ging zu ihr hin, begrüßte sie höflich und sagte: »Wie schön, dass Sie kommen konnten, Fräulein Viktorsson. Dieses Mal handelt es sich um eine tote Person mit nicht bekannter Identität. Könnten Sie uns vielleicht wieder helfen?«

Dagegen hatte Viola absolut nichts einzuwenden. Auf klappernden Absätzen ging sie in den Saal, wo sie bereits ihren Bruder identifiziert hatte.

Als sie eintraten, hatte der Gerichtsmediziner das Laken bis zum Kinn hochgezogen, damit sie die Wunde im Hals nicht sehen konnte. Er gab Viola ein Zeichen, heranzutreten.

Viola beugte sich über die Tote. Schaute ihr Gesicht ein paar Sekunden an und wandte sich dann an Kommissar Nordfeldt.

»Das ist Katrin«, sagte sie, ohne zu zögern. »Sie ist älter geworden, wahrlich. Ja, ich habe sie ja nicht gesehen, seit ich Bronsholmen verlassen habe. Aber das ist sie, da bin ich mir ganz sicher.« Sie wandte sich wieder der Toten zu. »Katrin Matsson. Wir waren Klassenkameradinnen, als es auf der Insel noch eine Schule gab. Ein richtiger Quälgeist war sie. Sie hat mich mal auf dem Klo eingeschlossen. Aber«, erinnerte sie sich mit einem überlegenen Glitzern in den Augen, »ich habe ihr eine solche Ohrfeige gegeben, dass sie ins Eisengitter der Treppe flog. Sehen Sie die Narbe über der Augenbraue?«

Sie zeigte auf das Gesicht der Toten.

»Sie hat mehrere ältere Verletzungen«, sagte der Gerichtsmediziner. »Ihr ganzer Körper …«

Nordfeldt hob abwehrend die Hand.

»Darüber sprechen wir später, Herr Doktor.«

»Woran ist sie gestorben?«, fragte Viola neugierig.

»Die Todesursache konnte noch nicht festgestellt werden«, antwortete Nordfeldt anstelle des Gerichtsmediziners. »Ich glaube, wir haben alles gesehen, Doktor Hedman.«

Der Gerichtsmediziner zog das Laken über das Gesicht der Toten und winkte die Assistenten herbei. Nordfeldt wandte sich an Viola: »Vielen Dank, Fräulein Viktorsson. Sie waren uns eine große Hilfe.«

»Ach, keine Ursache. Ich stehe gerne zur Verfügung, wenn Sie mich noch einmal brauchen«, sagte Viola dienstbeflissen.

»Das hoffe ich wirklich nicht, dass wir Sie noch einmal brauchen«, sagte Nils mit einem Schaudern.

»Ja, rufen Sie einfach an. Werde ich auch wieder in die Fabrik zurückgefahren?«

»Selbstverständlich«, sagte Nordfeldt. »Das Polizeiauto, das Sie hergefahren hat, wartet draußen.«

»Eine eigenartige Frau«, sagte Nordfeldt, als sie zusammen zum Revier zurückfuhren.

»Ja, wirklich«, sagte Nils.

Dann saßen sie schweigend auf der Rückbank des Polizeiautos, beide in ihre Gedanken vertieft, schauten aus den Fenstern auf herbstlich gelbe Bäume, Straßenbahnen und Menschen, die sich durch den Nieselregen bewegten. Nils saß angespannt da, er war blass, die Fäuste hatte er im Schoß geballt.

Das Auto hielt an und sie stiegen aus.

»Wir gehen hinauf in mein Zimmer«, sagte Nordfeldt.

»Ich muss nur rasch ein Telefongespräch führen«, sagte Nils. »Ich komme sofort.«

Er ging voraus durch die Eingangstür, lief die Treppe mit zwei Stufen auf einmal hinauf und in sein Zimmer. Ohne den Mantel oder den Hut auszuziehen, hob er den Hörer ab und bat, mit Ingenieur Grönblad in Lerum verbunden zu werden.

Ellens Mutter war am Apparat. Nils stellte sich als ein Freund von Ellen vor und nannte einen erfundenen Namen.

»Ellen ist in Skåne bei einem Nähkurs«, sagte die Mutter fröhlich. »Wir erwarten sie am Donnerstag zurück.«

Der Hörer wog plötzlich schwer wie Blei in seiner Hand.

»Aha. Ich verstehe. Auf Wiedersehen, Frau Grönblad.«

Ellen war also nicht nach Hause zu ihren Eltern gefahren. Und er hatte seit drei Wochen nichts von ihr gehört.

Ohne anzuklopfen, öffnete er die Tür und trat zu Kommissar Nordfeldt ein.

Dort saßen bereits zwei Kriminalpolizisten in Zivil.

»Da sind Sie ja, Gunnarsson. Öberg und Hellström haben den Bootsführer unten am Holzkai gefasst«, erklärte Nordfeldt. »Sie haben ihn eingesperrt, nehme ich an?«

»Ja, Herr Kommissar«, sagte Polizist Öberg.

»Sie haben also Schmuggelschnaps im Boot gefunden?«

»Nein, Herr Kommissar.«

Nordfeldt sah erstaunt aus.

»Aber warum haben Sie ihn festgenommen? Man kann doch den Bootsführer der Königlichen Medizinalverwaltung nicht aufgrund eines bloßen Verdachts einsperren. Das würde Doktor Kronborg uns spüren lassen.«

»Wir haben etwas anderes gefunden, Herr Kommissar. Blut. Der Festgenommene behauptete, es sei Fischblut. Aber dafür war es viel zu viel. Außerdem war es frisch.«

Nordfeldt runzelte die Stirn.

»Interessant. Gute Arbeit, Öberg. Und Sie auch, Hellström. Stellen Sie das Boot sicher und lassen Sie die Rechtschemiker das Blut analysieren. Hat er sehr viel Widerstand geleistet, als Sie ihn festnahmen?«

»Überhaupt nicht. Er schien ziemlich müde.«

»Ich werde ihn später selbst verhören. Vielen Dank erst mal.«

Der Kommissar wandte sich an Nils, der stand, weil alle anderen Stühle besetzt waren.

»Allmählich wird es eng in den Zellen«, sagte er befriedigt. »Jetzt haben wir den Bootsführer, den Lastwagenfahrer und Bengtsson. Bin gespannt, was bei den Verhören herauskommt.«

»Also, Herr Kommissar«, sagte Polizist Öberg. »Da war noch etwas.«

»Ja?«

»Das haben wir in seiner Innentasche gefunden.«

Er streckte sich über den Schreibtisch und reichte ihm einen Briefumschlag.

Nordfeldt warf einen Blick auf die Außenseite des Briefumschlags, nahm ein Papiermesser und schlitzte ihn auf. Er holte einen weiteren Briefumschlag heraus, machte sich bereit, auch diesen aufzuschlitzen, hielt jedoch inne.

»Der scheint für Sie zu sein, Gunnarsson«, sagte er erstaunt.

»Für mich?«

»Hauptkommissar Gunnarsson zu Händen«, las der Kommissar vor. »Bitte sehr.«

Nils ging zum Schreibtisch und nahm den Brief entgegen. Sein Herz klopfte, als er die Handschrift sah. Nordfeldt reichte ihm das Papiermesser. Ohne es zu beachten, riss Nils den Umschlag mit den Fingern auf und holte den Brief heraus. Mit einem zunehmenden Gefühl des Entsetzens las er ihn durch. Als er fertig war, schaute er auf und in die fragenden Augen der anderen.

»Möchten Sie uns am Inhalt teilhaben lassen?«, sagte Nordfeldt.

»Er ist von Ellen Grönblad. Einer Journalistin und sehr guten Freundin von mir. Und ...« Er warf Nordfeldt einen streitlustigen Blick zu. »... sie ist meine inoffizielle Berichterstatterin auf Bronsholmen. Ich vertraue ihr zu hundert Prozent. Lesen Sie selbst.«

Er reichte Nordfeldt den Brief und wartete ungeduldig, bis dieser in fertig gelesen hatte.

»Wir müssen sofort nach Bronsholmen fahren, Herr Kommissar.«

Nordfeldt nickte betrübt.

»Ich werde Doktor Kronborg anrufen und fragen ...«

»Zum Teufel mit Kronborg!«, schrie Nils. »Ihn sollten wir auch einsperren. Aber das kann warten. Wir haben es jetzt eilig. Dieser Brief ist vor ein paar Tagen datiert. Vielleicht ist es schon zu spät.«

»Für Katrin Mattson ist es definitiv zu spät«, der Nordfeldt ungerührt.

»Wir müssen sofort hinfahren!«, wiederholte Nils. »Und wir müssen mehrere bewaffnete Polizisten mitnehmen. Wir können die Boote der Hafenpolizei nehmen. Der Zoll sollte auch mitkommen. Es scheint so, als hätten wir das erste Glied der Schmugglerkette gefunden.«

Er sprach laut und bestimmt und schlug immer wieder mit der Faust in die Handflächen.

Die Kriminalpolizisten betrachteten ihn mit großen Augen.

»Geben Sie hier die Befehle, Gunnarsson? Wollen Sie eine Kriegsflotte anführen?«, fragte Nordfeldt.

»Wenn Sie mich nicht unterstützen, Herr Kommissar, dann fahre ich allein hin. Und wenn ich ein Boot stehlen muss! Oder hinschwimmen.«

Nordfeldt holte seine Taschenuhr heraus. Er schüttelte den Kopf.

»Wir müssen bis morgen warten. Wir widmen uns den restlichen Tag der Vorbereitung des Einsatzes. Ich werde sofort mit dem Polizeimeister sprechen. Morgen früh schlagen wir zu.«

32

Als die Zollfahndung und die drei Boote der Hafenpolizei den Hafen verließen, war es noch dunkel. Der Nebel folgte ihnen bis hinaus in die südlichen Schären. Weiter draußen lichtete er sich, und der Kattegatt lag vor ihnen, blauschwarz wie eine Eisenplatte, er schaukelte in langen, saugenden Wellen.

Nils spürte, wie die Sitzbank unter ihm verschwand und ihn dann wieder nach oben drückte. Die Patrouillenboote der Hafenpolizei lagen tief im Wasser, sie waren nicht für die offene See gemacht. Die Wasseroberfläche war so nahe, als würde er in einem Kanu sitzen.

Eine kräftige Welle traf das Boot und schwappte ins Cockpit. Nils wischte sich das Salzwasser aus den Augen und warf einen Blick auf Wachtmeister Öberg, der ihm gegenübersaß. Öberg schüttelte seinen nassen Hut aus und lachte. Er beugte sich vor und sagte etwas, aber seine Stimme wurde vom Lärm verschluckt. Die Luft war voller Geräusche. Das Knattern der Motoren, das Brausen der Wellen, die Schreie der Möwen. Und über allem schwebte ein merkwürdiger, klingender Ton, der von der abgelegenen Insel zu kommen schien und der immer stärker wurde, je näher sie kamen. Die Stimme der Insel, die sie zu sich lockte, wie der Gesang der Sirenen.

Das war natürlich Einbildung. Als sie in den Hafen steuerten, lagen die Felsen grau und schlafend unter dem trüben Himmel, es fiel ein leichter Nieselregen. Sie legten am Kai vor den Krankenhausgebäuden an. Nils und Wachtmeister Öberg gingen an Land, mehrere Polizisten, sowohl zivile als auch uniformierte, strömten aus den Kajüten der Boote. Sie versammelten sich mit den Beamten vom Zoll am Kai.

»Da oben ist das Haupthaus«, sagte Nils und zeigte nach oben. »Hoffman ist in der Arztwohnung im oberen Stockwerk.«

»Gut«, sagte Kommissar Nordfeldt. Er wandte sich an die Leute vom Zoll: »Während wir hineingehen und ihn festnehmen, macht ihr das Magazin auf.«

Nils ging voran zum Haupthaus, die Polizisten folgten ihm. Ein paar Quarantänewärter tauchten von unten, von den Krankenhausgebäuden auf und liefen zu ihnen. Sie versuchten, sich den Polizisten in den Weg zu stellen, wichen jedoch zurück, als sie deren gezogene Revolver sahen.

Die Polizisten gingen hinein und die Treppe ins obere Stockwerk hinauf. Sie machten sich bereit, die Tür zur Arztwohnung aufzubrechen, aber die Tür war nicht verschlossen und sie stürmten hinein. Sie brauchten nicht viele Minuten, um die Wohnung zu durchsuchen und festzustellen, dass sie leer war.

Als sie die Treppe herunterkamen, begegnete ihnen ein verängstigter älterer Mann, er trug lange Unterhosen, ein Unterhemd und eine Kapitänsmütze.

»Guten Morgen, Kapitän Rapp«, sagte Nils und senkte den Revolver. »Sie erinnern sich an mich, nicht wahr? Wie Sie wissen, bin ich von der Polizei, und all diese Männer sind meine Kollegen. Wir suchen Hoffman, Ihren Gefangenen. Wissen Sie, wo er ist?«

Der Quarantänemeister kaute nervös auf der Unterlippe.

»Der Doktor hat uns nicht über Besuch informiert«, murmelte er.

»In dieser Angelegenheit brauchen wir seine Zustimmung nicht«, sagte Kommissar Nordfeldt. »Wissen Sie, wo Hoffman ist?«

»Hoffman«, sagte Kapitän Rapp und schaute nach rechts und links. »Er ist in seiner Zelle. Im Observationskrankenhaus.«

»Er blufft«, sagte Nils.

»Das werden wir sehen«, antwortete Nordfeldt. »Sie und ich gehen hin, Gunnarsson. Ihr anderen durchsucht das ganze Haupthaus und die anderen Gebäude.«

Er wandte sich an Kapitän Rapp: »Bringen Sie uns zum Observationskrankenhaus. Oder ...«, fügte er mit einem Blick auf die Unterhosen und die Pantoffeln des Quarantänemeisters hinzu, »wir finden selbst den Weg.«

Im Wachzimmer im Erdgeschoss des Observationskrankenhauses saßen zwei Quarantänewärter. Sie standen rasch auf, als die Polizisten eintraten. Nordfeldt befahl ihnen, Hoffmans Zelle zu zeigen.

Das Ganze war eine Wiederholung von Nils' erstem Besuch. Sie gingen die Treppe hoch, in jedem Stockwerk nahm der Wärter seinen klappernden Schlüsselbund und schloss eine Tür auf.

Dann standen sie in dem engen Flur mit der Luke in der Wand. Der Wärter öffnete die Luke. Nils und Nordfeldt traten ans Gitter. Sie schauten in den kahlen Krankenhaussaal, der in eine Zelle verwandelt worden war. Das graue Morgenlicht fiel durch die oben gelegenen Fenster herein. Auf der an der Wand festgeschraubten Pritsche lag ein großgewachsener, bärtiger Mann in abgetragenen Lumpen und schlief. Er lag gekrümmt auf der Seite, den einen Arm unter dem Kopf.

»Aha«, sagte Nordfeldt kurz.

»Weck ihn«, sagte Nils zum Wärter. »Sag ihm, er soll sich aufsetzen, damit wir sehen, dass er es ist.«

»Hoffman!«, rief der Wärter. »Wach auf! Du hast Besuch.«

Hoffman bewegte sich, stützte sich auf den Arm und schaute sie verschlafen an.

»Setz dich auf«, befahl der Wärter.

Der große Mann setzte sich mühsam auf und starrte leer vor sich hin.

»Ist er das?«, fragte Nordfeldt.

Nils nickte.

»Dann sind wir wohl fertig hier?«

Nils antwortete nicht. Er schaute den Mann auf der Pritsche an.

»War er die ganze Zeit, seit ich das letzte Mal hier war, eingesperrt?«, fragte er den Wärter.

»Ja, selbstverständlich«, sagte der.

Nordfeldt warf Nils einen dunklen Blick zu. Der Wärter schloss die Luke.

Als sie alle verschlossenen Türen passiert hatten und wieder unten im Wachraum standen, sagte Nils: »Ich möchte mit einem Dienstmädchen sprechen, die hier arbeitet. Sie heißt Ellen Grönblad.«

»Dann müssen Sie in der Kantine fragen«, sagte einer der Wärter. »Ich kann Ihnen zeigen, wo sie ist.«

»Ich gehe derweil hinunter zum Magazin und schaue, ob die vom Zoll etwas gefunden haben«, sagte Nordfeldt. Er war ruhig und gefasst, aber Nils sah das stechende Blitzen in seinen Augen.

In der Küche der Kantine traf Nils eine aufrechte, ältere Frau mit einem grauen Knoten und einem Respekt einflößenden Aussehen. Bei Nils' Frage erstarrte sie.

»Ellen Grönblad?«, wiederholte sie. »Sie hat aufgehört. Sie war nur kurze Zeit hier.«

»Wo ist sie jetzt?«

»Woher soll ich das wissen. Sie ist in die Stadt gefahren. Nicht alle sind dafür geeignet, hier draußen zu arbeiten. Entschuldigen Sie mich, aber ich muss mich um den Frühstücksbrei kümmern.«

Sie ging zum Herd und rührt in einem großen Topf.

Nils verließ das Kantinengebäude. Der Regen hatte aufgehört. Die Luft war feuchtigkeitsgesättigt und roch salzig.

Unten am Kai waren die Tore des Magazins geöffnet. Er ging hinein.

Nordfeldt stand mitten im geräumigen Raum und beobachtete die Arbeit der Männer vom Zoll. Sie krochen unter die Packtische und leuchteten mit ihren Taschenlampen in dunkle Ecken. Die Lagerregale an den Wänden waren leer. Sie waren zu spät gekommen.

Nils sah sich um. Was für ein fantastischer Ort, um eine Ladung Schnaps aufzubewahren! Die ganze Quarantänestation war ja wie gemacht fürs Schmuggeln. Ein abseits gelegener Hafen, an dem große Schiffe anlegen konnten. Lagerräume direkt am Kai. Die Packtische waren perfekt zum Verdünnen und Abfüllen. Es gab keinen Grund, diese zeitraubende und gefährliche Tätigkeit bei den Zwischenhändlern in der Stadt zu erledigen. Und dann: das Motorboot, das die Flaschen in kleineren Portionen an Land brachte.

»Irgendwelche Spuren?«, fragte Nordfeldt. Seine Stimme hallte zwischen den Wänden.

Einer der Zöllner stand auf und schüttelte den Kopf.

»Nichts, Herr Kommissar. Hier ist alles sauber.«

»Ein bisschen zu sauber«, sagte Nils und strich mit der Hand über einen der Packtische. »Sie haben seit vielen Jahren keine Handelsschiffe abgefertigt. Sollte es da nicht ein bisschen staubiger sein?«

»Und es riecht auch nicht nach Alkohol«, fuhr der Zöllner fort und schnüffelte professionell in der Luft. »Aber nach irgendetwas riecht es. Nach schlechtem Wein vielleicht. Richtig schlechtem Wein.«

Nils erinnerte sich an Ellens ersten Brief.

»Essig«, sagte er. »Diese verdammten Pedanten haben alle Spuren beseitigt und das ganze Magazin mit Essig geschrubbt.«

Sie verließen das Magazin und zwei Quarantänewärter schlossen die Tore hinter ihnen. Nils glaubte, zufriedene Mienen in ihren Gesichtern zu sehen.

»Also. Die Aktion ist beendet«, entschied Nordfeldt. Sein Gesicht war dunkelrot. »An Bord, alle Mann.«

Die Zöllner schienen den gleichen Beschluss gefasst zu haben. Sie waren bereits an Bord ihrer Yacht, die Motoren dröhnten, ihr Vorgesetzter grüßte vom Deck. Aufrecht stehend beantwortete Nordfeldt den Gruß und zischte Nils zu:

»Was dieser Ausflug in die Schären die Steuerzahler von Göteborg gekostet hat, daran will ich nicht einmal denken. Aber ich bin sicher, der Polizeimeister wird es mir sagen.«

Die Polizisten drängten sich in den Kajüten und Cockpits der drei Boote der Hafenpolizei. Nils und Nordfeldt waren die Letzten, die noch am Kai standen.

»Nun?«, sagte Nordfeldt. »Wollen Sie nicht an Bord gehen, Gunnarsson?«

»Ich verlasse diese Insel nicht, bevor ich Ellen nicht gefunden habe«, antwortete Nils.

»Aber man hat Ihnen doch gesagt, dass sie nach Hause gefahren ist!«

Nils schüttelte heftig den Kopf.

»Sie ist nicht nach Hause gefahren. Ich habe gestern mit ihrer Mutter gesprochen.«

»Dann ist sie eben woanders hingefahren! Sie erzählt ihrer Mutter vielleicht nicht alles. Und auch Ihnen nicht. Was Frauenzimmer angeht, da sind Sie erstaunlich naiv. Ich weiß, Sie waren mit diesem Mädel zusammen und hoffen, sie zurückzubekommen. Aber Sie können die Launen eines Frauenzimmers nicht über Ihre polizeiliche Arbeit bestimmen lassen.«

»Das sind keine Launen. Sie haben selbst den Brief gelesen, den der Bootsführer bei sich hatte.«

»Ja, der war dramatisch, übertrieben und verzweifelt. Wenn auch nur ein Zehntel davon wahr gewesen ist, gab es einen Grund, die Angelegenheit zu kontrollieren. Das haben wir getan, und jetzt fahren wir nach Hause.«

»Herr Kommissar! Wir sind zur Abfahrt bereit«, rief einer der Hafenpolizisten.

»Wir kommen«, antwortete Nordfeldt.

Der Hafenpolizist startete den Motor.

»Ihr könnt fahren«, sagte Nils. »Ich bleibe, bis ich Ellen gefunden habe.«

»Herrgott noch mal, Gunnarsson, Sie sind ja störrisch wie eine alte Mähre. Wie wollen Sie nach Hause kommen? Das Boot der Quarantänestation ist beschlagnahmt und der Bootsführer sitzt im Knast.«

»Das ist meine Angelegenheit«, sagte Nils.

Der Kommissar machte ein Gesicht, als wollte er etwas Bissiges sagen, aber dann hob er den Kopf, sein Blick änderte den Fokus. Nils drehte sich um.

Ein junger Mann kam schnell über die Wiese. So schnell er konnte, denn er hinkte stark, es war deutlich zu sehen, dass die Bewegung ihn sehr anstrengte. Seine dunklen Haare waren wirr. Das Hemd über dem Unterhemd war nicht zugeknöpft und flatterte im Wind.

»Wartet!«, keuchte er und winkte ihnen zu.

»Wer sind Sie?«, fragte Nordfeldt ärgerlich.

»John Lange. Ich habe gehört, ihr …« Der Mann musste sich kurz nach vorne beugen, um wieder Luft zu bekommen. »Ich habe gehört, Sie haben nach Ellen gefragt. Sie wohnt bei uns.«

»Man hat uns gesagt, sie sei weggefahren«, sagte Nils.

Der junge Mann schüttelte bestimmt den Kopf.

»Das stimmt nicht. Sie haben mit meiner Mutter geredet. Und die hat Sie angelogen. Ellen ist nicht abgefahren. Aber Sie ist verschwunden.«

»Wie meinen Sie das?«

»Der Herd war kalt, als ich in unsere Küche hinuntergekommen bin, und Ellen macht ihn immer an, sobald sie aufwacht. Ich war dann in der Kantine und habe mit meiner Mutter gesprochen und sie sagte, Ellen sei die ganze Nacht nicht nach Hause gekommen. Wir machen uns Sorgen um sie.«

»Warum haben Sie das nicht einem der Polizisten erzählt?«, rief Nils. »Die waren doch in allen Hütten …«

»Ich bin gerade erst aufgewacht. Ich habe einen festen Schlaf.« Er schaute beunruhigt.

Nils schnaubte verächtlich. Der Mann stand jetzt dicht neben ihnen und man musste kein Zollbeamter sein, um den widerlichen Geruch von einem Kater zu vernehmen. Die Augen blinzelten gequält ins Morgenlicht. Dann zog sein Gesicht sich verzweifelt zusammen und er packte Nils am Arm.

»Helft uns!«, bat er. »Helft uns, dem Ganzen ein Ende zu machen!«

Nils zog seinen Arm an sich.

»Haben Sie eine Ahnung, wo sie sein könnte?«, fragte er.

»Vielleicht.«

»Wo?«

»Ich kann es Ihnen zeigen. Aber ist ein Stück zu gehen.«

Nils warf Nordfeldt einen Blick zu.

»Ich komme mit«, sagte der Kommissar. »Der Mann interessiert mich. Wartet hier«, rief er den Polizisten in den Booten zu. »Oder geht an Land, oder macht was ihr wollt. Wir sind noch nicht richtig fertig.«

Sie waren eine halbe Stunde gegangen, über nasse Felsen und verwelktes Heidekraut. Ihr Führer ging zwanzig Meter vor ihnen, in einem wiegenden Gang, das rechte Bein schleppte er hinter sich her wie eine widerspenstige Bürde. Er hatte kein Wort gesprochen, seit sie die Bebauung verlassen hatten.

»Eine wilde Gegend, das hier«, murmelte Nordfeldt und schaute in den grauen Dunst. »Nur Meer und Felsen. Wie weit will er denn gehen?«

Nils erinnerte sich, wie er zusammen mit Doktor Kronborg hier umhergegangen war. Da war es noch Sommer gewesen. Das Meer hatte in der Sonne geglitzert und die Felsenlandschaft war ihm schön vorgekommen. Jetzt war es nur noch gruselig.

»Wir müssen gleich da sein«, sagte er. »Die Insel ist nicht besonders groß.«

»Dieser John Lange scheint genauso besessen von Ellen zu sein wie Sie, Gunnarsson. Merkwürdiger Typ, nicht wahr? Vielleicht haben wir endlich unseren Mann gefunden. Dann war dieser Ausflug auf jeden Fall nicht ganz vergeblich. Der Krüppel geht verdammt schnell. Warum hat er es so eilig? Jetzt scheinen wir auf jeden Fall da zu sein.«

Der junge Mann war an einem dichten Gebüsch stehen geblieben. Er drehte sich um und schaute sie an.

»Genau, wie ich es mir gedacht habe«, sagte Nordfeldt mit leiser Stimme. »Er führt uns direkt ins Ziel. Manche machen das.«

Im nächsten Moment war der Mann verschwunden. Von weitem sah es so aus, als sei er direkt in das Gezweig gegangen und verschwunden.

Ein paar Möwenvögel kreisten schreiend oben im grauen Himmel. Nordfeldt legte den Kopf zurück und blinzelte sie grimmig an.

»Silbermöwen. Die Geier des Nordens. Die nehmen Witterung auf. Sie sollten vielleicht doch nicht bis ganz hingehen, Gunnarsson. Ich habe verstanden, dass das eine persönliche Angelegenheit für Sie ist.«

Aber Nils hörte nicht zu. Ohne auf Nordfeldt zu warten, lief er auf direktem Weg zu dem Gebüsch, sprang über Felsspalten, überwand Höhenunterschiede und streckte sich durch die schmale Öffnung im Weißdorngebüsch.

Als er sich durchgedrängt hatte, sah er John Lange unten in einer Felsspalte voller hoher, verblühter Pflanzen. Das hintere Ende war von einer Persenning bedeckt.

Hinter sich im Gebüsch hörte Nils Schnaufen und Fluchen, ein hochroter Nordfeldt tauchte neben ihm auf, gerade als John die Persenning wegzog.

Nils keuchte, als er sah, was sie verborgen hatte.

Ellen lag unbeweglich in Embryostellung mit geschlossenen Augen, den Mantelkragen hochgeklappt, die Arme um die Schultern gelegt, als wolle sie sich selbst schützen.

Die Schuldgefühle brachten ihn fast um. Warum hatte er sie hierherfahren lassen? Warum hatte er so kurz gefasst auf ihre Briefe geantwortet? Sie musste geglaubt haben, sie sei ihm nicht mehr wichtig. War das ihr letzter Eindruck von ihm gewesen?

»Ich habe Sie gewarnt, Gunnarsson«, sagte Nordfeldt und

legte eine Hand auf seine Schulter. »Gehen Sie zurück zur Quarantänestation und holen Sie ein paar Polizisten her. Ich glaube nicht, dass Sie jetzt hier sein sollten. Ich kümmere mich darum.«

»Falsch. Genau hier muss ich jetzt sein«, sagte Nils bestimmt. »Ich hätte schon viel früher hier sein sollen.« Er ging zum schmalen Ende der Felsspalte, rutschte den Steinhaufen hinunter, kurz darauf war er auf dem Grund der Felsspalte.

Der humpelnde Mann stand über Ellen gebeugt. Er streckte vorsichtig die Hand aus und berührte ihre Wange. Sie zuckte zusammen, setzte sich auf und starrte ihn erschrocken an.

»Ich bin es nur, Ellen«, sagte er leise. »Und ein paar Polizisten, die nach dir gefragt haben.«

Nils schob John Lange beiseite und sank neben Ellen auf die Knie. Sie starrte ihn an, als wäre sie gerade aus einem Albtraum aufgewacht und wüsste nicht, was wirklich war.

Er zog sie an sich. Ihre Glieder waren weich wie bei einer Lumpenpuppe, und sie roch leicht nach Essig.

»Geliebte Ellen, verzeih mir«, flüsterte er in ihre Haare.

»Du hast den Brief bekommen, den ich Artur gegeben habe?«, murmelte sie in seinen Mantel, während er sie vorsichtig wiegte. »Du hast den Brief bekommen?«

»Ich habe ihn bekommen, Ellen.« Er streichelte ihre Haare und ihren Rücken. »Ich habe ihn bekommen.«

»Aha. Liebeskummer«, sagte John Lange hinter ihnen.

Nils hatte keine Ahnung, wen er meinte. Ellen stand auf. Außer ihren Handflächen, die aufgerissen waren, schien sie unverletzt zu sein.

»Oh«, sagte sie und schaute auf ihre Hände, als würde sie sie zum ersten Mal sehen. »Es hätte nicht viel gefehlt, und ich hätte ihn umgebracht, aber ich habe es nicht geschafft.« Die Angst kehrte in ihren Blick zurück. »Wo ist er?«

»Wir kümmern uns um Hoffman«, sagte Nils. »Mach dir keine Sorgen.«

Ein lautes Räuspern war vom Rand der Felsspalte zu hören.
»Hört auf zu schmusen da unten. Nimm das Mädchen und komm herauf, Gunnarsson.«

33

»Sie haben uns so manches zu erklären, Herr Lange«, sagte Kommissar Nordfeldt zu John, als alle sich aus dem Weißdorngebüsch gedrängt hatten. »Zum Beispiel, warum Sie junge Damen unter einer Persenning in den Felsen aufbewahren.«

»Aufbewahren? Ich bin selbst hineingekrochen«, warf Ellen gekränkt ein. »Die Felsspalte ist der einzige Platz auf der Insel, den man vom Turm aus nicht sehen kann. Ich habe ihn sicher eine Stunde in der Dunkelheit gesucht. Ich musste ihn finden, bevor es hell wurde.«

»Ja, ich habe mir gedacht, dass du hierhergegangen bist«, sagte John.

»Ihr habt uns so einiges zu erklären, alle beide«, brummte Nordfeldt.

Sie gingen zurück zur Quarantänestation, Nordfeldt und John zuerst, Ellen und Nils ein Stück hinterher.

John war erheblich gesprächiger als auf dem Hinweg. Er bestätigte und ergänzte die fragmentarischen Geschichten, die der Kommissar aus Ellens Brief kannte. Dieses Mal wischte er sie nicht einfach beiseite, aber war immer noch ein wenig skeptisch.

»Wenn stimmt, was Sie sagen, Herr Lange, dann müssen wir Hoffman natürlich mitnehmen. Wir müssen die Angelegenheit untersuchen.«

Unten bei der Quarantänestation warteten die Polizisten bereits ungeduldig. Manche hatten sich auf die Bänke am Pestkrankenhaus gesetzt und andere lehnten sich auf wenig polizeiübliche Art und Weise an die Wand. Ein paar waren hinunter zu einem Strandstreifen gegangen und warfen Springsteine ins Wasser wie kleine Jungen. Bei der Hafenpolizei war die Moral am schlechtesten. Sie standen unter ein paar Apfelbäumen am Haupthaus und bedienten sich.

»Mein Gott«, sagte Nordfeldt erschöpft. »Obstdiebe! Nicht einmal eine Stunde kann man sie allein lassen.«

»Die haben einfach Hunger, Herr Kommissar«, sagte Nils.

»Ja, dieses böse Weib in der Küche wird uns wohl kaum zum Mittagessen einladen.«

Nils warf John Lange einen Blick zu und hoffte, dass er Nordfeldts Kommentar nicht gehört hatte.

Der Kommissar ging zu einem der Polizisten am Kai, steckte seine Hand in eine Brusttasche und holte eine Trillerpfeife heraus, die mit einer Schnur am Futter befestigt war. Er blies ein langes Signal, damit er die Aufmerksamkeit von allen bekam, und zeigte dann auf die Wiese unterhalb des Haupthauses. Als alle sich dort versammelt hatten, stellte er sich vor sie hin, mit den Armen um Ellens Schultern.

»Das hier ist Fräulein Grönblad«, erklärte er. »Sie und Herr Lange haben uns neue Informationen zu Hoffman gegeben. Das heißt, wir müssen unsere Pläne ändern. Zuallererst muss Fräulein Grönblad in Sicherheit gebracht werden. Wachtmeister Hellström geht mit Herrn Lange zu seiner Hütte und holt ihr Gepäck. Hauptwachtmeister Rahm eskortiert sie in einem der Boote und bringt sie aufs Polizeirevier. Sorgen Sie dafür, dass sie etwas Warmes zu trinken bekommt, und lassen Sie sie eine Zeugenaussage machen, bevor Sie sie mit einem Auto nach Hause zu ihren Eltern bringen lassen.«

Ellen schaute Nils zögernd an. Er nickte ihr zu und sie folgte Wachtmeister Rahm hinunter zu einem der Boote.

Nordfeldt fuhr fort: »Öberg und Bernhardsson kommen mit Hauptkommissar Gunnarsson und mir mit. Wir werden einen neuerlichen Besuch bei Hoffman machen. Ihr anderen wartet hier. Und mit ›warten‹ meine ich nicht, Äpfel zu stehlen und Steine hüpfen zu lassen oder andere Spiele. Wir sind nicht bei einem Picknick. Haltet euch bereit.«

»Bereit worauf, Herr Kommissar?«, fragte jemand.
»Polizeiliche Arbeit. Falls ihr noch wisst, was das ist.«

Im Wachzimmer des Observationskrankenhauses saßen die Wärter über ein Brettspiel gebeugt. Sie schauten erstaunt auf, als die Polizisten hereinkamen.

»Bringt uns noch einmal zu Hoffman«, befahl Nordfeldt.

Die Wärter grinsten unsicher. Einer stand auf.

Dann wiederholte sich die ganze Prozedur mit Treppen, Stiefeltrampeln, schepperndem Schlüsselbund und aufgeschlossenen Türen, bis sie wieder vor Hoffmans Zelle standen. Der Wärter streckte die Hand aus, um die Luke aufzuschieben, aber Nordfeldt unterbrach ihn:

»Mach die Tür auf.«

»Ich soll die Tür zur Zelle aufmachen?«, fragte der Wärter. »Aber ich habe nicht die Erlaubnis …«

»Bist du taub, Kerl? Aufmachen!«

Nils rieb sein Ohr. Nordfeldt stand direkt neben ihm und hatte seine alte Offiziersstimme verwendet, die war für erheblich größere Abstände gedacht. Nils hätte es vorgezogen, wenn sie ihr Kommen nicht so laut angekündigt hätten. Er wollte Hoffman keine Sekunde zur Vorbereitung geben.

Mit zitternden Händen schloss der Wärter die Zellentür auf.

»Sie können allein hineingehen«, sagte er. »Und ich muss von außen zuschließen, während Sie drinnen sind.«

Nordfeldt steckte seine Hand unter die Jacke und zog seine Browning aus dem Schulterhalfter. Der andere Polizist tat es ihm gleich. Dann gingen sie hinein.

Vor der Zelle hörte man das Rasseln des Schlüsselbunds und das metallische Klicken, als der Wärter die Tür hinter ihnen zuschloss.

Hoffman saß auf der Pritsche, mit den Füßen auf dem Boden, er trug seine unbeschreiblich schmutzigen Lumpen. Der

Schal, der mehrmals um seinen Hals gewickelt war, war fast schwarz vor Schmutz.

Aber die zusammengesackte Körperhaltung und der leere Blick waren verschwunden. Der große Körper schien angespannt und kampfbereit zu sein, er schaute sie mit einem fürchterlichen Blick an. Aus der Nähe sahen die Polizisten, was sie auf den Abstand durch die Luke nicht hatten sehen können: das Weiße der Augen des Mannes war blutrot wie bei einem Monster.

»Guten Morgen, Hoffman«, sagte Kommissar Nordfeldt unbekümmert. Er schaute sich in dem ehemaligen Krankensaal um. »Eine geräumige Suite haben Sie hier im Ferienhotel. Ich nehme an, Sie wissen das zu schätzen. Sie waren wohl unzufrieden mit Ihren bisherigen Unterbringungen an Land? Sie fanden sie zu eng, nicht wahr? Zu dunkel? Wenn ich mich recht erinnere, hatten Sie ziemlich gewaltsame Einwände und zogen eine ganze Weile umher, ohne sich richtig zu Hause zu fühlen. Aber jetzt ist Schluss mit diesem Hotelaufenthalt. Es ist an der Zeit, mal wieder umzuziehen. Und leider müssen Sie sich in Zukunft an etwas kleinere Behausungen gewöhnen.« Er lächelte bedauernd, wandte sich an die Polizisten und sagte: »Legen Sie ihm Handschellen an.«

Hoffman stand heftig auf.

»So, so. Immer mit der Ruhe«, sagte Nordfeldt und zielte mit dem Revolver auf ihn.

Hauptmann Öberg holte die Handschellen hervor und fesselte Hoffmans Hände auf dem Rücken.

Nils ging auf ihn zu. Er schaute in die blutunterlaufenen Augen und steckte die Hand in seine rechte Hosentasche. Es war ihm widerlich, dem Mann so nahe zu kommen und in seinen schmutzigen Kleidern zu wühlen, aber zu seiner Erleichterung fand er sofort, was er suchte.

»Es ist erträglich, im Gefängnis zu sitzen, wenn man selbst den Schlüssel hat, nicht wahr?«

Hoffmans rechter Arm machte eine instinktive Bewegung, aber die Handschellen hinderten ihn daran, nach dem Schlüssel zugreifen, den Nils in die Höhe hielt. Stattdessen nahm Nordfeldt ihn. Er untersuchte ihn im Licht der weit oben platzierten Fenster.

»Hm«, murmelte er. »Aber ein Schlüssel reicht doch wohl nicht für all diese Schlösser.«

»Doch, wenn in allen Türen das gleiche Schloss ist«, sagte Nils. »Haben Sie nicht zugeschaut, wie der Wärter aufschloss? Er hat eine große Nummer mit diesem riesigen Schlüsselbund gemacht, geklappert und geklirrt und so getan, als suche er nach dem richtigen Schlüssel, aber er hat für jede Tür den gleichen verwendet. Und Hoffman hat die Dublette. Er ist, kurz bevor wir gekommen sind, in die Zelle gegangen und hat hinter sich zugeschlossen. Nach unserer Abreise hätte er dann wieder aufgeschlossen und wäre zurück in seine Wohnung im Haupthaus gegangen. Das macht er jedes Mal so.«

Nordfeldt runzelte die Stirn und betrachtete den großgewachsenen Mann vor sich.

»Aber woher wussten Sie, dass wir auf dem Weg waren, Hoffman?«, fragte er. »Unser Besuch war doch ganz spontan.«

Hoffman öffnete den Mund und versuchte, etwas zu sagen, aber er bekam nur ein Zischen heraus. Er schwieg mit einer gequälten Grimasse.

Nils erinnerte sich, was Ellen bei ihrer Wanderung zurück zur Quarantänestation erzählt hatte. Jetzt sah er, die dunklen Flecken auf Hoffmans Schal waren kein gewöhnlicher Schmutz, sondern eingetrocknetes Blut. Er überwand seinen Widerwillen, und während Öberg und Bernhardsson den widerspenstigen Hoffman festhielten, wickelte er den klebrigen Schal ab, sodass man den Hals sehen konnte.

»Die rote Halskette!«, rief Nordfeldt erstaunt aus.

Die Wunde war nicht so tödlich tief wie bei seinen eigenen Opfern. Aber die Gewalt war offenbar stark genug gewesen, um seinen Kehlkopf zu verletzen und ihm somit die Fähigkeit zum Sprechen zu nehmen.

Sie hatten sich etwas weiter in den Saal bewegt und konnten hinter die Absperrung schauen, die laut Angabe der Wärter den Abtritteimer des Gefangenen verbarg.

Nils sah keinen Eimer. Aber da stand eine Seemannskiste.

Während Nordfeldt Hoffmans Verletzung aus der Nähe untersuchte, ging Nils hin und öffnete die Kiste. Ganz oben lagen ein paar zusammengefaltete Kleidungsstücke; ein Anzug mit Weste und einem Hemd feinster Qualität. Nils vermutete, bis vor kurzem hatten hier die schmutzigen Kleider gelegen, Hoffman verwahrte in der Kiste die Requisiten für seinen Rollentausch.

Unter den Kleidern lag ein eigenartiger Gegenstand. Er untersuchte ihn, ohne zu verstehen, was es war. Als er den Gegenstand anhob, entdeckte er den dünnen Metalldraht, der auf zwei Spulen an dem Metallrahmen entlanglief und in einer eigenartigen mechanischen Maschinerie endete.

»Ich glaube, wir haben das Mordwerkzeug gefunden«, rief er.

Mit Nils an der Spitze gingen sie alle die Treppe im Observationskrankenhaus hinunter und bei jeder Tür schloss Nils mit dem Schlüssel auf, den er in Hoffmans Tasche gefunden hatte.

Vor dem Krankenhaus warteten die restlichen Polizisten zusammen mit ein paar Quarantänewärtern und anderen Bewohnern der Insel. Hoffman ging aufrecht zwischen den beiden Polizisten und schaute geradeaus.

»Chef!«, rief einer der Wärter erschrocken. »Verlass uns nicht!«

Eine alte Frau mit einem Schal über dem Kopf jammerte laut und wiegte den Kopf hin und her.

»Jetzt nehmen Sie uns Hoffman weg! Jetzt ist alles vorbei!«, jammerte sie.

Hoffman sah würdevoll auf sie herab, wie ein König auf seine Untertanen. Er versuchte, etwas zu sagen, aber seine Worte waren nur ein heiseres Gurgeln.

Ein Stückchen weiter weg konnte Nils John Lange und dessen Mutter sehen. Sie standen nebeneinander auf dem Pfad, der zur Kantine hinaufführte, und betrachteten das Schauspiel mit Abstand.

Hoffman wurde zum Kai hinuntergebracht. Als er die beiden Boote der Hafenpolizei sah, verlor er die Beherrschung und wurde von rasender Wut gepackt. Er sperrte die blutunterlaufenen Augen weit auf, warf sich hin und her und gab ein merkwürdiges Zischen und Knurren von sich. Drei kräftige Polizisten hatten alle Mühe, ihn in Schach zu halten.

»Holt die Fußfesseln!«, brüllte Kommissar Nordfeldt.

Einer der Hafenpolizisten tauchte aus der Kajüte des Schiffs mit ein paar altmodischen Eisenfesseln auf, und nach einem harten Kampf mit dem tretenden, spuckenden Hoffman gelang es den Polizisten, die lederbezogenen Fesseln um seine Fußgelenke zu schließen, und sie konnten ihn an Bord schleppen.

Der Kommissar gab das Zeichen zur Abfahrt und die Polizisten sprangen in die Boote. Da das Boot der Hafenpolizei bereits mit Ellen abgefahren war, wurde es in den verbliebenen zweien eng. Nils und Nordfeldt setzte sich einander gegenüber auf die Bänke im Cockpit. Der gefesselte Hoffman lag auf dem Boden zwischen ihren Füßen. Er kämpfte und zischte, Schaum trat aus seinen Mundwinkeln.

Die Hafenpolizisten starteten die Motoren der beiden Boote, und dann fuhren sie davon, während die Bewohner von Bronsholmen auf dem Kai standen und ihnen hinterherriefen. Im Motorenlärm war kaum zu verstehen, was sie riefen, aber Nils glaubte zu hören, dass es »Hoffman! Hoffman!« war.

Der Gefangene zu ihren Füßen schien es auch zu hören. Er schwieg und lag still, die Wange am Boden und die Andeutung eines Lächelns im Mundwinkel.

Die Boote steuerten aus der Bucht und hinaus aufs offene

Meer. Ein starkes weißes Licht drang durch den bewölkten Himmel im Westen. Die Insel wurde immer kleiner und verschwand schließlich im Dunst.

Nils und Kommissar Nordfeldt betrachteten Hoffman, der jetzt bewegungslos zwischen ihnen lag, mit geschlossenen Augen und halboffenem Mund, als hätte er völlig resigniert und wäre eingeschlafen. Ein weißer Schaumfaden lief auf den Boden. Sie schauten sich an, übereins, blinzelten in das scharfe Licht des Meeres. Zwei müde Fänger, auf dem Weg nach Hause mit ihrer Beute.

»Sie haben Hoffman in der Zelle eine Frage gestellt«, sagte Nils. »Ich kann an seiner Stelle antworten. Hoffman wusste, dass wir kommen würden, weil er uns vom Aussichtsturm aus gesehen hatte. Sobald es hell geworden war, ging er dort hinauf und hielt nach Ellen Ausschau, die sich gottlob an dem einzigen Ort auf der Insel versteckt hatte, den man von dort nicht sehen kann. Als er unsere Boote kommen sah, klingelte er mit einer Schiffsglocke und warnte die anderen auf der Insel. Ellen hörte die Glocke in ihrem Versteck. Sie glaubte, damit würden die Quarantänewärter aufgefordert, sie zu suchen. Aber es war das Signal für unangemeldete Besuche. Ich habe es selbst auf dem Meer gehört, der Wind kam aus dieser Richtung.«

»Auf die Plätze, die Vorstellung beginnt«, sagte Nordfeldt.

»Ja, ungefähr.«

Der schlafende Hoffman schaukelte hin und her, mit den Bewegungen des Boots, wie ein riesiges Kind in seiner Wiege.

»Wo wird er hingebracht werden?«, fragte Nils.

»Säters geschlossene Abteilung. Die sicherste Verwahrung des Landes für kriminelle Verrückte.«

»Ist er da nicht schon einmal gewesen?«

»Ja, aber seither ist die Sicherheit erheblich verbessert worden. Niemand ist ausgebrochen, seit das neue Isolationssystem eingeführt wurde. Jedes Zimmer ist hermetisch abgeschlossen«, sagte Nordfeldt und berichtete dann von seinen Plänen: »Ein

Viehwagen steht bereit und wartet im Hafen auf uns. Dann können wir ihn mit dem Zug hinbefördern. In Säter gibt es Eisenbahnschienen bis aufs Krankenhausgelände.«

Nils machte sich klar, wie viel Arbeit und Anstrengung der Kommissar in diesen Einsatz investiert hatte. Und wie enttäuschend es gewesen sein musste, Hoffman eingesperrt in seiner Zelle vorzufinden.

Die See wurde unruhiger. Nils hielt sich an der Reling fest. Aus dem anderen Boot hörte man Schreien und Lachen, wenn einer der Polizisten im Cockpit eine Dusche bekam.

»Was für ein Glück, dass der Wind nicht stärker ist«, sagte Nils. »Da wären wir mit diesem Trog gekentert, ich bin nicht sicher, ob der schon jemals so weit draußen war.«

»Sind Sie seekrank, Gunnarsson?«, fragte Nordfeldt mit einem Lächeln.

»Nein, ich bin schon als Kind ans Meer gewöhnt worden.«

»Dann hätten Sie vielleicht nichts gegen ein Butterbrot einzuwenden?«

»Wo sollen wir das denn herbekommen?«, fragte Nils erstaunt.

Nordfeldt blinzelte ihm zu. Dann bückte er sich, griff unter die Bank und holte eine Schachtel hervor. Er stellte sie neben sich auf die Bank, öffnete den Riemen und nahm den Deckel ab.

»Setzen Sie sich hierhin, Gunnarsson«, sagte er und klopfte neben sich auf die Bank.

Nils stieg über Hoffmans Körper und setzte sich neben Nordfeldt.

»Bedienen Sie sich.«

Nils nahm ein Brot, das in Butterbrotpapier eingepackt war. Es war mit einem gebratenen Ei belegt. Sein Magen krampfte sich vor Hunger zusammen, und er nahm einen großen Bissen. Er hatte den ganzen Tag noch nichts gegessen.

»Danke, Herr Kommissar«, sagte er kauend. »Gute belegte Brote. Hat Ihre Frau die gemacht?«

»Meine Schwägerin«, sagte Nordfeldt und Nils erinnerte sich, dass ja die Schwägerin Nordfeldts Haushalt führte. »Vielleicht eine Tasse Kaffee dazu?«

Dann passierte alles in nur ein paar Sekunden. Gerade als der Kommissar den Korken aus einer Thermoskanne schrauben wollte, kippte das Boot zur anderen Seite und die Thermoskanne flog ihm aus den Händen. Hoffman hatte sich, genau wie ein gerade gefangener Fisch, der plötzlich zappelt, auf die eine Seite des Boots geworfen. Obwohl er an Händen und Füßen gebunden war, konnte er sich mit der Kraft seiner Schulter und der Neigung der Bootswand über die Bank rollen, auf der Nils gerade noch gesessen hatte, und weiter über die Reling, und mit einem Plumpsen im Meer verschwinden.

Nils und Nordfeldt waren vollauf damit beschäftigt, sich selbst während des plötzlichen Kenterns im Boot zu halten. Nachdem es sich wieder aufgerichtet hatte, saßen sie einen Augenblick wie betäubt und starrten auf den Boden, unfähig zu verstehen, was gerade passiert war. Die Thermoskanne rollte im ausgeschütteten Kaffee hin und her.

Dann schrie Nordfeldt aus voller Kraft seiner Lungen:
»Umdrehen, verdammt!«

Aber das Boot war ein gutes Stück gefahren, bevor sie den Motorenlärm überstimmen konnten und der Hafenpolizist am Steuer auf die Situation aufmerksam wurde. Er stand mit dem Rücken zu ihnen und hatte den Tumult als eine ungewöhnlich starke Welle erlebt. Mit gedrosseltem Tempo fuhr er zurück und in einem großen Kreis um die Unfallstelle.

»Wo war es denn?«, rief er.

Nils und Nordfeldt hielten die Hände schützend gegen das Licht vom Westhimmel vor die Augen, schauten über die Wellen sahen sich fragend an.

»Ich habe keine Ahnung, wo er hineinfiel«, sagte Nils. »Mit Eisenfesseln an Händen und Füßen ist er jedenfalls wie ein Stein gesunken.«

Ein paar Polizisten schauten besorgt aus der Kajüte heraus.

»Was ist denn passiert, Herr Kommissar?«

Das Boot fuhr immer noch in Kreisen. Das andere Polizeiboot hatte geradeaus weiter Kurs gehalten und war jetzt nur noch ein Punkt in den südlichen Schären.

»Hoffman hat sich über Bord geworfen«, sagte Nordfeldt dunkel.

»Du liebe Zeit! Wie war das möglich?«

Nordfeldt antwortete nicht.

»Sollen wir nach ihm suchen?«, fragte jemand.

»Unmöglich«, sagte der Hafenpolizist. »Hier ist es viel zu tief.«

»Was sollen wir denn machen?«

Der Kommissar ließ den Blick übers Wasser schweifen. Die Sonne brach durch die Wolken und veränderte die Farbe des Meeres, von schwarz und matt in blau und glänzend. Lichtreflexe tanzten auf den Wellen.

»Nichts«, sagte er mit tonloser Stimme. »Er ist weg.«

34

»Halten Sie hier an, bitte«, sagte Ellen.

»Ich fahre Sie selbstverständlich bis vors Haus. Das ist die Anweisung des Kommissars.«

»Danke, aber ich möchte lieber hier aussteigen.«

Ihre Eltern sollten nicht sehen, dass sie in einem Polizeiauto ankam.

Hauptwachtmeister Rahm bremste und warf einen Blick auf die großen Holzhäuser und die ländliche Umgebung.

»Nun ja«, sagte er. »Mir soll es recht sein.«

Er hielt an und hob ihren Koffer heraus. Sie dankte ihm und ging das restliche Stück den Hügel hinauf zu Fuß. Als sie das letzte Mal hier ging, war alles in sommerliches Grün getaucht, jetzt hatte das Laubwerk sich gelichtet und die Farbskala war in Gelb und Orange übergegangen.

Und wie still es hier war! Auf der Insel war die Luft voller Geräusche gewesen. Der Wind. Das Schreien der Vögel – warum klangen sie immer klagender und gequälter als andere Vögel? Und das ständige Hintergrundgeräusch des Meeres, ein dumpfes, monotones Geräusch, das durch die Wände der Häuser drang und in die Sinne, bis man nicht mehr daran dachte. Erst jetzt, wo es fehlte, merkte sie es.

Sie öffnete das Tor zum Garten ihrer Eltern und ging den Kiesweg hinauf. Zu ihrer großen Erleichterung stellte sie fest, dass die Haustür verschlossen war und niemand öffnete, als sie klingelte. Sie holte den Reserveschlüssel aus dem Versteck unter der Veranda, schloss auf und ging hinein. Der Eigengeruch des Hauses schlug ihr entgegen, unverkennbar und unbestreitbar, sein Geist, nur erfahrbar, wenn das Haus leer war, und der scheu verschwand, wenn die Bewohner zurückkehrten. Die Zimmer ruhten in einem honiggelben Nachmittagslicht, wie auf einer alten Fotografie. Die Möbel, die Gardinen, das Klavier und der Nippes, alles war ihr gleichzeitig vertraut und fremd, als sei sie jahrelang verreist gewesen und nicht nur sechs Wochen. Sie verspürte keine Freude, nach Hause zu kommen. Ihr Inneres war verstummt, und sie war schrecklich müde.

Sie war von der Hafenpolizei zuerst aufs Polizeirevier gebracht worden, wo Fräulein Brickman sich sehr nett um sie gekümmert hatte. Sie hatte Kaffee und belegte Brote in die Personalräume der Polizei bringen lassen. Danach war sie von Hauptwachtmeister Rahm verhört worden. Sie hatte seine Fragen einsilbig beantwortet. Er hatte verstanden, dass sie sehr müde war, und gesagt, sie könnten das Verhör an einem anderen Tag fortsetzen. Dann hatte er sie bis nach Lerum hinausgefahren. Sie sagte, sie könnte den Zug nehmen, aber davon wollte er nichts hören.

Sie hatte wohl die meiste Zeit der Fahrt geschlafen. Sie träumte etwas Schreckliches, sie wäre fast unter einer schimmeligen Persenning erstickt, eine Schiffsglocke läutete und schwere Schritte näherten sich. Hauptpolizist Rahm hatte ihr auf die Schulter geklopft, fest und zärtlich zugleich, als wäre sie ein lieber alter Hund, und sie war mit einem Keuchen aufgewacht, vielleicht sogar einem Schreien, das war ihr sehr peinlich gewesen. Da waren sie schon an Jönsered vorbei und der See Aspen breitete sich neben ihnen aus, umgeben von bewaldeten Hügeln und weichen Wolkenformationen.

Sie ging hinauf ins Badezimmer im ersten Stockwerk und ließ ein Bad ein. Während die Wanne sich mit warmem Wasser füllte, trug sie ihren Koffer in ihr Zimmer, stellte ihn ab und zog sich aus. Dann ging sie wieder ins Badezimmer und stieg in das heiße Wasser. Sie ließ sich so tief hineingleiten, dass nur noch das Gesicht herausschaute. Eine halbe Stunde lag sie völlig still, ohne zu denken. Auf der gekachelten Wand tanzten Laubschatten von der Ulme vor dem Fenster. Als das Wasser kühl wurde, ließ sie einen Teil ab, füllte frisches heißes Wasser nach und ließ sich wieder unter die Oberfläche gleiten. In ihrem leeren Gehirn traten allmählich Gedanken hervor. Die Laubschatten und das strömende Geräusch vom Wasserhahn machten sie wogend und schwebend wie Wasserpflanzen.

Was war sie eigentlich für eine Art von Frau? Vor ein paar Jahren hätte sie geantwortet, sie sei ein Exemplar der Neuen Frau, zeittypisch und modern, mit Erfahrungen sowohl im Berufs- als auch Liebesleben und mit einer Karriere als Journalistin im Blick. Dann war aus ihr ein Mädchen geworden, das in eine Haushaltsschule ging und das sich auf eine bürgerliche Ehe vorbereitete. Und jetzt, wer war sie jetzt?

Sie hob ihre Hände über das Wasser und schaute sie an. »Weich wie Seidenhandschuhe«, hatte Frau Lange gesagt, als sie sich das erste Mal trafen. Jetzt waren sie rau wie Sandpapier, und die winzige Spur vom Verlobungsring am Ringfinger war nicht mehr zu sehen, auf den Oberseiten sah man regenwurmartige Adern, wie bei einer älteren Frau, die Unterseiten waren knotig und gelb. Direkt unter den Fingern war die oberste Hautschicht abgeschabt, die Haut darunter leuchtete rot wie bei einem gehäuteten Tier.

Sie spürte einen schwachen Schmerz an der Innenseite ihres rechten Oberschenkels. Da hatte Hoffman sie gebissen. Wenn es eine Narbe gab, würde die sicher bald verschwinden. Sie würde sich diesen Teil ihres Körpers erst wieder ansehen, wenn sie sicher war, dass sie verschwunden war.

Das Wasser tropfte von ihren Händen. Weit in der Ferne konnte sie einen Zug durch das Tal fahren hören.

Sie war einen Millimeter davon entfernt gewesen, einen Menschen zu töten. Wenn sie auch nur ein kleines bisschen stärker gewesen und es ihr gelungen wäre, den Metalldraht in den nächsten Zahn zu ziehen, dann wäre sie jetzt eine Mörderin. Sie hatte in Selbstverteidigung gehandelt, kein Gericht würde sie verurteilen. Aber hatte Hoffman wirklich vorgehabt, sie zu töten? Das konnte sie nicht wissen.

Und sie war auch nicht von Angst getrieben gewesen. Angst macht schwach, macht die Glieder weich und den Sinn unterwürfig, das wusste sie jetzt. Die Kraft kam aus der Wut. Sie hatte das Mordwerkzeug um Hoffmans Hals gelegt, weil sie so unglaublich wütend auf ihn war. Sie musste zugeben, diese Wut hatte auch etwas Lustvolles. In sich hörte sie Hoffmans Stimme, als er erzählte, wie er seinen Plagegeist in der Schule verprügelt hatte. Einen Rausch hatte er es genannt. »Wer einmal einen solchen Rausch erlebt hat, vergisst ihn nie wieder. Er wird es immer wieder erleben wollen.«

Was für eine Tür war da in ihr aufgestoßen worden?

Sie schob den Gedanken beiseite.

Dann vernahm sie Geräusche aus dem unteren Stockwerk. Die Eingangstür wurde zugeschlagen, und sie hörte die Stimmen der Eltern in der Halle.

Sie stieg aus der Badewanne, zog den Bademantel über und ging zu ihnen hinunter.

35

»Ja, das war Hoffman«, sagte Kommissar Nordfeldt trocken, als er Nils' Bericht über ihren Einsatz auf Bronsholmen und dessen schmähliches Ende gelesen hatte. Er legte die Papiere in eine Mappe und wandte sich an Nils, der auf der anderen Seite des Schreibtisches saß.

»Und jetzt müssen wir uns um die Festgenommenen auf dem Revier kümmern. Bengtsson ist natürlich so gesprächig wie ein Stein. Aber Ivan Johansson wird langsam etwas weicher. Ich hatte heute Morgen ein kürzeres Gespräch mit ihm. Ein unangenehmer Typ. Erst leugnete er alles, er wisse nichts von irgendwelchem Schmuggelschnaps und habe noch nie seinen Fuß in die Werft Kusten gesetzt. Als ich ihm sagte, es gebe Zeugen, fragte er, ob ich mit einem der verdrehten alten Alkoholiker gesprochen hätte, die dort übernachteten. Er dachte natürlich, Kalle Klinka hätte geplappert, und wusste, seine Aussage würde vor einem Gericht keinerlei Wert haben. Als ihm klar wurde, dass der Zeuge ein Polizist war, wollte er mir erst nicht glauben. Aber dann wurde er williger zur Zusammenarbeit.«

»Hat er etwas berichtet, was wir nicht schon wissen?«, fragte Nils.

»Nicht viel. Er kannte Edvard Viktorsson und wusste, dass der viel Geld mit Schmuggelschnaps verdiente. Aber Edvard hatte Probleme, mit all den Lieferungen an die Restaurants hinterherzukommen, es war ganz einfach zu viel für ihn. Und freundlich, wie Ivan nun einmal ist, hat er seine Hilfe angeboten und die Idee mit der Transportfirma seines Bruders ins Spiel gebracht. Edvard akzeptierte seine Dienste, war jedoch sparsam mit Informationen. Ivan erfuhr, wo und wann die Lieferungen abgeholt und ausgeliefert werden sollten, mehr nicht.«

»Wie wurde er bezahlt?«

»Das ist ein interessanter Punkt. Edvard bezahlte ihn nicht selbst. Ivan musste in eine Konditorei in der Stadt gehen und sich an einen Tisch mit einer Tasse Kaffee hinsetzen. An einem anderen Tisch saß ein Herr mit einer gefalteten Zeitung auf dem Tisch. Edvards Instruktionen besagten, dass Ivan hingehen sollte und bitten, die Zeitung ausleihen zu dürfen, und sobald er sie genommen hatte, stand der Herr auf und ging davon. In der Zeitung lagen Geldscheine, das war seine Bezahlung.«

»Konnte er eine Beschreibung dieses Herrn abgeben?«

»Sauber und gut angezogen. Grauer Bart. Brille.«

Nils hob die Augenbrauen.

»Doktor Kronborg?«

»Höchstwahrscheinlich.«

»Und Artur, den Bootsführer von der Quarantänestation?«, fragte Nils. »Haben Sie den auch verhört, Herr Kommissar?«

Nordfeldt räusperte sich unzufrieden.

»Es gibt Grenzen dafür, was man in einer kurzen Stunde am Morgen schaffen kann«, sagte er und fügte mit einem Zwinkern hinzu: »Ich habe gedacht, das können wir zusammen machen, Gunnarsson.«

»Ja, gern, Herr Kommissar«, sagte Nils, erfreut über Nordfeldts Vertrauen.

»Ich bin gespannt, wie er auf die Analyse des Rechtschemikers von dem Blut im Motorboot reagiert. Wie sich eindeutig herausgestellt hat, war es Menschenblut, kein Fischblut.«

»Weiß er, dass Hoffman tot ist?«

»Ja, das habe ich ihm gestern mitgeteilt. Ich dachte, die Nachricht sollte sich bei ihm setzen, bevor wir ihn verhören. Ansonsten würde er sich vielleicht nicht trauen, auch nur einen Ton zu sagen.«

Die Information über die Blutanalyse rief keinerlei Veränderungen im Gesicht des Bootsführers hervor.

Als er in den Verhörraum geführt wurde, erkannte Nils ihn

fast nicht wieder. Dieses hohläugige Wrack von einem Menschen, der auf dem Stuhl zusammensackte, hatte nichts gemeinsam mit dem braungebrannten, lebensfrohen Jüngling, an den Nils sich von seinem ersten Besuch auf der Insel erinnerte.

»Sie geben also zu, dass Sie einen verletzten Menschen im Boot hatten?«, fragte Nordfeldt.

Artur nickte, ohne aufzuschauen.

»Vielleicht sogar einen toten Menschen?«

Der Bootsführer nickte wieder.

»Können Sie erzählen, wie es dazu kam?«

Artur schaute sich unruhig im Zimmer um. Dann schlug er wieder den Blick nieder. Er seufzte tief, sagt aber nichts. Nordfeldt lehnte sich zurück und ließ Nils übernehmen.

»Wir lassen das erst mal«, sagte Nils und fuhr in freundlichem Ton fort. »Erzählen Sie uns von Edvard. Sie waren als Kinder befreundet, nicht wahr?«

»Ja«, sagte Artur so leise, dass man ihn kaum hörte.

»Und dann zog Edvard in die Stadt? Wann war das?«

»Er ging in die Stadt, als wir beide sechzehn waren. Er bekam eine Arbeit als Spüler in einem Restaurant.«

»Aber Sie hielten Kontakt?«

Artur antwortete mit einem kurzen Nicken.

»Wann fing es mit dem Schmuggeln an?«

»Das war ein paar Jahre, nachdem er in die Stadt gezogen war. Es war ziemlich unschuldig. Wir machten es wie viele auf den Inseln. Fuhren zu den Depotschiffen.«

»An der Territorialgrenze?«

»Ja. Wir kauften ein wenig Exportschnaps, den Edvard verdünnte und an das Restaurant verkaufte, in dem er arbeitete. Sehr kleine Mengen. Wir bekamen so ein Taschengeld, man konnte mal ausgehen und zusammen Spaß haben, wenn ich in die Stadt kam. Das hätten wir uns sonst nicht leisten können.«

»Und wann wurden die Mengen größer?«

»Als Hoffman auf die Insel kam. Ja, also, als der Doktor ihn aus dem Observationskrankenhaus entließ und er ins Haupthaus zog. Als er der neue Chef wurde. Alle auf der Insel wussten von Edvards und meinem kleinen Nebenjob. Als Hoffman davon erfuhr, bestellte er mich ins Haupthaus und berichtete von seinen Plänen. Er wollte unsere Geschäfte ausweiten. Er hatte in Chicago für Schmuggler gearbeitet und auch für Geschäftsleute hier in Schweden, er wusste, wie man es machte.«

»Und wie machte man es?«, fragte Nils.

»Hoffman interessierte sich nicht für kleine Mengen von einem Depotschiff. Er wollte ganze Schiffsladungen direkt von der Alkoholfabrik in Deutschland zum Magazin der Quarantänestation liefern lassen.«

»Wie konnte er das von der Insel aus organisieren?«

»Doktor Kronborg kümmerte sich um alle Kontakte von seiner Praxis in der Stadt aus. Er war auch für das Ökonomische zuständig. Er brachte die Medizinalverwaltung dazu, ein schnelles Motorboot zu kaufen, damit ich den verdünnten Schnaps in kleineren Portionen an Land bringen konnte. Mit der Eira konnte ich jedem Zollboot davonfahren und anlegen, wo ich wollte. Niemand würde auf den Gedanken kommen, ein Boot zu stoppen, das das Emblem der Medizinalverwaltung am Bug hatte. ›Eiliger Krankentransport‹, konnte ich sagen, falls jemand fragte. Wenn der Schnaps an Land war, übernahm Edvard und fuhr ihn zu den Restaurants.«

»Und zu Panama-Bengtsson?«

»Ja, er hatte alle möglichen Käufer. Aber es waren vor allem Restaurants. Er schuftete wie ein Wahnsinniger, um alles zu verteilen. Es waren ja große Mengen, und er bewegte sich in ganz Westschweden.«

»Aber er hatte auch Hilfe von Johanssons Transportfirma, nicht wahr?«

»Das war erst ganz zum Schluss. Davor machte er alles allein. Er wurde gut bezahlt und konnte sich schöne Kleidung kaufen. Er liebte Kleidung.« Ein kleines Lächeln zeigte sich in Arturs

Mundwinkel. »Und der Doktor besorgte ihm ein besseres Auto und ein eigenes Schnellboot, das gefiel ihm auch. Aber mit der Zeit erkannte Edvard, das war nur Kleinkram. Er erfuhr, dass der Doktor sich einen Landsitz mit Jagdrecht in der Nähe von Borås gekauft hatte, wohin er seine Geschäftsfreunde einlud. Edvard machte die Drecksarbeit und der Doktor saß an seinem Schreibtisch und kassierte das Geld. Das ärgerte ihn immer mehr.«

»Und Sie? Wurden Sie ordentlich bezahlt für Ihre Arbeit?«, fragte Nils.

Artur zuckte mit den Schultern.

»Ich bekam ein wenig. Der Rest wurde auf einem Konto angespart, das der Doktor verwaltete. Angeblich gibt es eine Art Fonds für alle Bewohner von Bronsholmen. Aber ich hätte ein Extrakonto, sagte der Doktor. Ich wollte das Geld später mal abheben.« Er fügte schüchtern hinzu: »Ich habe eine Freundin auf Brännö. Sie arbeitet in dem Geschäft, wo ich manchmal Zigaretten kaufe. Bei ihr durfte ich das Telefon benutzen, so konnte ich Kontakt mit Edvard und dem Doktor halten. Früher war Brännö sehr weit weg von Bronsholmen, aber mit der Eira ist man im Nu dort. Die Schären sind gewissermaßen kleiner geworden. Ich hatte vor, mit dem Schmuggeln aufzuhören und das Geld vom Konto abzuheben, wenn wir heiraten würden. In einem Jahr oder so.«

Er lächelte traurig vor sich hin.

»Und welche Pläne hatte Edvard?«, fragte Nordfeldt.

»Er wollte sein Geld nicht auf irgendeinem Konto beim Doktor. Er wollte es direkt. Er wollte die Buchführung sehen und einen genauso großen Anteil wie der Doktor bekommen. Der Doktor kümmerte sich, wie gesagt, um die Verbindung zur Schnapsfabrik in Hamburg und organisierte die Schiffstransporte. Aber Edvard hatte ja den ganzen Kundenkreis mit all den Restaurants aufgebaut und sorgte dafür, dass der Schnaps verkauft wurde. Er schuftete wie ein Tier. Selbstverständlich war er unzufrieden. Und nicht nur wegen des Geldes. Der Doktor behandelte Edvard und mich wie Idioten. Sagte, wir würden nichts von Buchführung verstehen, auch wenn wir sie sehen würden. In meinem Fall mag das ja stimmen, ich hätte nichts von alldem verstanden. Aber Edvard hatte so manches gelernt, seit er in die Stadt gezogen war. Er war ein geschickter Geschäftsmann – behauptete er jedenfalls – und er hasste es, wenn der Doktor ihn daran erinnerte, woher er kam. Er drohte dem Doktor mit der Polizei und dass er ihn als Schmuggler entlarven würde.«

»Dann würde er sich auch selbst entlarven?«, wandte Nordfeldt ein.

»Ja, aber der Doktor hatte bedeutend mehr zu verlieren. Seinen guten Ruf, seine Arztpraxis, seine Geschäftsfreunde. Und er war tiefer verwickelt als Edvard. Er war die Spinne im Netz. Edvard würde höchstens ein paar Monate Gefängnis bekommen. Dann konnte er irgendwo anders neu anfangen.«

»Funktionierte die Drohung?«, fragte Nils.

»Zunächst glaubte Edvard das. Er wurde zu einem Treffen mit dem Doktor und Hoffman eingeladen, wo man ›neue Bedingungen‹ aushandeln würde, oder so ähnlich. Edvard war stolz wie ein Hahn. Er glaubte, er wäre ein Stück aufgestiegen, weil er auch Hoffman und nicht nur den Doktor treffen würde. Mir wurde von Hoffman aufgetragen, Edvard und den Doktor am Kai vor dem Restaurant Långedrag abzuholen.«

»Aha«, sagte Nordfeldt. »Sie gingen also vom Restaurant direkt zum Motorboot?«

»Ja. Sie hatten gut gegessen und waren bester Laune, alle beide. Der Doktor klopfte Edvard auf die Schultern und sagte, sie seien ›rührend einig, dass sie uneinig waren‹, oder so ähnlich. Jetzt würden sie das Problem Hoffman übergeben, der es auf gute Weise lösen würde. Beide ahnten nicht, wie Hoffmans Lösung aussehen würde.«

Er schwieg.

»Und was passierte dann?«

Artur schloss die Augen und atmete ein paar Mal tief ein und aus. Dann fuhr er fort, ruhig und immer noch mit geschlossenen Augen, als würde er ein inneres Bild wiedergeben:

»Wir fuhren also nach Bronsholmen. Es war ein schöner Sommerabend, ganz still, wir kamen bei Sonnenuntergang an. Ich fuhr wie immer ins Bootshaus unter dem Pestkrankenhaus. Hoffman wartete in der Praxis des Doktors im Stockwerk darüber. Dort trafen wir uns mit Edvard, wenn er kam. Edvard wollte sich nicht auf der Insel zeigen. Er hatte dort keine Familie mehr, so wenig Menschen wie möglich sollten von seinen Schnapsgeschäften wissen.

Hoffman hatte zu mir gesagt, nur Edvard solle zu ihm hinaufkommen. Der Doktor und ich sollten im Boot warten. Der Doktor war etwas unruhig, als ich das sagte, aber Edvard wurde natürlich dreist. Er ging hinauf in die Praxis. Wir blieben im Boot sitzen. Es dauerte vielleicht zwanzig Minuten oder so, in dieser Zeit wurde es recht dunkel im Bootshaus. Plötzlich öffnete sich die Deckenluke über uns und Licht strömte herab, ich bin unglaublich erschrocken. Ich hatte noch nie zuvor gesehen, wie die Luke sich öffnete, wusste kaum, dass es sie gab. Dann wurde es wieder dunkel, als die Luke mit etwas gefüllt wurde. Ein schreckliches Quietschen und Knirschen war zu hören und dann wurde die alte Bahrenwiege zu uns herabgesenkt.«

»Bahrenwiege?«, sagte Nordfeldt fragend.

»Eine Bahre aus Segeltuch. Wie eine Hängematte«, erklärte Artur. »Früher legte man infizierte Patienten in die Bahrenwiege und hisste sie durch die Luke in die Praxis. Sie ist seit Ewigkeiten nicht mehr verwendet worden. Ich hätte nie geglaubt, dass dieser alte Flaschenzug noch funktionierte. Der Doktor und ich saßen wie gelähmt und sahen zu, wie das schwere Segeltuch herunterkam und im Boot landete. Es wurde jetzt wieder hell, und wir konnten deutlich sehen, dass Edvard auf dem

Segeltuch zu Füßen des Doktors lag, mit offenem Mund und hervorstehenden Augen wie Glaskugeln. Eine dünne rote Linie ging um seinen Hals. Wie eine Porzellanfigur, deren Hals abgeschlagen und wieder angeleimt wurde. Als ich hochschaute, sah ich Hoffman in der Luke. ›Wirf ihn oben bei den Treibgutsammlern in den Fluss‹, sagte er und schlug die Luke zu. Es wurde wieder dunkel.«

»Warum ausgerechnet bei den Treibgutsammlern?«, fragte Nils.

Artur hob die Hände.

»Keine Ahnung. Man fragt Hoffman nicht, warum. Vielleicht, weil er und Panama-Bengtsson eine kleine Meinungsverschiedenheit hatten.«

»Worüber?«

»Das Übliche. Die Anzahl der Kisten oder die Bezahlung oder die Alkoholprozente, ich weiß es nicht. Letzteres war auf jeden Fall eine Lüge, unsere Ware war von bester Qualität. Aber Leute wie Panama-Bengtsson wollen immer streiten. Hoffman wusste davon, und er mochte keinen Streit. Vielleicht machte es ihm Spaß, Panama-Bengtsson die Schuld für einen Mord zuzuschieben. Gleichzeitig war er Edvard los, der auch lästig geworden war. Und außerdem war es ihm gelungen, dem Doktor und mir eine Wahnsinnsangst einzujagen, das fand er bestimmt lustig.«

»Und ihr habt gemacht, was er gesagt hat?«

Artur schaute Nils erstaunt an.

»Selbstverständlich! Man widersetzt sich Hoffman nicht. Wir zogen Edvard in die Kajüte, fuhren in die Stadt und in den Sävefluss, bis hinauf zum Dorf der Treibgutsammler. Wir stellten den Motor ab und stakten das Boot das letzte Stück. Im Weidengebüsch hielten wir an. Es war mitten in der Nacht. Durch die Zweige sahen wir einen schwachen Feuerschein im Dorf, ein Kleinkind weinte. Ich war dankbar über das Schreien, denn dann hörten uns vielleicht die Hunde nicht. Wir zogen

Edvard aus dem Cockpit, der Doktor war hysterisch und jammerte: ›Rein mit ihm, rein mit ihm, schnell, schnell!‹ Aber ich wollte mich doch irgendwie verabschieden. Ich zog sein Halstuch hoch und bedeckte die schreckliche Wunde. Er war schließlich ein Kindheitsfreund …«

Seine Stimme brach. Artur schlug die Hände vors Gesicht, seine Schultern bebten.

»Es war ein Albtraum«, jammerte er. »Unwirklich. Ich habe es erst hinterher verstanden. Ich musste eiskalt bleiben, sonst hätte ich es nicht geschafft. Ich habe sogar noch daran gedacht, in seinen Taschen nach einer Brieftasche oder etwas anderem zu suchen, womit man ihn leicht hätte identifizieren können. Aber Hoffman hatte das bereits erledigt. Der Doktor sagte immer nur ›rein mit ihm, rein mit ihm‹. Und dann warfen wir ihn hinein. Das Kind im Dorf schrie immer noch, aber die Hunde hörten das Plumpsen und fingen an zu bellen. Ich startete den Motor und fuhr, so schnell ich mich im Dunkeln traute, davon.«

»Aber das Blut, das wir im Boot gefunden haben, das war nicht von Edvard, oder?«, sagte Nordfeldt. »Das war sehr viel frischer.«

Artur nickte mit zusammengekniffenen Lippen.

»Ich habe das Boot am nächsten Morgen gründlich gereinigt. Das Blut, das Sie gefunden haben, stammt von einer Frau, die Katrin hieß. Sie war früher einmal Hoffmans Frau gewesen, und er hatte sie sehr schlecht behandelt. Das macht er so mit Frauen. Er zwang sie und schlug sie. Nachdem Märta abgehauen war, wollte er Katrin zurückhaben, obwohl er sie mit einem der Quarantänewärter verheiratet hatte. Als sie das erfuhr, sagte sie zu ihrem Mann, sie würde alles machen, nur nicht noch einmal Hoffmans Frau werden. Wenn es nötig wäre, würde sie ihm Sabinas Rattengift geben.«

Er macht eine Pause und starrte leer vor sich hin. Nordfeldt und Nils warteten. Dann holte er tief Luft und fuhr fort:

»Neulich nachts klopfte es an die Tür meiner Hütte. Als ich öffnete, stand Hoffman davor. Er hatte blutige Hände und ein blutiges Hemd. Er sagte, ich solle den Quarantänewärter Modin holen, und dann sollten wir in Hoffmans Wohnung im Haupthaus kommen. Modin und ich gingen hin, als wir hinkamen, lag Katrin auf dem Boden in einer Blutlache. Hoffman berichtete, sie hätte versucht, ihn zu vergiften. Er befahl uns, die Leiche wegzuschaffen und sie verschwinden zu lassen. Wir wickelten sie in eine Decke und trugen sie hinunter zum Boot. Sie war …«, er schluckte, »… sehr übel zugerichtet. Ich kannte Katrin ja mein ganzes Leben, aber ich stand ihr nicht so nahe wie Edvard. Und doch war es viel schlimmer, als wir sie wegschaffen mussten. Ich konnte nicht ruhig bleiben. Mit Edvard war es wie in einem bösen Traum gewesen. Jetzt war alles wirklich. Und als ich Katrin sah, wurde das mit Edvard auf einmal auch wirklich. Plötzlich erinnerte ich mich an jede Sekunde, als er im Bootshaus herabgelassen wurde und als wir ihn oben im Dorf über Bord warfen. Ich war völlig neben mir. Ich konnte kaum das Boot starten. Modde gab mir ein paar Ohrfeigen und sagte, ich solle mich zusammenreißen. Ich fuhr ein Stück direkt aufs Meer hinaus, dann warfen wir sie über Bord. Viel zu nahe an Bronsholmen und ohne sie zu beschweren. Und ich habe auch das Boot nicht sauber gemacht. Als ich das nächste Mal in die Stadt kam, stand die Polizei am Kai und wartete auf mich. Es war eine Befreiung, als sie mich festnahmen.«

Er lachte und schüttelte den Kopf.

»Ja, das klingt komisch, aber so war es. Es war eine solche Erleichterung, dass Katrin gefunden wurde und in geweihte Erde kommen würde. Und als ich erfuhr, dass Hoffman tot ist, weinte ich vor Freude. Ich sitze im Knast, aber ich bin endlich frei.«

»Der arme Kerl«, sagte Nils, als Artur wieder in seine Zelle auf der anderen Seite des Hofs gebracht worden war. »Ich hoffe, er darf das Geld auf seinem Konto behalten, damit er ein neues Leben anfangen kann, wenn er aus dem Gefängnis kommt.«

»Wenn es überhaupt ein Konto gibt, ja. Diesem Doktor würde ich nicht zu sehr vertrauen«, sagte Nordfeldt. »Wir müssen ihn uns direkt schnappen, ehe er abhaut. Haben wir überhaupt noch eine freie Zelle? Ansonsten kommt er in den Affenkäfig zu dem anderen Abschaum.«

Er holte seinen Mantel, und Nils ging in sein angrenzendes Zimmer.

»Ich hoffe, er hat noch nichts von unserer Razzia auf Bronsholmen gestern erfahren«, rief Nordfeldt durch die offene Tür.

»Das kann kaum sein«, sagte Nils, der in Hut und Mantel in der Tür stand. »Es gibt kein Telefon auf der Insel. Artur und das Motorboot sind die Verbindung der Inselbewohner mit der Welt, und beide sind in unserer Obhut. Sie haben zwar noch das alte Fischerboot, aber ich glaube, sie bleiben erst mal eine Weile da, wo sie sind.«

»Die sind völlig verwirrt ohne ihren Führer. Rennen rum wie Ameisen, wenn man im Haufen gestochert hat«, brummte Nordfeldt. »Ja, dann gehen wir.«

36

Doktor Kronborg stand am Waschbecken und wusch seine Hände unter dem Wasserhahn. Als Nils und Kommissar Nordfeldt ins Sprechzimmer traten, schaute er hoch und beobachtete sie im Spiegel.

»Ich habe ihnen gesagt, sie sollen warten, Herr Doktor!«, rief die Krankenschwester verzweifelt.

»Danke, Schwester. Ich kümmere mich um die Herren«, sagte der Doktor, ohne seine hygienische Routine zu unterbrechen.

Nordfeldt stellte sich hinter ihn.

»Ihre Hände sind jetzt sauber, Herr Doktor. Wir wollen mit Ihnen reden.«

Doktor Kronborg betrachtete ihn im Spiegel. Sein Blick war gelangweilt, aber beherrscht, als ob Nordfeldt ein Patient wäre, der seine schrecklichen Symptome mit Jucken, Zuckungen und Gasen beschrieben hätte. Er bürstete seine Nägel mit einer kleinen Nagelbürste unter dem fließenden Wasser. Er sprach übertrieben deutlich, als gebe er eine wichtige Ordination:

»Ihr Benehmen ist ausgesprochen ungehobelt, Herr Kommissar. Ich helfe Ihnen gerne bei Ihren Ermittlungen, wo ich kann. Das habe ich gezeigt, finde ich. Aber es gehört zum guten Ton, anzurufen und einen Termin für einen Besuch zu vereinbaren.« Er macht eine Handbewegung, um das Wasser abzuschütteln. »Sie können nicht einfach so in meine Praxis kommen. Ich werde mit dem Polizeimeister über Ihr Benehmen sprechen.«

Er kontrollierte seine Nägel ein letztes Mal und trocknete seine Hände dann sorgfältig mit einem gemangelten Leinenhandtuch ab.

»Gewiss«, sagte Nordfeldt. »Der Polizeimeister wird vielleicht zu Ihnen in die Zelle kommen, wenn er Zeit hat. Sie sind verhaftet, Herr Doktor.«

Doktor Kronborg drehte sich blitzschnell um.

»Und während Sie es sich in Ihrer Zelle bequem machen, werden wir hier in Ihrer Praxis und in Ihrer Wohnung Hausdurchsuchungen durchführen. Sie scheinen eine ordentliche Person zu sein, ich vermute, sie haben eine vorbildliche Ordnung in Ihren Papieren. Wahrscheinlich haben Sie über jede Öre und jeden Schnapskanister Buch geführt.«

Der Mund des Doktors arbeitete intensiv und schweigend, als würde er ein unbekanntes Nahrungsmittel verkosten und überlegte noch, ob er es schlucken oder ausspucken sollte. Dann hängte er das Handtuch auf, öffnete die Tür zum Zimmer der Schwester und sagte:

»Sagen Sie den Patienten, die Praxis ist für heute geschlossen. Sie können dann nach Hause gehen, Schwester.«

Er wandte sich an die Polizisten und fuhr in ruhigem Ton fort: »Können wir vielleicht mit dem Verlassen des Raums warten, bis meine Patienten und meine Krankenschwestern gegangen sind? Und ich hoffe wirklich, dass Sie nicht vorhaben, mir solche Handschellen anzulegen. Wenn Sie mich in eine Zelle setzen wollen, dann tun Sie das. Ich leide nicht unter Klaustrophobie, Gott sei Dank. Ich muss natürlich meinen Anwalt anrufen, bevor wir gehen.«

Er ging zum Schreibtisch, nahm den Hörer ab und bat um eine Nummer.

»Kann ich mit Herrn Anwalt Fretzler sprechen? Aha. Bitten Sie ihn doch, Doktor Kronborg anzurufen, sobald er wieder da ist. Es ist sehr wichtig.«

Er legte den Hörer auf und wandte sich an die Polizisten.

»Er wird jeden Moment zurückerwartet«, sagte er. »Inzwischen werde ich die Medizinalverwaltung anrufen. Ich habe schließlich die Verantwortung für Bronsholmen und meinen Patienten dort draußen.«

»Diesen Anruf können Sie sich sparen«, sagte Kommissar Nordfeldt. »Sie werden auf Bronsholmen nicht mehr gebraucht, Herr Doktor. Ihr Patient ist tot.«

Jetzt verschwand die Ruhe aus Doktor Kronborgs Gesicht. Sein Kinn fiel herunter und er starrte die beiden Polizisten an.

»Erzähl du es ihm«, sagte der Kommissar zu Nils.

Nils erzählte, und als er fertig war, blickte der Doktor ernst und sagte: »Er wollte lieber sterben, als noch einmal eingesperrt zu werden. Und das war der beste Tod, den er haben konnte. Er wollte ins Meer versenkt werden. Der Gedanke an einen Sarg war ihm unerträglich. Sie haben doch nicht vor, ihn zu suchen?«

»Es ist unmöglich«, sagte Nils. »Dort, wo er hineingefallen ist, ist es zu tief.«

»Gut«, sagte der Doktor. »Das habe ich ihm versprochen. Keinen Sarg. Er war ein sehr spezieller Mann, verstehen Sie. Äußerst begabt. Ein unglaublich faszinierender Gesprächspartner. Aber seine Psyche war seit seiner Kindheit schwer gestört. Unter anderem ist er drei Tage lang in einem alten Schmelzofen eingesperrt gewesen. Sein Interesse für Bücher war eine Möglichkeit, diesen Schaden zu heilen. Wenn er nur die Möglichkeit bekommen hätte, zu lesen und zu studieren, dann wäre er vermutlich ein ganz anderer Mensch geworden. Vielleicht wäre er ein herausragender Forscher geworden. Oder er wäre ein Sonderling geworden, einer, der ganz in der Welt der Bücher lebt und niemanden stört.«

Der Doktor schüttelte betrübt den Kopf.

»All dieses Eingesperrtsein machte ihn nur schlimmer und gewalttätiger. Man fütterte das Untier in ihm.«

»Und dann haben Sie das Untier freigelassen«, sagte Nils.

»Ich hatte gehofft, die Freiheit würde seinen Zustand verbessern.«

»Das hat wohl nicht geklappt. Er hat weiterhin Menschen misshandelt und getötet.«

Doktor Kronborg seufzte.

»Er hatte ein *kolossales* Kontrollbedürfnis. Das hatte natürlich mit seiner Kindheit zu tun. Wenn sich jemand ihm widersetzte, war die Strafe unbarmherzig. Und er hatte eine starke Libido. Unbezwingbar«, sagte der Doktor mit einer Spur von Bewunderung in der Stimme. »Leider auch mit gewalttätigen Zügen. So war eben seine Natur. Aber er konnte auch großzügig sein. Er konnte freigiebige Feste veranstalten und teure Geschenke machen.«

»Angeblich hat er das Schmuggelgeld in einen Fonds investiert, aus dem die Bewohner von Bronsholmen nach seinem Tod versorgt werden sollen«, sagte Kommissar Nordfeldt. »Offenbar sind Sie es, der ihn verwaltet. Gibt es viel Geld in dem Fonds?«

Der Doktor errötete leicht.

»Nun ja. Die Börse war in letzter Zeit ein wenig unruhig.«

»Gibt es überhaupt einen Fonds? Oder haben Sie selbst alles Geld an sich genommen? Ihren Landsitz und Ihre Bruno-Liljefors-Gemälde damit bezahlt? Waren Sie so gierig, dass Sie Edvard Viktorsson beseitigen mussten, als er seinen Anteil verlangte?«

Der Doktor räusperte sich, wurde jedoch von einem Telefonsignal unterbrochen. Er stürzte sich aufs Telefon, riss den Hörer an sich, wie ein Ertrinkender, der sich an eine Boje klammert. Nach einem kurzen Gespräch legte er auf und wandte sich an die Polizisten.

»Wir können unser Gespräch auf dem Revier fortsetzen. Herr Anwalt Fretzler kommt dorthin. Im Moment habe ich nichts mehr zu sagen.«

37

Fräulein Brickman zog rasch das Buch an sich und schaute hoch. Als sie merkte, dass es Hauptkommissar Gunnarsson war, der am Tresen stehen geblieben war, entspannte sie sich.

»Was haben Sie mich erschreckt. Der Herr Hauptkommissar ist immer so leise. Machen Sie für heute Schluss?«

»Ja, für heute reicht es mit Verbrechen und Elend«, sagte Nils. »Aber Sie scheinen nie genug zu bekommen, Fräulein Brickman. Was ist es denn dieses Mal? Etwas Spannendes?«

Mit einem Kopfnicken deutete er auf das Buch, das sie vor sich hielt, zugeschlagen, aber mit einem Finger als Lesezeichen.

»Ja, wie immer«, sagte Fräulein Brickman. »Aber ich warte wirklich auf den neuen Leo Brander. Ich bin gespannt, was er zu Weihnachten herausbringen wird.«

Nils räusperte sich leicht.

»Ich habe gehört, dass er nicht mehr schreibt.«

»Wirklich? Wie schade! Aber vielleicht ist es auch nur ein Gerücht?«

»Vielleicht.«

Nils lehnte sich über den Tresen.

»Agatha Christie«, las er. »Sie soll ja auch gut sein.«

»Gar nicht schlecht«, sagte Fräulein Brickman. »Aber verglichen mit Leo Brander ist sie ... tja, ein wenig *zahm*.«

»Da könnten Sie Recht haben«, sagte Nils. »Guten Abend, Fräulein Brickman.«

Er lüftete den Hut, ging aus der Tür und holte sein Fahrrad.

Es gab keinen Zweifel, es war jetzt wirklich Herbst geworden. Kalte Winde kräuselten die Wasseroberfläche der Kanäle und rissen die gelben Blätter von den Linden entlang der Östra Hamngatan.

Aufbruch lag in der Luft. Der 1. Oktober war der große Umzugstag, alle Mietverträge liefen aus und ein Teil der Bevölkerung der Stadt tauschte ihre Plätze.

Wachtmeister Mollgren und seine Kollegen waren vollauf damit beschäftigt, die gefährlich schwankenden Umzugsgefährte – Lastwagen mit gemieteten Umzugsmännern, für die, die es sich leisten konnten, Pferdekarren mit hilfsbereiten Verwandten für die anderen – zu dirigieren. Am Abend kamen die Ärmsten, die mit Handkarren umzogen. Vom einen Stadtrand zum anderen zogen ihre Karawanen, das herbstliche Dunkel verbarg barmherzig ihre abgewohnten Besitztümer. Für die Transportfirmen war dieser Tag das, was das Weihnachtsgeschäft für die Läden war, und Johanssons Transportfirma hätte gute Geschäfte gemacht, wenn sein Besitzer nicht im Gefängnis gesessen hätte.

Als Nils nach Hause kam, lag ein Brief für ihn auf dem Küchenboden unter der Eingangstür. Die Handschrift hatte den üblichen Effekt auf ihn, Herzklopfen und ein warmes Gefühl in der Magengegend. Er öffnete den Umschlag, setzte sich auf einen Küchenstuhl und las.

38

Lieber Nils,

vielen Dank für deinen Brief, den ich auf einer Bank unten am See gelesen habe. Für einen Brief von dir war er ungewöhnlich lang.

Deine Beschreibung von Hoffmans Tod weckte merkwürdige und widersprüchliche Gefühle in mir. Bestürzung. Erleichterung, dass er nun unwiderruflich weg war. (Ich hatte Albträume, er könnte ausbrechen und hier oben bei mir auftauchen!) Und dann eine Erleichterung anderer Art, weil nicht ich seinen Tod verursacht hatte. Es fehlte nicht viel, und ich hätte es getan, verstehst du. Überhaupt nicht viel. Noch ein paar Tage Fußbodenscheuern und Schleppen von Wasser und schweren Kisten mit Lebensmitteln, und meine Hände wären stark genug gewesen.

Ich bin jetzt seit drei Tagen zu Hause. Bin viel spazieren gegangen, habe gelesen, mit meinen Eltern geplaudert. Sie waren freudig überrascht, als sie nach Hause kamen und mich hier vorfanden, sie hatten mich erst am Donnerstag erwartet. Ich sagte, ich hätte ein solches Heimweh gehabt, dass ich den Nähkurs in der Volkshochschule von Vinslöv früher beendet habe. Meine Mutter backte einen Apfelkuchen, holte die feine Tischdecke hervor und wir tranken im Salon Kaffee.

Dann wollte mein Vater etwas für die Kursgebühr, die er bezahlt hatte, bekommen. Er holte seine Weste und bat mich, das zerschlissene Futter zu reparieren. Ich kämpfte den ganzen Abend mit dieser verdammten Weste. Mein Vater war sehr erstaunt angesichts des Ergebnisses. Er sagte, wenn das alles ist, was ich in sechs Wochen Unterricht gelernt habe, dann könnte er den Nähkurs in Vinslöv den Töchtern seiner Freunde wirklich nicht empfehlen.

Wie schön, dass Märta Arbeit bei einer Zahnärztin in Vänersborg gefunden hat!

Ich habe sie nie kennengelernt, aber ich habe so viel über sie gehört, ich habe fast das Gefühl, sie zu kennen. Als ich deinen Brief gelesen hatte, bekam ich plötzlich eine solche Lust, mit ihr zu sprechen. Ich hatte natürlich keine Telefonnummer. Aber wie viele weibliche Zahnärzte mag es in Vänersborg geben? Die Telefonistin der Telefonstation in Vänersborg wusste sofort, wen ich meinte. Märta war selbst am Telefon. Sie klang freundlich und professionell, eine richtige Sekretärinnenstimme. Ich erzählte ihr, ich hätte auf Bronsholmen als Küchenhilfe gearbeitet, nachdem sie aufgehört hatte. Und dann berichtete ich ein wenig, was da draußen alles vorgefallen war. Dass Hoffman tot war und die Quarantänestation geschlossen werden würde. Da verließ sie ihre professionelle Stimme und sie weinte vor Erleichterung. Dann fragte sie viel nach John. Sie sagte, wenn er sich vorstellen könnte, nach Vänersborg umzuziehen, dann wüsste sie von einer Arbeit, die zu ihm passen könnte. Die Zahnärztin hat nämlich einen großen Garten und braucht jemanden, der sich um ihn kümmert.

Ich habe auch an die anderen gedacht, wie es mit ihnen weitergehen wird. Du schreibst, die Medizinalverwaltung könnte ihnen neue Stellen auf dem Festland anbieten, als Hilfskrankenschwestern, Wachtmeister und Ähnliches. Einigen wird die Umstellung schwerfallen. Aber für die meisten wird es sicher gut.

Soweit ich verstanden habe, werde ich noch verhört werden und auch in kommenden Gerichtsverfahren aussagen müssen. Ich hoffe nur, werde nicht in der Zeitung erwähnt. (Wenn ich meinen Namen in der Zeitung lesen will, dann unter dem Artikel, nicht in ihm.)

Georg kommt erst in zwei Wochen aus Südamerika zurück. Dann wird er mich zum Essen ins Grandhotel Haglund einladen. Es ist gut, dass ich noch zwei Wochen für mich habe. Ich brauche Zeit zum Nachdenken.

Am besten denke ich bei meinen Spaziergängen nach. Ich kann stundenlang gehen. Der Herbst ist so schön. Die Blätter der Espen fallen zu Boden wie Goldstücke. Morgens steigt der Nebel aus dem See, die Luft ist still und weich. Die Wangen werden feucht, und man weiß nicht, ob es der Nebel ist oder die eigenen Tränen, und es spielt auch keine Rolle.

Deine liebe Freundin
Ellen

Kommentar der Autorin

Wer die Insel Bronsholmen auf einer Karte sucht, wird sie nicht finden.

Aber ziemlich weit unten in den Schären von Göteborg findet man die Quarantänestation Känsö, die mich zu diesem Roman inspiriert hat. Der letzte Patient wurde dort im Jahr 1918 behandelt. In den 1920er Jahren wurde die Station abgewickelt und bis 1935 nicht mehr verwendet, danach entstand dort eine Ausbildungsstätte für die Marine.

Das Pestkrankenhaus und die anderen Gebäude stehen heute unter Denkmalschutz. Die Insel wird immer noch von der Marine verwendet und ist militärisches Sperrgebiet.

**Ein perfektes Paar –
oder eine perfekte Lüge?**

Gemma und Danny sind ein perfektes Paar, das jedenfalls denkt Gemma. Gerade erst sind die beiden von London nach Bristol in ein hübsches Cottage am Stadtrand gezogen, um dem Lärm der Großstadt zu entfliehen. Alles scheint wunderbar. Aber als Gemma eines Abends nach Hause kommt, ist Danny nicht da, obwohl er versprochen hatte, an diesem Abend für sie zu kochen. Aber er hat nicht einmal eingekauft. Auch in der Nacht und am folgenden Tag taucht er nicht wieder auf.
Die Polizei nimmt die übliche Vermisstenanzeige auf, aber als sie dann ein Foto des Verschwundenen sieht, ist DCI Helena Dickens höchst alarmiert: Danny sieht genauso aus wie die zwei Männer, die kürzlich ermordet aufgefunden wurden. Ist er ebenfalls tot? Gemma beteuert zwar, dass sie keine Ahnung hat, was passiert sein könnte, doch je mehr Zeit vergeht ohne eine Spur des Vermissten, desto größer werden die Zweifel an Gemmas Glaubwürdigkeit und eine gnadenlose Jagd beginnt …

Jackie Kabler, Ein perfektes Paar. Roman. Aus dem Englischen von Werner Löcher-Lawrence. insel taschenbuch 4891. 429 Seiten. Auch als eBook erhältlich.

Mord im Chianti

Nico Doyle zieht nach dem Tod seiner Frau in deren italienische Heimat, in ein kleines Dorf im Herzen der Toskana. In den idyllischen Weinbergen des Chianti will er, ein Ex-Cop des NYPD, noch einmal ganz neu anfangen. Er hilft im Ristorante seiner Verwandten, wo er sich bei Pasta, Pizza und regionalem Wein von der Einsamkeit abzulenken versucht.

Eines Morgens findet er unweit seines Hauses eine Leiche in den Hügeln – und der zuständige Kommissar Salvatore Perillo spannt Nico sofort in die Ermittlungen ein, denn das Opfer ist ebenfalls Amerikaner. Bald stellt sich heraus, dass der Tote kein Unbekannter in der malerischen Region ist. Unter all den Verdächtigen, seine eigenen Verwandten eingeschlossen, muss Nico auch das letzte Geheimnis des Dorfes aufdecken, um die Wahrheit herauszufinden.

Camilla Trinchieri hat mit *Toskanisches Vermächtnis* einen packenden Krimi geschrieben, der die Schönheit der Toskana, die italienische Lebensart und einen hochspannenden Mordfall in sich vereint.

Camilla Trinchieri, Toskanisches Vermächtnis. Kriminalroman. Aus dem amerikanischen Englisch von Sabine Hedinger. insel taschenbuch 4828. 364 Seiten. Auch als eBook erhältlich.

In den Bergen, das Böse ...

Als Daniel seinen Zwillingsbruder Max in der Kurklinik Himmelstal besucht, ist er von der Schweizer Alpenidylle so angetan, dass er beschließt, noch ein paar Tage länger zu bleiben. Max will in dieser Zeit ein paar Geschäfte in Italien erledigen und bittet seinen Bruder, ihn zu »vertreten«. Aber in dem malerischen Alpental ist nichts, wie es scheint, und für Daniel beginnt ein gefährliches Verwechslungsspiel ...

»Sehen Sie zu, dass Sie am nächsten Morgen ausssschlafen können, wenn Sie das Buch abends zur Hand nehmen. Es fällt schwer, damit aufzuhören, wenn man einmal angefangen hat.« *NDR Kultur*

»Atemberaubend gut geschrieben.« *Prisma*

Marie Hermanson, Himmelstal. Aus dem Schwedischen von Regine Elsässer. insel taschenbuch 4241. 429 Seiten